고전소설과 독자 사이

고전소설과 독자 사이

초판 1쇄 발행 2023년 5월 25일

지은이 ㅣ 서보영

펴낸곳 ㅣ (주)태학사
등록 ㅣ 제406-2020-000008호
주소 ㅣ 경기도 파주시 광인사길 217
전화 ㅣ 031-955-7580
전송 ㅣ 031-955-0910
전자우편 ㅣ thspub@daum.net
홈페이지 ㅣ www.thaehaksa.com

편집 ㅣ 조윤형 여미숙
디자인 ㅣ 이영아
마케팅 ㅣ 김일신
경영지원 ㅣ 김영지

값 24,000원

ISBN 979-11-6810-185-2 (93810)

표지디자인 ㅣ 이영아
본문디자인 ㅣ 신인남

고전소설과
독자 사이

서보영 지음

춘향전 | 숙향전 | 구운몽 | 운영전 | 심청전

태학사

머리말

이 책은 그간의 연구 성과 중 이미 출판된 것을 제외하고 10편을 골라 묶은 것이다. '막연한 이런 것'이 하고 싶다는 무모함으로 고전소설 교육에 대한 공부를 시작한 지 제법 시간이 흘렀다. 여전히 '막연한 이런 것'이란 연구 주제는 진행형이지만 지나온 여정을 되돌아 더듬어 보고 꼴을 갖추어 보았다.

이 책은 크게 작품론, 교육론, 문화론의 3부로 구성되어 있다.

1부는 고전소설에 관한 연구이다. 고전소설 교육론을 위해서는 연구자 스스로가 작품에 대한 관심과 관점을 견지하고 있어야 한다는 생각에서 나온 결과물이다. 학부 시절 〈완판 84장본 열녀춘향수절가〉 강독 수업을 듣고 고전소설에 매료된 후 〈춘향전〉 이본으로 박사 논문을 썼을 정도로 〈춘향전〉은 내게 특별한 작품이다. 군집체로서의 〈춘향전〉을 넘어 〈춘향전〉 이본의 개별성에 주목할 필요가 있다는 생각 아래 「〈춘향전〉 이본 파생에서 옥중 꿈의 양상과 역할」에서는 꿈이라는 제재를 통해 〈춘향전〉 이본의 다양한 변화 양상을 살펴보고자 하였다.

「고전소설 〈숙향전〉에서 보조 인물의 양상과 서사적 효과」는 2부의 「보조 인물 중심의 고전소설 감상 양상 고찰」과 짝을 이루는 연구로 학습자의 감상보다 연구자의 감상이 선행해야 한다는 생각으로 고전소설 〈숙향전〉에 등장하는 보조 인물들을 중심으로 작품을 감상하고 서사를 해석하였다.

「영화 〈춘향뎐〉의 〈춘향전〉 수용 양상과 이본으로서의 특징」은 박사 논문을 쓸 때 계획하였으나 여러 이유로 다루지 못했던 내용으로 이본사의 관점에서 임권택의 영화 〈춘향뎐〉을 살펴본 연구이다. 시대와 매체를 달리하는 영화 〈춘향뎐〉도 〈춘향전〉의 전승사에 자리할 수 있음을 밝히고자 하였다.

2부는 고전소설 교육에 관한 연구이다. 우려와 달리 교실 현장에서 만난 학생들은 고전소설을 막연히 싫어하지 않는다. 서사는 인간 본연과 맞닿아 있으며 고전은 항구성을 지니기 때문이다. 더 많은 사람들이 고전소설에 흥미와 재미를 느끼도록 고전소설의 본질과 특성을 탐색하고 고전소설과 독자 간의 시대적 간극을 줄이며 오늘의 독자를 관찰하는 일이야말로 고전소설 교육 연구자의 소임일 것이다.

「학습독자의 문학 감상에서 상호텍스트적 맥락화 양상 연구」는 학습자가 자신의 이전 서사 경험을 바탕으로 고전소설을 감상하는 국면을 포착하고자 하였다. 「보조 인물 중심의 고전소설 감상 양상 고찰」은 기존의 주동 인물 중심 감상에서 탈피하여 학습자가 주목한 보조 인물을 중심으로 작품을 이해하고 해석하는 양상을 살펴본 것이다. 「정서 중심의 고전소설 교육 연구」는 서사가 촉발하는 정서에 주목하여 고전소설 〈운영전〉을 감상한 연구이다. 「고전소설 변용을 통한 문화적 문식성 교육 연구」는 현대의 학습자에게 관심을 갖고 학습자가 매체를 달리하여 새로운 〈춘향전〉을 창작하는 활동을 통해 학습자의 문화적 문식성을 살펴보고자 하였다. 2부의 연구들은 실제 교육의 현장에서 학습자들과 함께했던 활동으로 진지하고 적극적으로 참여해 주었던 학생들이 있었기에 가능한 결과물이다.

3부는 고전소설의 현재에 관해 이야기하였다. 고전소설의 '고전'은 여러 의미가 있지만 그 중 하나가 전근대의 소설, 즉 옛날 소설이다. 이는 고전소설 향유의 영향력과 활력이 전과 같지 않다는 의미일 뿐 고전소설의 종언을 뜻하는 것은 아니다. 정전으로서의 고전은 오히려 시대를 거듭하여 강화되는 법이다. 고전소설을 쓰는 사람이나 작업은 더 이상 찾을 수 없지만 영화나 웹툰, 애니메이션, 게임 등의 문화콘텐츠를 통해 고전소설은 끊임없이 다시 쓰이고 향유된다.

「고전소설 다시쓰기에서 '저자적 독자'의 양상과 국어교육적 의미」는 유튜브 콘텐츠를 통해 고전소설이 향유되는 현상과 현대에서 고전소설을 자발적으로 즐기는 독자에 주목하였다. 「웹툰 〈그녀의 심청〉의 고전소실 〈심청전〉 변용 양상과 고전 콘텐츠의 방향」에서는 고전소설 〈심청전〉을 바탕으로 다시 쓰인 웹툰 〈그녀의 심청〉을 이본의 관점에서 살펴보고 이를 통해 고전소설에 기반한 콘텐츠의 특질을 탐색하였다. 「문화콘텐츠로서 신재효 서사의 양상과 스토리텔링의 방향」은 판소리사에서 빼놓을 수 없는 인물인 신재효에 관한 문화콘텐츠들을 살펴보고 인물 스토리텔링의 방향성에 대해 제언한 연구이다.

학문적 미욱함에 대한 부끄러움으로 책을 낸다는 계획을 차일피일하였는데 재작년 감사하게도 학술상 수상의 영광이 주어졌다. 부족한 사람에게 상을 주신 것은 그간의 공과를 치하함이 아니라 앞으로의 지향을 격려하려는 뜻일 것이다. 격려에 응답하고자 용기를 내었다. 혼자 하는 공부가 더불어 함께하는 학문에 작은 도움이 되었으면 하는 바람이다. '막연한 이런 것'을 쌓아 모아 '고전소설과 독자 사이'란 이름을 붙였다. 연구물을 묶은 이 책의 제목은 연구의 전모를 드러내는 일이며 연구자의 방향성을 보여주는 것이기도 하다. '사이'라는 '말은 한 곳에서 다른 곳까지 혹은 한 물체에서 다른 물체까지의 거리나 공간'이란 의미 외에도 '서로 맺은 관계나 정분'으로 쓰이기도 하고 '어떤 일에 들이는 시간적인 여유나 겨를'이란 뜻도 있다. 고전소설과 독자 간의 가깝지 않은 사이가 도타운 사이가 되도록 쉴 사이가 없고자 한다.

　자식에게 평생을 헌신하고 종래에는 노년까지 저당 잡히고도 '너는 내 자부심'이라고 말해 주는 사랑하는 엄마, '바쁘다'는 말을 달고 사는 내게 '엄마가 자랑스럽다'고 말해 주는 의젓한 유나에게 특히 고맙고 미안하다는 말을 전하고 싶다. 그간 지도해 주신 선생님들, 선배님들, 동학들 모두 낱낱이 감사하지 않은 분이 없지만 지도교수님이신 김종철 선생님의 가르침이 없었다면 오늘의 나는 없었을 것이다. 좋은 책에 대한 신념으로 재촉하지 않고 배려해 주신 태학사에 감사드린다.

2023년 5월
서보영

차례

III. 고전소설의 변모와 오늘의 독자

I

고전소설의 면면

〈춘향전〉 이본 파생에서
옥중 꿈의 양상과 역할

1. 서론

이 연구는 고전 서사에서 소재나 구조, 화소 등의 측면에서 오랜 문학적 역사를 가진 '꿈'과 〈춘향전〉[1] 이본 파생의 관련성에 주목하였다. 꿈은 동서고금의 문학에서 훌륭한 제재이자 모티프(motif)로 한국인은 꿈의 가치를 특별히 존중한다. 그 때문에 고전소설에서 꿈은 구조 단위 또는 서사 기능의 한 항목이나 문법으로서 자연스럽게 일반화되어 있는 현상이다.[2] 꿈을 주제로 하거나 구조로 취하지 않는 작품에서 꿈은 대개 모티프 차원이라 할 수 있다. 〈춘향전〉에서도 꿈은 작품의 핵심 기제라 하기 어렵다. 그러나 〈춘향전〉에서 꿈은 인물의 출생이나 인물 간의 결연, 옥중 장면을 구성하는 데 필수적인 사설이나 삽화(揷話)로 나타나고 있다. 또한 이러한 꿈들은 〈춘향전〉의 통시적 파생 과정에서 지속적으로 첨가되고 확장되는 경향을 보인다. 신재효는 꿈을 매개로 출생담과 황릉묘행을 대폭 수정함으로써 〈남창 춘향가〉를 창작하였고 〈박동진 창본 춘향가〉에 8개나 되는 꿈이 출현하는 것은 꿈 사설을 적극 수용한 결과이다. 이는 향유자들의 꿈에 관한 관심의 정도를 반영하는 동시에 이본 파생의 경향성을 보여주는 단초가 될

---

1) 여기서 〈춘향전〉이라 함은 '춘향전'과 '춘향가'를 모두 포함한다.
2) 이재선, 「꿈, 그 삶의 대수학」, 『한국문학 주제론』, 서강대학교출판부, 1989, 124면.

수 있다.

〈춘향전〉 이본군(群)에 등장하는 대표적인 꿈들을 서사 전개 순서에 따라 정리하면 태몽(胎夢), 결연몽(結緣夢), 황릉묘몽(黃陵廟夢), 파경몽(破鏡夢), 낭군몽(郎君夢)이다. 꿈의 내용을 간략히 살펴보면 춘향의 태몽은 광한전(廣寒殿)의 적송자(赤松子)와 정을 나눈 것이 죄가 되어 적강한 낙포 선녀가 월매의 품에 안기는 것으로 되어 있다. 결연몽은 춘향과 이 도령의 만남에 결정적인 역할을 하게 되는 꿈으로 월매는 간밤 꿈에서 청룡을 본다. 춘향은 허옥된 후 세 차례에 길쳐 꿈을 꾼다. 이비의 사적인 황릉묘에 올라 상군부인을 비롯한 인물들을 만나고 돌아오는데 이를 황릉묘몽으로 칭하기로 한다. 황릉묘몽에서 깨어난 직후 꽃이 떨어지고 거울이 깨어지며 문 위에 허수아비가 달려 있는 꿈인 파경몽을 꾸고 봉사를 불러 해몽한다. 옥중에서의 마지막 꿈은 낭군몽이다. 이 도령이 머리에는 금관을 쓰고 몸에는 홍삼(紅衫)을 입은 모습으로 등장하여 서로 간의 만단정회(萬端情懷)를 나누는 낭군몽을 꾸고 춘향은 이 도령과 상봉하게 된다.

〈춘향전〉의 꿈에 관한 연구는 태몽[3]이나 황릉묘몽, 파경몽의 의미와 효과를 중심으로 이루어져 왔다.[4] 이와 달리 본고는 〈춘향전〉의 옥중 장면이

---

[3] 안병국은 월매의 태몽을 몽전, 몽중, 몽후로 나누어 분석하고 이 꿈을 월매의 지극한 소망이 꿈을 통해 나타난 소원충족임이라 파악하였다. 안병국, 「〈춘향전〉에 나타난 태몽 연구」, 『월산 임동권 박사 송수기념논문집』, 집문당, 1986, 539~561면. 또한 인물, 사건, 배경에 꿈이 어떤 모티프로 활용되었는가를 살피고 태몽, 파경몽, 황릉묘몽을 그 예로 들고 있다. 안병국, 「〈춘향전〉의 꿈 모티프 연구」, 『평사 민제 선생 화갑기념논문집』, 동 간행위원회, 1990, 251~259면.

[4] '황릉묘몽'을 중심으로 논의를 진행한 연구는 다음과 같다. 김석배는 옥중가를 이 도령을 그리워하며 부른 옥중밍부사와 황릉묘에 가서 이비 등을 만나는 옥중봉유가, 이 어사에게 자신의 사후를 부탁하는 옥중상봉가로 나누고 각각의 후대적 변모 양상을 밝히고 있다. (김석배, 「〈춘향전〉의 옥중가 연구」, 『문학과 언어』 13, 문학과 언어연구회, 1992.) 천이두는 〈춘향가〉의 황릉묘 장면을 일종의 노정기로 보는 관점을 취하여 〈심청가〉의 '소상팔경 지나갈 제'와 비교하였다. (천이두, 「〈춘향가〉의 '몽중가' 소고—〈심청가〉의 소상팔경 지나갈 제와 관련하여」, 『판소리 연구』 8, 판소리학회, 1997.) 서유경은 몽중가의 핵심적인 내용이 '황릉묘 방문'과 '춘향의 탄식', '앵도화 떨어지고'로 구성된다

세 개의 꿈으로 구성되고 있다는 점에 주목하였다. 이에 춘향의 하옥에서 부터 이 도령과의 상봉까지, 즉 옥중 장면 대목에서 주인공 춘향이 꾸는 꿈을 '옥중 꿈'으로 칭하고자 한다.[5] 옥중 장면은 춘향이 모진 형을 받고 옥에 갇히면서 시작되고 이 도령과 춘향이 극적인 상봉을 이루면서 끝이 나며 변 사또에 대한 춘향의 강력한 항변이 담긴 십장가 대목 뒤에 위치한다. 또한 서사적 결말과 긴밀한 관련을 맺는 서사 전개상의 절정에 해당하기에 춘향의 항거와 사랑을 가장 여실하게 보여주는 중요한 부분이다. 옥중 장면은 사설상으로는 옥중 망부사, 황릉묘행, 옥중 해몽, 옥중 상봉으로 이루어져 있다.[6] 『조선창극사』에서 옥중 망부사는 한경석의 '옥중한'으로 황릉묘행은 박만순의 '몽유가'와 송재현의 '침상일몽'으로 옥중 해몽은 오끗준의 더 늠으로 옥중 상봉은 허금파의 '옥중 비탄'으로 나타난다.[7] 이러한 기록에 근거할 때 각각의 대목은 판소리 현장에서도 인기를 끌며 향유되었던 것으로 어느 한 대목만을 중심으로 살펴볼 것만은 아니다.

그런데 옥중 망부사를 제외한 나머지 대목들은 공통적으로 하나씩의 꿈을 포함하고 있다. 황릉묘행은 춘향의 황릉묘 몽유로 구성되어 있으며 옥중 해몽은 춘향이 꿈을 꾸고 그 꿈을 불길하게 여기는 부분과 봉사를 불러 신수를 묻고 해몽을 하는 과정으로 나눌 수 있다. 옥중 상봉 대목은 과거에 급제한 모습의 이 도령이 등장하는 낭군몽을 도입부로 하고 있다. 또한 옥중 꿈들은 초기 〈춘향전〉에서부터 근대 〈춘향전〉에 이르기까지 서로 간에

고 보고 '황릉묘 방문'이 다른 화소들과 결합하여 나타나는 양상을 정리하여 '몽중가'의 소통적 특성과 기능을 고찰하였다. (서유경, 「〈춘향가〉 중 몽중가의 소통적 특성과 기능」, 『판소리 연구』 9, 판소리학회,1998.) 한편, 전신재는 '황릉묘 장면'과 '해몽 장면'을 동일한 인물이 꾸는 꿈이란 점에서 양자를 비교하고 그 차이점에 주목하였다.(전신재, 「〈춘향가〉의 죽음의 미학」, 『구비문학연구』 17, 한국구비문학회, 2003.)

5) '옥중몽'이 아닌 '옥중 꿈'을 선택한 것은 파경몽, 낭군몽, 황릉묘몽 등의 세부적인 꿈들과 변별하기 위해서이다.

6) 정충권, 「옥중 춘향의 내면」, 『판소리 연구』 27, 판소리학회, 2009, 392~394면.

7) 정노식, 『조선창극사』, 조선일보사, 1940.

상관관계를 맺으며 순차적으로 첨가되고 변이되는 경향을 보인다. 이에 〈춘향전〉에 등장하는 옥중 꿈들의 관련성을 중심으로 그 출현 양상과 서사 내적 역할을 살펴보고자 한다. 옥이라는 공간을 배경으로 주인공이 세 번의 상이한 꿈을 꾼다는 점에서 각개의 꿈들은 서로 다른 기능과 역할을 통해 영향 관계를 주고받으며 그 순서와 역할을 조정하였을 것이다.

꿈의 출현 여부는 계통에 따라 차이를 보이는데 〈남원고사〉를 비롯한 경판 계열에서는 파경몽 외에 다른 꿈이 나타나지 않는다. 반면 창본이나 완판 계열에서는 파경몽을 포함한 꿈의 첨가와 변이가 지속적으로 활발하게 일어난다. 따라서 판소리와 직접적 관련성을 보이는 완판 계열 방각본과 한문본, 창본을 중심으로 논의를 진행하였다.8)

---

8) 대상 자료는 다음과 같다. 자료에 관한 구체적인 사항은 따로 밝히도록 하겠다.

완판 계열 방각본	〈완판 26장본 별춘향전〉, 〈완판 29장본 별춘향전〉, 〈완판 33장본 열녀춘향수절가〉, 〈완판 84장본 열녀춘향수절가〉
한문본	유진한(柳振漢)의 〈만화본 춘향가(晩華本 春香歌)〉(1754), 목태림(睦台林)의 〈춘향신설(春香新設)〉(1804), 수산(水山)의 〈광한루기(廣寒樓記)〉, 윤달선(尹達善)의 〈광한루악부(廣寒樓樂府)〉(1852)
창본	〈박순호 소장 68장본 춘향가〉, 〈박순호 소장 99장본 춘향가〉, 〈경상대도서관 소장 75장본 별춘향전〉, 〈홍윤표 소장 154장본 춘향가〉, 신재효의 〈남창 춘향가〉(1867~1873), 〈백성환 창본 춘향가〉, 〈박기홍 창본 춘향가〉, 〈이선유 창본 춘향가〉, 〈성우향 창본 춘향가〉, 〈조상현 창본 춘향가〉, 〈김여란 창본 춘향가〉, 〈김소희 창본 춘향가〉, 〈박동진 창본 춘향가〉, 〈정광수 창본 춘향가〉, 〈김연수 창본 춘향가〉, 〈박봉술 창본 춘향가〉, 〈장자백 창본 춘향가〉

2. 이본 파생에서 '옥중 꿈'의 첨가와 변이 양상

각주 8에서 제시된 이본들에서 다섯 개의 꿈, 즉 태몽, 결연몽 황룡묘몽, 파경몽, 낭군몽이 출현하는 양상을 정리하면 아래 [표]와 같다. 이본 간의 선후 관계가 밝혀진 경우 이를 반영하였으며 해당 꿈이 등장하는 것을 ○로 꿈의 내용 변화가 큰 것은 △로 구별하였다. 특히, 옥중 꿈인 황룡묘몽, 파경몽, 낭군몽은 따로 굵은 선으로 표시하였다.

	태몽	결연몽	황룡묘몽	파경몽	낭군몽
만화본				○	
춘향신설				○	
광한루악부				○	
완판26				○	
박순호68				○	
광한루기					○
완판29				○	○
홍윤표154				○	○
박봉술				○	○
완판33			○		
경상대75			○	○	○
이선유			○		
남창	○		△	○	
백성환	○		○	○	○
박순호99		○	○	○	○
장자백		○	○	○	○
완판84	○	○	○	○	○
박동진	○	○	○	○	○
박기홍		○	○	○	○
정광수	○		○	○	△

김연수	○		○	○	△
조상현		○	○		△
성우향		○	○		△
김여란			○		△
김소희	○	○			△

[표] 이본별 꿈의 출현 양상

[표]를 바탕으로 〈춘향전〉 이본 파생에서 옥중 꿈이 첨가되고 변이되는 양상은 크게 세 단계로 나누어 살펴볼 수 있다. 우선 옥중 장면에서 꿈이 하나만 등장하는 단계를 상정할 수 있다. 현전하는 〈춘향전〉 중 꿈이 등장하지 않는 경우는 찾아볼 수 없다. 따라서 초기본에서부터 〈춘향전〉에는 꿈이 포함되어 있었을 것으로 추측된다. 〈춘향전〉에 관한 최초의 기록인 〈만화본 춘향가〉에도 파경몽이 나타나고 있는 것으로 보아 〈춘향전〉에서 가장 먼저 출현한 꿈은 파경몽이라 할 수 있다.

다음은 파경몽이 존재하던 상태에서 낭군몽과 황릉묘몽이 첨가되는 단계이다. 낭군몽의 경우 〈완판 29장본 별춘향전〉을 시작으로, 황릉묘몽의 경우 〈완판 33장본 열녀춘향수절가〉부터 출현하기 시작한다. 〈완판 29장본 별춘향전〉이 〈완판 33장본 열녀춘향수절가〉에 선행하는 판본이라는 점을 고려할 때 그 출현 시기는 낭군몽이 앞선다. 특히 19세기 중반 작품으로 추정되는 〈광한루기〉[9]에서는 속본(俗本)에서의 파경몽을 비판한 뒤 대신하여 낭군몽을 수용하고 있기에 늦어도 19세기 중반에는 낭군몽이 정착되어 있었음을 알 수 있다.

또한 1870년대 전후에 정착된 것으로 알려진 신재효의 〈남창 춘향가〉에서는 춘향의 몽유 공간이 황릉묘에서 천장전(天章殿)으로 바뀐다. 작자 스스

---

9) 류준경, 「한문본 〈춘향전〉의 작품 세계와 문학사적 위상」, 서울대학교 박사학위 논문, 2003, 76면. 각주 57에 의하면 이러한 추정은 〈광한루기〉 서문의 시기와 문체적 특성을 바탕으로 한 것이다.

로 이러한 변이가 황릉묘몽에 대한 의도적 개작임을 밝히고 있는 것으로 보아 황릉묘몽은 1870년대 이전 널리 알려진 꿈이라 할 수 있다. 마지막으로 옥중 꿈이 탈락되고 내용상의 변이를 일으키는 단계이다. 이러한 현상은 20세기 채록된 창본이나 현재 불리는 〈춘향가〉에서 확인할 수 있다.

1) 첫째 단계에서 '옥중 꿈'의 양상

옥중 꿈의 첫 번째 단계는 파경몽만이 존재하는 상태이다. 이렇게 파경몽만이 등장하는 양상을 보이는 자료로는 〈만화본 춘향가〉, 〈춘향신설〉, 〈완판 26장본 별춘향전〉, 〈박순호 소장 68장본 춘향가〉, 〈광한루악부〉를 들 수 있다.

〈만화본 춘향가〉에서 춘향은 거울이 깨어지고 꽃잎이 떨어지는 꿈을 꾸고 시골 맹인을 불러 해몽을 부탁한다. 거울이 깨어졌으니 소리가 있을 것이요, 꽃잎이 떨어졌으니 열매를 맺을 것이라는 해석과 귀인을 상봉할 것이란 예언이 모두 등장하는 것으로 보아[10] 작품의 창작 시기인 1754년에는 이미 파경몽의 내용과 봉사 해몽이라는 기본 골격이 갖추어져 있었을 것이다. 그러나 〈만화본 춘향가〉의 경우 춘향이 이 도령과 상봉한 가운데 자신의 고난을 회고하는 형식으로 되어 있어 파경몽의 서사적 위치나 구체적인 내용을 확인하기는 어렵다. 〈춘향신설〉에는 그 맥락과 구조, 위치가 비교적 자세하게 나타나고 있다.

"나는 춘향으로서 한 액운이 눈앞에 닥쳐 차꼬(三木)가 목과 손발에 씌워져서 옥에 갇힌 지 여러 달이 되었으나 이곳에서 나갈 기약이 없으니 여러 가지로 생각하여도 죽음밖에는 어찌할 수 없습니다. 홀연히 오늘 밤 꿈에 한 곳에 이르니, 많고 많

---

10) 유진한 지음, 김석배 역주, 「만화본 춘향가」, 『판소리 연구』 3, 판소리학회, 1992, 339면 참조.

은 오얏나무에 꽃이 피었다가 갑자기 모진 바람이 일어나 땅 위에 어지러이 떨어지기에 내가 치마를 묶어 꽃잎을 주워 담았습니다. 또 창에 걸어놓은 거울을 잡고 얼굴을 닦아 화장을 하며 분주하게 눈썹을 그리다가 갑자기 거울을 떨어뜨려 쨍하고 깨어졌습니다. 또 문에 풀로 만든 한 허수아비가 걸렸는데 그 모양이 마치 외발 달린 짐승(夔)이나 도깨비와 같았습니다. 나는 더욱 의심이 나서 마치 잔 속에 있는 활의 그림자를 뱀으로 여긴 것 같습니다(杯中蛇影). 장차 반드시 어떤 괴이한 일이 있으려고 이렇게 극히 번잡한 꿈의 징조가 있는 것입니까? 바라건대 정신을 모으시고 거북을 열어 돈을 던저 점을 쳐서 흉한시 길한지를 숨기지 말고 밝게 제시해 주소서." 〈중략〉 "꽃이 떨어지니 응당 열매를 맺을 것이고, 거울이 깨어지니 어찌 소리가 없겠는가! 문 위에 허수아비가 매달려 있으니 많은 사람들이 우러러보는 상이다." 김봉사가 말했다. "몇 달이 지나지 않아서 반드시 좋은 일이 있을 것이니 다시 다른 걱정을 하지 말고 삼가 남은 목숨을 보존하여라."11)

춘향의 재주를 높이 여긴 사또는 색장을 보내 춘향을 회유한다. 이를 거절한 춘향은 여러 날을 탄식하던 중 오얏꽃이 바람에 떨어지고 화장을 하던 거울이 갑자기 깨어지며 도깨비 형상의 허수아비를 목도하는 불길한 꿈을 꾸게 된다. 시비인 월계에게 김 봉사를 불러 오게 하여 금비녀를 팔아 복채를 주며 해몽을 부탁한다. 불안해하는 춘향과 달리 봉사는 그 꿈을 길한 것으로 해석한다. 이후 이 도령이 과거에 급제하는 이야기가 이어진다. 파경몽이 이 도령의 과거 급제 전에 등장하며 김 봉사의 인물 형상이 근엄하면서도 신의가 있게 표현되고 있다. 〈광한루악부〉에서는 봉사를 대신하여 옆사람이 임을 만날 괘라 꿈을 풀이해 주며 춘향이 금비녀를 복채로 준다. 이상의 자료들의 경우 한문본의 개작적 성격12)을 고려해야 하므로 추가적인

---

11) 이 자료의 번역은 허호구 · 강재철이 역주한 〈춘향신설〉을 따른다. 허호구 · 강재철 공역, 『춘향신설, 현토한문춘향전』, 이회문화사, 1998, 89~90면.
12) 류준경은 이 도령 중심의 서사 진행, 신분 문제의 약화, 후일담의 강화를 〈만화본 춘향

작품을 좀 더 살펴보도록 하겠다.

이날 밤의 玉中에 子진ᄒ여 ᄒ 꿈을 어더 곰곰 生角ᄒ이 나 죽을 슘몽이로다 탄식
ᄒ고 이실 참의 外村봉사 ᄒ나 玉門 밧긔로 웨고 가며 文卜들 합소 요시은 연병도
업셔 날이 뜻뜻ᄒ더이 손임만 쫙 퍼진다 이리갈 졔 春힝이 조花라고 져그 가는 봉
사임 왜 게 뉘야 三번里 春힝이요 봉사은 쪽 다 우응ᄒ여 허허 春힝이 음성이로고
잠간 슈고ᄒ나 닉 히몽이나 ᄒ여쥬오 玉직이 불너 玉문 열고 봉사을 玉方으로 쳥
左ᄒ여노이 허허 너 얼골이 과이 치피다 발셔 ᄒ順 이니 위로홀 거슬 빈직多사라
人子보이 장이 무염ᄒ多 그나 꿈을 엇던커 쇠여나 玉窓의 잉도꽃시 쩌려져 보이고
신물노 쥬는 明鏡卜판이 씌져 보이고 우희 허슈ᄋ비 달여 뵈인이 이 안이 흉몽이
요 봉사중음양의 大모산통 닉여 눈우희 번 듯 들고 츅사를 ᄒ되 〈중략〉 산大 ᄒ나
두식 쎄여들고 응응 生角다가 이上ᄒ 点괘로다 두 눈을 번득이며 좃타 点괘 글 뒤
귀을 지여시되 花落能成案 破경ᄒ이 豈무聲가 文上의 헌우人ᄒ이 萬人이 키앙示
라 좃타 씀 잘쇠엿다 꼿치 썰어지민 能이 열민 믹질 거시오 明鏡이 씌여지민 엇지
소리 업실소야 文희 허수人이비 달여뵈이이 一萬사람이 우러러 볼 쭘이라 너의 셔
方된 사룸이 고초갓탄 베살ᄒ여 여山셔 말을 타고 三里 발셔 왓다 其 사룸 ᄒ나씨
우의 사룸 열엇 죽것다 쌍가민 탈 쭘이라 쌍가미을 못타면 들거셜 타도 타것다 春
힝 ᄒ난 말이 들것탄단 말은 오은 말이요 닉日 신관 사쪼 잔치 酒光이 나거드면 나

가〉의 특징적 면모로 보고 있다.(류준경,「〈만화본 춘향가〉 연구」,『관악어문연구』27,
서울대 국어국문학과, 2002, 291~276면.) 김종철은 〈춘향신설〉이 〈별춘향전〉과도 상
통하는 점이 적지 않다고 밝히고 〈춘향신설〉을 1800년 전후 〈춘향전〉의 모습을 추정할
수 있는 자료로 주목하였다. 한편 '신설'이란 제목을 통해 재창작의 의지를 확고히 밝히
고 있는 점, 춘향의 현창(顯彰)에 중심을 둔 점, 판소리 특유의 희극적 내용과 표현이 결
여된 점을 작품의 개별적 특성으로 파악하였다.(김종철,「〈춘향신설〉고」,『다곡이수봉
박사정년기념 고소설연구논총』, 경인문화사, 1994, 833~860면.) 정선희는 〈광한루악
부〉가 판소리의 재현에 관심을 두고 창작되었으며 내용상으로 춘향의 열이나 신분 상승
보다 춘향과 이 도령 두 남녀의 사랑과 이별, 재회에 초점을 두고 있다고 밝혔다.(정선
희,「〈광한루악부〉 연구」,『이화어문논집』16, 이화어문학회, 1998, 125~130면.)

을 필경의 칠 거신이 홀日업시 죽거듸면 들것슨 타거소그러 봉시 ㅎ난 말이 日丁
두고보라 거짓말이면 늬 눈을 쎅라 보도못ㅎ게[13]

춘향이 꾼 꿈의 내용과 이를 흉몽으로 여겨 자신의 신변에 불길한 일이
일어날 것을 걱정하는 춘향의 태도는 〈박순호 소장 68장본 춘향가〉[14]에서
도 동일하다. 다만 봉사의 암시적이던 해몽 내용이 직접적으로 나타나고
있다. 이 도령이 벼슬에 급제하여 내려오는 현재 상황이나 이 어사의 징치
가 이루어지고 춘향이 쌍가마를 타게 될 결말이 구체적으로 예언된다. 또
한 이 꿈은 이 도령이 월매와 상봉한 후 춘향의 집에 유숙(留宿)하는 밤에 위
치하고 있다. 한편 〈완판 26장본 별춘향전〉은 절략본(節略本)으로 출판될
당시의 〈춘향전〉의 모습을 보여줄 수 없다는 한계가 존재[15]하지만 꿈의 출
현 위치는 〈박순호 소장 68장본 춘향가〉와 일치한다.

일낙셔산 져믄 날의 남원읍늬 들어가셔 츈향집 츠즈 가니 츈향어미 거동보소 탕관
의 죽을 쑤며 눈물 힐여 탄식하난 마리 〈중략〉 니도령이 어이업셔 또 부르되 견츅
방 도령님이로라 ㅎ니 츈향어미 그계야 아라듯고 두 눈을 이리 쓰고 져리 쓰고 즈
셔이 보다가 쌈작 놀늬 ㅎ난 말이 니계난 홀 닐 업셔 져 지경이 되야신이 앗가을스
츈향 목슴 죽글 밧긔 할 일 업다 잇씨 츈향니 옥즁의셔 혼 꿈을 어드니 창 밧긔 곳
이 어지려니 쩌려지고 도령님 쥬던 셕경 혼복판니 늘여지며 자던 방문 우의 허쇠
아비 다려 뵌니 이 꿈이 늬 몸 듀글 꿈이로ᄃ 한숨ㅎ고 안즈실 졔 외촌의 친흔 봉

13) 「박순호 소장 68장본 춘향가」, 심신영 외, 『춘향전 전집』 1, 박이정, 1997, 381면.
14) 〈박순호 소장 68장본 춘향가〉는 부분적으로 불완전하지만 장재백의 소리책보다 상대
   적으로 고제 판소리를 담고 있으며 부분적으로는 정정렬 제와도 맥락이 닿아 있는 소리
   책으로 그 필사연도는 1914년이다. 배연형, 『판소리 소리책 연구』, 동국대학교 출판부,
   2008, 167~203면.
15) 김종철, 「완서신간본 〈별춘향전〉에 대하여」, 『판소리 연구』 7, 판소리학회, 1996, 31~
   32면.

ᄉ 춘향의 갓친 말 풍펜의 잠간 듯고 옥문 밧긔 와 찻거을 춘향이 슬피 울며 히몽을 간쳥ᄒᆞᄃᆡ 봉ᄉᆞ 산통을 얼풋 늬여 졈을 잠관 ᄒᆞᄃᆡ 〈중략〉 봉ᄉᆞ ᄯᅩ 일 말리 조흔 일리 잇슬 거신이 ᄶᅵ을 부ᄃᆡ 지달라 ᄒᆞ고 봉ᄉᆞ 도라가며 일졍 두고 보소 늬 말리 엇쩌헐지 잇찌에 슈의어ᄉᆞ 춘향집 드러가셔 슈작 곳틔 이른 말리 춘향이나 잠간 보고 도라가시 춘향어미 이 말 듯고 한숨지고 통곡하다가 초롱의 불 켜들고 걸인을 뒤의 셰고 옥문 압픠 다다르며16)

인용문에서 이 도령은 남원에 도착하여 춘향집을 방문한다. 이어 죽을 쑤며 신세를 한탄하던 월매와 상봉한다. 이때 춘향은 옥중에서 꿈을 꾸고 봉사를 불러 해몽을 한다. 이 도령과 월매의 수작이 이어진 뒤 두 사람은 춘향을 만나러 옥으로 간다. 즉 〈박순호 소장 68장본 춘향가〉와 〈완판 26장본 별춘향전〉 모두 어사가 월매를 만난 후 옥으로 가기 전에 파경몽이 나타난다. 이러한 설정은 이 도령과 월매의 상봉 중에 파경몽이 등장하기에 서사 전개상의 흐름을 방해한다. 파경몽의 위치 변화는 선행 연구에서 여러 차례 지적되었다. 이를 '대규모 장면 이행'이라고까지 칭해 왔으며 방각본을 분류하는 주요한 기준으로 간주되어 왔다.17) 그러나 이상의 자료에 입각할 때 파경몽의 위치는 옥중 장면으로 제한될 뿐 구체적인 위치는 확고하게 정해지지 않았던 것으로 파악된다.

---

16)「완판 26장본 별춘향전」, 김진영 외,『춘향전 전집』4, 박이정, 1997, 214~215면.
17) 설성경,『춘향전의 통시적 연구』, 서광학술자료사, 1994, 187면. 이창헌,『경판방각소설 춘향전과 필사본 남원고사의 독자층에 대한 연구』, 보고사, 2004, 49~58면. 전상욱,「방각본 춘향전의 성립과 변모에 대한 연구」, 연세대학교 박사학위논문, 2006, 53~55면.

2) 낭군몽과 황릉묘몽의 첨가 단계에서 '옥중 꿈'의 양상

(1) 파경몽의 확대와 낭군몽의 첨가

파경몽과 더불어 낭군몽이 함께 나타나는 단계의 이본으로는 〈광한루기〉, 〈완판 29장본 별춘향전〉, 〈홍윤표 소장 145장본 춘향가〉, 〈박봉술 창본 춘향가〉를 들 수 있다. 〈광한루기〉의 경우 파경몽과 낭군몽이 함께 등장하지는 않지만 파경몽을 대신하여 낭군몽이 나타나고 있어 두 꿈의 상관관계를 가늠할 수 있게 한다.

(가) '꽃이 지면 능히 열매를 맺을 것이오, 거울이 깨지면 어찌 소리가 나지 않으리오?'는 성조(聖祖)께서 왕위에 오를 꿈을 꾸셨을 때 무학 대사(無學大師)가 풀이한 것이다. 속본에서는 감히 이 말을 인용했으나 매우 불경(不敬)한 것이기에 여기서는 모두 없애 버렸다.18)

(나) 차설, 춘향의 애간장은 벌써 아홉 번은 끊어졌고 눈으로는 천 리 끝까지 바라보려 했으며 병중에 헛소리를 하면서까지 그리워하는 마음이 표출되었다. 가끔씩 졸기도 했으며, 졸 때는 반드시 꿈을 꾸었고, 꿈을 꾸면 반드시 공자(公子)를 보았다. 어떤 때는 바람을 쐬며 글을 쓰는 모습을 보았고, 어떤 때는 달을 보며 시를 읊는 모습을 보았고, 어떤 때는 하늘에서 내려 준 꽃을 이고 있는 모습을 보았으며, 어떤 때는 몸에 비단 두루마기를 입고 있는 모습을 보았는데, 이러한 모습들을 이루 다 기억할 수 없을 정도다. 이것은 '계곡에 구름이 막 일면서 해가 누각 저쪽으로 지고, 산에 비가 내리려 하니 누각에 바람이 가득한 것과 같다.19)

---

18) 이 자료의 번역은 성현경 · 조융희 · 허용호가 역주한 〈광한루기〉를 따른다. 성현경 · 조융희 · 허용호, 『광한루기 역주 연구』, 박이정, 1997, 90면.

(가)는 성조(聖祖)와 관련된 꿈을 한낱 소설류에 반영하는 것이 불경한 일이기에 생략하였다는 내용으로 이러한 비판을 통해 속본에서는 파경몽이 존재했었던 것을 알 수 있다. (나)는 (가)에서 언급된 파경몽을 대신하여 제시된 꿈이다. 춘향은 옥중에서 매번 이 도령에 관한 꿈을 꾸는데 그때마다 학업에 정진하고 있거나 어사화를 쓰고 비단옷을 입은 모습이다. 〈광한루기〉는 장회체(章回體) 소설로 수절(守節)이란 제목이 붙은 제 6회가 옥중 장면에 해당되는데 이 꿈은 여기에 속해 있다. 그러나 이 도령이 하옥된 춘향을 직접 만나는 옥중 상봉 부분이 없기 때문에 기생 모란이 술과 과일을 가지고 찾아가 춘향을 위로한 후에 위와 같은 낭군몽이 나타난다. 낭군몽의 서사 전개상 위치가 이 도령의 과거 급제 전으로 나타나고 일회적인 꿈이 아닌 반복적인 꿈으로 서술자에 의해 요약적으로 제시된다. 〈완판 29장본 별춘향전〉은 옥중 장면에서 파경몽과 낭군몽 두 개의 꿈이 등장한다.

　(다) 잇찌에 춘힝이 옥중의 안즈 우름으로 버슬 숨고 한슘으로 셰월을 보닉더니 일일은 한 꿈을 어드니 교히ᄒ고 밍낭ᄒ다 져의 엄엄 블너 일은 말니 봉ᄉ ᄒ나 쳥ᄒ여 주쇼 히몽이나 ᄒ여보시 일어홀 지음의 마춤 외촌 허봉ᄉ가 춘힝 국기단 말을 듯고 위문ᄎ로 오더니 똘을 것네 쒸다가 마참 똥을 집퍼 놀닉 쌀니다가 담 돌희 부드지니 언겁의 입의 무니 구리닉 나니 탄식고 ᄒ는 마리 명쳔이 ᄉ름 닐 계 별노 후박 업것마는 말 못ᄒᄂ 벙어리도 부모 동싱과 만물을 보것마는 엇지타 닉의 신셰 압 못 보는 망인 되야 검은 거시 히다 ᄒ여도 알 슈가 업고 진 거슬 잘우다 ᄒ여도 알 수가 업셔 흑빅장단을 몰오난고 옥중의 춘힝이 봉ᄉ 지닉가믈 알고 ᄉ졍이 불너 봉ᄉ을 쳥ᄒ니 봉ᄉ 들어와 안지며 ᄒᄂ 마리 닉 너 소식을 듯소 발셔 한 순이나 와셔 볼듸 빈즉다ᄉ라 이졔야 보니 무안토다 발명ᄒ니 춘힝이 딕답ᄒ여 인ᄉᄒ되 이 시 봉ᄉ님 기쳬 안녕ᄒ

19) 성현경·조용희·허용호, 앞의 책, 1997, 89면.

신잇가 나난 신슈가 붉길ㅎ야 이 고상이 웬 고상이오 봉수 왈 인명이 지천이
라 간니로 죽으랴 ㅎ고 장쳐가 엇더ㅎ나 ㅎ며 니 만져 보즈 ㅎ고 손이 집피 들
어오거늘 춘힝이 깜짝 놀니 ㅎ는 마리 여 봉스님 웬 일이요 봉스님 니 부친
싱시에 날을 가지고 셔로 얼우며 니 딸 니 딸이졔 ㅎ시더니 부친은 일즉 돌아
가시고 봉스님을 뵈오니 부친 뵈오나 다름 업니다 그러나 져러나 간의 날
희몽이나 ㅎ여주오 〈중략〉 봉수 일은 말리 가마고 츌쳐를 들어바라 강고 가
옥 ㅎ는 뜻즌 가즈는 아롬다올 즈요 옥즈는 집 옥즈라 너의 집의 경스 잇슬
증죠로다 ㅎ고 이러가니늘 치셜 암힝어스 일낙황혼 후의 춘향의 집 즈즈가
니20)

(라) 상단이 썩 니다라 아씨 아씨 큰아씨 글리 마오 우리 악기씨가 그 도령님을 엇
더키 하옵던닛가 그리 마오 춘향염미 이 도령 다리고 옥문 밧긔 다다러셔 문
밧긔 셰우고 춘향아 춘향아 춘향이 ㅎ난 말리 므슴 일노 날 춧는가 계유 잠을
어더 쉼을 쮜이 우리 셔방님이 머리예는 금관이요 몸의는 금포 임고 와셔 만
단정회 못 다ㅎ여 멋ㅎ랴고 늘 춧는가 춘향엄미 일은 말리 왓다 왓다 너희 셔
방님인지 남방님인지 왓다21)

(다)는 파경몽의 시작 부분과 봉사 해몽의 끝 부분으로 춘향은 옥중에서
불길한 꿈을 꾸고 해몽을 청한다. 허 봉사는 춘향을 찾아오는 과정에서 똥
을 집어먹고 눈이 먼 자신의 신세를 한탄한다. 춘향과 대면한 허 봉사는 춘
향의 상처를 살핀다는 핑계로 음행을 시도하나 춘향이 거절하고 해몽이 시
작된다. 봉사 해몽이 나타난 뒤 이 도령이 춘향 집을 찾아와 월매와 재회하
고 함께 옥에 있는 춘향을 만나러 간다. 봉사 해몽 부분이 확대되면서 파경
몽과 봉사 해몽은 이 도령이 춘향 집에 도착하는 장면으로부터 분리된다.

---

20)「완판 29장본 별춘향전」, 김진영 외, 앞의 책, 1997, 245~247면.
21)「완판 29장본 별춘향전」, 김진영 외, 앞의 책, 1997, 289면.

(라)는 월매가 춘향을 부르자 춘향이 그에 응답하는 부분으로 춘향은 꿈 속에서 금관을 쓰고 금포를 입고 찾아온 이 도령과 만단정회를 나누었다고 말한다. 〈완판 29장본 별춘향전〉 역시도 절략본 형태의 출판[22]이기에 어 사와 월매가 만나는 부분과 춘향이 옥중에서 이 도령과 상봉하는 부분이 어 색하게 연결되어 있으며 낭군몽 역시 춘향의 말을 통해 간접적으로 드러나 는 것을 확인할 수 있다. 낭군몽의 출현 양상은 〈홍윤표 소장 154장본 춘향 가〉에서도 찾아볼 수 있는데 여기서는 그 모습과 정황이 더욱 확대되어 나 타난다. 이 이본의 경우 사설의 형성 시기는 1860년으로 추정된다.[23]

> 춘향은 즌진ᄒ여 줌니 들어든니 (중모리) 일몽이 여상하야 청천빅운간의 빅학니 왕닉하고 치운니 영농ᄒ여 셔긔가 얼인 고딕 옥져 쇼리 연연ᄒ며 으더흔 청포션 과 화관을 숙겨 쓰고 풍헌을 압히 노와 완완니 날여와셔 춘향의 숀을 줍고 쥬낭은 말 무는니 인간 지미 웃더ᄒ야 충황즁의 바라본니 숭ᄉᄒ든 낭군니 왈악 쮜여 줍 으랴고 숀짓 발짓 군말ᄒ며 왼 몸을 요동일 졔 손의는 슈쇄 믹니 읍고 칼머리의 목 을 돌여 쇼쇼리쳐 늘달은니 남가일몽 간 딕 읍고 실음읍신 숭ᄉ 밋친 마음 번 칼머 리만 드려고나 춘향니 으니읍서 방문을 열고 본니 오경명월 발근 ᄒ월 셰희의 줌 계 잇고 일편슈심 져 뒤견은 북역가지의 울음운다 구진비 우리 번늘 발암쳐 귀신 은 둘은둘은 허도줍니 부든 발암은 즁당의 휙휙 단니면셔 여긔젹긔 단니면서 쇼리 ᄒ니 밤은 츳츳 집히 가고 즘은 점점 달아난다 계오 정신츠릴 젹의 (으니라) 난듸읍 는 등불니 보보니면서 두어 인싱니 두련두련 옥문의 당도ᄒ여 니졔 밤니 운닉 찌 고 구진비 온니 귀귀신니 죽난을 ᄒ나보다 츈향니 닉달아 니놈의 귀실들 날 줍으

---

22) 김종철, 앞의 논문, 1996, 32면.
23) 홍윤표본의 경우 충남의 심정순, 김창룡, 방진관 그리고 경기도의 이용우 소리와 사설 구성, 장단 체계 및 장단 사용의 용례 등에서 유사한 부분이 많다는 점에서 경기 충청권 을 기반으로 한 중고제 〈춘향가〉의 사설을 필사한 창본으로 보고 있다. 성기련, 「홍윤표 소장 154장본 〈춘향가〉와 19세기 중엽 중고제 판소리와의 관련성 연구」, 『판소리 연구』 36, 판소리학회, 2013, 70~76면.

러 왓닉녀 목슘은 ㅎ날의 달여신니 물홈박니나 ㅎ여 쥬미 (신아우) 질난진즁졉 〈중략〉 (시음 즁모리) 츈향어멈 니달으며 요연 왓다 옥문도 흔들면셔 이고이고 ㅇ가 어머니요 온야 (시음) 저을 펼젹 니면 어먼니 야쇽ㅎ오 슈심쳡쳡 심난즁의 즘 ㅎ슘 못 ㅈ다가 쳔심만의 으든 즘의 쭘 ㅎ나을 으든니 리 낭군 니셔방니 니 엽히 안ㅈ는듸 옷갓치 히든 얼굴 도화갓치 불거 뵈고 슝토 쏘진 슌금동곳 십니 밧걸 소기ㅎ고 머리 쏘진 연꼿 ㅎ 가지 날을 쥰니 그건 졍 으슈화요 각듸 요듸 쳥슘ㅈ락으로 니 얼굴 덥퍼 뵌니 그는 졍영 쳥슘니요 싱시의 노든 멋시로 날을 보고 승글승글 웃스면셔 니 허리 홈셕 안고 둥거둥 무어슬 ㅎ나가셔 그지도 못닉의 방졍마진 외마듸의 쌈죽 놀니 기ㄷ른니 은ㅎ수 흔긔 빗츤 동죡으로 지우러고 북두칠셩 잉도라젓ㅼ 님은 졍연 간 곳 읍고 나만 홀노 노워신니 셔운ㅎ니 기지읍니 츈향모 니달으면 셔울 쓸쓸 으슈화라 ㅎ는 거시 모자읍는 흔 팔입 춍춍춍 버러러줄니 으슈화야 쳥슘니라 ㅎ는 거슨 짓만 나문 동져고리 흘기 읍는 버흥옷 저거시 쳥슘인야 왓다 왓다 누가 왓쇼 발ㅇ고 지달니든 니 조티 잇고 머금직ㅎ니 여긔 왓다24)

비가 내리는 궂은 날씨 속에 춘향은 옥방의 귀신 울음소리를 견디고 있다. 그녀는 절망적인 고통의 순간 가장 황홀한 꿈을 꾼다. 이 도령이 돌아온 것을 알지 못하는 춘향은 옥으로 찾아온 월매에게 자신이 꾼 꿈을 전하고 이후 이 도령과의 재회가 이루어진다. 이 도령의 급제한 모습과 만단정회의 내용이 다소 환상적이다. 여기서도 낭군몽은 옥중 상봉 직전에 나타나고 있기에 낭군몽은 서사 전개상의 위치가 고정된 꿈이라 할 수 있다. 인용하지 않았으나 파경몽 역시도 매우 확장된 모습을 갖추고 있다. 그러나 낭군몽의 위치가 고정된 것에 반해 파경몽의 위치는 어사 노정기의 중간, 어사가 남원에 도착한 후에 위치하고 있어 여전히 파경몽의 서사 전개상의 위치는 안정되지 않았던 것으로 보인다. 〈박봉술 창본 춘향가〉25)에서 파경

24) 「홍윤표 소장 154본 춘향가」, 김진영 외, 『춘향전 전집』 14, 박이정, 2004, 153~154면.
25) 〈박봉술 창본 춘향가〉는 동편제 춘향가로 김세종제 춘향가 사설과 통하는 데가 있지만

몽은 과거 급제 전에 등장하고 있으며 봉사의 음행이나 자탄이 없이 꿈과 해몽만 나타난다. 옥중 상봉 전에 출현하는 낭군몽은 한양 계신 서방님을 만나 즐겁게 노니는 것으로 어사의 형상은 아니다.

(2) 황릉묘몽의 첨가와 옥중 꿈의 순서 고정

황릉묘몽은 대개의 경우 형장 이후에 위치하고 다음으로 파경몽이 이어 진다. 이 도령의 과거 급제와 노정기가 이어진 뒤 옥중 상봉 직전에 낭군몽 이 등장한다. 황릉묘몽이 첨가된 옥중 꿈의 양상이 나타나는 자료로는 〈완 판 33장본 열녀춘향수절가〉, 〈경상대도서관 소장 75장본 별춘향전〉, 〈이 선유 창본 춘향가〉를 들 수 있다.

> 비몽사몽간의 호접이 장듀되고 장듀가 호접되야 세류갓치 나문 혼빅 바람인 듯 구 름인 듯 흔 곳슬 당도ᄒᆞ니 천공지활ᄒᆞ고 삼영수레ᄒᆞ니 은은흔 죽임 속의 일진화 각이 반공의 잠겨쩌라 틱체 귀신 단이난 법은 틱풍여긔ᄒᆞ고 승천입지ᄒᆞ야 침상편 시의 일장츈몽의 말이 강가로 가든급우더라 아모딘 졸 모로고셔 문 밧기 방황홀 제 소복흔 임 쌍등을 도도 들고 압질을 인도ᄒᆞ거늘 뒤를 짜라 드러가니 븬옥 현판 의 황금틱자로 만고졍열 횡능뫼라 두려시 식여거늘 심신이 황홀ᄒᆞ여 진졍키 어렵 더니 당샹의 빅의흔 두 부인이 옥슈를 너짓 드러 츈향을 쳥ᄒᆞ거늘 츈향이 시양ᄒᆞ 되 쳡은 진세 쳔인이온이 엇지 황능묘를 오르릿7 부인이 기특이 여겨 짓삼 쳥ᄒᆞ 거늘 츈향이 시양치 못ᄒᆞ여 올라가니 부인이 짓거ᄒᆞ야 좌를 쥬워 안친 후의 네가 츈향인야 기특흔 사람이로다 조션이 비록 소국이나 예의동방 기자 유친 쳥누쥬식 변화장의 져런졀향 잇단 말가 일젼의 조회차로 요지연의 올나가니 네 말리 쳔샹의

특히 두드러지는 것은 사랑가라든지 옥중가 등 여러 대목에서 다른 판소리와 달라 고제 판소리의 특이한 면모를 보이고 있다. 이보형, 「박봉술 창본 춘향가 해제」, 『판소리 연 구』 4, 판소리학회, 1993, 409면.

낭자키로 갈화의 보고시픈 마음 일시 참지 못흐여 네 혼빅을 말이외의 청흐여 와 쓰니 정이의 심이 불안흐다 츈향이 이 말 듯고 공순이 이러나 두 번 절흐고 엿자오 디 첩이 비록 무식흐나 고서를 보와 일직 죽어 존안을 뵈올가 흐엿더니 이러틋 황 능묘의 모시니 황공흐고 비감흐여이다 상군부인 흐신 말삼 츈향아 네가 우리를 안 다 흐니 서룬 말을 들어보라 〈즁략〉 여동 불러 흐직홀시 동방 실솔성은 시르륵 일 장호접은 펄펄 츈향이 씸작 놀니여 씨여보니 꿈이로구나 옥창의 잉도화 써러지고 저 보던 거울 복판이 씨여져 보이고 문우의 허신아 달여 뵈이거날 나 죽을 꿈이로 다 허허 탄식흐고 누엇다가26)

인용문은 〈완판 33장본 열녀춘향수절가〉에서의 황릉묘몽 장면이다. '비 몽사몽간의 호접이 장듀되고 장듀가 호접되야'로 시작되는 호접몽(胡蝶夢) 으로 '입몽, 황릉묘 방문, 인물들과의 만남, 각몽, 자탄'의 구조를 취하고 있 다. 황릉묘에 이른 춘향은 이비의 권유에 따라 좌정을 하고 고서에서 보았 던 역사 속의 인물들을 만나고 상군 부인으로부터 절개를 칭찬받는다. 황 릉묘의 출현 인물인 상군 부인, 녹주, 척 부인이 차례로 자신의 억울한 처지 와 심회를 토로한다. 꿈을 깨자마자 곧바로 파경몽과 봉사 해몽이 등장한 다. 이후 이 도령이 과거에 급제를 하고 낭군몽은 옥중 상봉 전에 등장한다. 〈이선유 창본 춘향가〉의 경우도 황릉묘몽의 내용은 다르지 않지만 낭군몽 이 생략되면서 황릉묘몽이 옥중 상봉 전에 위치한다. 한편 파경몽은 이 도 령의 과거 급제 이전에 등장하고 있어 옥중 꿈의 순서가 일정하지 않다. 판 소리 창본으로 알려진 〈경상대도서관 소장 75장본 별춘항전〉27)에서도 황 릉묘몽의 몽유 구조는 같고 옥중 세 꿈이 등장하는 순서 역시 고정되어 있

---

26) 「완판 33장본 열녀춘향수절가」, 김진영 외, 앞의 책, 1997, 277~279면.
27) 이 자료는 경기, 충청 지역을 배경으로 하는 중고제 판소리의 면모를 간직한 것으로 판 소리가 성장하는 과정에서 다양한 주변 소리를 수용, 용해하여 판소리로 재창조되는 과 정을 잘 보여준다. 배연형, 앞의 책, 2008, 299~301면.

다. 그러나 상군 부인을 제외한 등장인물들의 출입과 교체가 나타난다.

또 엇던 일 부인이 죽임간으로 들어오며 져긔 셧는 춘향낭즈는 나을 경영 모르리라 나는 옛날 슉향이란 낭즈려니 셰고 다단ᄒ여 광풍낙화가 가이 업고 표진강 져 문 날의 일편원흔을 뉘 알니요 오늘날 너의 정절을 치ᄒ코져 늬 왓뇔 흔창 이리 홀 마듸의 또 엇든 일 부인이 죽임간으로 들어오며 져긔 셧는 춘향낭즈 나을 경령 모르리라 나는 옛날 셕낭즈의 소가로셔 셰운이 춤담ᄒ여 일편 경힝 짓키랴고 누의 쩌러져 죽어시니 연연가졀흔식우의 낙화유ᄉ타루인을 너으 정절을 치ᄒ코져 늬 왓노라 흔창 이리 할 마듸의 또 엇던 일 남즈가 빗머리 썩 나셔며 거문 옷 거문 관 으로 웃둑 셔셔 ᄒ는 말이 져긔 져 춘향낭즈 나을 경영 모르리라 나는 옛날 촛나라 굴삼여 굴평일너니 셰고 긔구ᄒ여 수중고혼이 셔룬지고 진소위 졔고양 지모예혜 여 짐황고왈빅용이라 거셰늘탁이어던 아독쳥ᄒ고 중인이 늘쥐어던 아독셩이로 다 춘낭즈 경절을 치ᄒ고져 늬 왓노라 흔창 이리 할 마듸의 또 엇던 눈 업는 일 남 즈가 빗머리 썩나셔며 져긔 셧는 춘향낭즈 나을 경영 모르리라 나는 옛날 오즈셔 의 오원일너니 오황이 미혼ᄒ여 충신을 힛치고로 늬 짐진 두 눈을 쩨여 동문ᄉ의 거러시니 만고쳔고의 그도 안니 원통흔가 오날날 춘낭즈 경절을 늬 줌간 치ᄒ코 져 남녀유별을 허무릿 마르소셔 충신열여가 일반이라 잇찌 춘향이 여러 부인들을 ᄒ직ᄒ고 도라오니 집 아니라 곳 옥중이네라[28]

소설 속의 인물인 숙향과 굴평이나 오원과 같은 남성들까지 출현하여 자신의 억울함을 하소연하고 춘향의 열을 칭찬하러 왔음을 밝히고 있다. 황릉묘몽의 기본 구조는 동일하지만 등장인물이 달리 나타나고 있는 것으로 보아 춘향이 원혼들을 만나 이야기를 듣는 기본적인 골격은 유지한 채 등장

---

28) 「경상대도서관 소장 75장본 별춘향전」, 김진영 외, 『춘향전 전집』 13, 박이정, 2004, 61 ~62면.

하는 인물들은 유동적이었을 것이다. 옥중 꿈인 횡릉묘, 파경몽, 낭군몽이 모두 나타나는 〈완판 84장본 열녀춘향수절가〉와 〈경상대도서관 소장 75장본 별춘향전〉의 경우 파경몽이 황릉묘몽과 나란히 배치되면서 어사 노정기와 이 도령과 월매의 재회 부분이 확장되고 낭군몽이 다른 삽화들과 결합한다. 〈완판 33장본 열녀춘향수절가〉에서는 낭군몽에서 깨어난 춘향이 귀신 울음소리를 못 견디어 진언을 치는 장면이, 〈경상대도서관 소장 75장본 별춘향전〉에서는 낭군몽을 꾸기 전에 언문 풀이가 첨가되어 있다.

한편 〈완판 84장본 열녀춘향수절가〉, 〈장자백 창본 춘향가〉[29], 〈박순호 소장 99장본 춘향가〉에서도 황릉묘몽과 파경몽이 결합하여 과거 급제 전에 등장하며 낭군몽이 옥중 상봉 전에 위치하는 양상은 다르지 않다. 다만 이상의 자료들에서는 옥중 꿈 외에도 결연몽이 추가되어 있으며 〈완판 84장본 열녀춘향가〉에서는 태몽이 부가되어 있다.

3) '옥중 꿈'의 변이 단계에서 꿈의 출현 양상

신재효는 〈남창 춘향가〉에서 적강 화소를 도입하는 대폭의 개작을 시도한다. 춘향은 매를 맞고 혼절한 상태에서 천장전에 도달하고 거기서 직녀성군을 만난다. 이 도령과의 만남이나 그로 인한 고난이 천상계의 질서에 따른 운명이며 이러한 위기를 극복하면 부귀영화를 누릴 것을 알게 된다. 그러나 이 꿈은 춘향이 매를 맞던 중 꾸었던 것으로 하옥되기 전에 월매에게 그 이야기를 전달하는 형식으로 되어 있다. 파경몽은 옥중 상봉 전에 위치하며 낭군몽은 탈락되어 있다. 〈백성환 창본 춘향기〉의 경우 친징진 장면을 수용하였지만 옥에 갇힌 후 황릉묘에 가는 꿈이 등장하기에 천장전몽,

---

29) 〈장자백 창본 춘향가〉는 1900년 무렵의 판소리 춘향가의 모습을 담고 있으며 100년 전 전라도 순창 지역에서 전승되던 판소리의 모습을 구체적으로 볼 수 있다는 중요한 의의가 있다. 배연형, 앞의 책, 2008, 127면.

황릉묘몽, 파경몽, 낭군몽이 모두 나타난다. 〈박기홍 창본 춘향가〉와 〈박동진 창본 춘향가〉에서는 어사 노정기 부분이 확대되면서 황릉묘몽은 이 도령의 과거 급제 전에, 파경몽은 어사의 노정기 중에, 낭군몽은 옥중 상봉 전에 자리한다. 또한 이 도령은 남원으로 내려오는 과정에서 어떠한 미인이 나타나 구해 달라는 꿈을 꾼다. 〈박동진 창본 춘향가〉에서는 이에 더하여 이별 후 춘향의 꿈에 이 도령이 등장한다.

20세기 이후에 채록되었거나 현재 창으로 불리는 창본들에서 옥중 꿈은 탈락되거나 변모하고 옥중 꿈 외에도 많은 꿈 삽화들이 등장한다. 여기에 속하는 자료로는 〈성우향 창본 춘향가〉, 〈조상현 창본 춘향가〉, 〈김여란 창본 춘향가〉, 〈김소희 창본 춘향가〉, 〈정광수 창본 춘향가〉, 〈박동진 창본 춘향가〉, 〈김연수 창본 춘향가〉를 들 수 있다. 이상의 창본들에서는 춘향의 결연이나 이별, 수난 등에서 꿈의 출현 양상이 다양하기에 옥중 꿈의 변모에 국한하여 살펴보기로 한다.

우선 위의 이본 중 파경몽이 탈락한 것은 〈성우향 창본 춘향가〉, 〈조상현 창본 춘향가〉, 〈김여란 창본 춘향가〉, 〈김소희 창본 춘향가〉이다. 이 중 〈김소희 창본 춘향가〉에서는 황릉묘몽도 나타나지 않고 〈성우향 창본 춘향가〉, 〈조상현 창본 춘향가〉의 경우 황릉묘 장면이 소략해지고 그 내용이 변이된다.

오늘 너를 청하기는 연약한 너의 몸에 흉사가 가련키로 구완차 불렀노라 이것을 먹으면 장독이 풀리고 아무 탈이 없으리라 술 한 잔 과실안주 여동시켜 주시거늘 돌아앉어 먹은 후에 낭낭이 분부허시되 너이 노모 기달리니 어서 급히 나가보아라 춘향이 사배 하직허고 깜짝 깨어보니 황릉묘는 간 곳 없고 옥방에 홀로 누웠고나 이럴 줄 알았으며 두 부인 모시고 황능묘나 지킬 것을 이 지경이 웬일이냐[30]

---

30) 「성우향 창본 춘향가」, 김진영 외, 『춘향전 전집』 2, 박이정, 1997, 105면.

춘향이 황릉묘에 올라 절행을 칭찬받는 것은 동일하지만 춘향을 황릉묘로 부른 이유가 달리 나타난다. 상군 부인이 춘향을 부른 이유는 술과 과일을 대접하여 장독(杖毒)을 치료하기 위해서이며 황릉묘는 효부와 열녀를 위한 장소이기는 하되 구체적인 인물들은 등장하지 않는다.

〈성우창 창본 춘향가〉, 〈조상현 창본 춘향가〉, 〈김소희 창본 춘향가〉, 〈김여란 창본 춘향가〉, 〈정광수 창본 춘향가〉, 〈김연수 창본 춘향가〉에서는 춘향과 이 도령의 옥중 상봉 전 낭군몽을 대신하여 남산의 백호가 등장한다. 더불어 〈성우향 창본 춘향가〉와 〈조상현 창본 춘향가〉를 제외한 창본들에서 춘향은 이 도령과의 이별 직후에 이 도령이 나타나는 꿈을 꾼다. 여기서는 정정렬제를 계승하고 있는 〈김여란 창본 춘향가〉를 인용한다.

> [진양] 그때에 춘향이는, 이 밤을 새면 죽을 일을 생각허니 죽기는 섧지 않으나 오매불망(寤寐不忘) 그리던 낭군 못보고 죽을 일과, 혈혈단신(孑孑單身) 노모 두고 죽을 일을 생각허니, 정신이 아찔 넋잃은 듯이 앉았을 제 비몽사몽간(非夢似夢間)에 남산 백호(白虎)가 옥담을 뛰어 들어오더니 옥문앞에 와 우뚝 주홍(朱紅)입 쩍 어헝 으르르르르, 춘향이 꿈이라도 무섭고 두려워 깜짝 놀라 깨달으니, 왼 몸에 땀이 주루루루루루 울음소리가 언뜻언뜻 들리거늘, 모친 소리를 귀신소리로 알고 옴 급급 여율영 사파하(唵 急急 如律令) 쉐. 춘향모친 기가 막혀 아이고 저것 영 죽네. 어미소리를 귀신소리로 아네그려. 아가 춘향아 정신차려라. 어미왔다. 아이고 어머니 이 밤중에 어찌 와겼오. 오냐 이리 조금 나오너라.31)

꿈의 내용이 상징적이며 춘향의 공포가 여실하게 드러나고 있다. 한편 낭군인 이 도령이 등장하는 꿈은 다음과 같다.

---

31) 「김여란 창본 춘향가」, 김진영 외, 앞의 책, 1997, 283~284면.

[진양] 비맞은 제비같이 갈 짓(之)자 비틀걸음 정황없이 들어가서 제 방으로 들어가며, 향단아 발걷고 문닫쳐라. 침상편시춘몽(寢牀片時春夢中)에 꿈이나 이루어 가시는 도련님을 몽중(夢中)에나 상봉(相逢)하지 생시(生時)에는 볼 수가 없구나. 방 가운데 주저앉아, 아이고 어쩌리. 도련님 만나기를 꿈속에서 만났는가. 이별이 꿈인거나. 꿈이거든 깨워주고 생시거든 님을 봅세. 벼개 위에 엎드리어 모친이 알까 〈중략〉 비몽사몽간(非夢似夢間)에 도련님이 오시는데, 가시던 그 맵시로 청사도포(靑絲道袍) 홍띠띠고 만석당혜(萬鳥唐鞋) 끌면서 충충충충충 들오더니 춘향방 문고리잡고 지긋지긋 흔들며, 춘향아 잠자느냐, 내왔다 문열어라, 이삼차 부르되 대답이 없으니 도련님이 돌아서 발구르며, 계집이라 허는 것이 무정한 것이로구나. 나는 저를 잊을 가망이 정히 없어 가다가 도로 회정(回程)을 허였는데 저는 나를 그 새에 여영 잊고 잠만 저리 깊이 들어 자니 나는 간다 잘 살아라. 충충충충 나가거늘, 춘향이 방가워 깜짝 놀래 깨달아 문 펄쩍 열고 바라보니, 도련님을 붙들어 볼 줄로 우루루루루 뛰어나서보니, 도련님이 간 곳 없고 청중추막도 흔적이 없고 파초(芭蕉)잎만 너울너울, 담뱃불도 간 곳 없고 반디불만 빤짝빤짝 하거늘, 춘향이 기맥혀 그 자리 펄썩 주저앉아 아이고 허망(虛妄)하여. 꿈아, 무정한 꿈아 오신 님을 붙들어 주고 잠든 나를 깨워주지, 방으로 들어가 촛불로 이웃삼고 고서(古書)로 벗을 삼아 긴 밤을 지내는데[32]

이는 춘향이 이 도령이 떠난 후에 꾸는 꿈으로 이별을 탄식하며 꿈에서 임을 보려는 춘향 앞에 평소 모습 그대로의 이 도령이 나타난다. 이 도령은 춘향을 부르고 문을 두드리지만 답이 없자 춘향의 무정함을 탓하며 사라진다. 〈김여란 창본 춘향가〉의 경우 황릉묘몽은 어사 급제 전에 위치하며 파경몽이 사라진 대신 난향의 회유가 그 자리를 차지한다. 이 도령이 등장하는 꿈은 이별 후로 이동하고 옥중 상봉 직전에는 백호몽이 등장한다. 이로

---

32) 「김여란 창본 춘향가」, 김진영 외, 앞의 책, 1997, 42~43면.

써 파경몽, 낭군몽, 황릉묘몽을 비롯한 옥중 꿈이 전반적인 변화를 겪게 된다.

3. 〈춘향전〉 이본에서 '옥중 꿈'의 서사적 역할

이상을 통해 〈춘향전〉의 옥중 꿈의 출현 양상을 통시적으로 살펴보았다. 〈춘향전〉에서 옥중 꿈의 첫째 단계는 파경몽이 존재하고 있던 상태이며 두 번째는 옥중 꿈의 확장 단계로 낭군몽이 추가되고 황릉묘몽이 첨가되는 것이다. 세 번째는 파경몽과 황릉묘몽이 생략되고 낭군몽의 내용이 달라지는 등의 변이 단계라 할 수 있다. 옥중 꿈들은 생성과 탈락, 변모를 거듭하며 재구성되고 있으며 이는 옥중 장면이 갖는 의미적이고 미학적인 지향과 관련되기에 이를 중심으로 옥중 꿈의 서사적 역할을 살펴보겠다.

1) 파경몽

파경몽의 형상이 이미 〈용재총화(慵齋叢話)〉(1525)에도 설화의 형태로 실려 있기에 파경(破鏡), 낙화(落花), 문상(門上)의 인형(人形) 등의 이미지는 그 의미가 확정된 채 〈춘향전〉으로 수용되었다고 볼 수 있다.[33] 따라서 파경몽은 꿈을 꾼 행위나 내용 그 자체보다 춘향이 불길하게 여기는 꿈을 봉사가 어떠한 방식으로 역전할 것인지, 이러한 해석이 서사의 대단원과 어떻게 결부될 것인지가 중심에 놓인다.

다른 꿈들과 달리 춘향은 파경몽을 꾼 뒤 그 꿈을 매우 흉하게 여긴다. 그런 이유로 사람을 시켜 문복을 청하고 옥으로까지 봉사를 부르며 많은 복채

---

33) 이월영, 『꿈과 고전문학』, 태학사, 2011, 22면.

를 주면서까지 파경몽의 의미를 알고자 한다. 깨짐, 떨어짐, 매달림과 같은 꿈의 표면적 내용과 장기간의 옥고(獄苦)로 인해 죽음을 목전에 둔 춘향의 상황을 고려할 때 이는 당연한 반응이라 할 수 있다.

한편 파경몽을 꾼 춘향의 반응과는 대조적으로 봉사의 해몽 내용은 긍정적이며 봉사의 인물 설정은 골계적 면모가 두드러진다. 일반적으로 상징적인 꿈은 전문적인 해석과 해독을 필요로 하기에 해몽자는 신이하거나 믿을 만한 사람인 것에 반해 〈춘향전〉에서는 신체적으로 부족한 인물을 해석자로 설정하고 있다. 더구나 신체적 장애를 가진 사람이 특별한 능력을 갖는 것과 달리 파경몽의 해석자는 춘향에게 음흉한 행위를 하여 질책을 받거나 자신의 처지를 불행하게 여기는 성격적으로 다소 부족하고 신빙성이 없는 인물이다.

봉사의 부족함으로 인해 유발되는 골계적 정서는 춘향이 처해 있는 비극적 상황은 물론 파경몽으로 촉발된 춘향의 정서와도 괴리를 일으킨다. 그러나 이러한 파경몽과 해몽과의 관계 설정은 십장가로 대표되는 비극적 절정과 암행어사 출두 및 변학도 생일연의 희극적 결말을 매개하는 역할을 한다. 따라서 파경몽과 봉사 해몽만이 존재하던 단계에서 옥중 꿈의 주된 역할은 춘향의 고투(苦鬪)로 인한 결말의 예시(豫示)에 집중되었을 것이다.

파경몽과 봉사 해몽은 하옥으로 인한 고통을 겪는 춘향에게 긍정적 결말을 예언하기에 서사적 위치는 옥중 장면으로 한정된다. 그러나 옥중 장면 안에서 파경몽의 위치는 낭군몽이나 황릉묘몽과의 관계나 결합에 따라 유동적이다. 파경몽과 낭군몽이 독립적인 별개의 꿈으로 등장하는 것에 반해 황릉묘몽은 파경몽과 하나의 꿈을 꾼 행위로 결합한다. 황릉묘몽의 첨입 후 옥중 장면은 옥중 망부가, 황릉묘몽, 파경몽의 순서로 이어지며 이 도령의 과거 급제 전에 놓이게 된다. 두 꿈의 결합은 꿈을 깬 후 또 다시 꿈을 꾼다거나 앞선 꿈인 황릉묘는 기억하지 못하고 파경몽만을 기억하는 등 서사 전개상으로는 합리적이지 못하다. 그러나 이렇게 두 꿈이 나란히 제시되는 것의 대비적 효과를 들어 공연 현장에서 창자가 선택하여 부를 수 있는 가능성을 제시[34]하기도 한다. 또는 황릉묘몽과 파경몽은 수용자의 공감을 확대하고 봉사의 해몽 장면은 긴장을 해소하는 것[35]으로 '몽중가'를 해석할 수도 있다. 이처럼 파경몽은 황릉묘몽의 뒤에 자리함으로써 미학적이고 소통적인 효과를 창출한다. 한편 근대의 〈춘향가〉에서는 파경몽이 탈락하면서 옥중 장면 역시 소략해진다.

2) 낭군몽

고대 중국 철학에서는 꿈의 두 가지 원인을 상(相)과 인(因)으로 나누고 상은 인에서 나온다고 본다. 상은 무엇을 하려고 하는 일종의 생각이며 인은 모든 육체적 · 생리적 인소로 보아 꿈의 심리적 원인을 육체의 생리적 원인과 연계시킨 것이라 할 수 있다. 낭군몽은 꿈을 꾸는 정황에 따라 꿈의 내용이 달리 나타나지만 공통적으로 외부의 물리적 작용이나 심리적 요인 등 꿈꾸는 자의 현실적 상황이 직접적으로 꿈을 규정한다. 이를테면 낭군이나 선관(仙官)의 등장은 춘향의 그리움이나 희망을, 남산 호랑이의 등장은 극도의 공포감이 반영된 것이다. 서사적 측면에서 낭군몽은 크게 두 가지 면에서 살펴볼 수 있다. 하나는 낭군몽의 내용이 변화한다는 점이고 다른 하나는 낭군몽의 출현 위치가 고정되어 있다는 것이다.

이별한 임을 꿈을 통해 간접적으로나마 만나려는 희구(希求)는 그리움을 표현한 문학 작품에서 흔히 발견되는 모티프이다. 〈춘향전〉에서도 이 도령과 이별한 춘향은 현실에서는 임을 만날 수 없는 상황을 통감하며 '꿈에 보이는 임이 신(信)이 없다' 할지라도 임에 대한 꿈을 꾸고자 한다.[36] 이를 통

---

34) 전신재, 앞의 논문, 2003, 522~524면.
35) 서유경, 앞의 논문, 1998, 312~320면.
36) 안병국, 앞의 논문, 1990, 265면.

해 다른 어떤 것보다 임의 모습을 보고 싶은 간절함과 꿈을 통해서도 뜻을 이루지 못하는 상실감이 드러난다. 반면 낭군몽에서 이 도령은 과거에 급제한 모습으로 옥에 갇혀 있는 춘향을 만나러 온다. 이는 옥에 갇힌 춘향이 기대하는 모습 그대로의 형상과 정황을 반영하고 있다. 이 같은 설정에는 춘향의 이 도령에 대한 간절한 그리움은 물론 기약 없는 기다림으로부터 벗어나고 싶은 소망이 복합되어 있다.

낭군몽은 이본의 파생 과정에서 백호몽으로 변모한다. 우리나라 설화에서 호랑이는 산신(山神)으로 볼 수 있으며 이승과 저승을 잇는 매개자, 이른바 영혼의 인도자(psychopompos)이다.[37] 이런 점에서 꿈의 내용이 낭군에서 백호로 변모한 것은 죽음에 대한 춘향의 실존적 공포감을 증폭시키고 어사의 위엄 있는 형상을 강화한다. 이로써 춘향의 옥중 항거는 대상이나 대상과의 관계에서 기인하는 것이 아닌 자기 자신의 문제로 귀결된다. 이렇게 낭군을 대신하여 백호가 등장하면서 춘향과 이 도령의 이별 후에 낭군이 등장하는 꿈이 첨가된다. 현실에서의 이별이 꿈을 통해 반복되면서 춘향의 상실감은 증폭된다.

낭군몽은 옥중 상봉 직전으로 그 출현 위치가 고정되어 있다. 낭군몽의 서사적 위치는 이 도령의 귀환으로 춘향의 끝없는 기다림이 끝을 맺는 부분이자 이 도령과의 재회가 현실이 되는 도입부이다. 전자의 경우 옥고로 인해 지칠 대로 지친 실존적인 한계 상황이 전제되고 후자의 경우 어사 급제나 설치(雪恥)의 실현이라는 춘향의 희망이 완전히 좌절되며 춘향의 진실한 사랑이 명명백백하게 드러나게 된다.

극한의 한계 상황에서 춘향이 꾸는 꿈은 춘향의 의지적 면모를 보여준다. 춘향의 옥중 삶은 어린 소녀가 겪기에 결코 녹록한 것이 아니다. 그러나 정작 춘향의 심적 고통은 누추하고 제한된 공간이나 육체적으로 가해지는

---

37) 이부영, 『자기와 자기실현』, 한길사, 2002, 195면.

고통이 아니라 이 도령의 소식을 듣지 못한 채 사오년의 시간이 경과하고 있다는 사실이다. 기약 없는 기다림은 변 부사의 생일연이 다가올수록 심화되고 이 도령은 생일 하루 전에야 비로소 춘향을 찾는다. 낭군몽은 간절히 소망하던 잠을 이루지 못하다가 의식이 흐려진 상태에서 꾸는 꿈이다. 가장 익숙한 목소리인 월매의 말을 인지하지 못할 정도로 춘향은 육체적·정신적 한계에 이르러 있다. 이러한 극한 상태에서 춘향은 꿈을 통해 임을 만나고자 했던 자신의 의지를 실현한다. 비록 꿈의 형태일지언정 그것은 매우 구체적이고 생생한 형태로 나타난다. 특히 귀신 울음소리를 비롯한 삽화들이 부가될 때 이러한 역할은 강화된다.

어사가 된 이 도령을 만나 만단정회를 나누는 꿈에서 깬 춘향은 꿈과 상반된 현실과 마주한다. 그것은 바로 가문이 멸하여 거지꼴로 돌아온 이 도령과의 만남이다. 춘향은 어사가 된 이 도령을 상대로 오랫동안 담아 두었던 그간의 그리움과 회포를 토로하는 만단정회가 아니라 패망하여 돌아온 이 도령에게 자신의 사후를 당부해야 하는 처지에 이르게 된다. 그야말로 자기 죽음과 그로 인한 주변 사람들과의 이별을 수용해야 하는 것이다. 그리고 이를 받아들인 춘향이 처음으로 그 어미에게 부탁하는 것은 이 도령의 궁기(窮氣)를 살피는 일이다. 내일 죽어야 할 춘향이 이 도령의 의식주를 염려하는 대목은 그 사랑의 충일(充溢)을 드러내기에 부족함이 없다. 따라서 옥중 상봉 전에 위치한 낭군몽은 춘향이 처한 현실적 상황을 더 극명하게 드러냄으로써 춘향의 이상과 현실의 대비를 통해 춘향이 보일 수 있는 사랑의 경지를 확인시켜 주는 역할을 한다.

3) 황릉묘몽

황릉묘는 이비(二妃)전설과 관련된 장소로 〈황릉몽환기〉와 같은 작품에서는 전체 서사의 근간을 이루기도 하고 〈사씨남정기〉나 〈심청전〉의 경우에는 삽화적인 사건으로 재구성되는 등 다양한 소설을 통해 수용되어 왔다.38) 입몽부(入夢部)와 몽유(夢遊), 각몽부(覺夢部)의 몽유형 액자 구조를 취하고 있다는 점, 순임금의 붕하와 이비의 피눈물이 소상반죽(瀟湘斑竹)을 이룬 이비의 절사라는 역사적 사실과 사후 순절을 칭송받아 천상의 상군 부인으로 추앙된 전설의 내용까지도 그대로 수용하고 있다는 점에서 〈춘향전〉에서의 황릉묘 역시 열녀의 수절과 관련하여 유입된 것으로 보인다. 따라서 황릉묘의 첨가는 십장가로 대표되는 춘향의 항거와 더불어 〈춘향전〉의 '열'이라는 이념적 지향을 강화한다.

이본의 파생 과정에서 황릉묘몽은 황릉묘에 출현하는 인물의 차이가 있을 뿐 황릉묘에 가서 역사적 인물들을 만나 그들의 이야기를 듣고 돌아오며 각몽 후 그 꿈을 망각하는 기본적인 구조는 대동소이하다. 이러한 점에서 볼 때 황릉묘몽에 적강 화소를 도입한 신재효의 개작은 이례적이다. 천장전행으로의 개작은 태몽이나 신행길 사설과도 관련되며 주인공의 이상화라는 작품 세계의 변모를 지향하고 있다.39) 그러나 신재효의 천장전행은 옥중 장면의 구성에는 큰 영향을 끼치지 못한다. 현재 창으로 불리는 〈춘향가〉에서는 효부와 열부를 위한 곳이라는 황릉묘의 상징성은 그대로 유지되고 있으나 춘향의 절개를 인정하는 것보다 매 맞은 춘향을 구완하는 것이 중시되면서 황릉묘의 의미가 축소되었다.

황릉묘몽은 몽유 구조를 취하는 독립적인 꿈이며 서사 전개상의 위치가 형장 이후로 비교적 고정되어 나타나기에 독립적인 장면 단위로 향유되거나 파경몽과 결합하여 나타난다. 그 결과 옥중 장면은 이 도령의 급제를 기준으로 재편된다. 황릉묘와 파경몽, 봉사 해몽은 이 도령의 과거 급제 전에 어사 노정기와 이 도령의 춘향집 방문, 낭군몽은 이후에 위치한다. 옥중 꿈들 간의 순서가 고정되면서 어사 노정기와 이 도령과 월매의 재회 부분이

---

38) 우쾌제, 「이비전설의 소설적 수용 고찰」, 『고소설 연구』 1, 한국고소설학회, 1995, 293면.
39) 김종철, 『판소리사 연구』, 역사비평사, 1996, 147~153면.

확장되고 다변화된다.

　이상을 통해 춘향이 옥중에서 꾸는 꿈인 파경몽, 황릉묘몽, 낭군몽은 개별적으로 혹은 상호 간의 결합을 통해 다양하게 변모하면서 〈춘향전〉의 옥중 장면을 완성하여 왔음을 확인하였다. 옥중 꿈의 다양한 변모는 〈춘향전〉 향유자들의 옥중 장면에 대한 관심과 의미화의 결과라 할 수 있다.

4. 결론

　〈춘향전〉의 이본에는 여러 개의 꿈이 등장하지만 그 중에서도 황릉묘몽, 파경몽, 낭군몽은 옥중 장면에서 등장하는 꿈이다. 옥중 장면은 서사 전개 상으로 중대한 역할을 하는 부분으로 꿈에 의해 서사가 이루어진다고 해도 과언이 아닐 정도이다. 이 연구는 판소리와 관련되는 한문본, 완판 계열 및 판소리 창본을 대상으로 이 세 가지 꿈이 일차적으로는 옥중 장면 속에서, 나아가 서사 전개의 측면에서 그 변모의 양상과 역할에 주목하였다.

　파경몽은 〈춘향전〉의 초기 이본에서부터 존재하던 꿈이라 할 수 있다. 따라서 서사적 역전의 계기를 마련하는 역할을 했던 것으로 보인다. 그러나 이후 황릉묘몽과 결합하면서 그 역할이 상대적으로 약화된다. 또한 파경몽은 옥중 장면 안에서의 위치 이동이 자유로운 꿈으로 옥중 꿈들 간의 관계나 결합에 따라 위치가 변화한다.

　옥중 꿈의 다음 단계는 파경몽이 확장되고 낭군몽이 첨가되는 것이다. 파경몽의 확장은 주로 봉사 해몽 부분과 관련되며 낭군몽은 옥중 상봉 직전 어사가 된 이 도령과 재회하는 꿈이다. 낭군몽의 위치는 옥중 상봉 직전으로 고정되어 나타난다. 낭군몽은 춘향의 간절한 바람이 꿈으로 표출된 것으로 낭군몽은 춘향의 의지적 형상과 그 사랑의 깊이를 부각시키는 역할을 한다.

춘향의 열행(烈行)과 관련하여 유입된 황릉묘몽은 옥중 장면을 재편한다. 황릉묘몽이 첨가되면서 파경몽의 위치가 황릉묘몽 뒤로 고정되고 이로 인해 옥중 꿈은 안정된 구성을 취하게 된다. 그 결과 옥중 장면이 어사 급제 전으로 이동하는 경향을 보인다.

19세기 후반 신재효는 황릉묘몽을 천장전행으로 개작하였으나 옥중 꿈의 변모에는 큰 영향을 끼치지 않는다. 20세기 이후 창본에서 파경몽은 탈락된다. 낭군몽의 자리에 백호가 등장하여 춘향의 공포감을 드러내고 이별 후 꿈에서는 이 도령과의 상봉이 이루어지지 못함으로써 춘향의 상실감은 강화된다. 황릉묘몽의 내용이 일부 변화하여 소략해지고 황릉묘몽이 탈락되는 이본도 등장하는 등 옥중 꿈의 변화는 지속되고 있다.

고전소설 〈숙향전〉에서 보조 인물의 양상과 서사적 효과

1. 서론

일반적으로 서사는 주동인물(protagonist)을 중심으로 진행되고 독자 역시 그들의 행동과 심리를 따라 서사를 수용한다. 더구나 고전소설은 대개 '전(傳)'의 전통을 표방하고 있기 때문에 고전소설은 작가에게도 독자에게도 주동인물 혹은 주인공의 서사로 읽혀 왔고 자연스럽게 연구의 관심 역시 주인공(main character)에 국한되어 왔다. 그런 이유로 보조 인물은 명칭 그대로 주동인물을 보조하는 인물로 간주되어 왔으며 매력적인 몇몇 인물을 제외하고 보조 인물들에 대한 관심은 소략하였다.

사건의 중심이 되어 서사를 장악하고 서사를 이끌어 가는 것이 주동인물이긴 하지만 이들만으로 이야기는 성취될 수 없다. 한편의 서사에는 살아 있는 존재이자 하나의 기능으로 자리 잡고 있는 수많은 인물들이 자리하기 때문이다. 이들은 주동인물에 못지않게 중요한 역할과 기능이 있으며 때로 개성적 성격으로 인해 독자들의 기억 속에 깊은 감동을 남기기도 한다.

고전소설의 등장인물에 관한 논의는 주동인물, 반동인물, 보조 인물의 세 축으로 나누어 이루어지고 있다.[1] 그 중에서도 보조 인물에 관한 논의는

---

1) 보조 인물을 칭하는 용어는 minor character, minor figure, sub-character, assistant, helper 등으로 여러 가지를 찾아 볼 수 있다. 이들의 역어 역시 논자마다 달라 주변 인물,

크게 두 가지로 나눌 수 있다. 하나는 주인공에 버금하는 독립된 인물로서 한 명 혹은 소수의 보조 인물을 다루는 것[2]이고 다른 하나는 주인공과의 관계망 속에서 보조 인물들을 탐색하는 방식[3]이다. 전자의 경우 판소리계 소설들을 대상으로, 후자의 경우 장편고전소설을 중심으로 선행 연구가 이루어지고 있다. 이 연구에서는 주동인물의 보조 역할로서의 보조 인물들이 주동인물과의 관계 속에서 서사 전개에 미치는 영향력에 관심을 둔다.

고전소설에서 보조 인물들은 주동인물 혹은 반동인물의 부수적 존재로서 주동인물과 가까운 위치에 있으면서 그의 일을 돕거나 시중드는 기능을 한다. 이로 인해 주동인물의 성격이 분명하게 드러나고 이야기가 흥미롭게 전개되기도 한다. 또한 보조 인물들 각자는 하나의 독자적 인물 유형을 대표하면서 작품 안에서 고유한 기능을 수행한다. 보조 인물들의 다양한 활동은 소설 작품의 전체적 기능과 의미를 구현하는 데 있어서 중요한 역할을 한다.[4]

부차적 인물, 부수적 인물, 보조 인물 등으로 사용되고 있다. 이는 주동인물을 주인공, 주도적 인물, 주요 인물 등으로 이르는 것도 마찬가지이다. 이 논의에서는 사건의 중심이 되면서 창작자의 의식이 반영된 인물을 주동인물로, 주동인물과 갈등 관계를 형성하는 인물을 반동인물로, 이들을 제외한 인물을 보조 인물로 분류하였다.

2) 대표적인 연구는 다음과 같다. 권두환·서종문, 「방자형 인물고—판소리계 소설을 중심으로」, 『한국소설문학의 탐구』, 한국고전문학회, 1979. 김흥규, 「방자와 말뚝이 : 두 전형의 비교」, 『한국학논집』 5, 계명대학교 한국학연구소, 1978. 곽정식, 「작중 인물을 통해 본 배비장전의 우면성—방자와 사또의 역할을 중심으로」, 『어문학교육』 7, 한국어문교육학회, 1984. 성연아, 「월매에 대한 소고」, 『어문논집』 20, 중앙어문학회, 1987. 정하영, 「월매의 성격과 기능」, 『고전소설 연구의 방향』, 한국고전문학회, 1985. 한길연, 「도앵행의 재치있는 시비군 연구」, 『한국고전여성문학연구』 13, 한국고전여성문학회, 2006. 서보영, 「춘향전 전승에서 방자 삽화의 변이 양상과 의미」, 『고전문학과교육』 38, 한국고전문학교육학회, 2018.

3) 정선희, 「조씨삼대록의 보조 인물의 양상과 서사적 효과」, 『국어국문학』 158, 국어국문학회, 2011. 최수현, 「유선쌍학록 보조 인물의 특징과 그 의미」, 『이화어문논집』 35, 이화어문학회, 2015. 윤보윤, 「쌍주기연의 보조 인물 고찰」, 『어문연구』 93, 어문연구학회, 2017 등의 연구가 그 예이다.

4) 정하영, 위의 논문, 332면.

한 작품을 살피는 일은 다양한 관점과 측면에서 접근해야 하고 더구나 그 작품이 다기한 향유의 역사와 다채로운 면모를 가진 작품이라면 더욱 그러하다. 그런 의미에서 기본 줄거리나 주동인물을 중심으로 서사를 파악하는 일과 더불어 세부적 장면들의 의미와 보조 인물들의 존재와 기능에 대한 주의 깊은 고찰이 이루어질 필요가 있다.

고전소설 〈숙향전〉은 구성과 세계관, 현실 반영 양상, 환상적 성격, 대중성 등의 다양한 이유로 연구자들의 관심을 받아 왔으며 이는 이 작품이 다양한 해석의 여지가 있음을 방증한다. 반면 작품의 명성에 비해 〈숙향전〉에 등장하는 인물에 관한 연구는 상대적으로 소략한 편이다. 조혜란은 숙향을 고소설의 여성주인공 중에서도 보기 드물 정도의 수동성을 보여주는 인물로 평가하고 그런 이유로 주변 인물들의 적극적인 개입을 통해서만 그녀의 삶이 영위된다[5]는 점을 밝혀 그녀를 둘러싼 보조 인물들에 대한 연구의 필요성을 은연중 시사한 바 있다. 심치열은 조력자의 역할이 돋보이는 작품으로 〈숙향전〉을 꼽았다. 〈숙향전〉은 인물들만으로 사건의 진행을 이끌어가는 대부분의 작품과는 달리 거북, 청조, 개 등을 주역들의 보조적 행위자로 등장시켜 작품의 서사적 진행을 돕게 함으로써 사람과 동물이 공존하는 작품 세계를 창출한 것으로 보았다.[6] 최기숙 역시도 나약하고 수동적인 태도로 일관한 숙향이 끝까지 생명을 유지할 수 있었던 요인으로 그녀를 지켜준 조력자의 힘에 주목하였으나[7]보조 인물들에 대해 천착하지는 않았다.

이러한 점에서 〈숙향전〉의 보조 인물에 눈을 돌리면 〈숙향전〉에는 실로 많은 수의 보조적 인물들이 출현하여 주동인물과 관계를 맺고 있다. 보조

---

5) 조혜란, 「숙향전의 숙향 : 청순가련형 여성주인공의 등장」, 『고소설연구』 34, 한국고소설학회, 2012, 47면.
6) 심치열, 「숙향전 연구」, 『한국언어문학』, 38, 한국언어문학회, 1997, 260면.
7) 최기숙, 「17세기 고소설에 나타난 여성 인물의 유랑과 축출, 그리고 귀환의 서사」, 『고전문학연구』, 38, 한국고전문학회, 2012, 49면.

인물들이 기반하고 있는 세계의 범위가 넓고 서사에 개입하는 편폭이 다양하며 그 형상 역시 각기 개성적 면모가 두드러진다는 점을 새삼 발견할 수 있다. 유형적이고 기능적인 인물이 있는가 하면 서사의 흐름에 깊숙이 개입하는 보조물들이 등장하고 다양한 연원에 기반을 두고 있지만 작품 속에서 새롭게 창조되기도 한다.

이 연구는 〈숙향전〉에 등장하는 보조 인물들의 양상을 주동인물들과의 관계를 중심으로 살펴보고 이를 통해 보조 인물들에 의해 창출되는 서사적 효과를 살펴보고자 한다. 특징적인 보조 인물에 대한 연구가 그간 관심 밖에 있던 보조 인물을 양각화하여 그들을 발견하고 재인식하게 한다면 여러 보조 인물들을 관계화 양상에 따라 분류하고 그 효과를 살피는 일은 보조 인물들을 음각한다는 점에서 차이를 갖는다. 논의는 선본으로 언급되는 이화여대도서관 소장본 〈숙향전〉을 중심으로 진행하였다.

2. 고전소설 〈숙향전〉에 나타난 보조 인물들의 양상

서사 전개 단락을 살펴보면 〈숙향전〉은 숙향의 고난을 다루는 전반부의 서사와 이선의 모험을 다루는 후반부의 서사가 순차적으로 나열되는 구조이며[8] 숙향의 서사와 이선의 서사 사이에는 숙향과 이선이 만나 혼인하는 사건이 중심에 놓여 있다.[9] 각각의 부분이 주동인물, 주요 사건, 배경의 측

---

8) 이지하, 「숙향전의 차별적 서사와 소설사적 의미」, 『고전문학연구』 51, 한국고전문학회, 2017, 196면.
9) 조용호는 숙향과 이선의 결연을 전체 서사의 중심 사건으로 보고 있다. 결연이 있기 전 숙향은 마고할미와 이별하게 되고 이제 액운이 끝나고 앞으로 운이 트일 것이라는 마고할미의 예언을 듣게 되기 때문이다. 이를 통해 숙향의 시련이 종결되고 전체 서사에 있어서 반전이 있을 것임을 암시한다. 조용호, 「숙향전의 구조와 의미」, 『고전문학연구』 7, 한국고전문학회, 1992, 242~278면.

면에서 독립적인 모습을 보이기에 〈숙향전〉의 서사구조를 숙향의 고행담, 이선과 숙향의 결연담, 이선의 모험담10)으로 나누고 사건 진행에 부가된 보조 인물들의 양상과 서사적 효과를 살펴보았다. 보조 인물이라 함은 주인공, 숙향과 이선을 제외한 인물들, 즉 인격체를 의미하며 학이나 새, 까치, 삽사리의 경우 제재 차원으로 보고 포함하지 않았다.11)

1) 숙향의 천정을 예언하거나 실현하는 인물들

숙향의 고행담에 등장하는 보조 인물들은 도둑, 후토부인, 장 승상과 장 승상 부인, 사향, 천승, 용녀, 월궁의 선녀들, 화덕진군, 왕균이다. 이들은 숙향과 직접적으로 교류하며 숙향의 천정(天定)이 지상에서 실현되는 데 기여한다.

도둑, 후토부인, 장 승상과 장 승상 부인, 용녀와 월궁 선녀, 화덕진군은 왕균이 예언한 다섯 번의 액에서 차례로 등장한다. 우선, 도둑, 후토부인,

---

10) 작품의 마지막에 부가된 이선의 서사를 고행담으로 보는지 모험담으로 보는지는 연구자마다 견해 차이가 있다. 경일남은 천상에서의 사통 죄를 속죄하기 위해 구약 고행을 해야 한다는 점에서 고난담으로 보고 있다. 경일남, 「숙향전의 고난양상과 결연의미」, 『논문집』 24 - 2, 충남대학교 인문과학연구소, 1997, 24면.
　한편 이지하는 이선의 구약 여행은 천상의 약을 구한다는 명분 아래 선계를 두루 경험하고 현세의 보상을 받는다는 점에서 숙향의 고난과는 질적 차이를 지니며 고난의 성격이 환상적이고 유희적이라는 점에서 모험담에 가깝다고 본다. 이지하, 앞의 논문, 2017. 김수연도 바리공주와 비교하여 이선의 구약 여행이 신선들과의 축제적 성격을 지닌 것으로 보았다. 김수연, 「소통과 치유를 꿈꾸는 상상력 〈숙향전〉」, 『한국고전연구』 23, 한국고전연구학회, 2011. 임성래는 "위험을 무릅쓰고 하는 일"이라는 사전적 의미로 모험 문학을 규정하기 어렵다고 보고 자연의 보편적 지배를 받지 않는 이계 공간을 여행하는 과정에서 겪는 사건을 줄거리로 한 소설인 〈남염부주지〉, 〈용궁부연록〉, 〈김원전〉 등을 모험 문학으로 범주화하였다. 임성래, 「한국문학에 나타난 모험의 의미」, 『대중서사연구』 23, 대중서사학회, 2010, 7~31면.
11) 인간이 아닌 것들(동물, 식물, 사물, 환상적 존재 등) 역시 서사에서 칭하는 등장인물에 포함되지만 여기서는 내외적으로 인간적 형상을 취한 것만을 인물로 파악하였다.

월궁 선녀, 화덕진군, 천승은 각 액의 조력자이지만 주동인물을 고난에 빠뜨리기도 한다는 점, 과거를 회상하게 하고 나아갈 바를 알려 준다는 점에서 사건의 발생자이자 기억 상기자이며 정보 전달자로 전형적인 조력자의 역할과는 차이가 있다.[12) 세 번째 죽을 액의 경우 숙향이 전생의 은혜를 갚아야 하는 사정이 있기에[13) 장 승상과 장 승상 부인, 사향과 천승을 모두 동일하게 볼 수 없지만 도둑, 후토부인, 화덕진군은 숙향에게 고난을 야기한 인물인 동시에 그로부터 그녀를 구원하는 인물이다. 한편, 장 승상 부인 역시 그녀를 구원하지만 다시 고난으로 내몰게 된다는 점에서 여기에 포함된다. 이들은 고난이 발생하면 등장하여 자신들의 정체와 입장, 자신이 등장한 이유를 밝히고 사건의 경위를 알려준 후 가야할 곳으로 인도한다.

(가) 부인 왈 이 ᄯ은 명수게요 나는 후토부인니니다 션녀 인간의 나려와 고승을 격거시민 져겹게 잔ᄂ비와 황시며 금ᄌ 청됴를 보ᄂ여습더니 보신잇가 〈중략〉 부인 왈 션녀 쳔칭의 게실 쩌 항아으게 득죄ᄒ여 죽게 되오니 규셩이 옥뎨게 슬와 구ᄒ 은혜 잇습더니 이제 규셩이 득죄ᄒ여 인간의 나려와 남군 ᄯ

---

12) 고전소설에서 조력자는 주로 초월적 세계와 관련하여 논의된다. 조력자를 인물의 행위나 운명에 절대적인 영향을 끼치는 존재로 본 논의(윤보윤, 「재생서사에 나타난 초월적 조력자의 비교 연구 : 불교서사와 고전소설을 중심으로」, 충남대학교 석사학위논문, 2007), 조력자의 유형을 예언형, 인도형, 전인형 조력자로 분류한 논의(김영혜, 「연명담을 수용한 고소설의 조력자 연구」, 한국교원대학교 석사학위논문, 2007), 능력의 근원에 따라 초월적, 세속적, 중간적으로 분류한 논의(박은미, 「영웅소설에 나타난 조력자의 유형과 역할—〈홍길동전〉, 〈유충렬전〉, 〈용문전〉을 중심으로」, 성신여자대학교 석사학위논문, 2013)를 찾아볼 수 있다.

13) 남녀주인공이 겪는 고난을 생성한 기본원리를 살핀 경일남의 논의에서는 세 번째 죽을 액을 숙향이 천상계에서 행한 신물 사취 죄에 대한 속죄를 위한 핵심적 고난이며 첫 번째와 두 번째 액은 이에 수반되는 종속적 고난으로 보고 있다. 경일남, 앞의 논문, 1997, 26~29면. 왕균이 예언한 숙향의 고난 중 반야산에서 도적을 만나 죽을 액, 명사계에 다녀갈 액, 도둑 누명을 쓰고 표진강에 빠져 죽을 액, 노전에 가서 화재를 만나 죽을 액 중 세 번째 액은 그 기간이 길고 일시적인 고난으로만 이루어지지 않는다는 점에서 등장하는 보조 인물들의 역할이나 성격에서 차이가 있다.

장 승상 부인니 되어ᄉ오니 션녀난 먼져 장승상 집으로 가 겟셔 은혜를 십연을 갑푼 후의 틴을션군을 만나 인하여 부모도 만나볼 거시니 그러ᄒ᷈ᄌ면 이제 십오연니 되리라. 〈중략〉 션녀 아모리 죽고져 ᄒ᷈여도 쳔ᄉ᷈의셔 죄를 즁이어더 게시미 인간의 나려와 다섯 번 죽을 익을 지닌 후의야 쳔ᄉ᷈죄를 면ᄒ᷈고 죠흔 시절을 보실 거시니 그리 아옵쇼셔 져젬게 도적을 만나 죽을 변ᄒ᷈여 ᄒ᷈번 익을 당ᄒ᷈시고 이제 명ᄉ᷈게를 단여가오니 두 번 익을 지닌ᄉ오나 이압히 ᄯᅩ 세 번 익이 잇ᄉ오니 죠심ᄒ᷈쇼셔 (140~141면)

(나) 이제 세 번 익을 지닌ᄉ오나 이 압히 두 번 익이 잇ᄉ오니 죠심ᄒ᷈옵소셔 숙향이 놀나 왈 ᄯᅩ 무신 익이 잇난요 션녀 왈 노젼의 가 화직를 보시고 낙양 옥즁의 가 슈형할 일을 보시고 반련 공방을 지닌신 후의야 틴을셩군을 뫼와 영화를 보시고 인ᄒ᷈여 부모를 만나 보시리다 (150면)

(다) 노인 왈 너 이르지 아니ᄒ᷈여도 나는 다 아노라 〈중략〉 화직난 면ᄒ᷈여시나 ᄯᅩ 낙양 옥즁 익을 엇지 할고 타일 귀히 되어 힝여 이 곳듸 오거든 니 은혜를 잇지 말나 숙향이 ᄉ례ᄒ᷈고 문 왈 노인은 어디 게시며 셩씨난 뉘시오 노인니 웃고 왈 니 집은 남쳔문 밧긔요 나는 화덕진군니로다 나 곳 아니면 엇지 이 화직를 면ᄒ᷈여시며 ᄯᅩ 노젼 숩빅 니를 무ᄉ이 득달ᄒ᷈랴 (156면)

　(가)는 후토부인이, (나)는 월궁의 선녀들이, (다)는 화덕진군이 숙향에게 이른 말이다. 후토부인은 먼저 자신이 후토부인임을 밝히고 자신이 푸른 원숭이, 청학, 붉은 새, 청조를 보내어 그녀를 도왔다는 사실을 통해 그녀에게 우호적인 입장임을 분명히 한다. 숙향이 이러한 고난을 겪게 되는 까닭과 펼쳐질 고난들이 피할 수 없는 운명이라는 점, 앞으로 겪게 될 일을 설명하고 지금 가야 할 곳을 지시해 준다. (나)의 월궁의 선녀들 역시 후토부인과 같이 숙향이 이러한 고난을 당하는 이유, 앞으로 벌어질 일들을 알

려 준다. 고난은 숙향과 이선, 숙향의 부모 모두 전생의 죄를 씻기 위해 정해신 일이며 모든 액을 순서와 차례에 따라 거쳐야만 하고 앞으로 두 번의 액이 발생하게 된 자초지종과 이선의 일을 말해 주고 동정귤을 주며 화덕진군에게로 인도한다. (다)에서 화덕진군은 이미 숙향의 전후 사정을 알고 있거니와 귀하게 될 미래를 예견한다. 자신을 화덕진군이라 밝히고 자신의 덕분으로 숙향이 화재를 면하고 노전 삼백 리를 지나올 수 있었다고 한다.

이상의 보조 인물들은 천상계에 속해 있으면서 옥황상제의 명령을 따르고 있지만 그들의 행동에는 다양한 동기가 존재한다.[14] 이는 상제의 명령과 무관한 인물들에게도 적용되는데 도둑이나 왕균이 숙향의 관상을 읽는 능력[15]으로 인해 숙향을 죽음에서 구한다면 용녀의 경우 용왕을 통해 숙향의 사정을 알고 있다. 그럼에도 사건 발생의 이유로 천정(天定)이 강조되기 때문에 '착한 도둑'이라거나 '능력 있는 노비'[16]와 같이 보조 인물이 전일하게 긍정적으로 형상화되어 있다. 더불어 유일하게 숙향의 조력자가 아닌 사향을 포함한 모든 관계가 일방향적이고 숙향과 보조 인물 간에 유발되는 갈등이 미미하다.

---

14) 지연숙은 〈숙향전〉의 보조 인물 중 신적 존재들에 국한하여 그들의 행동과 그 동기를 살핌으로써 서사 세계의 작동 원리를 살핀 바 있다. 〈숙향전〉에서 세계를 작동시키는 것은 원칙적, 표면적으로 옥황상제의 공식적 명령이지만, 실질적으로는 다양한 신적 존재들의 서로 다른 방향성을 가진 운동력의 총합으로 보고 있다. 지연숙, 「〈숙향전〉의 세계 형상과 작동 원리 연구」, 『고소설연구』 24, 한국고소설학회, 2007, 202~213면.

15) 그 중의 흔 도적이 잔잉이 녀겨 말여 왈 제 부모 바리고 가고 져 어린 것시 빈곱과 우난듸 무슴죄로 죽이리요 뇌 이 아히 ᄉᆞᆼ을 보니 후일 귀히 되리니 죽이지 말나(138면)

16) 사향은 노비의 우두머리 격인 수노(首奴)의 지위로 능력이 제법 출중한 인물로 장 승상 부부로부터 신뢰와 그에 합당한 대우를 받았고 그 지위가 숙향에 의해 괴결됨으로써 숙향을 몰아낼 음모를 꾸미게 된 것이다. 즉 사향 역시도 집을 관리하는 능력에 있어서는 숙향에 버금가는 인물로 형상화된다. 서신애 「고전소설 속 노비의 행위와 처벌—〈숙향전〉, 〈숙영낭자전〉, 〈운영전〉을 대상으로」, 『돈암어문학』 32, 돈암어문학회, 2017, 355면.

2) 숙향과 이선의 결연과 관계된 인물들

이선과 숙향의 결연을 위해 존재하는 인물들로는 이화정 할미, 조장, 숙부인, 이정과 왕씨, 김전과 장씨, 동해용왕을 들 수 있다.[17] 이들은 공통적으로 인물과 인물 사이를 연결하는 관계의 매개자들이라 할 수 있다. 이화정 할미와 조장이 이선과 숙향을 연결한다면, 숙부인과 왕씨는 이정과 숙향을, 용왕과 장씨는 김전과 숙향을 매개하게 된다. 이정은 김전과 숙향을, 김전은 숙향과 용녀를, 이선과 용자를 매개한다. 이선과 숙향의 결연은 단순히 두 사람의 재회라는 사건이나 두 사람의 애정 문제에 국한되지 않는다. 둘의 결연은 새로운 가족을 형성하는 동시에 잃어버린 가족을 찾는 과정이기 때문이다. 숙향과 이선의 결연담에는 이선의 숙향 찾기, 이선 부친의 인정, 숙향의 부모 찾기 등의 이야기들이 얽히어 있다.

이선의 숙향 찾기에서 주요한 보조 인물은 이화정 할미이다[18] 이화정 할미는 천상계의 존재이자 정성을 다해 숙향을 보살피는 유모가 되기도 하고, 스승이 되어 수놓는 재주를 칭찬하고 격려하며, 또 어떤 때는 부모가 되어 숙향과 연을 맺으려는 남주인공의 진실을 시험한다는 점에서 다층적인 역할을 수행하고 있기에 주동인물에 버금가는 핵심적인 보조 인물이다. 또한

---

17) 나열된 인물 외에도 할미 무덤에 있던 숙향을 왕씨 부인에게 데려가는 이선의 유모나 이선에게 숙향이 간 곳을 일러주는 조카 장원, 화원의 존재를 알려 준 종 장적(장석), 숙향에게 도둑이 들 것을 알려준 소 타는 아이, 낙양고을의 아전, 장 승상댁 하녀 등은 그 역할이 지나치게 미미하여 포함하지 않았다.

18) 이화정 할미의 경우 숙향과 이선의 결연담 전반에 걸쳐 등장한다. 숙향이 이선과 결연한 후에도 이화정 할미는 쫓겨난 숙향을 데리고 이사를 하고 요지연에서 청조가 되어 그녀를 인도하며 낙양 옥중에서도 청조가 되어 편지를 전달한다. 숙향의 모친의 꿈에 나타나 그녀를 구하고 사령의 팔을 잡아 매를 칠 수 없도록 한다. 이후에도 청삽살이를 두고 가 숙향을 보호하며 후에 자사부인이 된 숙향에게 나타나 곧 부모를 볼 것을 예언하고 작품 말미에서 이선과 정렬부인이 된 숙향을 만나게 해 주는 등 전체 서사에서 비중이 큰 인물이다. 그러나 그녀의 보조 인물로서의 특징과 역할이 가장 잘 드러나는 부분은 늙은 술집 할미의 모습으로 이선과 숙향의 결연을 돕는 부분이다.

천상계 인물 중 유일하게 인간으로 변하여 비교적 긴 기간 인간과 함께 살며 천상계와 현실계를 연결하는 기능을 한다는 점에서 작품 속 다른 천상계 인물과는 변별성을 지닌다.[19]

무엇보다 보조 인물로서 이화정 할미에게 더욱 주목하는 이유는 그녀가 주동인물들의 변화를 가져 오는 보조 인물이기 때문이다. 이화정 할미는 이선에게 숙향의 고난을 목도하도록 한다. 이선은 숙향을 찾기 위해 남양의 김전 집의 종, 남군의 장 승상, 포진의 노인, 청의동자, 중, 노전의 화덕진군을 차례로 만나는 과정에서 숙향과 그녀의 삶에 공감한다. 더불어 이화정 할미는 이선이 숙향과의 혼인을 하려는 의지가 있는지를 확인한다. 보조 인물들의 말을 통해 반복적으로 드러나는 바[20] 이선과 숙향의 결연에 가장 장애가 되는 것은 두 사람의 신분 차이이며 두 사람의 확신만이 이 혼사를 결정지을 수 있기 때문이다. 이화정 할미가 계획한 과정을 통해 이선은 변화하고 숙향과의 애정은 돈독해진다. 이화정 할미는 이선뿐만 아니라 숙향의 변화에도 지대한 역할을 하는데 이화정 할미를 만난 후 숙향은 병인 행세를 그만두고 자신이 걸어온 힘겨운 삶에 대해 말을 하며 자신을 도와준 존재들에 대해 언급함으로써 자신의 기억을 나누고[21] 비단을 짜고 수를 놓는 자신의 재주를 발견하고 이를 통해 부를 축적하게 된다.

---

19) 이외에도 이화정 할미는 자신의 본래 정체를 숨기고 지상에서 활동한다는 점, 변신을 하며 운신의 폭이 넓다는 점에서도 여타의 천상계 인물들과 차별화된다. 김태영, 「〈숙향전〉에 나타난 마고할미의 역할과 그 의미―〈이대봉전〉의 마고할미와의 대조를 중심으로」, 『고전과 해석』 23, 고전문학한문학연구학회, 2017, 26면.

20) 그딕 부뫼 알면 디환니 날 거시니 샴가 죠심 죠심 ᄒ라(98면. 화덕진군) 그러면 공ᄌ 부모게 알외려 ᄒ실이잇가(106면, 이화정 할미) 네 부친 셩품니 남과 다르니 남의 말을 고지듯고 이지 업시 미쳔ᄒ 사람을 며늘리 샴을 세 업스니 엇지려 ᄒ는다(107면, 여숙모) 할미 왈 낭군은 ᄉ셔딕 귀공ᄌ라 가문과 부귀 쳔ᄒ의 웃듬ᄒ니 부마 아니되면 공경 딕부의 아롬다온 ᄉ회될지라 엇지 어린 소ᄋ를 ᄎᄌ 빅필을 숨으리요(168면, 이화정 할미)

21) 김지혜, 「기억의 서사로 읽은 〈숙향전〉의 의미」, 『민족문화논총』 63, 영남대학교 민족문화연구소, 2016, 58면.

한편 화원인 조장은 이선이 숙향을 찾는 데 기여하는 인물이다. 그는 서사 전반에서 단편적으로 등장하며 공간과 공간, 인물과 인물을 연결한다. 그가 그린 숙향의 초상화를 통해 장 승상 부인은 숙향을 잃은 마음을 달래고, 이선은 숙향이 병인이 아님을 확인하게 된다. 후에 숙향은 이 초상화로 인해 장 승상 부인과 조우하고 서로 간의 오해를 바로잡는다. 다음으로 조장은 이화정 할미로부터 숙향이 수놓은 요지연도를 백금에 사들여 이선에게 팔게 되는데 이 과정에서 이선은 행방이 묘연했던 숙향을 찾게 된다. 족자나 그림을 매개로 두 남녀가 만나게 되는 것은 고전소설에서 흔히 사용되는 삽화이자 소재이다. 그러나 〈숙향전〉에서는 족자나 그림을 그린 인물로 형상화하고 있다는 점이 특징적이다.

이선과 숙향의 결연에 걸림돌이 되는 것은 두 사람의 신분 차이이지만 표면적으로는 이선의 부친인 이정의 반대이며 숙향은 이정의 인정을 받아야만 한다. 더구나 그는 이미 양왕과 혼사를 약조하였거니와 근본을 모르는 전쟁고아와 아들을 혼인시키는 일을 탐탁하게 여길 리 없다. 이러한 사정에서 이정과 숙향을 매개하는 인물이 바로 이선의 숙모이다. 그녀는 좌복야 여흔의 부인으로 일찍 과부되어 이선을 매우 사랑하는 인물이다. 이선의 숙모인 여숙모는 이선이 부인 얻을 꿈[22]을 꾸고 급제하여 두 부인을 얻도록 하고 숙향과의 혼인을 주도한다. 숙향을 처벌한 상서를 꾸짖고 혼인이 지속될 수 있도록 한다. 결연에서 부모의 반대는 극복하기 힘든 장애물이며 이정이 갖는 권력의 정도를 고려할 때 여숙모는 주동인물들의 결연이 빠르게 이루어지는 데 결정적인 역할을 한다. 또한 이정의 부인인 왕씨는 이선의 태몽을 기억하고, 선녀의 계시를 받고 숙향을 들이는 일에 협조한다. 한편, 이정 역시 이선과 숙향의 혼인을 방해하는 과정에서 의도하지

---

22) 부인 왈 꿈이 옥용을 타고 광흔 젼니란 집의 드러가니 흔 선녀 여다라 날다려 이르되 늬 스랑ᄒ던 소익를 그듸의게 밋긔나니 메나리를 숨으라 ᄒ거날 씨다르니 남가일몽이라 (177면)

않게 숙향과 김전을 만나게 하는 역할을 하게 된다.

김전은 봉래산 능허 신생이고 장씨는 선녀로 천상계로부터 적강하였다. 두 사람은 설중매의 부모였으며 숙향의 전신인 소아를 미워한 죄로 인해 지상에서 숙향의 부모가 된[23] 복잡한 사연이 있는 인물들이다. 전생에서 딸의 원수를 다음 생에서 자식으로 갖게 되었기에 이들의 비운은 처음부터 예정되어 있다. 그들은 어린 숙향을 잃고 생사를 알지 못한 채 고통의 세월을 보낸다. 비로소 그토록 그리워한 딸을 만나지만 알아보지 못하고 치죄하여 죽을 고비에 이르게 한다. 자신이 그토록 미워한 숙향도 누군가의 자식이었음을 느끼는 과정을 통해 김전 부부는 천상에서 딸이었던 설중매를 자결하게 한 숙향을 용서하고 이선과 숙향이 결연에 이르게 되는 데 기여한다.

이러한 지난한 사정을 김전을 대신하여 알려 주는 인물이 바로 용왕이다.

그딕 그룻흔 죄 아니요 ᄒ날이 졍한 쉬라 나난 과연 이 물 직킨 용왕이러니 져젹게 닉 ᄌ식이 거복이 되어 물가의 갓다가 어부으게 잡펴 거의 죽기 되엿더니 그딕 구ᄒ믈 입어 ᄉ라시믹 나도 ᄌ식을 위ᄒ여 그딕 은혜를 갑푸려 ᄒ고 숭졔게 고ᄒ고 나려와 숙향 녯날 질을 가라치려 ᄒ고 즘간 그딕 동졍을 보니 그딕 졍셩이 지극지 못ᄒ던들 ᄒ마 못볼 번 ᄒ엿다 숙향이 다셧 번 죽을 익을 지닉고 이제는 귀히 되어시니 죠만의 형쥬 좌ᄉ 부인니 되어 굿써 셔로 만나 보려니와 다맛 숙향의 고ᄉ ᄒ던 일을 몰나셔난 비록 숙향을 만나도 그딕 분명이 숙향인 쥴 모를 거시니 숙향을 만나 닉 말과 갓거든 그딕 ᄌ식인 쥴 알나 (206~207면)

---

[23] 능허션싱 부체 완경ᄒ라 방쟝산의 갓짜가 흔쓴 귤 진상를 잘못흔 죄로 인간의 귀향 갈셰, 능허션싱은 남양 짜 우슈션싱의 아들니 되어 나고, 기쳐는 영쳔짜 쟝효의 쌀리 되어 나셔 쏘 만나 부뷔 되어시나, 틱을니 쇼아를 위ᄒ야 셜즁믹를 즁히 아니 너기는 쥴 알고, 능허션싱니 믹일 쇼아를 원망ᄒ는 타스로 니싱의 나와 그 쌀니 되어 나셔, 오셰에 일코 십오 년 간쟝를 썩이게 ᄒ엿고, 셜즁믹는 그딕 인간의 날려 ᄀ믜 보려 ᄒ고 쟈슈ᄒ야 약슈의 쌔져 죽으니, 후싱의 귀히 되게 ᄒ야 양왕의 쌀리 되엿는니라(220면)

56

반하 물가에서 노인의 모습으로 등장한 용왕은 숙향에 대한 김전의 마음을 확인하기 위해 그를 여러 가지로 시험한다. 더불어 자신의 행위가 용녀의 목숨을 구해 준 것에 대한 보답이라는 점을 분명히 하여 자식을 사랑하는 마음의 중요성을 일깨운다. 이는 김전 부부가 소아였던 숙향이 적강하여 겪었을 고난에 공감하고 숙향을 잃었던 세월 속에서 그들이 겪었던 고통을 반추하는 계기로 작용하기에 충분하다. 또한 장씨와 숙향이 서로를 확인하는 데 결정적인 기여를 하는 것은 어린 시절 옷고름에 매어 두었던 지환인데 이 역시 용녀에게 받은 서해용왕의 개안주로 만든 것[24]이다. 이처럼 김전과 숙향을 매개하는 것에는 용왕이 개입되어 있으며 용녀가 숙향을 돕고 용자가 이선을 보좌하게 된 것에는 김전이 자리하고 있다.

3) 이선의 모험을 추동하는 인물들

이선의 모험담에 등장하는 보조 인물들은 매향(설중매), 용왕 사람들(남해용왕과 용자), 열두 국의 왕들(경성, 미성, 규성, 주성), 선관들(이적선, 여동빈, 왕자균, 두목지, 구루선) 그리고 대성사 부처이다. 이들은 대체로 신령이나 신선과 같이 인간이 아니라는 점에서 공통적이며 이선이 이동하는 장소인 남해, 용궁, 열두 나라, 신선의 세계, 봉래산, 천태산 순으로 등장한다. 이들은 이선의 모험에 참여하여 이선에 대적하거나 협력하는 인물들이다.

이선의 모험담은 황태후의 선약을 구하는 것에서 시작되는데 이 과정에서 양왕이 이 일의 적임자로 이선을 적극적으로 천거한다. 이는 이선이 양왕의 딸인 매향과의 혼사를 거부했기 때문이란 점에서 매향은 이선과 양왕

---

24) 이 구슬은 김전이 장회의 딸과 결혼할 때 신물로 준 것이며 김전의 사위인 이선의 생명을 구하고 후에 죽은 황태후를 소생시키는 역할을 한다는 점에서 복(福), 수(壽), 사자(死者)의 재생(再生)이라는 용왕의 위력을 보여준다. 장홍재, 「숙향전에 나타난 거북의 보은사상」, 『국어국문학』 55 – 57, 국어국문학회, 1972, 460면.

간의 갈등 관계를 형성하고 이선의 모험담이 시작되는 계기가 되는 인물이다. 매향은 천상의 설중매로 김전의 천상배인 능허 선생의 딸이며 적강하여 양왕의 딸이 된다. 천상에서 설중매가 차지했던 역할에 비해 지상에서 그녀가 차지하는 비중은 크지 않다.

이선은 배를 타고 남쪽으로 가던 중 보름 만에 물 속 짐승을 만나 죽을 위기에 처한다. 숙향과의 신물인 옥지환을 내어줌으로써 남해용왕을 만나게 된다. 용왕은 천명이 없이 임의로 수궁을 비울 수 없으므로 스승인 일광노의 명을 받은 용자가 대신하여 이선을 돕기로 한다.[25] 용왕의 셋째 아들인 용자는 범인인 이선으로서는 불가능한 열두 나라를 통과할 수 있도록 한다는 점[26]에서 동료이자 적극적 보조자의 역할을 한다. 용자는 조력을 넘어 주동인물의 역할을 대신하는데 그 이유는 이선이 약을 구하기 위해 도달해야 하는 선계는 속세의 인간이 마음대로 들어갈 수 없는 곳이며 인간인 그가 상대해야 하는 대상들은 막대한 힘을 지닌 성황(城隍)들로 대등한 대결이 이루어질 수 없기 때문이다. 태을선관으로 분장하고 용자의 호위 아래 이선은 회회국의 경성, 호밀국의 미성, 유구국의 규성을 겨우 통과한다.

이적선, 여동빈, 왕자균(왕자교), 두목지는 인간이었으나 득도하여 신선이 된 인물들로 이선에게 함께 놀기를 권하며 그를 희롱하고 시간을 지연시킨다는 점에서 이선의 모험을 방해하는 인물들이다. 그들은 태을선과 천상의 벗인 까닭으로 그들의 행동은 위악적이며 결과적으로 이선에게 협력할 수밖에 없다.

---

25) 한국학중앙연구원 소장본 〈숙향전〉에서는 용자가 이선을 도와 봉래산에서 공부하고 약을 얻으면 선관이 될 수 있기에 돕는 것으로 그 이유가 좀 더 분명하게 드러나 있다.
26) 열두 국을 통과하는 것은 한국학중앙연구원 소장본과 이화여대도시관 소장본에서 차이가 있다. 전자에서는 용자의 도움으로 인해 흔의국, 합렬국, 위우국, 교위국 등의 열 두 국을 모두 통과한다. 다만 교위국에서 구리성에 갇히어 일광노의 도움으로 구출된 후 신선들을 만나게 되기에 용자의 역할과 열두 국의 이야기가 확장되어 있다. 한국학중앙연구원 소장본의 경우 이상구 주석, 『원본 숙향전·숙영낭자전』, 문학동네, 2010을 참조하였다.

    각각의 사정에 차이가 있지만 이선의 모험담에 등장하는 보조 인물들은 공통적으로 이선을 자극하여 그를 앞으로 나아가게 한다.

    (라) 약은 어드려니와 가난 질이 니곳셔 슴만 슴쳔 리라 열두 나라를 자닉갈 거시니 엇지 득달ᄒ오릿가 〈중략〉 왕 왈 예셔 슴쳔리옵거니와 지닉신 곳은 과이 험치 아니ᄒ거니와 압길은 과이 험ᄒ여이다 〈중략〉 어려울 분 아니라 험쳐도 만습고 약슈를 연흔 물이 잇ᄉ오니 그 물의난 인간 빅로 가지 못ᄒ리다 (216면)

    (마) 셩왕 왈 봉닉손은 명산나라 신션도 ᄉ제의명 업시면 간딕로 츄립지 못ᄒ거든 틱을션니 비록 쳔ᄉ 사람이나 득죄ᄒ고 인간의 나려가시니 이제는 속긱이라 간딕로 드러오지 못ᄒ리라 ᄒ더라 (218면)

    (바) 네 병부ᄉ셔라 ᄒ며 녯 글도 보지 못ᄒ엿난야 봉닉손 슘슘 십쥬 다 헛말이로다 진시황 흔무졔 위염으로도 능히 득달치 못ᄒ고 ᄉ구와 분슈지탄니 잇거든 ᄒ물며 조그만은 졍셩으로 엇지 봉닉손을 보리요 헛슈고 말고 나와 션경도 귀경ᄒ며 슐집이나 ᄎᄌ ᄒ거늘 〈중략〉 션관 왈 닉 쳔의 고릭를 타고 구만 팔쳔 리를 단니되 봉닉손을 죵시 보지 못ᄒ여스니 슈고로이 가지 말고 나를 죳ᄎ 도로 인간의 나가 슐집이나 귀경ᄒᄌ (218~219면)

    (사) 션관 왈 질을 가라쳐도 못간다 ᄒ니 우린들 엇지 ᄒ리요 인간의 옛가지 오기로 다힝ᄒ거든 굿틱여 위틱흔 질을 엇지 ᄎᄌ 가리요 엇된 말 말고 옛셔 우리와 바독이나 ᄯ고 노ᄌ ᄒ거날 (222면)

    위의 인용문들은 구약을 위해 봉래산 구루선을 찾아 가야 한다는 이선의 말에 대한 답변으로 (라)는 용왕의 말이며 (마)는 오의국의 셩황인 주성,

(바)는 이적선, (사)는 봉래산에 기거하는 선관의 말이다. 용왕은 봉래산은 존재하지만 그것에 도착하는 것이 거의 불가능에 가깝다는 답을 하고 주성 역시도 봉래산은 신선도 가기 어려운 곳으로 태을이라 해도 쉽지 않은데 득죄하여 적강한 이선이라면 그 중간 과정도 불가하다는 입장이다. 이적선은 봉래산이란 공간이 자신이 팔천 리를 다니며 보아도 한 번도 본 적이 없고 진시황이나 한무제와 같은 인물도 도달하지 못했다는 것으로 보아 애초에 존재하지 않으니 포기할 것을 권하고 있다. 선관들은 구루선이 산다는 봉래산이 인간의 능력으로 갈 수 없다며 포기를 종용한다.

이러한 그들의 부정적인 반응은 이선이 처한 모험이 험난함을 드러내어 그를 난처하게 하지만 동시에 제한된 시간 안에 반드시 임무를 마치고 돌아가야 하는 이선을 자극하는 요인이 된다. 나아가 이들은 이선의 의지를 확인하고 문제를 해결해 주기도 한다. 용왕은 선관의 복색, 공문, 표주를 내어 주어 거리상의 제약을 극복하고 용자가 대신하여 열두 나라 성황들의 허락을 받도록 한다. 주성 역시도 시간을 지체시켰을 뿐 이선이 오의국을 통과할 수 있도록 하였으며 두목지는 이선을 봉래산으로 데려다 준다.[27] 천태산 대성사 부처는 이선에게 마고선녀를 찾는 길을 일러 주고 육환장을 던져 다리를 만들어 이선이 물을 건너도록 돕는다.

이선의 모험은 인간이 가지 못하는 곳, 하늘의 명 없이 임의로 출입할 수 없는 신이한 공간들을 여행하는 것이므로 보조 인물들은 공통적으로 절대적으로 강한 힘이나 권력을 가진 사람들이며 자신의 역할이나 욕망에 따라 움직이지만 결과적으로 이들에 의해 이선의 모험은 추동된다. 주동인물인 이선은 하고 싶지 않지만 불가피하게 자신에게 부과된 과제를 제한된 시간 안에 수행해야 하며 보조 인물들은 시간을 지연시키고 의지를 꺾는 듯 곤란

---

27) 숭셔의 손을 잡고 왈 그딕 다리고 가던 용즈 그딕를 일코 민망ᄒ여 ᄒ거날 닉 이르되 니 젹션니 다려가시니 열두 나라를 도지 말고 바로 가 지다리라 ᄒ고 와사니 그딕난 우리와 ᄒ가지 죠흔 술이나 먹고 봉닉손을 가즈 하거날(219면)

한 상황을 연출하지만 결과적으로는 제한시간이 임박했음을 고지하고 주동인물 스스로 타개하기 힘든 상황들을 수월하게 해결함으로써 이선의 임무 완수를 돕는다.

3. 보조 인물 설정의 서사적 효과

1) 보조 인물 중심의 세부 서사의 변용에 따른 서사의 풍부화

숙향의 고행담은 숙향의 입장에서 보면 연속적이고 반복적이며 매번 비슷비슷한 고난으로 인식되지만 보조 인물들에게는 일회적이며 그 세부적인 내용과 그들이 주동인물을 돕는 이유 역시 차이를 갖는다. 이는 이러한 고난들이 사건 발생자인 보조 인물들에 의해 기획되기 때문에 보조 인물들의 특질과 개성에 따라 달라지고 있기 때문이다. 또한 천상의 기억을 잃고 매번 이를 재구해야 하는 주동인물들과 달리 보조 인물들은 주동인물에게 기억을 상기시키고 앞으로 벌어질 사건에 관한 정보를 전달한다.

숙향의 고난은 전쟁, 저승계(假死), 익사, 화재, 옥고와 같은 인간에게 발생할 수 있는 재해 혹은 재앙으로 이 각각의 고난은 하나의 주변 사건(satellites)[28]을 형성한다. 예를 들어 숙향의 고난 중 하나인 후토부인의 명사계는 그 자체로 하나의 주변 사건의 역할을 하며 그 서사의 중심에는 후토부인이 자리하고 있다. 숙향은 후토부인이 보낸 청조의 인도로 명사계로 들어가게 되며 후토부인이 제공한 꽃봉오리를 먹고 저승계로 진입하게 된

---

28) 주변 사건은 제거될 경우 그 서서물이 미학적으로 빈약해질지라도 플롯의 논리를 혼란시키지는 않는다. 그것의 기능성은 핵사건들을 보충하고 다듬고 완성시키는 것이다. 모든 행위들은 무수한 부분들로, 그리고 그 부분들은 더 작은 부분들로 하위 분할될 수 있다. S. 채트먼 지음, 한용환 옮김, 『이야기와 담론』, 푸른사상, 2008, 64면.

다. 이후에도 숙향은 후토부인이 주는 진액을 받아 마신 후에야 자신의 현재 상황을 인식하고 전생을 기억할 수 있게 된다. 이러한 과정은 현실계의 인간이 육체를 지니고 저승계로 들어가기 위해서는 저승계 존재의 도움을 받아야 하며, 두 번의 상징적인 제의 과정을 거쳐야 한다는 저승으로의 입사와 존재의 깨달음의 과정[29]으로 하나의 사건을 형성한다. 후토부인은 중국에서는 묘지의 신이며, 향촌의 수호신, 땅을 관장하는 여신이다. 우리나라에서는 국토의 수호신 등으로 다양한 신성을 보이며 후토부인이 저승을 관장하는 신령으로 되어 있는 것은 〈숙향전〉 고유의 서사이다.[30]

한편 전쟁의 참상 속에서 그를 구하는 인물이 도적이라는 점, 표진강에 빠져 죽을 뻔한 위기에는 등장하는 인물이 물을 관장하는 신령인 용녀라는 점, 갈대밭에 불을 일으킨 후 화재의 위험에서 그녀를 구하는 인물이 불을 다스리는 신령인 화덕진군이라는 점은 공통적으로 주변 사건이 보조 인물의 개성과 긴밀하게 연관되어 있음을 보여 준다. 그 결과 보조 인물이 사건의 발생자로 역할 하는 각각의 고난은 동일하게 반복되지만 각기 다른 모습으로 변주되면서 숙향이 겪는 고난의 극심함을 드러낸다.

이는 단지 숙향의 고행담에만 국한되지 않는다. 이선의 모험담은 이선이 구약을 위해 거쳐야 하는 시험의 단계들이지만 남해 용궁의 용왕, 열두 나라의 성황들, 선계의 신선들, 봉래산의 구루선, 천태산의 마고할미로 이루어져 있다. 특히 열두 국과 각국의 성황들은 각기 다른 모습과 특징을 보이며 경성, 미성, 규성으로 나타나는 성황들 역시 서로 다른 성품을 가진 것으로 묘사된다. 이러한 주변 사건들은 서사의 진행에 따라서 생략되기도 하고 확장되기도 하는데 결과적으로 숙향의 고난이나 이선의 모험을 심화시

---

29) 조재현, 「고전소설에 나타나는 저승계―염라대왕의 지옥과 후토부인의 명사계를 중심으로」, 『어문연구』 35-2, 한국어문교육연구회, 2007, 173면.
30) 이상구, 「숙향전에 나타난 선계의 형상과 작가의식」, 『남도문화연구』 31, 순천대학교 남도문화연구소, 2016, 242면.

킴으로써 전체 서사를 풍부하게 하는 서사적 효과를 발휘한다.

2) 보조 인물의 관계화로 인한 서사적 유기성 향상

주동인물인 숙향과 이선을 중심으로 〈숙향전〉의 서사구조를 살펴보면 전반부에는 숙향의 고행담이, 후반부에는 또 선의 모험담이 그려지는데 두 이야기 사이에는 그들의 결연이 자리하고 있으며 이에 따라 보조 인물들의 유형은 고난의 조력자, 관계의 매개자, 모험의 대적자로 분류할 수 있다. 주동인물을 중심으로 볼 때 독립적으로 보이는 서사 간의 이질감을 완화하는 것이 바로 등장인물들 간의 관계 설정이다. 숙향과 이선을 비롯한 주동인물들은 여러 보조 인물들과 가족 관계, 주종 관계, 보은 관계, 친구 관계 등의 다양한 관계로 얽히어 있다.

숙향은 김전과 장씨와 가족 관계로 설정되어 있으며 그런 이유로 가족을 찾는 탐색 과정은 〈숙향전〉 서사에서 주된 부분을 차지한다. 장 승상 부부는 그녀의 양부모라는 점에서 숙향과 가족 관계이며 넓은 의미에서 볼 때 숙향의 후견인으로 역할 하는 이화정 할미 역시 가족의 범주에 포함된다. 숙향이 천상에서 소아였던 점을 생각하면 항아도 숙향의 가족에 포함된다. 이선 역시 이정과 왕씨를 부모로 하고 여숙모와 가족 관계이며 대성사 부처를 후견인으로 두고 있다. 숙향은 고난을 극복하는 과정에서 후토부인, 도둑, 화덕진군, 용녀, 월궁선녀 등의 은혜를 입고 이후 차례로 이들에게 보답을 하기에 이들은 수은 – 보은 관계이다. 또한 숙향 및 김전이 다시 만나는 데 역할을 하는 동해용왕과 이선의 구약 여행을 돕는 남해용왕과 용자, 표진강에서 숙향을 구하는 용녀는 한 집안이다. 이적선, 여동빈, 왕자균, 두목지, 구루선 등의 선관들은 이선의 전신인 태을선을 벗으로 대한다.

등장인물들 간의 관계는 이중 혹은 삼중으로 얽히어 있다. 이는 지상에서 등장했던 주요 인물들이 이미 천상에서 인연이 있던 사람들이라는 점,

천상에서의 관계가 천정원리에 의해 재편되어 실현된 삶이 지상에서의 삶이라는 점[31]과 관련된다. 김전은 숙향의 아버지이지만 그 전신인 능허 선생은 설중매의 아버지였으며 소아(숙향)로 인해 딸을 잃은 인물이다. 소아 -태을선-설중매, 숙향-이선-매향은 천상과 지상에서 각각 연인관계를 이루고 월궁 선녀들은 소아와 상하관계로 지상에서 숙향에게 은혜를 베푼다. 후토부인, 마고할미, 화덕진군이 행하는 숙향에 대한 조력은 천상에서 옥황상제와의 상하 관계를 맺고 있는 까닭이다. 과거 친구였으나 이제는 한낱 인간에 불과한 이선을 선관들이 함부로 대할 수 없는 것은 그가 옥황상제가 편애하는 태을선이며 선관들은 옥황상제와 상하 관계를 맺고 있기 때문이다.

이러한 특징은 주동인물 중심의 단위담들이 하나의 작품으로 연결되는 효과를 발휘한다. 김전은 지상에서는 숙향과, 천상에서는 매향과 부녀 관계이기에 반야산에 숙향을 버림으로써 숙향의 고난이 시작되게 하고 낙양에서는 숙향을 살려둠으로써 양왕과의 갈등으로 인해 이선이 구약 여행을 떠나게 된다. 동해용왕은 남해용왕의 아버지이자 서해용왕의 장인이고 용녀는 동해용왕의 딸이자 서해용왕의 부인이다. 용자는 남해용왕의 셋째 아들이다. 용녀는 숙향의 고행담에 등장하고 동해용왕은 숙향과 이선의 결연담에 등장하며 이선의 모험담에는 남해용왕과 용자가 등장한다. 이들은 모두 일가를 형성하고 있으며 김전과 거북으로 시작된 시혜-보은 행위는 〈숙향전〉의 한 기본 구조를 형성하고 있다.[32] 이화정 할미는 다양한 모습

---

31) 차충환, 「숙향전 숙향전의 구조와 세계관」, 『고전문학연구』 15, 한국고전문학회, 1999, 193면.

32) 차충환은 시혜와 보은이 〈숙향전〉의 주요한 구조적 장치이며 특히 도적, 잔나비, 황새, 까치, 화덕진군, 마고할미의 경우 숙향의 행위와 수은과 보은의 짜임을 보이는데 이는 서술상의 개연성 없이 다소 무리하게 서술될 정도로 서술자의 강한 보은 관념을 보여준다고 하였다. 차충환, 「〈숙향전〉의 보은담 구조와 세계관」, 『인문학연구』 2, 경희대학교 인문학연구소, 1998, 119~121면.

으로 숙향의 고행담을 마무리하고 이선과 숙향의 결연담을 주도하며 이선에게 벽이용을 전해 줌으로써 이선의 모험담을 마무리한다. 그런 까닭으로 숙향의 고행담과 숙향과 이선의 결연담, 이선의 모험담은 각각 규모와 성격이 다른 이야기들이지만 인물들의 관계화를 통해 하나의 이야기로 연결되고 있다. 뿐만 아니라 하나의 단위담 내에서도 이들은 다음 사건을 알려주거나 안내함으로써 사건과 사건을 연결한다. 대표적으로 후토부인은 숙향에게 장 승상댁에서의 일을 알리고 월궁의 선녀들은 화덕진군에게로 숙향을 안내한다. 두목지는 설중매와의 전생 인연을 알려줌으로써 매향과의 결연이라는 사건을 이끈다.

3) 보조 인물과의 대조와 유비를 통한 주동인물의 형상 강화

〈숙향전〉 서사에서 보조 인물의 존재는 주동인물의 형상을 강화한다. 경일남은 고전소설에 수용된 숙향의 형상을 검토하고 숙향의 형상을 선녀와 절색의 형상, 비애와 비련의 형상으로 정리한 바 있다.[33] 조혜란은 어리고 무력한 여성 주인공이 고난을 당하고 천상계의 적극적 도움으로 행복에 도달하는 이야기로 〈숙향전〉을 규정하고 대중서사에서 선호하는 전형적인 여성 인물 형상 중 하나인 청순가련형 주인공으로 숙향을 정의하며 청순은 외모적 조건이며 가련은 세계의 횡포와 관련된다고 보았다.[34]

주동인물의 형상이 강화되는 것은 크게 두 가지 방식에 의해 가능하며 상대적으로 이선과 숙향을 매개하는 유형의 보조 인물군보다 숙향을 조력하거나 이선의 모험에 적대자로 등장하는 유형의 보조 인물들에게서 여실하게 드러난다. 하나는 주동인물과 보조 인물과의 능력의 대조에 의한 것

---

33) 경일남,「고전소설에 수용된 숙향의 형상과 문학사적 의미」,『어문연구』82, 어문연구학회, 2014, 55~62면.
34) 조혜란, 앞의 논문, 2012, 57~58면.

이며 다른 하나는 주동인물과 보조 인물의 형상의 유비에 따른 것이다. 숙향의 고난의 성격과 그 해결 과정을 살펴보면 숙향에게 닥친 고난들은 온전한 성인 남성이라 해도 혼자 해쳐 나가기 어려운 것들이다. 어린 여자 아이인 숙향은 항상 보조 인물들이 기획한 고난 속에서 그들의 도움을 받는 위치에 서고 고난의 강도가 가혹할수록 조력자의 힘이나 능력은 크고 그럴수록 숙향의 형상은 상대적으로 무력하게 불쌍하게 그려질 수밖에 없다.

다른 천상계 인물과 변별성을 지니는 이화정 할미의 경우에 국한하여 비교하면 이는 더욱 잘 드러난다. 이화정 할미는 숙향의 결연을 돕는 동시에 숙향의 마지막 고난인 낙양 옥에서 숙향을 구원한다. 숙향은 이화정 할미의 능력을 알지 못하며 그녀를 그저 평범한 술집 주모로 인식한다. 그런 이유로 후토부인이나 용녀, 월궁의 선녀들, 화덕진군과 같은 인물과 비교할 때 숙향은 이화정 할미 앞에서 상대적으로 독립적인 인물로 묘사된다.

숙향의 형상이 보조 인물과의 힘의 대조에 의해 나타난다면 이선의 경우 보조 인물과의 유비를 통해 그 형상이 강화된다. 천상계에서 벗이었던 이적선, 여동빈, 왕자균, 두목지 등의 신선들은 장생불사하면서 사해팔방을 순식간에 오갈 수 있고, 환상적인 공간에서 자유롭게 풍류를 즐길 수 있는 능력을 지닌 존재로 그려지고 있다.[35] 이들은 이선의 모험의 적대자이지만 결과적으로 협력자처럼 보이는데 이는 이들이 이선의 임무 완수 여부에는 특별한 관심을 두지 않으며 이선의 구약 여행에 협조할 의도가 없기 때문이다. 이들은 인간이었다가 신선이 된 인물들이라는 공통점을 가지며 이선과 취미와 일상을 공유하던 천상에서 막역한 벗이었다. 벗이었던 신선들은 단지 음주와 유흥을 즐기며 이선에게도 끊임없이 이를 권한다. 이처럼 기행을 일삼는 풍류가의 모습은 선관 중에서도 가장 풍류를 우선시했다는 태을선의 형상과 겹쳐지면서 풍류가로서 이선의 형상을 구축한다.

---

35) 이상구, 앞의 논문, 2016, 255면.

4. 결론

이 연구에서는 〈숙향전〉에 등장하는 보조 인물들의 양상을 살피고 보조 인물의 설정이 야기하는 서사적 효과를 살펴보았다. 고전소설의 보조 인물은 주동인물의 주변에서 그를 보조하는 일을 하는 인물로 주동인물의 성격을 드러내고 하나의 인물 유형을 대표하기도 하며 작품의 전체적인 의미를 구현하는데 기여한다. 까닭으로 보조 인물과 그들이 주동인물과 맺고 있는 관계에 주목할 때 작품에 대한 새로운 접근이 가능하다.

고전소설 〈숙향전〉에는 많은 수의 보조 인물들이 등장하며 김전이나 이화정 할미와 같이 주동인물에 못지않게 서사를 장악하는 보조 인물들이 있는가 하면 두목지, 왕자균, 여동빈 등과 같이 신화나 전설에서 연원을 찾아볼 수 있는 인물도 존재하고 마고할미와 같이 새롭게 변화한 인물도 등장한다. 다양한 보조 인물들의 다채로운 면모를 주동인물과의 관계 및 작품의 구조와 관련하여 살펴보았다. 이에 보조 인물들을 숙향의 고행담에 나타나며 숙향의 천정을 예언하거나 실현하는 인물들, 숙향과 이선의 결연담에 주로 등장하며 숙향과 이선의 결연을 매개하는 인물들, 이선의 모험담에서 그의 모험을 추동하는 인물들로 나누었다.

숙향의 고난과 관련된 보조 인물들은 도둑, 후토부인, 장 승상과 장 승상 부인, 사향, 천승, 용녀, 월궁선녀, 화덕진군, 왕균으로 이들은 숙향의 고난을 유발시키는 동시에 그녀의 고난을 돕고, 나아갈 바를 안내한다는 점에서 사건의 발생자, 기억 상기자이며 정보 전달자의 역할을 한다. 천상계의 인물이 아니라 해도 천정(天定)을 읽는 능력을 가지며 숙향과 갈등 관계가 일방적이거나 미미하다.

숙향과 이선의 결연담은 이선의 숙향 찾기, 이정의 숙향 인정, 숙향의 부모 찾기로 구분되며 각각의 이야기에서 보조 인물들은 이화정 할미와 조장, 숙부인 및 이정과 왕씨, 용왕 및 김전과 장씨를 들 수 있다. 이들은 이선과 숙향 모두와 관계되며 주로는 주동인물인 이선과 숙향, 부가적으로는 이정과 숙향 혹은 김전과 숙향 등 주동인물과 보조 인물을 연결하는 중개자의 역할을 하고 있다. 이들은 대체로 서사 전반에서 등장하며 활동의 공간적 범위가 넓다.

이선의 모험담에 등장하는 인물은 매향, 남해용왕과 용자, 열두 국의 왕인 경성, 미성, 규성, 주성을 비롯하여 선관인 이적선, 여동빈, 왕자균, 두목지, 구루선이며 대성사 부처도 여기에 포함된다. 이들은 이선이 이동하는 장소에 따라 등장하며 이선을 방해하고 한편으로 그를 도움으로써 이선의 모험을 추동한다.

〈숙향전〉의 보조 인물들을 고난의 조력자군, 관계의 매개자군, 모험의 대적자군으로 나누어 볼 때 숙향전의 서사는 좀 더 다채롭게 해석될 여지가 있다. 첫째, 보조 인물에 따라 다양한 층위의 세부 서사가 형성됨으로써 전체 서사를 풍부하게 한다. 중심 사건을 둘러싼 주변 서사에서 보조 인물들은 전생의 기억을 망각한 주동인물들을 대신하여 주도적인 역할을 담당함으로써 주동인물들의 고난이나 모험은 다양한 종류와 양태로 세분화된다. 둘째, 보조 인물들은 주동인물들은 물론 보조 인물들과도 가족, 보은, 친구, 상하관계로 얽히어 각각의 단위담에 반복적으로 등장함으로써 서사적 유기성을 강화한다. 이로 인해 고행담, 결연담, 모험담이라는 각각의 서사는 하나의 작품으로 완성된다. 셋째, 보조 인물들의 존재는 그들의 주동인물에 대한 발화를 통해, 보조 인물들과의 비교를 통해 주동인물의 형상화에 기여한다. 강력한 힘을 가진 보조 인물들과의 대비를 통해 주동인물인 숙향의 형상은 수동적이고 무기력해지는가 하면 선관들의 출현으로 이선은 주색을 즐기는 우유부단한 풍류가로 그려진다.

고전소설의 보조 인물에 주목하는 일은 등장인물의 하나로서 보조 인물의 위상을 밝히고 주동인물 중심의 읽기와 비교할 때 작품의 세부 서사에 주목하도록 함으로써 작품에 대한 시각을 확대할 수 있다는 점에서 의의를 갖는다. 다만, 보조 인물들 사이의 위계나 보조 인물이 서사에서 새롭게 형상화되는 방식, 혹은 서사적 효과를 넘어 보조 인물의 유형화 및 인물 설정이 갖는 역사적이고 시대적인 의미 등의 논의를 통해 고전소설 전반의 보조 인물에 대한 탐구로 확대될 필요가 있다.

영화 〈춘향뎐〉의 〈춘향전〉 수용 양상과 이본으로서의 특징

1. 서론

판소리계 소설 〈춘향전〉이 진정한 고전(古典)으로 남기 위해 요구되는 바는 그것의 박제나 보존이 아니라 향유와 전승이라는 것은 주지의 사실이다. 이는 고전연구자들이 오늘날 새롭게 생산되는 고전을 소재로 한 콘텐츠 혹은 고전 변용물에 관심을 갖는 이유이기도 하다. 20세기에 이르러 〈춘향전〉은 창극, 발레, 마당극을 비롯한 다양한 형식으로 분화되었으며 영화역시 춘향 이야기를 구현해 온 단골 매체이다. 1922년에서 2000년까지 〈춘향전〉은 22차례에 걸쳐 영화화되었다. 최초의 민간제작영화, 최초의 발성영화, 최초의 컬러 시네마스코프 영화, 최초의 깐느 영화제 본선 진출 등 한국 영화사의 새로운 지평과도 〈춘향전〉은 매우 밀접한 관련을 맺고 있다.[1] 현재까지도 가장 활발하게 생산되고 있는 〈춘향전〉이라는 점, 대중적으로 생산 가능한 〈춘향전〉이라는 점을 고려할 때 영화 〈춘향전〉들에 대한 관심은 그간 많지 않았다고 생각된다.

이와 비교하여 임권택 감독의 영화 〈춘향뎐〉은 '판소리 영화'라는 신조어를 창출하며 판소리의 영화화에 성공하였고 영화와 판소리를 넘나드는

---

1) 권순긍, 「고전소설의 영화화」, 『고소설연구』 23, 고소설학회, 2007, 182면.

'실험적인 작업'이라는 평가를 받고 있다.[2] 그 결과, 흥행 실패에도 불구하고 현대인에게 가장 유명한 영화 〈춘향전〉으로 자리 잡았다. 기존의 논의들이 임권택이라는 거장 감독의 성과와 한계를 중심으로 개별 작품의 장르와 구조, 표현 형식의 측면에서 접근하였다면 본고에서는 춘향전 수용자로서의 개인이 어떠한 춘향전 텍스트를 수용하여 어떻게 자신의 관심을 투영하고 이를 바탕으로 새로운 가치를 창출하였는가 하는 전승의 측면[3]에서 논의를 진행하고자 한다. 특히 임권택의 〈춘향뎐〉은 〈춘향가〉의 전승이라는 기획 의도를 분명히 밝히고 있으며 판소리에 대한 관심이 영화 제작의 시발점이 되었다[4]는 점에서 이와 같은 연구의 관점은 적합하며 대상의 실

---

2) 임권택의 〈춘향뎐〉은 고전적 리얼리즘 영화의 규범을 따르지 않고, 판소리를 서술의 주체로 삼아 효과에 불과하였던 음악으로 연기, 카메라, 움직임, 장면 구성 등을 주도하게 하는 새로운 영화적 실험을 행하고 있다. 이러한 점으로 인해 이전의 〈춘향전〉 영화가 춘향 이야기를 해석하여 영상화한 데 비하여, 판소리 자체를 영화화했다는 평가를 받는 것이다. 황혜진, 「드라마 춘향전과 영화 춘향뎐의 비교 연구」, 『선청어문』 32, 서울대학교 국어교육과, 2004, 218면.

3) 〈춘향전〉을 전승사적 관점에서 파악하고 있는 대표적 연구로는 다음을 들 수 있다. 김종철은 〈광한루악부〉, 〈장자백 창본 춘향가〉, 신재효 〈춘향가〉를 대상으로 19세기~20세기 초 판소리의 수용 양상을 살핀 바 있다. 김종철, 「19세기~20세기 초 판소리 수용양상 연구」, 『한국문화』 14, 서울대 한국문화연구소, 1993. 김석배는 선후관계가 분명한 몇몇 본을 선정한 한 후 '서술자의 논평자적 목소리 개입'에 주목하여 이본 생성 양상과 변모 방향을 분석하였다. 김석배, 『춘향전의 지평과 미학』, 박이정, 2010. 한편 황혜진은 춘향전 개작 텍스트를 대상으로 독자의 대화적 관계에 주목하여 〈춘향전〉을 수용문화의 측면에서 고찰하고 있다. 황혜진, 「춘향전 개작 텍스트의 서사 변용」, 『춘향전의 수용문화』, 월인, 2007.

4) 그 전에 한국 영화에 〈춘향전〉을 많이들 영화로 만들었잖아요. 나도 신상옥 감독의 〈춘향전〉을 보고 그랬어요. 그런데 판소리를 들으면서 이 사람들이 한 번이라도 이 〈춘향전〉을 판소리로 들어보고 영화를 찍었는지 의심하기 시작한 거요. 이거는 아니야. 이런 판소리가 갖는 맛을 가지고 볼 때는 그동안의 〈춘향전〉들이 엉터리인 거요. 그런 느낌을 받으면서, 그럼 내가 할 수 있는 일이 뭐이겠느냐. 이거는 내가 후에 영상으로 이 판소리가 갖는 맛을 좀 더 극대화시키는 쪽으로 그림으로 받쳐주는 것 말고는 한 편의 영화로, 두 시간짜리로 하기에는 너무 어려운 세계라고 판단을 했다고. 그래도 그 이상 할 일이 없을 것 같았다고, 그 이상, 영상으로 판소리가 갖는 맛과 감흥을 더 확연하게 드러나게 해주는 것 말고는 감독이 해야 할 일이 없다고 생각을 했다고. 정성일 대담, 이지은 자

체에 부합한다.

〈춘향가〉에 관한 최초의 기록인 〈가사춘향가이백구(歌詞春香歌二百句)〉(1754)는 17세기 연행되던 판소리를 유진한이 한시로 남긴 것이며 전문적 출판업자들은 목판과 활판으로 이를 간행하며 소설 〈춘향전〉과 판소리 〈춘향가〉의 상호적 수수관계를 형성시켰다. 뿐만 아니라 춘향의 절행사적이 후세에 정확히 전해지지 않는 것을 안타깝게 여겼던 목태림의 노력은 한문소설 〈춘향신설(春香新說)〉(1804)[5]을 탄생시켰다. 향랑의 이야기가 문인들의 한시로 노래되지 않은 것에 대한 윤달선의 아쉬움은 〈광한루악부(廣寒樓樂府)〉(1852)라는 문학적 시도를 가능하게 하였다. 20세기 들어 여규형은 연본 〈춘향전〉을 통해 〈춘향전〉의 극화를 시도했다.[6]

이처럼 〈춘향전〉의 이본들은 단순한 필사와 통속적 향유뿐만 아니라 출판업자와 지식인들과 같은 적극적 독자와 전문적 생산자에 이르기까지 모두가 참여하여 이루어낸 가치 창조의 결과물이라 할 수 있다.[7] 이러한 맥락에서 영화 〈춘향뎐〉을 영화 전문인에 의한 적극적인 〈춘향전〉[8] 수용의 결과물로 보고 〈춘향전〉의 전승사적 관점에 입각하여 이본으로서의 특징을 밝히고[9] 이를 통해 〈춘향전〉의 현재적 모습과 고전 매체 변용의 일단을 가

료정리, 『임권택이 임권택을 말하다』 2, 현문서가, 2003, 413면.
5) 김종철, 「춘향신설고」, 『다곡이수봉박사정년기념논총』, 경인문화사, 1994, 829면.
6) 김종철, 「한문본 춘향전 연구」, 『인문논총』 6, 아주대학교 인문과학연구소, 1995, 129~165면.
7) 김종철, 「정전으로서의 춘향전의 성격」, 『선청어문』 33, 서울대학교 국어교육연구소, 2005, 155면.
8) 여기서는 판소리 〈춘향가〉와 판소리계 소설 〈춘향전〉을 특별히 구분하지 않고 사용하기로 한다.
9) 이본의 개념을 어디까지로 상정하느냐는 그리 간명히 말할 수 있는 문제는 아니다. 특히 영화로 제작된 춘향전의 경우 향유 시대와 방식, 매체의 차이까지를 고려한다면 〈춘향전〉과 〈춘향뎐〉의 관계를 규정하는 시각은 다양할 수 있다. 그런 이유로 〈춘향뎐〉을 〈춘향전〉으로 간주하는 이러한 논의는 이본에 대한 본질적이고 집합적인 관점을 취한다. 즉 후대의 작품이 모본의 정신을 계승하면서도 춘향전의 전승사에서 새로운 가치를 창출할 때 이를 진정한 의미에서 이본으로 인정하고자 한다.

늠해 보고자 한다.

2. 임권택 〈춘향뎐〉의 전대 〈춘향전〉 수용 양상

임권택의 〈춘향뎐〉은 〈조상현 창본 춘향가〉를 기반으로 하고 있다. 〈조상현 창본 춘향가〉는 동편제인 김세종제로 김찬업, 정응민을 거쳐 조상현에게로 전승된다. 영화의 타이틀보다 먼저 소리꾼 조상현을 등장시키며 〈조상현 창본 춘향가〉를 영화적으로 구현하고 있음을 노골적으로 드러낸 결과 '원전에 대한 충실성'이라는 평가[10]를 받고 있다. 그러나 조상현의 연행 전반을 가감 없이 보여주는 다큐멘터리가 아니라 상업 영화를 표방하고 있다는 점에서 원전에 대한 재구성은 불가피하다고 할 수 있다.

1) 조상현 창의 선택과 배제를 통한 이야기 틀의 구성

우선 이 작품은 조상현의 창을 소리와 영상으로 연출하고 있다. 조상현의 판소리에서 선택된 창은 31개로 전체 완창 시간인 4시간 35분 중의 40% 정도이며 전체 러닝 타임 2시간 12분 가운데 판소리가 들리는 시간은 55분[11]이다. 영화의 상영 시간 중 약 절반 정도가 소리꾼의 소리에 노출되어 있으며 특히 한 대목 전체가 연행되는 창도 12개로 그 비중이 적지 않다.

---

10) 이수진, 「표현 형식의 조화를 통한 판소리의 시각화」, 『기호학 연구』 29, 한국기호학회, 2011, 317면.
11) 김외곤, 「판소리의 영화화 과정에 나타난 문제점」, 『고전문학과 교육』 26, 한국고전문학교육학회, 2013, 327면.

임권택 〈춘향뎐〉			조상현 〈춘향가〉
S#	대목	비고	
타이틀	사랑가	전체 선택	기산영수/ **방자 분부 듣고**/ **적성의**
5~9	방자 분부 듣고	부분 선택	**아침날**/ 앉었다 일어서/ **백백 홍홍**
12~18	적성의 아침날	전체 선택	**난만 중**/ 춘향의 설부화용/ **방자**
20~22	백백 홍홍 난만중	전체 선택	**분부 듣고**/ 니 그른 내력/ 산세를
24	방자 분부 듣고	전체 선택	이르께/ 저 건너 춘향집/ **천자 뒤**
29~30	천자 뒤풀이	부분 선택	**풀이**/ **퇴령 소리**/ **달도 밝고 달도**
33~38	퇴령 소리	부분 선택	**밝다**/ 동벽을 바라보니/ 회동 성참
49	달도 밝고 달도 밝다	전체 선택	판/ 세월도 유수 같다/ **만첩청산**
51	이리 오너라 업고 놀자	전체 선택	**늙은 범이**/ **이리 오너라 업고 놀자**
54~59	만첩청산 늙은 범이	부분 선택	/ 둥둥둥 내 낭군, 정자 노래/ 궁자
63~65	와락 뛰여	부분 선택	노래/ 점잔허신 도령임/ 그때의 향
70~72	이 때의 동헌에는	부분 선택	단이/ 춘향이 무색하여/ **와락 뛰여**
74~79	도련님이 하릴없어	전체 선택	/ 춘향 모친이 나온다/ 춘향 모친
80~83	갈까부다	전체 선택	기가 막혀/ 못허지야/ 와상 우에
85	신연맞이	부분 선택	자리 펴고/ 오냐, 춘향아, 우지 마
89~93	군로사령이 나간다	전체 선택	라/ **이때의 동헌에는**/ 도련님이 하
97~98	집장가	전체 선택	릴없어/ 향단으게 붙들리어/ 행군
100	여러 기생들이 들어온다	전체 선택	견월상심색허니/ **신연맞이**/ 기생
101	옥방이 험탄 말을	소략	점고/ 행수기생이 나간다/ **군로사**
102~104	이 때의 도련임은	부분 선택	**령이 나간다**/ **갈까부다**/ 아차 내
105	노정기	부분 선택	잊었네/ 돈타령/ 사령 뒤를 따라간
107	농부가	소략	다/ 여보 사또님 들조시오/ 골방의
109~110	박석치를 올라서서	부분 선택	수청 통인/ **집장가**/ 한 개 치고 짐
111	후원의 울음소리	부분 선택	작헐까/ 춘향 모친 들어온다/ **여러**

작철까/ 춘향 모친 들어온다/ **여러**
기생들이 들어온다/ 사정이가 춘
향을 업고/ **옥방이 험탄 말은(황릉**
묘)/ **이때의 도련임은**/ **노정기**/ 좌
우도 분발 사설/ 어사 변복/ **농부**
가/ 어이 가리너(춘향 편지)/ **박석**
치를 올라서서/ **후원의 울음소리**/
허허 저 걸인아/ 왔구나 우리 사위
왔네/ 향단이 통통 들어서/ 아이고
이거 웬 말씀이요/ 들었던 촛불을
내던지고/ 여보 마나님 그리 마오/

113~114	초경 이경 삼사 오경	소략	먼 산 호랭이/ **초경 이경 삼사 오경** / **아이고 이게 웬 말씀이요**/ **이튼** **날 평명 후의**/ 아뢰여라, 사령아/ **뜻밖의 역졸 하나**/ 사정이 옥쇠를 모로아 들고/ 똑같이 먹은 명관들 이요/ 아이고 서방님/ **어데 가야**/ **그때의 어사또는**
116	아이고 이게 웬 말씀이요	소략	
118~119	이튼날 평명 후의	부분 선택	
128~134	뜻밖의 역졸 하나	부분 선택	
137	어데 가야	부분 선택	
140~142	그때의 어사또는	전체 선택	

〈조상현 창본 춘향가〉와 임권택 〈춘향뎐〉의 대목 비교[12]

임권택의 〈춘향뎐〉에서 창이 선택되고 배제된 양상은 전체 선택, 부분 선택, 소략, 배제의 네 가지로 나누어 정리해 볼 수 있다. 우선 배제된 창을 살펴보면 임권택의 〈춘향뎐〉이 〈조상현 창본 춘향가〉의 서사적 구조를 기본적으로 따르고 있음을 알 수 있다. 〈조상현 창본 춘향가〉에는 월매의 기자치성과 춘향의 출생, 이 도령과 춘향의 광한루에서의 직접 만남, 오리정 이별, 봉사해몽 등의 삽화가 등장하지 않으며 황릉묘몽유 역시 춘향이 황릉묘에 올라 효부 열녀들로부터 장독을 치유하는 음식을 대접받고 오는 것으로 되어 있다. 특히 오리정 이별의 경우 이를 부정하는 서술자의 개입이 드러나며 담장 안에서의 이별로 변모되어 있어 모본으로부터의 특징적인 부분으로 간주된다. 임권택의 〈춘향뎐〉 역시 춘향의 출생이나 봉사해몽은 나타나지 않고 춘향 집에서 헤어지며 광한루에서의 만남은 성사되지 않는다. 그러나 더하여 황릉묘몽유나 춘향편지, 기생점고 등도 배제되거나 아니리로 처리된 것으로 볼 때 추가적인 논의를 진행할 필요가 있다.

소리 대목 전체를 노출시킬 경우 이는 서사의 진행을 제한하거나 진행

---

12) 논의의 편의를 위해 〈춘향뎐〉의 대본과 〈조상현 창본 춘향가〉을 비교하였다. 〈춘향뎐〉의 대본은 태흥영화사 편, 『춘향뎐』, 서지원, 2000을, 조상현의 창본은 김진영 · 김현주 · 김희찬 편저, 『춘향전 전집』 2, 박이정, 1997의 자료를 이용하였다. 두껍게 표시된 부분은 임권택 〈춘향뎐〉에서 선택된 창이다.

속도를 느리게 할 수 있다. 이를 감안하고도 해당 대목 전체를 선택한 것은 소리꾼의 소리에 중점을 둔 것으로 적성가, 춘향의 등장, 방자 분부 듣고, 월매의 한탄, 사랑가, 이 도령의 상경, 춘향의 그리움, 군로사령의 등장 등이 여기에 해당한다. 그 중에서 '방자 분부 듣고', '군로사령의 등장'은 이미 알려진 것처럼[13] 판소리 창의 효과를 보여주고자 하는 의도를 여실하게 보여준다. 방자나 군로사령은 주변인물이며 방자가 이 도령의 분부를 받고 춘향에게로 가는 여정이나 군로사령이 변학도의 명령을 받고 춘향을 잡으러 가는 모습이나 여정은 서사 전개 상 중요한 부분이 아니며 오히려 서사 진행에 있어서는 삭제되거나 축약되어도 무방하기 때문이다.

더불어 전체 선택된 창의 경우 〈조상현 창본 춘향가〉로부터 위치를 변경하면서까지 소리를 부각시키려는 의도를 보이고 있다. S# 49의 '달도 밝고 달도 밝다' 대목은 원래 이 도령이 춘향의 집에 찾아 왔을 때 등장하나 〈춘향뎐〉에서는 춘향과 이 도령이 사랑을 나누는 동안 제시된다. 또한 S# 80〜83의 '갈까부다' 역시 〈조상현 창본 춘향가〉에서는 군로사령이 춘향을 잡으러 가는 장면에서 위치하지만 〈춘향뎐〉에서는 이 도령을 서울로 떠나보낸 후에 출현하고 있다. 이런 이유로 해당 사설의 의미가 달라지거나 불분명해지는 결과를 양산한다. 또한 전체 선택된 대목이 제시될 때 사설의 장단에 인물의 움직임을 일치시키거나 반대로 움직임이 일어나지 않는 풍경 위주의 장면을 제시하여 소리에 집중하게 하는 효과를 낳고 있다.

---

13) 임권택 : 어쨌든 김형이 핵심을 다 골라준 거야. 방자가 춘향이 잡으러 가는 장면이나, 포졸들이 춘향이 잡으러 가는 장면이 그렇게 재미있는 줄을 보통사람들이 알기나 아나. 사랑가나 십장가, 적성가를 할 줄은 알았겠지만, 이렇게 자잘하게 숨은 걸 뽑아서 엮어낼 줄은 사람들이 아무도 생각 못했을 거야. 포졸들이 춘향한테 심통 내면서 신난다하고 잡으러 가는 대목에는 춘향이를 곱게만 보지 못하는 또 다른 하층민이 있는 거야. 그런 것까지 있으니까 춘향전이 아주 풍부한 거야. 그게 줄거리로만 얘기할 수 없는 춘향전의 훌륭한 가치야. 허문영 정리, 「〈춘향뎐〉과 임권택」, 『씨네21』, 2000. 2. 1. 한겨레신문사. http://www.cine21.com/news/view/mag_id/32358

한편 부분 선택된 창의 경우 인물에 관한 묘사를 영상으로 대체하고 움직임을 중심으로 구현된다.

(가) 방자 분부 듣고 (〈조상현 창본 춘향가〉, 34면)

생략	방자 분부 듣고 나구청으로 들어가, 서산나귀 솔질하야 갖은 안장을 짓는다. 홍영자공, 산호편, 옥안금천, 황금륵, 청홍사 고운 굴레, 상모 물려 덥벅 달아, 앞뒤 걸쳐 질끈 매야, 칭칭 다래, 은엽 등자, 호피돈음으 태가 난다. 모탄자 걸쳐 덮고 채질을 툭 쳐 돌려 세워, "말 대령허였소." 도련님 호사헐 제, 신수 좋은 고운 얼굴 분세수 정히 하고, 감태 같은 체 진머리 동백 기름으 광을 내어 갑사 댕기 들였네. 쌍문초 진동옷, 청추추막에 도복 받쳐 분홍 띠 눌러 띠고, 만석 당혜를 좔좔 끌어, "방자, 나귀 붙들어라."
제시	등자 딛고 선뜻 올라 통인 방자 앞을 세우고 남문 밖 나가올 적, 황학으 날개 같은 쇄금당선 좌르르 피어 일광을 희롱허고, 관도 성남 너른 길 호기있게 나가실 제, 기풍하으 나는 티껄, 광풍 좇아 펄펄 날려, 도화 점점 붉은 꽃 보보향풍 뚝 떨어져 쌍옥계변 네 발굽 걸음걸이 상향이라.

(나) 신연맞이 (〈조상현 창본 춘향가〉, 159~160면)

제시	신연 맞어 내려온다. 신연 맞어 내려올 적 별련 맵시 장히 좋다. 모란새금의 완자창 네 활개 쩍 벌려, 일등 마부, 유량 달마 동동 그렇게 실었다. 키 큰 사령 청창옷, 뒤채잽이다 힘을 쓰며 별련 뒤따렀난듸, 남대문 밖 썩 나서 좌우 산천을 바라봐, 화란춘성 만화방창 버들잎 푸릇푸릇, 백사, 동작 얼풋 건너, 승방뜰을 지나야, 남타령 고개 넘어 과천읍에 가 중화허고,
생략	이튿날 발행할 제, 병방 집사 치레 보소. 외올망건 추어맺아 옥관자 진사 당줄 앞을 접어서 빼야 쓰고, 제모르, 금파 갓끈 호수립 식 제법 붙여 계알탕건 받쳐 써, 진남 항라, 자락 철륙 진자지 대고 띠여, 전령패 비쓱 차고, 청파 역마 갖인 부담 호피 돈음으 엿어 타고, 좌우로 모신 니졸 일신 구족으 진후배, 태고직 밝은 딜과 요순지 닦은 길로 각 채비가 말을 타고 십리 허으 닿었난듸, 마부야 니 말이 좋다 말고 정마 손에다 힘을 주어 양 옆이 지우지 않게 마상을 우러러보며 고로 저었거라. 저러슙다. 신연 급창 거동 보소. 〈중략〉 전배 나장 거동 보소. 통양갓에다가 흰 깃 꼽고,

	왕자 덜거리 방울 차 일산에 갈라 서서, "에라, 이놈 나지 마라." 통인 한 쌍 책전립, 마상태 고뿐이로다.
제시	충청 양도를 지나여 전라 감영을 들어가 순상전 연명허고, 이튿날 발행할 제, 노구바구, 임실 숙소 호기있게 도임헐제 〈하략〉

(가)는 '방자 분부 듣고'이며 (나)는 '신연맞이'이다. (가)는 이 도령의 치레와 나들이 장면이 이어지는데 임권택의 〈춘향뎐〉에서는 이 도령의 치레 부분이 생략되고 광한루로 이동하는 이 도령의 행동만이 제시된다. (나)는 남원으로 부임하는 신관인 변학도를 맞이하는 부분으로 병방 집사의 치레, 신연 급창의 치레와 거동, 전배 나장의 거동 등은 생략되고 남원으로 내려오는 여정만이 제시된다. 이상의 예를 통해 볼 때 부분 선택된 창의 경우 사건의 진행이나 인물의 행동과 관련된 부분들을 중심으로 축소된다는 것을 알 수 있다.

마지막으로 소략한 부분이라 함은 대목의 일부가 제시되지만 정작 그 소리 대목의 중심 내용을 포함하지 않고 있는 경우이다.

(가) "옥방이 험탄 말을 말로만 들었더니 험궂고 무서워라. 비단 보료 어데 두고 헌 공석이 웬일이며, 원앙 금침 어데 두고 짚토매가 웬일인고? 천지야 삼겨 사람 나고 사람 삼겨 글자 낼 제, 뜻 '정'자 이별 '별'자, 어찌 허여 내셨던고? 이 두 글자 내든 사람 날과 백년 원수로다. [삭제] (〈조상현 창본 춘향가〉, 173면)

(나) 초경 이경, 삼, 사, 오경이 되어 가니 바루 시간이 되는구나. [삭제] 향단이는 앞을 세우고 걸인 사우는 뒤를 따러 옥으로 내려갈 적, 밤 적적 깊었난듸 인적은 고고허고, 밤 새 소리는 푸푸, 물소리는 주루루루루루루루, 도채비는 횟횟, 바람은 우루루루루루루루 지둥 칫듯 불고 궂인 비난 퍼붓난듸, 귀신들은 둘씩 셋씩 짝을 지어 이히이히히히히이히 (〈조상현 창본 춘향가〉, 188면)

(다) [삭제] 어사또 기가 막혀, "우지 마라, 우지 마라. 내 사랑, 춘향아, 우지 말어
　　라. 내일 날이 밝거드면 생예를 탈지 가마를 탈지 그 속이야 뉘가 알랴마는,
　　천붕우출이라, 하늘이 무너져도 솟아날 궁기아 있는 법이니라. 우지를 말라
　　며는 우지 마라." (〈조상현 창본 춘향가〉, 189면)

　(가), (나), (다)는 공통적으로 짧은 부분이 선택되었으며 부분 선택과 마
찬가지로 제시된 부분의 앞이나 중간, 뒷부분이 생략되었다. 그러나 이들
의 경우 배제된 부분이 해당 대목의 핵심 내용으로 (가)의 '옥방이 험탄 말
을'은 옥에 갇힌 춘향이가 자신의 신세를 한탄하다가 잠이 들어 황릉묘에
다녀오는 사설이다. 그러나 (가)에서는 황릉묘 몽유 부분이 오롯이 빠져 있
다. (나)의 '초경 이경 삼사 오경'의 주된 내용은 깊은 밤 자신의 죽음을 예감
한 춘향의 절망스러운 심사와 이 도령에 대한 그리움인데 이는 배제되고 춘
향을 만나러 옥으로 오는 이 도령의 상황만이 제시되었다. (다)는 옥중 상
봉 장면으로 거지가 되어 돌아온 이 도령에 대한 변함없는 춘향의 마음이
핵심이지만 마음을 드러내는 춘향의 고백은 생략되고 춘향을 위로하는 이
도령의 발화만이 제시되었다. 이러한 점에 비추어 볼 때 이러한 소략 부분
은 창 그 자체보다 상황에 대한 정보를 제공하기 위해 설정되었다고 할 수
있다.

2) 전대 〈춘향전〉을 수용한 개별 삽화의 재구성

　〈춘향뎐〉은 조상현의 소리를 목적에 따라 재구성함으로써 이야기의 틀
로 설정하고 있지만 세부적인 전개에 있어서는 전대 〈춘향전〉들을 수용하
고 있다. 이를 구체적인 삽화를 중심으로 알아보겠다.

(1) 백년가약

　조상현의 〈춘향가〉를 비롯한 〈완판 84장본 열녀춘향수절가〉, 이해조의
〈옥중화〉 등의 후대 이본에서는 월매가 두 사람의 혼인을 매개하는 역할을
한다. 월매는 그 두 사람의 혼인에 대해 확신을 가지고 있는데 이는 '청룡이
등장하는 꿈'을 꾸었고 그것이 '몽룡'이란 이름과 들어맞았기 때문이다. 이
러한 꿈은 초기 춘향전에는 존재하지 않던 것으로 이 도령과 춘향의 만남에
필연적 계기를 확보하기 위함이다. 또한 춘향의 후견인으로서 월매의 위상
과 역할 역시도 후대본으로 올수록 강조되는데[14] 단오날 그네터로 춘향을
내보낸 것도 월매이고 춘향이 몽룡과의 혼인을 결심하는데 큰 영향력을 끼
치는 인물 역시 월매이다. 따라서 월매의 형상도 귀부인에 가깝고 신분의
차이가 있을지언정 이 도령은 월매를 어렵게 대한다.

　임권택의 〈춘향뎐〉에서 춘향의 신분은 '퇴기 월매 딸 성춘향'이며 회동
성참판의 서녀로 나타나지만 월매의 형상이나 행동, 집으로 찾아온 이 도
령을 춘향이 직접 맞이하고 춘향이 직접 혼사를 결정한다는 점, 불망기를
주고받는다는 점 등은 설정된 신분과 괴리를 일으킨다.

[월매의 행동][15]

[춘향의 마중]

[불망기]

---

14) 정하영, 「월매의 성격과 기능」, 김병국 외, 『춘향전 어떻게 읽을 것인가』, 박이정, 1993,
　　303면.
15) 여기서 사용된 사진들은 임권택(감독), 〈춘향뎐〉, 태흥영화사, 2000, DVD의 자료를 이
　　용하였다.

[S# 45] 춘향 방 안

몽룡 : 수일 전에 광한루에서 춘향을 짐깐 보고 언모의 정이 생겨 꽃을 탐하는 나
비가 되어 왔네. 자네의 딸 춘향과 나와 백년가약을 맺음은 어떠한가?

월매, 몽룡의 제의에 황송해 하며

월매 : (한숨) 회동 성참판 영감께서 남원부사로 계실 적에 일등명기 다 버리고 저
를 수청케하여 이것을 낳았고. 어릴 때 잔병이 그리 많기로 데려 가신다더
니 그 사또 돌아가신 후에 내 홀로 이것을 기르면서 불면 날까 쥐면 꺼질까
고이고이 길러서 오늘에 이르렀습니다. 도련님께서 이리 조르시니 내 선뜻
허락을 험직노 헙니다마는 어미가 열 번 우긴들 뭔 소용이 있겠소. 춘향아.
니 뜻은 어떠냐?

춘향 : 도련님 뜻이 그렇게 간절하시니 어찌 받들지 않을 수가 있겠습니까. 다만
세상일을 예측하기 어려우니 후일 증거로서 한 장 불망기를 쓰소서.

춘향, 벼루를 몽룡 쪽에 놓아주면 춘향의 치마에 불망기 쓰는 몽룡

서명을 하고 뜻풀이하는 몽룡

몽룡 : 여일월동심이니 해와 달과 같이 한마음으로 변하지 않으리라.

월매, 춘향 치마에 씌여진 몽룡 이름 가리키며

월매(V.O.) : 도련님 이름이 꿈몽자 용용자 몽룡이니

불망기 보며 꿈얘기 하는 월매

월매 : 내가 맞춰도 신통하게 맞췄구나. 수일전 꿈에 난데없는 청룡하나 벽도화 가
득한 연못에 잠겨들어 깜짝 놀라 깨었더니 마침 다음날이 단오날이라 외가
집에 문안편지 쓰며 집에 있겠다는 것을 떼밀어서 그네터에 내보냈더니 이
런 경사를 만났구나(111쪽)

　〈춘향뎐〉에서는 춘향과 이 도령이 광한루에서 만나거나 편지를 주고받
는 등의 직간접적인 만남이 설정되어 있지 않기 때문에 사실상 처음 만나
결연에 이르는 것이다. 월매는 춘향에게 혼인에 대한 의사를 직접 묻고 춘

향은 치마에 불망기를 쓰는 것으로 이 도령과의 혼인을 승낙한다. 〈완판 84
장본 열녀춘향수절가〉와 같이 천정연분이 설정된 것도 아니고 신재효의
〈남창 춘향가〉에서와 같이 춘향이 향단을 시켜 몽룡을 보고 오라고 한 것
도 아니므로 월매의 결정은 춘향이 결연을 맺는데 중요한 역할을 한다.

그러나 인용문에서는 춘향이 직접 밖으로 나와 이 도령을 맞이하고 별다
른 설명 없이 쉽게 혼인이 성사된다. 더구나 불망기는 주로 기생계 이본에
서 등장하며 신분적으로 열등한 춘향에게 이 도령과의 결연을 공증하는 의
미를 갖는다. 그런데 치마에 쓴 '與日月同心'는 문서로서의 기능보다는 신물
(信物)의 역할을 하는 것으로 볼 수 있다. 이러한 점은 춘향이 이 도령과 이
별할 때 불망기 치마를 입고 이 도령을 전송하는 것과도 상통한다. 이외에
도 월매가 속옷 차림으로 등장하여 방자에게 욕을 하고 이 도령의 제의를
받고 황송해 하는 등의 반응은 춘향의 격상된 신분에 부합하지 않는 것으로
중기 이본인 〈경판 53장본 춘향전〉이나 〈경판 30장본 춘향전〉에서 주로 찾
아볼 수 있다.

(2) 부친의 등장

임권택의 〈춘향뎐〉에서는 이 도령의 부친이 여러 장면에 걸쳐 직간접적
으로 등장한다. 첫 번째는 S# 4에서 나들이를 가자는 이 도령의 제안에 방
자가 "사또 분부 지엄하신 줄 번연히 알면서 생사람 잡을라고 이러시오?"
라는 부분을 통해 학문을 강조하는 엄격한 아버지의 모습이 드러난다. 다
음은 S# 27로 광한루 나들이를 다녀온 후 이 도령이 동헌에서 아버지께 훈
시를 듣는 장면에서 직접 확인할 수 있다. 이후 S# 31에서는 춘향 생각에 골
몰한 아들의 속사정도 모른 채 책실과 대화를 나누는 이 사또의 모습이 드
러난다.

네 번째는 S# 52로 춘향과의 사랑이 깊어질 무렵 이 사또의 부인의 말을

통해 다시 등장하게 된다. "사또께서 알고 계시니 발뺌할 생각은 말아라, 앞으로는 일체 외방출입을 않으며 학업에만 전념하겠습니다 하고 아뢰어라, 응?" 이라는 이 도령 모친의 말을 통해 학업을 강요하는 아버지와 일탈하고 싶은 이 도령이 갈등을 형성하고 있음을 알 수 있다. 마지막으로 S# 61에서 이 도령의 부친이 등장하여 동부승지 당상으로 인한 내직 부임을 알리고 이 도령의 상경을 종용하는 것으로 나타나 있다. 인물의 역할이나 기능을 생각할 때 이 도령 부친의 출현이 빈번하다고 생각된다. 이는 이 도령이 집안의 기대를 받는 인물이며 엄한 아버지의 명을 쉽게 거절할 수 없음을 미루어 짐작하게 할 뿐 특별한 서사석 역할이나 기능을 찾아볼 수 없기 때문이다. 이 도령과 부친의 갈등 역시 이후 사건에 영향을 미치지 않는다.

[부친의 훈시]　　　　[책실과의 수작]　　　　　　[내직 승품]

엄부(嚴父) 시하(侍下)에서 공부를 하는 처지로 이를 아는 방자에게 놀림을 받는 이 도령은 〈김여란 창본 춘향가〉에서 찾아볼 수 있다. 정정렬제 김여란 창본에서 이 도령은 아버지가 무서워 춘향을 광한루로 부르지 못한다. 그 결과 춘향과 이 도령의 결연은 다른 이본에서 찾아볼 수 없는 파격적인 방향으로 진행된다. 춘향으로 인한 부친과의 갈등은 〈남창 춘향가〉에서 등장한다. 갑작스러운 이별 소식에 놀란 이 도령이 사세가 위급하여 아버지께 춘향의 일을 사정해 보려고 하지만 이미 춘향의 일을 알고 있는 부친에게 혼이 나고 골방에 갇히는 신세가 된다. 이로 인해 춘향과 이 도령은 이별의 회포를 나누지 못하고 오리정에서 짧은 이별을 한다. 한편 이 도령의

모친이 등장하는 이본으로는 〈이명선 소장 춘향전〉을 들 수 있다. 여기서
는 사또의 내직 승품 소식을 들은 이 도령이 모친에게 춘향의 이야기를 했
다가 혼이 나는 장면이 해학적으로 표현된다. 〈장자백 창본 춘향가〉를 비
롯하여 〈완판 84장본 열녀춘향수절가〉에는 속없이 아들 자랑을 늘어놓는
이 사또와 사또의 본의를 파악하지 못하는 낭청의 대화가 흥미롭게 드러나
있다.

(3) 신연맞이

신연맞이는 이 도령의 부친이 떠나고 새로운 수령을 맞이하는 이야기로
변학도라는 인물이 처음으로 등장하기에 인물에 대한 소개가 부가되며 춘
향과 신관의 갈등으로 서사가 전환되는 시작점이다. 이런 이유로 〈춘향뎐〉
에서는 신연의 부임에서 역대 최고 미남에 자신의 권력이 저항 받는 데 자
존심이 상한 관리의 모습인 새로운 변학도상[16]을 구상했다고 한다.[17] 그러
나 잘 생기고 풍류를 알며 고집이 세고 여색을 좋아하는 변학도의 형상은
〈춘향전〉의 전승사에서 그리 새로운 것은 아니다.

(가) ㅅ쏘난 셔울 양반 본젹은 北村이요 春秋난 마훈 다섯 견직은 삼읍이요 人物은

---

16)

17) 그동안 탐욕스럽게만 그려졌던 변 사또에게 '춘향뎐'에서는 명예회복의 기회를 부여했
다. 뒤늦은 사랑에 빠진 남자라면 누구라도 가질 법한 승부욕에 사로잡혔고, 자신의 권
력이 저항받는 데 자존심이 상한 관리의 모습으로 보여질 수도 있지 않은가. 태흥영화사
편, 앞의 책, 2000, 88면.

一色이라 風流를 죠와ᄒ고 여식을 사랑ᄒ야 (신재효 〈남창 춘향가〉, 18쪽)[18]

(나) 잇ᄃᆡ, 수삭만의 신관사또 낫씨되, 자학골 변학도라 하는 양반이 오난듸, 문필
도 유여ᄒ고 인물 풍치 활달ᄒ고 풍유 속의 달통ᄒ야 외입 속이 넝넉ᄒ되, 한
갓 흠이 성정 괴픅한 중의 삿징을 겸하야 혹시 실덕도 ᄒ고 외결ᄒ난 이리 간
다 고로, 셰상의 안는 사람은 다 고집불통이라 하것다 (〈완판 84장본 열녀춘향
수절가〉, 341쪽)[19]

(다) 此時(차시)에 新官(신관)이 到任(도임)ᄒ야 一年(일년)을 지닉더니 羅州牧師(라
쥬목ᄉ) 移拜(리비)ᄒ고 다시 新官(신관)이 낫스되 紫霞(자하)골 막바지 사ᄂᆞ 卞
學徒(변학도)라ᄂᆞ 兩班(량반)이 낫시되 얼굴이 잘나고 男女唱羽界面(남녀창우
계면)을 것침업시 잘 부르고 風流(풍류) 속이 達通(달통)ᄒ야 돈 잘 쓰고 슐 잘
먹고 一代豪傑(일ᄃᆡ호걸)이로되 한 가지 허물이 잇던가 보더라 固執(고집)이
眉連(미련)ᄒ야 됴흔 말 글이 알고 그른 말을 올케 알고 酒色(쥬식)이라 ᄒ면
火藥(화약)을 짊어지고 불 操心(조심) 아니ᄒ니 이러ᄒᆞᆷ으로 (보급서관본 〈옥중
화〉, 53쪽)[20]

(가)는 신재효의 〈남창 춘향가〉, (나)는 〈완판 84장본 열녀춘향수절가〉,
(다)는 〈옥중화〉에 나타난 변학도에 관한 설명이다. (가)에서는 인물이 좋
고 풍류와 여색을 즐기는 인물로 (나)에서는 문필과 풍채가 좋다는 것과 괴
팍하고 고집불통인 성격이 부가되었다. (다)에서는 앞선 특징에 더하여 노
래를 잘 부르고 돈을 잘 쓰고 술을 잘 먹는 등 그 형상이 점차 구체화되어 가

18) 해당 자료는 김진영·김현주·김희찬 편저, 『춘향전 전집』 1, 박이정, 1997을 이용하였다.
19) 해당 자료는 김진영·김현주·손길원·진은진·김희찬 편저, 『춘향전 전집』 4, 박이정,
1997을 이용하였다.
20) 해당 자료는 김진영·김현주·차충환·김동건·진은진·정인혁·김희찬 편저, 『춘향
전 전집』 15, 박이정, 2004를 이용하였다.

는 것을 확인할 수 있다. 변학도의 형상은 늙고 탐욕스러운 탐관오리에서 점차적으로 변모하여 〈옥중화〉에서는 일대호걸로까지 격상되어 나타나기에 〈춘향뎐〉에 제시된 인물과 풍채가 좋고 풍류와 여색, 술을 좋아하는 형상은 이처럼 전대 〈춘향전〉을 따른 것이라 할 수 있다.

여러 이본에서 변학도의 형상이 점차 변화하게 되는 것은 춘향과 가치 갈등을 일으키는 적대자이기 때문으로 이는 춘향의 형상이 변화하는 것과 조응한다. 그러나 임권택의 〈춘향뎐〉에서 변학도의 변화는 이방과 아전을 비롯한 중인계급과의 갈등을 사건화하고 애정을 중심으로 한 애정의 삼각 관계 안에서 이 도령의 대결자로 역할 하는 데 소용된다.

(4) 노인과부의 출현

춘향전의 전승사에 나타나는 신분 이동의 방향은 크게 두 가지 관점에서 바라볼 수 있는데 하나는 이본 안에서 일어나는 신분의 변동이며 다른 하나는 이본들 간에서 나타나는 신분의 변동이라 할 수 있다.[21] 춘향의 신분 문제는 춘향의 정체성이나 자기 인식, 주제와 밀접하게 맞물려 있다. 또한 그 신분의 층위나 신분을 규정하는 주체의 층위 역시 매우 다양하다. 춘향의 신분 문제는 그리 단순히 구분할 수 있는 문제가 아닐 정도로 혼재되어 나타난다.[22] 서술자의 발언, 춘향의 자기에 대한 인식, 이 도령, 방자, 월매, 변 부사를 비롯한 등장인물의 인식, 직접적인 관련을 갖지 않는 주변 인물들의 시선 등이 복잡하고 다양하게 얽혀 있기 때문이다.

---

21) 정하영, 「춘향전 개작에 있어서 신분 문제」, 『춘향전의 탐구』, 집문당, 2003, 71면.
22) 조동일은 〈완판 84장본 열녀춘향수절가〉를 대표 이본으로 하여 춘향을 '기생이면서 기생이 아니'고 평가하고 기생 춘향과 기생 아닌 춘향의 갈등이 춘향의 성격을 결정한다고 보고 있다. 조동일, 「춘향전 주제의 새로운 고찰」, 김병국 외, 『춘향전 어떻게 읽을 것인가』, 박이정, 1993, 15~25면.

[노인과부의 출현]

[S# 135] 동헌

과부 1(V.O.) : 여보시오, 사또나리! 말 좀 해봅시다!

어사또에게 항의하는 남원 과부들

과부 1 : 제 낭군 수절하겠다는데 형장 때려 옥에 가둔 놈은 아무 죄 없고 그래, 춘향 관정발악은 대단한 죄던가!

과부들 : 옳소! 맞어!

과부 2 : 어사또! 폐일언하고 요 서울놈 이몽룡인가, 개몽룡인가하는,

과부들 : 그렇지!

과부 2 : 그 호로 자식놈 때문에 생긴 일잉께.

몽룡, 서류 보다가 과부들 소리 듣고 빙긋 웃는다.

과부 2(V.O.) : 그 놈부터 잡아다 주릿대에 경을 쳐 주시오!

과부들(V.O.) : 그렇지 그 놈부터 잡아 오시오!

사령들에게 동헌으로 잡혀 오는 춘향, 몽룡 찾느라 두리번거린다.

과부 2(V.O.) : 아이고, 저기 춘향이 나오네.

과부들(V.O.) : 춘향아, 괜찮냐!

과부 1(V.O.) : 춘향아, 우리 왔다! 춘향아, 힘내라! 남원 사는 과부들 죄다 몰려 올 판잉께, 걱정을 말아라! 힘내라, 춘향아!

　인용된 자료는 어사와 춘향의 극적 만남인 동헌 상봉 삽화의 일부로 노인과부들이 어사가 이 도령인 줄 모르고 이 도령의 잘못을 꼬집고 춘향을

응원하고 있다. 이처럼 어사출두 후 노인과부들이 대거 나타나 춘향이를 옹호하는 장면은 이해조의 〈옥중화〉에서 나타난다. 이는 춘향이 매를 맞은 후 기생들이 나타나 그녀를 돕는 장면에 대해 '춘향이가 기생이 아니므로 그런 일은 없다'는 이해조의 비판적 개입[23]으로 인해 변화한 것이다.

〈옥중화〉에서는 점잖은 노소과부들이 모여 변학도로 인한 그간 춘향의 억울한 사연을 증언함으로써 어사의 어진 판결을 요청한다. 어사가 춘향의 행동을 창기의 관정발악으로 처분하자 과부들은 그런 논리라면 서울로 도망간 이 도령을 잡아 와야 한다고 대꾸하고 주위의 역졸들은 당황하여 어쩔 줄 몰라 한다. 어사가 이 도령인 줄 모르는 과부들이 역졸들의 만류를 뿌리치고 제 할 말을 다 하는 광경이 재미있게 표현되어 있다.

이는 춘향의 오랜 고투가 기생이 아닌 과부들에게조차 동질감을 일으키고 귀감이 되어 이들이 어사에게 원정을 올릴만한 대단한 사건이 되었음을 보여준다. 특히 백 살이 넘는 늙은 과부가 나서 춘향을 대변하는 것은 노인 과부의 말처럼[24] 어사라 할지라도 노인에 대한 공경과 권위가 우선시 될 것이며 오랜 세월을 수절한 노인과부야 말로 이러한 말을 할 수 있는 적임 자이기 때문이다. 이와 같은 노인과부의 옹호는 춘향의 정절을 드러내는 반증이므로 이 도령은 노인과부들이 제 욕을 하는 것조차 흔쾌히 받아들이게 된 것이다. 그러나 인용문에서는 지나치게 소략하여 그 문면의 의미를 드러내지 못하고 있다.

---

23) "발구르며 울며 ᄒᆞᄂᆞᆫ 擧動(거동) 누가 보고 아니 울냐 이ᄶᅥᆨ에 春香(춘향)이가 妓生(기ᄉᆡᆼ) ᄀᆞᆺ고 보게 되며 오입장이 妓生(기ᄉᆡᆼ)들이 와셔 人事(인사)를 ᄒᆞ 련마는 妓生(기ᄉᆡᆼ)이 아닌 故(고)로 그런 일이 업더니라 〈중략〉 南原府中(남원부즁) 老人寡婦(로인과부) 울며불며 달녀드러 음젼ᄒᆞ다 奇特(긔특)ᄒᆞ다"(〈옥중화〉, 77~78면)
24) 그 즁의 늙은 寡婦(과부) 左右(좌우)를 헤치며 썩 나셔ᄂᆞᆫ되 나은 一白(일ᄇᆡᆨ) 일곱 살이오 皮膚(피부)가 潤澤(윤틱)ᄒᆞ고 耳目(이목)이 明瞭(명요)ᄒᆞ고 긔운이 졍졍ᄒᆞ니 〈중략〉 네가 驛卒(력졸)이냐 驛卒(력졸) 보니 쟝히 무섭다 罪(죄) 업고 늙은 나를 御使道(어사도)면 엇지 ᄒᆞᆯ ㅅ고(〈옥중화〉, 132면)

3. 현재적 이본으로서 임권택 〈춘향뎐〉의 특징

임권택의 〈춘향뎐〉을 〈춘향전〉의 현재적 이본이라 한다면 그것은 오늘날 생산되고 향유되었다는 것이고 이는 〈춘향전〉을 향유하던 방식이 과거와 달라졌다거나 혹은 〈춘향전〉에 대한 수용자의 인식이 달라졌음을 의미한다. 다음에서는 영화 〈춘향뎐〉에서 새롭게 형성된 부분을 중심으로 판소리의 영화적 변용의 측면에서 임권택 〈춘향뎐〉의 특징을 살펴보고자 한다.

1) 흥취 지향의 사설 전개와 구성

〈춘향뎐〉은 '영화 속의 판소리 공연'이라는 액자 구조를 취하고 있다. 이러한 구조는 '최고 심급의 영화 고유의 공간(영화적 공간)', '판소리 소리꾼의 무대 공간', '허구 인물들의 디제시스 공간'이라는 세 층위를 형성하면서 관객으로 하여금 판소리를 본다는 효과를 형성하고 있다.[25] 이는 판소리 〈춘향가〉의 이야기 속으로 관객들이 몰입하지 못하게 함으로써 상업 영화의 오락적 기능을 축소시키고 계몽성을 의도적으로 노출한다는 비판을 받고 있다.[26]

그러나 〈춘향뎐〉의 소리꾼의 연행은 실제 공연이 아닌 영화적으로 연출된 것이고 〈춘향뎐〉은 〈춘향가〉의 소리 내용을 그대로 영상으로 구현하고 있는 것처럼 연출된 것일 뿐 각 장면들은 필요에 의해 선별되고 있다. 즉 관객이 조상현의 창을 듣고 〈춘향전〉의 서사를 떠올리는 구성에는 영화를 통해 판소리의 흥취를 지향하는 서술자의 의도가 강하게 내포되어 있다. 이는 영화를 보는 관객의 층위에서 본다면 춘향전 서사로의 몰입을 방해하는 이른바 소격 효과의 발현이지만, 판소리의 흥과 멋을 전하려는 서술자의

---

25) 이수진, 앞의 논문, 2011, 307면.
26) 김외곤, 앞의 논문, 2013, 327면.

의도에는 부합한 설정으로 영화적 몰입을 일정 부분 포기하면서까지 판소리의 흥취를 고스란히 전달하고 싶었던 의도를 선명하게 드러내고 있는 것이다.

서술자의 시각을 카메라 각도를 통해 확인할 수 있다고 할 때[27] 〈춘향뎐〉은 판소리의 주체와 객체, 이들 간의 소통 방식을 장면으로 포착하여 여러 층위에서 보여주고 있다. 하나는 판소리 공연 장면으로 이는 관객이 공연, 즉 창자를 바라보는 시선이다. 다른 하나는 창자가 관객 쪽을 바라보는 것이다. 또 다른 하나는 제3의 시선으로 이는 관객과 창자가 하나된 공연장의 모습을 조망하고 있다. 더하여 정면의 공연을 바라보는 관객의 시선은 고정된 것이 아니라 고수를 향하기도 하며 추임새를 넣는 고수에게 주목되기도 하며 창자의 얼굴에 클로즈업되면서 세세한 감정 변화를 면면히 드러낸다. 이는 관객을 향하는 카메라의 시선에서도 다르지 않아 여러 관객들은 개별적인 감상의 망을 형성하는 독립된 감상자로 초점화 되었다가 공동된 감정으로 엮이는 집단으로 구획되기도 한다. 이처럼 〈춘향뎐〉은 판소리 상황을 영화적으로 구현함으로써 판소리 감상 상황을 입체적으로 구현하는 효과를 낳고 있다.

---

[27] 채트먼은 소설의 서술을 영화의 서술로 바꾸는 데 가장 문제가 되는 것이 묘사와 관점이라고 본다. 특히 서술자의 성향과 태도가 노출되는 글과 달리 카메라의 객관성은 영화의 묘사를 제한하는데 이를 보완할 수 있는 것이 바로 카메라의 관점이다. 카메라의 관점은 특정 장면의 삽입이나 카메라의 촬영 거리와 범위 혹은 각도, 카메라의 위치 등을 포함한다. Chatman, Seymour Benjamin., 「소설적 서술과 영화적 서술」, 석경징 외 편역, 『현대 서술 이론의 흐름, Story and Discourse』, 솔출판사, 1997, 318면.

[판소리 공연 장면]　　　　[공연 관람 관객]　　　　[공연장의 모습]

이러한 설정 속에서 임권택의 〈춘향뎐〉은 〈춘향가〉의 선택된 대목들을 차례로 들려주는 방식을 취한다. 임권택의 〈춘향뎐〉에서는 사랑가, 십장가, 적성가와 같이 일반적으로 잘 알려진 부분인 '눈' 부분은 물론 경다름제, 덜렁제라고 하는 흥겹게 건들거리는 부분이 선정되어 있다.28) 이는 때로 서사적 영상을 통해 강화되며 독자의 반응은 때로 관객을 통해 지시된다. '십장가'를 들으며 감동하여 우는 관객이 있는가 하면 이몽룡이 전라도로 돌아오는 장면에서는 관객 한 명이 일어나 덩실덩실 춤을 춘다. 이들의 반응은 다시 카메라의 시선을 통해 주목되며 그 결과 연출된 판소리 연행 상황, 선별된 서사적 장면은 영화라는 매체와 상호관계를 형성하면서 판소리의 흥을 전달하고 싶었던 의도가 명확하게 전달된다.

2) 판소리 춘향가의 관객에 주목

영화 〈춘향뎐〉과 기존 〈춘향전〉의 두드러진 차별점은 바로 관객 삽화의 출현이다. 판소리의 감상에서 항상 존재해 왔지만 실체로서 현현하지 않았던 관객의 존재에 주목한 것이다. 영화에서는 6회에 걸쳐 관객과 관련된 삽화가 등장한다.

---

28) 최예정, 「영화 〈춘향뎐〉의 판소리적 서사구조」, 『영상이론』 1, 한국예술종합학교 영상원 영상이론과, 2002, 153면.

S# 1 – 초보 관객

S# 2 – 초보 관객, 소리꾼

S# 29 – 소리꾼, 고수, 전문 관객, 초보 관객(천자뒤풀이)

S# 98 – 소리꾼, 고수, 전문 관객, 초보 관객(십장가)

S# 105 – 소리꾼, 전문 관객(어사 노정기)

S# 142 – 소리꾼, 고수, 전문 관객, 초보 관객

타이틀을 제외한 〈춘향뎐〉의 첫 장면은 정동극장의 모습이다. S# 1에서 재욱, 원두, 현철, 금희, 상철, 지수라는 6명의 학생은 판소리 공연을 보기 위해 극장에 도착한다. 이들은 국악의 이해라는 수업을 듣고 있으며 보고서를 제출하기 위해 다섯 시간의 판소리를 들으러 왔다. S# 2는 학생들이 착석하여 공연에 대한 대화를 나눈다. 금희와 지수는 전통예술에 대한 기대감을 가진 반면 재욱과 현철은 공연의 지루함을 견딜 수 없을 것이라 예상한다. 다른 관객들이 도착하면서 소리꾼과 고수가 등장하고 소리를 시작하기 전에 소리꾼이 사설을 푼다.

S# 29는 천자뒤풀이를 하는 소리꾼과 고수의 모습이 보이고 이어 천자뒤풀이 가락에 맞춰 추임새를 하는 관객들이 나타난다. 공연에 참석한 대학생들은 모두 시큰둥하거나 따분해 하며 천자뒤풀이를 듣고 있다. S# 98에서 소리꾼과 고수는 십장가를 하고 있다. 소리꾼의 얼굴이 클로즈업되고 관객들의 다양한 반응이 제시된다. 어떤 관객은 십장가를 들으며 추임새를 하고 중년여성들은 눈물을 닦으며 대학생 중 일부도 눈물을 흘리며 집중한다. S# 105에서 소리꾼과 고수는 몽룡이 어사되어 전라도로 내려오는 대목을 부르고 관객들의 흥겨운 모습과 한 관객이 일어나 춤을 추고 있다. S# 142는 마지막 장면으로 판소리가 끝이 나고 소리꾼과 고수가 일어나 인사를 하자 관객들이 박수를 치며 막이 내린다.

이상을 종합해 보면 장면 단위로 나뉘어져 있는 '관객 삽화'는 우선 전문

관객과 초보 관객을 대조적으로 보여준다. 하나는〈춘향가〉를 익히 들어 본 적이 있으며〈춘향전〉의 이야기에 익숙한 이상적 관객이고 다른 하나는 판소리 공연을 들으라는 과제를 부여받고 억지로 정동극장에 온 대학생들이다. 대학생들은 판소리 공연을 경험해 본 적이 없고 일부는 판소리〈춘향가〉에 전혀 흥미를 느끼지 못하고 있다. 이들은 무대 앞자리를 기준으로 세 번째와 네 번째 열에 위치하고 있다. 한편 첫 번째 열에는 나이가 지긋한 노인들이 두 번째 열에는 한복을 입은 사람들이 앉아 있다. 노인이나 한복은 '전통'이라는 의미로 상징화된 전문 관객으로 이러한 좌석 배치는 두 관객 집단의 반응의 차이를 극명하게 드러낸다.

[전문 관객과 초보 관객의 대조 ①]

앞줄의 전문 관객이 공연의 초반에 속하는 '천자뒤풀이'를 들으며 몰입하고 있는 것과 달리 초보 관객들은 장난을 치거나 따분해하는 모습을 연출한다. '십장가' 장면에 이르면 이러한 의도는 더욱 선명하게 드러나는데 이상적 관객의 모습이 클로즈업되고 이어 초보 관객의 모습으로 옮아간다. 이때는 양쪽이 모두 판소리에 몰입한 상태이다.

[전문 관객과 초보 관객의 대조 ②]

한편 초보 관객은 공연의 진행에 따라 변화하는 모습을 보인다. 그들의 몰입 정도는 턱을 괸다거나 입을 가리는 것, 몸을 기울임 등의 몸짓으로 시각화되어 드러난다.

	영상	대본
(가) 공연장에 들어가는 길		재욱 : 아―, 이거 국악의 이해도 좋지만 다섯 시간을 어떻게 견디냐? 원두 : 그래도 뭔가 있으니까 보라고 하셨겠지. 현철 : 있긴 뭐가 있어. 춘향전 뻔한 거지 뭐.
(나) 공연 시작 전		재욱 : 야 보다가 졸면 어떻하냐? 나 잘 때 너 깨어 있어야 돼. 너 잘 때 나 깨어 있구. 야, 아예 우리가 여섯 명이니까 50분씩 나눠서 책임할당제 하자. 어때? 현철 : 야, 난 허리 아프고 졸려 가지고 긴 시간 못 버틴다구, 있잖아 나 인터넷으로 판소리 검색해서 리포트 쓸 테니까 너희들 재밌게 보고 나와라.

		지수 : (현철 잡으며) 야야야, 전통예술이라는 거 그거 보고 나면 한번도 실망시킨 적이 없더라구. 그러니까, 좀 참어라, 참어.
(다) 공연 초반		천자뒤풀이 시큰둥하게 듣고 있는 재욱, 현철, 지수, 금희 따분해 하는 원두, 상철
(라) 춘향가의 절정		십장가 듣는 학생들, 아줌마들 십장가 들으며 우는 학생들
(마) 공연이 끝나고		박수치며 기립하는 관객

　관객의 이야기인 여섯 개의 삽화는 판소리 공연에 참여한 관객의 변화를 중심으로 시간 순서로 구성되어 있다. (가)는 공연을 보기 전 초보 관객들의 반응이다. 춘향전의 이야기는 뻔한 것이라는 것, 국악이라는 의무감으로 참석하긴 했지만 감상이 아니라 고역이 될 것이라는 것, 혹시 어쩌면 예상과 다를 수도 있다는 것 등이 판소리에 참여하기 전 이들의 반응이라 할 수 있다. (나)를 통해 알 수 있는 것은 이들이 판소리를 한 번도 경험해 본 적이 없다는 사실이다. 누구나 알고 있지만 접해 본 적이 없고 상호작용이 없이 이루어지기에 졸기 십상인 것이다. 공연의 초반인 (다)에서 이들은 잡담을 나누거나 여전히 관심 없는 모습을 보인다. 그러나 (라)에서 보듯이 '십

장가' 장면에 이르면 초보 관객들은 분위기에 동화되며 춘향가 공연에 완전히 몰입하고 이어 (마)에서와 같이 열혈 관객이 되어 기립하여 박수를 치는 장면이 제시된다.

3) 시공간적 배경의 구체화를 통한 장면 설정

〈춘향뎐〉이 〈조상현 창본 춘향가〉, 〈완판 84장본 열녀춘향수절가〉, 〈옥중화〉 등의 후대 이본들을 수용하고 있다는 점을 고려할 때 〈춘향뎐〉은 작품의 후반부와 관계되는 인물들의 내면을 효과적으로 구현하지 못하고 있다. '옥중 자탄' 대목은 춘향의 내면의 발견이라는 의미를 가지며 〈옥중화〉는 제목 그대로 옥중 춘향의 이별과 시련이 상당 부분을 차지하는 작품이다. 이는 한 인간으로서 춘향의 자각이라는 근대 지향성과 밀접한 관련을 가지며 후대 이본으로 올수록 그 의미가 강화되는 경향을 보여 왔다. 어떤 이야기에 관심을 갖는가가 수용자의 작자 의식과 맞닿아 있다면 임권택 〈춘향뎐〉의 관심은 춘향의 태몽이나 봉사에 의한 해몽, 황릉묘 몽유와 같은 환상적 부분이나 인물들이 보이는 정서적인 부분이 아니라 〈춘향전〉의 시공간적 배경이나 전통적 사물에 집중된 것으로 보인다.

선행 연구에서 지적한 바 있듯이 이 작품은 조선후기의 사회상을 고증하는 데 주목한다. 이에 나귀, 사판, 주합, 책가도, 거문고, 가야금, 대금, 아쟁, 산조 한복과 한옥, 부용당, 오작교, 광한루 등의 풍물을 비롯하여 첩첩이 겹쳐진 지리산과 솔개, 마름이 지켜보는 가운데 벼 베는 농부들, 눈 덮인 겨울산, 도깨비불과 무덤 등의 풍경, 과거장, 한량무, 기생 점고와 같은 풍속을 재현의 대상으로 삼고 있다.[29] 이는 기존 〈춘향전〉에서 주목되지 않았던 시공간적 배경으로 판소리의 장면 묘사 방식과는 차이가 있다.

---

29) 황혜진, 앞의 논문, 2004, 286면.

이러한 지향은 비단 제재 차원에서 그치지 않고 새로운 장면을 구성하는 데에도 영향을 미치고 있는데 '이 도령의 광한루 행차'는 이를 잘 보여준다. 초기 이본인 〈만화본 춘향가〉에서는 춘향과 이 도령이 삼월 삼짇날 만나는 것으로 되어 있지만 후행 이본에서 춘향의 추천을 합리화하기 위해 오월 단옷날로 변모한다. 임권택의 〈춘향뎐〉에 이르러 단오는 10개의 장면을 통해 구체화된다.

S# 5 책방 앞

1 등자 디디는 몽룡 발

2 화사한 차림의 몽룡이 나귀에 오르면 출발하는 몽룡 일행

S# 6 남문

1 남문 통과하는 몽룡과 방자

평민 1 : 거 한 두어개 더 얹어 주시오잉.

상인 1 : 어따, 이사람 오랜만에 나와 갖고 덤만 더 달라 해싸.

S# 7 장터길

1 장터 길 지나가는 몽룡과 방자

S# 8 성벽위 길

1 초가집 보이는 성벽길 가는 몽룡과 방자

S# 9 어느 길

1 풍물패 농악 행렬

S# 10 씨름판

1 씨름판 앞을 지나가는 몽룡 일행. 구경꾼들 씨름판 주위에 모여 있고 씨름 선수 1, 2 힘쓰고 있으면 지나가는 몽룡, 방자, 후배사령

S# 11 광한루

4 현판 Ⅲ - 액자 현판 〈중략〉

S# 16 오작교 위

1 오작교 위 처녀 1, 2, 3, 4, 5 지나가면 나무들 사이로 선비들 보이고 몽룡의 뒷모습이 나타난다.

S# 18 삼신각

1 삼신각 쪽으로 걸어가는 처녀 1, 2, 3, 4, 5와 선비

S#19 광한루

* 시화 중인 선비들 소리

부지춘색침다소(不知春色沈多少) : 봄빛이 얼마나 깊은지 미처 알지 못하였더니

지견도화난만개(祗見桃花爛漫開) : 때마침 도화가 흐드러지게 피어 있구나

유접일쌍무의서(游蝶一雙無意緖) : 서로 노니는 한쌍의 나비는 머물 듯이 없다가

애화비거각비래(愛花飛去却飛來) : 그 꽃을 찾아 날아갔다 다시 오네.

이 도령의 '광한루 행차'는 이 도령 치레나 나귀 치레 등이 영상화되면서 재구성된다. 이 도령의 이동과 시선에 따라 책방 → 남문 → 장터 풍경 → 시정 풍경 → 풍물패 → 씨름판 → 광한루의 현판 → 적성산 → 광한루 → 오작교 → 삼신각 → 시화중인 양반과 기생 → 그네뛰기로 이동하며 이는

모두 단오와 관련된 풍습이나 단옷날의 풍광들이다. 여기에 시장에서 물건을 사고파는 모습, 씨름 터에서 한 사람이 승리하는 장면, 시화 장면에서는 설장수(1342~1399)의 즉사(卽事)라는 칠언절구를 첨가함으로써 새로운 장면이 생겨났다. 특히 이 도령과 춘향의 만남을 드러내는 데 시의 첨입은 매우 성공적으로 역할하고 있다. 사건 중심의 삽화가 아니라 시공간적 배경을 묘사한 삽화들은 영화 매체로의 변용에서 생성된 것으로 단오라는 배경의 묘사를 통해 이팔청춘 이 도령의 춘심(春心)을 표현하는 방법이 되고 있다.

4. 결론

이 연구는 임권택 감독의 영화 〈춘향뎐〉을 전대 〈춘향전〉의 전승 맥락에서 논의하고 〈춘향뎐〉의 영화로의 변용 과정에서의 특징을 살펴보고자 했다. 〈춘향전〉의 전승사는 전대 〈춘향전〉에 대한 새로운 해석이 적극적인 생산으로 나아가는 과정을 통해 구축되어 왔다. 유진한이 춘향의 이야기에서 흥미로운 인물을 발견했다면 목태림은 춘향의 절행이 후세에 귀감이 될 만하다고 생각했고 여규형은 춘향 이야기에서 극적 특징을 발견했다. 임권택은 판소리 〈춘향가〉를 통한 강렬한 예술적 체험이 무엇보다 소중한 가치라 여겼고 이는 새로운 〈춘향전〉을 생산하는 기제가 되었다. 이상의 사례는 〈춘향전〉 전승에서 분명 유의미하고 그런 까닭으로 이 작품의 이본으로서의 성격을 논할 때 규명되어야 할 부분이다.

이에 본 연구는 임권택의 영화 〈춘향뎐〉의 전대 〈춘향전〉 수용 양상을 크게 두 가지로 살펴보았다. 첫째, 임권택의 영화 〈춘향뎐〉은 기본적으로 조상현 창의 대목을 선택하고 배제함으로써 서사적 틀을 구성하고 있다. 그 양상은 전체 선택, 부분 선택, 소략, 배제의 네 가지로 춘향 서사의 큰 틀을 벗어나지 않으면서도 판소리 창의 효과를 드러내는 부분들이 그 기준이 되고 있다. 다음으로 영화 〈춘향뎐〉은 세부적인 전개에 있어서는 전대 〈춘향전〉을 다양하게 수용하고 있는데 이를 백년가약, 부친의 등장, 신연맞이, 노인과부의 출현 등의 구체적인 삽화를 중심으로 확인하였다. 그 결과 임권택의 〈춘향뎐〉이 전대 〈춘향전〉에 기반하면서도 삽화의 설정에 있어서는 세부적인 차이를 드러내고 있음을 알 수 있었다.

판소리의 영화적 변용이라는 점에서 임권택 〈춘향뎐〉의 특징을 다음과 같이 분석하였다. 첫째, 흥취 지향의 사설 전개와 무대와 관객, 양자의 소통 구조를 극대화함으로써 판소리의 흥과 멋을 전하려는 서술자의 의도를 구현하고 있다. 둘째, 판소리의 감상의 한 축임에도 불구하고 숨은 존재였던 관객의 이야기를 삽화로 구현하고 그들이 초보 관객에서 귀명창으로 나아가는 과정을 연행의 진행 과정에 따라 제시하고 있다. 셋째, 전대 〈춘향전〉에서 시공간적 혹은 사회적 배경으로 존재하던 제재들을 구체화하여 장면화하고 이를 통해 사건의 서사적 의미를 강화하고 있다.

〈춘향전〉의 현대적 이본에 관한 논의가 임권택의 영화 〈춘향뎐〉에 국한됨으로써 〈춘향전〉의 현대적 이본의 모습과 고전 매체 변용의 방향이라는 주요하고 큰 그림을 논하는 것으로 확대되지 못하고 있다는 점을 연구의 한계로 지적하며 후일의 논의를 통해 보충할 것을 기약하고자 한다.

II

고전소설,
독자에게 다가가기

학습독자의 문학 감상에서 상호텍스트적 맥락화 양상 연구

—고전소설 〈구운몽〉을 중심으로—

1. 서론

소설의 감상은 학습독자가 텍스트의 의미를 구성해 가는 과정이며 텍스트의 의미를 구성하기 위해서는 텍스트와 독자, 작자를 둘러싼 해석의 맥락을 형성해야 한다. 이처럼 텍스트가 특정한 맥락 속에 위치 지어지는 것을 맥락화(contexualization)라고 한다. 맥락의 하위 요소로는 텍스트 생산자의 의도 및 생산 배경, 수용자의 상황 및 의도, 다른 텍스트들과의 관계 등을 들 수 있다. 이에 맥락화의 유형은 크게 텍스트 중심 맥락화, 작가 중심 맥락화, 독자 중심 맥락화, 상호텍스트적 맥락화로 구분된다.

이 가운데 상호텍스트적 맥락화란 독자가 자신의 독서 경험이나 텍스트에 대한 지식을 바탕으로 하나의 텍스트에 다른 텍스트들을 연관시키면서 자신의 해석을 수정 또는 강화해 가는 것이다. 이는 둘 이상의 텍스트에 대한 독자의 의미 구성과 가치 평가가 바탕이 되며 그로 인해 한층 역동적인 경험으로서의 해석이 이루어질 수 있다.[1]

학습독자의 문학 감상에 관여하는 맥락은 여러 가지일 수 있으며 모든 해석에서 맥락화의 요소들이 명확하게 구분되어 나타나는 것은 아니지

---

1) 김미혜, 『비평을 통한 시 읽기 교육』, 태학사, 2009, 59~70면.

만,[2] 단일 작품에 대해 상관성을 형성할 수 있는 복수 텍스트를 상호텍스트로, 이와 관련하여 맥락을 형성하는 학습독자의 의미 구성 활동을 맥락화로 보고 그 대상은 학습독자가 이전에 경험했던 '서사'로 제한하였다.

구체적으로 학습독자가 고전소설 〈구운몽〉을 감상하기 위해 이전에 경험했던 서사를 자발적으로 선택하도록 하였고 이를 통해 어떤 작품을, 어떤 기제나 계기를 통해 상호적으로 인식하는지, 〈구운몽〉과 비교 대상으로 선택된 텍스트와의 관계화 양상은 어떠한지, 특정 작품과의 상호적 관계망을 통해 고전소설 〈구운몽〉의 어떤 의미를 도출하게 되는지를 살펴보았다.

상호텍스트성에 기반한 문학 수업이 학습독자의 흥미를 유발하여 낯선 작품에 대한 적극적인 해석 태도를 형성하는 유의미한 방식[3]이라는 점을 받아들인다면 고전소설 〈구운몽〉은 적합한 대상이 될 수 있다. 〈구운몽〉은 대표적인 고전이면서 오랜 기간 교과서에 수록되어 온 정전이지만 학습독자가 이해하기 쉽지 않은 '낯선' 작품이다.[4] 그런 이유로 상대적으로 다양하고 새로운 해석이 필요하고, 또한 가능하기에 '상호텍스트적 맥락화'를 통한 소설의 감상이 〈구운몽〉의 기존 이해를 수정하고 의미 구성의 확장에 기여하는지를 적실하게 보여 줄 수 있을 것으로 판단하였다.[5]

---

2) 단일 텍스트를 감상하는 것과 복수 텍스트를 감상하는 것은 차이가 있다. 두 텍스트 간의 상관성 유무는 전적으로 독자의 몫이지만 단일 텍스트의 경우에는 어떠한 상관성을 갖지 않는다고 본다. 두 개의 텍스트를 다루게 될 때 독자는 필연적으로 텍스트 간 비교와 분석, 그리고 통합을 하게 되며 이때의 '상관성'은 콘텍스트(맥락)가 된다. 이 때 특정 상관성을 통해 텍스트 간의 콘텍스트를 형성하는 것이 상호텍스트가 될 것이다. 박정진·이형래, 「읽기 교육에서의 콘텍스트 : 의미와 적용」, 『독서연구』 21, 한국독서학회, 2009, 13면.

3) 장정순, 「상호텍스트성을 활용한 문학 수업이 학습자의 태도에 미치는 영향 연구」, 한국외국어대학교 석사학위논문, 2001, 86~89면.

4) 권순긍은 초기 〈구운몽〉 연구자들의 입장이 비판 없이 수용되고 그로 인해 〈구운몽〉의 주제를 대부분의 학교교육에서 천편일률적으로 '인생무상'으로 가르침으로써 〈구운몽〉 교육의 핵심 과제가 사장되고 있다고 보았다. 권순긍, 「문제제기를 통한 고소설 교육의 방향과 시각」, 『고소설연구』 12, 한국고소설학회, 2001, 428면.

5) 류수열은 고전문학이 원칙적으로 모방 혹은 인용과 작가적 창안의 이항 대립이 개념적

한편 〈구운몽〉과의 비교 대상 텍스트의 경우, 영화 텍스트도 하나의 문학 텍스트라는 점, 읽고 쓰기의 대상이며 궁극적으로 서사 문해력을 제고하는 데 의미 있는 교재가 될 수 있다는 점6), 오늘날 학습독자에게 익숙한 서사 매체로 서사 향유의 실상을 여실하게 보여줄 수 있다는 점, 고전소설 〈구운몽〉이 상대적으로 가해성이 떨어지는 텍스트인 것에 반해 영화는 다중 감각적 관여로 인해 수용 가능성이 용이한 텍스트라는 점, 두 권의 소설을 읽고 감상문을 쓰는 것이 쉽지 않다는 학습량의 문제 등을 고려하여 소설은 물론 영화를 포함한 문학 서사(narrative)로 한정하였다. 다만 소설 텍스트와 영화 텍스트의 담론(discourse)에서의 물질적 방식의 차이7)보다는 내러티브의 구성 요소와 전달의 본질이라는 스토리(story) 측면에 주안점을 두어 감상하도록 하였다.

그간 상호텍스트성에 기반한 문학교육에 관한 연구가 적은 것은 아니지만 대개의 경우 실제적인 텍스트 간의 비교를 통한 교육 내용의 마련에 편향되어 왔기에 정작 학습독자들이 어떤 텍스트를 매개로 어떻게 소설을 감상하는지에 관한 연구는 소략하였다. 소설은 시대의 이야기이며 독자의 기호와 향유 방식의 변화가 텍스트의 성격을 변화시킬 수도 있다는 점을 고려할 때 학습독자의 상호텍스트적 맥락화 양상을 실제적으로 확인하는 작업을 통해 오늘날 '학습독자'의 문학 감상에 대한 시사점을 얻을 수 있을 것으

으로 성립되지 않는 구술문화 안에서 배태되고 소통되었기에 현재적 관점에서 볼 때 상호텍스트적 단서가 현대문학보다 상대적으로 풍부하다는 이점을 가진다고 밝힌 바 있다. 류수열, 「〈사미인곡〉의 콘텍스트와 상호텍스트적 읽기」, 『독서연구』 21, 한국독서학회, 2009, 84면. 이는 고전문학 전반에 적용될 수 있는 견해이며 〈구운몽〉의 경우 다양한 이본의 존재로 인해 이러한 가능성은 이미 증명된 것이라 할 수 있다.

6) 김경욱, 「영화와 문학교육」, 『국어교육학연구』 17, 국어교육학회, 2003, 326면.

7) 채트먼에 따르면 영화와 소설은 서사의 내용(story) 층위에서 동일한 양상을 드러낸다. 서사 전달의 구조 역시 크게 다르지 않는 담론 형식을 가지며 다만 물질적 방식에서는 명백한 차이를 드러낸다. S. Chatman, 김경수 역, 『영화와 소설의 서사구조』, 민음사, 1990, 26면.

로 기대한다.

2. 상호텍스트적 문학 감상의 현황

바흐친의 '이어성'과 크리스테바의 '상호텍스트(intertextuality)'의 도입에서 출발한 논의는 어느 한 작품이 그 이전의 특정한 텍스트들과 맺고 있는 관련성을 가리키는 명칭에서 그 작품이 한 문화의 담론 공간에 참여하는 것을 가리키는, 즉 텍스트가 내포하고 있는 문화나 사회 역사적인 맥락까지 포함하는 것으로 확장되었다.[8] 이처럼 상호텍스트(성)의 개념이 논자와 맥락에 따라 매우 다양한 의미로 사용되면서 개념의 진폭뿐 아니라 용어가 사용되는 영역의 범위도 매우 다양하기에 공용(共用)될 수 있는 하나의 의미를 규정하는 것보다 선행 연구들을 통해 의미역을 살펴 다음에서 사용될 의미를 규정하고 시작하는 것이 합리적일 것으로 생각된다.

문학 텍스트의 이해에서 상호텍스트성의 의미는 두 가지로 대별된다. 하나는 텍스트의 본성, 즉 텍스트가 구성되는 과정에서 필연적으로 지니게 되는 텍스트 자체의 상호텍스트성으로 보는 것이고 다른 하나는 독자가 스스로 구성하는 상호텍스트적 연관망으로, 독자의 능동적인 읽기 전략의 거점으로 보는 것이다.[9]

첫 번째 관점에 입각한 논의들은 주로 목표 텍스트의 이해와 감상을 위해 근원 텍스트를 동원한다. 선주원에 따르면 상호텍스트성의 관점에 의한 소설교육이란 박태원의 〈소설가 구보씨의 일일〉, 최인훈의 〈소설가 구보씨의 일일〉 긴의 텍스트 상호성에 주목한 교육으로 학습자가 특정한 소설 텍스트와 주제, 소재, 배경, 인물, 행위, 갈등, 담론 방식, 영상 등의 측면에

---

8) 김욱동, 『바흐친과 대화주의』, 나남, 1990 참조.
9) 류수열, 앞의 논문, 2009, 81~109면.

서 연관을 가지는 다른 소설 텍스트와의 상호성을 최대한 살려 가면서 텍스트를 읽을 수 있도록 계획하고 실천할 필요가 있다.[10]

〈사미인곡〉의 의미를 해석할 목적으로 굴원의 〈사미인〉을 끌어온 연구,[11] 김소월의 〈진달래꽃〉과 민요 〈영변가〉를 상호적으로 연결함으로써 〈진달래꽃〉의 새로운 의미를 고찰한 연구[12]도 여기에 속한다. 이러한 논의들은 매개 요소에 따라 상호적으로 관련된 텍스트와 또 다른 텍스트 간의 학습 내용과 방법을 기획하는 방식으로, 비단 동일 장르나 매체뿐만 아니라 서정과 서사 사이[13], 서로 다른 매체 간[14], 고전과 현대 간[15]에 걸쳐 시도되고 있다. 공통적으로 구체적인 작품들 간의 유사점과 차이점을 탐구함으로써 문학 체계에 대한 인식을 구축해 가는 비평적인 성격의 활동으로 상호텍스트적 감상을 파악한다.[16]

목표 텍스트를 이해할 수 있도록 하는 근원 텍스트 혹은 선후행 텍스트와의 관계를 찾는 이러한 연구들은 검토 가능한 교육 방법의 타당성 및 유의점이나 구체적인 독자에 관한 논의로 이어지질 때 실질적인 의미와 가치를 확보할 수 있다. 그러나 학습독자 스스로 텍스트 간의 관계성을 구성해 내지 못한다면 목표 텍스트의 정확한 의미와 의도를 파악하고 학습자의 흥

---

10) 선주원, 「상호텍스트성의 관점에 의한 소설교육」, 『청람어문교육』 24, 청람어문학회, 2002. 121면.
11) 류수열, 앞의 논문, 2009, 89면.
12) 고정희, 「영변가와 진달래꽃의 상호텍스트적 양상과 이미」, 『한국고전시가연구』 30, 한국시가학회, 2011.
13) 박지윤, 「시 텍스트 이해를 위한 소설 상호텍스트 활용의 실제 : 시 '사평역'에서와 소설 '사평역'을 중심으로」, 『학습자중심교과교육연구』 17 - 19, 학습자중심교과교육학회, 2017.
14) 박지윤, 「텍스트 이해를 위한 상호텍스트 활용의 실제—문학 텍스트와 미디어 텍스트의 징표와 변형을 중심으로」, 『한민족어문학』 64, 한민족어문학회, 2013.
15) 최인자, 「디지털 시대의 고전 읽기 : 디지털 시대, 문학 고전 읽기 방식—고전 변용 텍스트의 상호매체적, 상호문화적 읽기를 중심으로」, 『독서연구』 19, 2008.
16) 남지현, 「상호텍스트성에 기반한 시교육의 구체화—텍스트 선정을 중심으로」, 『문학교육학』 54, 2017, 66면.

미를 유발하기는커녕 텍스트들에 대한 지식을 가중시키고 난해한 텍스트를 더 난해하게 만들 가능성을 내포하고 있다.

그런 이유로 텍스트가 구성되는 과정에서 필연적으로 지니게 되는 텍스트 내적 상호성이 아니라 독자가 스스로 구성하는 상호텍스트적 연관망이 문학교육에서 중심이 될 필요가 있다.[17] 이와 관련한 연구들은 대개 구성주의 이론을 중심으로[18] 읽기 및 쓰기 영역에서 주된 논의가 이루어졌다.[19] 독자의 의미 이해는 다중 텍스트의 여러 의미들과 상호 작용할 때 확장적이고 타당하게 이루어질 수 있다. 그렇기 때문에 학습독자의 의미 이해를 위해서는 다중 텍스트를 활용하여 다양한 의미를 찾고 이들 의미들과 대화를 할 수 있게 하는 것이 필요하다.[20]

조희정은 독자의 구성주의적 활동 속에서 드러나는 상호텍스트의 속성에 주목하였다. 학습자들이 자신에게 더 익숙한 텍스트에 대한 해석을 발판으로 삼아 비교와 대조의 방법으로 학습자들에게 상대적으로 낯선 텍스트에 대한 해석으로 나아가는, '탈연대기적 관점의 상호텍스트성'을 통한 고전시가 비평 교육이 그것이다.[21] 대상 학습자를 예비 국어 교사로 선정하였다는 점, 낯선 텍스트로서 고전에의 접근을 염두에 두고 있다는 점, 이를 매개할 것으로 상호텍스트성에 주목하였다는 점에서 본 연구와 매우 유사한 출발점을 보이고 있다.

그러나 앞선 연구가 예비 교사로 갖추어야 할 비평 능력과 '고전시가가 창작되었던 시기와 다른 시기, 다른 갈래의 텍스트들과 고전시가가 맺고

---

17) 류수열, 앞의 논문, 2009, 86면.
18) 경규진, 「반응 중심 문학교육의 방법 연구」, 서울대학교 박사학위 논문, 1993.
19) 김도남, 『상호텍스트성과 텍스트 이해 교육』, 박이정, 2014.
20) 김도남, 「상호텍스트성을 바탕으로 한 읽기 지도 방법 연구」, 한국교원대학교 박사학위 논문, 2002, 42면.
21) 조희정, 「고전시가 비평 교육 연구—탈연대기적 관점의 상호텍스트성을 활용하여」, 『국어교육』 143, 한국어교육학회, 2013, 133면.

있는 관계'에 주목하였다면 여기서는 학습독자들이 가진 문화 자원으로서의 서사에 주목하고 있으며 그런 이유로 비평이 아닌 각자의 경험과 취향에 이루어지는 개인의 '감상'[22]에 관심을 두고 있다. 선행 연구가 학교에서 이루어지는 실제적인 교육의 현장을 그려낸 정물화와 같다면 본 연구는 학습독자 개인 차원에서 이루어지는 소설 감상이란 크로키(croquis) 정도에 비할 수 있을 것이다.[23]

독자가 중심이 되는 의미 생성에서 무엇보다 중요시 되어야 하는 것은 그들이 결과론적으로 산출한 텍스트가 아니라 주어진 작품에 대해 흥미를 갖고 적극적인 해석 태도를 형성하여 텍스트를 학습독자 자신의 맥락으로 끌어 오는 과정 그 자체라 할 수 있다. 그러한 과정을 통해 학습독자는 작품에 대한 고정적이고 획일화된 가치 평가를 넘어 작품이 스스로에게 갖는 가치를 발견하고 평가할 수 있게 된다. 그런 이유로 이 연구에서는 학습독자의 감상의 자율성을 최대한 보장하고자 하였다. 비교 텍스트인 B텍스트[24]는 주어지는 것이 아니라 학습독자에 의해 스스로 선택되어야 하며 학습독

---

22) 감상이란 대상이 지닌 고유한 질감을 직접 지각함으로써 그에 따른 심리적 경험을 획득하고 그것이 주는 즐거움의 정도에 따라 대상의 가치를 평가하는 일을 말한다. 비평과 감상 모두 작품에 대한 평가를 포함하지만 감상과 달리 비평은 반드시 주관적인 심리적 경험의 과정을 드러낼 필요가 없다는 점에서 구별될 수 있다. 조하연, 「문학 감상 교육 연구」, 서울대학교 박사학위논문, 2010, 27면.

23) 상호텍스트성과 관련된 것은 아니지만 학생들이 〈구운몽〉을 읽고 쓴 비평적 에세이를 분석하여 학습자의 정서가 형성되는 방식을 조명한 황혜진의 연구는 비평적 에세이를 주관적인 체험의 결과이며 정서가 유발된 대상적 단서나 판단 근거가 제시된 결과물로 본다는 점에서 본 연구의 방향 설정에 도움을 주었다. 황혜진, 「구운몽의 정서 형성 방식에 대한 교육적 고찰」, 『고전문학과 교육』 20, 2010, 104면 참조.

24) 상호적 텍스트들에 대해 칭하는 용어는 선(행)텍스트와 후(행)텍스트, 목표텍스트와 근원텍스트, 원텍스트와 변용텍스트, 텍스트와 메타텍스트, 투입텍스트와 산출텍스트, 감상텍스트와 창작텍스트 등으로 다양하게 지칭되지만 여기서는 교수자가 학습자에게 제시한 〈구운몽〉 텍스트를 A텍스트, 학습독자가 스스로 선택한 비교 텍스트들을 B텍스트로 칭하고자 한다. 까닭은 연구자가 A텍스트인 〈구운몽〉과 B텍스트 간의 관계가 선험적으로 규정되길 원하지 않았으며 이후 양상에서도 A텍스트는 B텍스트 간의 관계는 획일적으로 나타나지 않았기 때문이다.

자의 감상문은 감상의 폭을 넓히기 위한 하나의 매개로, 형식적이고 양식적인 특정한 틀을 요구하지 않는 최대한의 자유로운 쓰기를 지향하였다. 교수자의 개입을 최소화하고 텍스트에 관한 기존의 평가에 지나치게 함몰되지 않도록 하였다.

3. 학습독자의 상호텍스트적 맥락화 양상

1) 실험의 설계

학습독자가 자신의 과거 독서 경험들이나 지식들을 바탕으로 A텍스트인 〈구운몽〉에 다른 하나의 텍스트인 B텍스트를 선택(①) 하여 양자를 연관(②)하고 그를 통해 A텍스트의 구체적인 의미를 구성(③)하는 과정을 상호텍스트적 맥락화로 정리한다면 크게 세 가지 점에 주목하여 그 양상을 살펴볼 수 있다. ①은 어떤 계기로 인해 상호성에 착목하는가, 즉 어떻게 양 텍스트가 갖는 유사점을 발견하는가를 파악하기 위한 것이며 ②의 경우 관계화 양상은 어떠한가를 살펴보기 위한 것이다. ①이 텍스트를 선정하는 동기적 측면이 강하다면 ②는 의미가 구성되는 방식이라 볼 수 있다.[25] ③은 ①과 ②의 과정이 A텍스트의 이해에 도움을 주고 있는가 혹은 A텍스트에 대한 기존의 생각을 확장하고 강화하는가를 밝히기 위한 것이다.

학습독자의 감상문 자료는 서울 S대학의 3~4학년 학생 33명을 대상으

---

[25] 텍스트와 상호텍스트를 이어주는 상징, 이미지, 회지 등과 같은 시적 요소 및 사회, 역사적 맥락이 일상어, 상투어 등을 '동위소' 혹은 '연결소(connecive)'라 명명할 수 있다. 그런데 '동위소'가 상호텍스트를 찾게 하는 동기적 측면이라면 '연결소'의 경우 해석 과정에서의 의문을 해결하는 효과적 측면을 갖고 있다는 점에서 ①의 과정은 '동위소'가 ②의 경우 '연결소'에 근접하다. 조고은, 「동일작가 작품군의 상호텍스트적 시 읽기 교육 연구」, 서울대학교 석사학위논문, 2010, 33~34면 참조.

로 수집하였다. 이들은 공통적으로 정규 교육과정을 통해 A텍스트의 일부를 접하거나 A텍스트에 대한 문학사적 지식을 갖고 있다. 더불어 국어교육을 전공하거나 복수전공한 까닭에 상호텍스트적 감상에 대한 이해도가 높고 다중 텍스트의 운용이 가능한 까닭으로 적합한 독자라 판단하였다. 감상문은 '고전문학교육론' 수업의 학기말 과제로 제시되었으며 학습독자에게 제시된 발문은 다음과 같다.

고전소설 〈구운몽〉에 대한 심화된 이해나 새로운 발견을 위해 자신의 서사 경험을 활용하여 상호텍스트적인 감상을 하라. 상호텍스트의 범위는 서사로 제한하며 문학 텍스트와 미디어 텍스트는 혼용 가능하지만 매체의 차이는 고려하지 않는다.

[표 1] 학습독자에게 제시된 과제

2) 학습독자의 상호텍스트적 맥락화 양상

영화	더글라스 맥키넌, 셜록: 유령신부(SHERLOCK), 2015 / 릴리 워쇼스키 외, 클라우드 아틀라스(Cloud Atlas), 2012 / 스탠리 큐브릭, 아이즈 와이드 셧(Eyes Wide Shut), 1999 / 미셸 공드리, 이터널 선샤인(Eteral Sunshine Of Spotless Mind), 2005 / 백종열, 뷰티인사이드(2)(The Beauty Inside), 2015 / 한준희, 차이나타운(Coinlocker Girl), 2014 / 카메론 크로우, 바닐라스카이(Vanilla Sky), 2001 / 데이비드 F. 샌드버그, 애나벨 : 인형의 주인(Annabelle : Creation), 2017 / 테렌스 맬릭, 트리 오브 라이프(The Tree Of Life), 2011 / 피터 위어, 트루먼쇼(The Truman Show), 1998 / 우디 앨런, 원더 휠(Wonder Wheel), 2017 / 프랭크 다라본트, 미스트(The Mist), 2008 / 버 스티어스, 17 어게인(17 again), 2009 / 크리스토퍼 놀란, 인셉션(Inception)(2), 2010 / 바즈 루어만, 위대한 개츠비(The Great Gatsby)(2), 2013 / 김지운, 달콤한 인생(A Bittersweet Life), 2005 / 캐서린 하드윅, 트와일라잇(Twilight), 2008 / 김형협, 아빠와 딸(Daddy You, Daughter Me), 2017 / 리차드 커티스, 어바웃 타임(About Time), 2013
소설	Johann Peter Habel, 모르쇠(Kannitverstan), 1808(2) / 박현욱, 아내가 결혼했다, 2013 / Hermann Hesse, 나르치스와 골드문트, 1930 / 김승옥, 무

	진기행, 1964(2) / Franz Kafka, 변신(Die Verwandlung), 1916 / Nathaniel Hawthorne, 주홍 글자(The Scarlet Letter), 1850 / 박씨부인전, / 무라사키 시키부, 겐지이야기(源氏物語)
희곡	M.나비 / 안티고네
드라마	파리의 연인(2)

[표 2] 학습독자가 선택한 후행 텍스트(B)26)

(1) B텍스트 선정에서 공통적 요소 발견의 계기나 기준

텍스트 간의 상호성을 발견하는 계기나 기준은 크게 세 가지로 나누어 볼 수 있다. 첫째는 A텍스트와 연관되어 떠오른 것들이다. 두 번째는 텍스트 내적 요소, 즉, 주제, 서사의 성격, 소재, 모티프, 결말 처리 방식 등의 관련성이다. 세 번째는 작품 외적 요소, 즉 작품의 효용이나 문학사적 가치 등에 따라 B텍스트를 선택하였다.

① 관계된 연상
관계된 연상이란 A텍스트를 읽기 전이나 읽는 중 떠오른 생각으로 〈구운 몽〉으로 인해 떠올리게 된 다른 작품, 단어나 이미지, 과거의 경험 등이 그 내용이다.

(A) 〈구운몽〉을 읽기 전부터 떠오른 드라마는 '별에서 온 그대'였다. 이 드라마에서 404년 전, 조선 광해군 시대에 지구와 매우 유사한 행성인 KMT184.05에서 타다스 우주선을 타고 지구에 온 외계인 주인공 도민준은 "옛날 것은 다 고리타분하다고 생각해? 〈구운몽〉은 조선이 낳은 신개념 판타지 소설이었

---

26) 영화의 경우 감독, 제목(원제), 연도이며 소설은 작가, 제목, 출간일 순서이다. 괄호안의 숫자는 복수로 선택된 것을 의미한다.

어! 무려 해리 포터보다 400년이나 앞섰지만 뭐로 보나 그보다 못할 게 없는 작품"이라고 말한다. (성○나)

(B) 소설 〈구운몽〉을 읽지 않아도 이것이 꿈에 대한 소설임은 많은 사람들이 알고 있다. 〈중략〉 또한 고전뿐만 아니라 많은 현대의 작품들에서 꿈은 아주 매력적인 장치이다. 〈중략〉 영화 〈인셉션(2010)〉, 〈매트릭스(1999)〉 등이 사람들의 흥미를 자극한 것 역시 이와 유사한 이유일 것이다. (한○리)

(C) 몇 년 전부터 서포 김만중의 소설 〈구운몽〉에 대해 그런 농담이 나오기 시작했다. '조선 시대 사대부들의 하렘, 남성향 소설, 마치 미연시(미소년 연애 시뮬레이션) 같다'고. 몇 년 전이 아닐지도 모른다. 이미 나조차도 중고등학생 시절에 이미 이를 느꼈기 때문이다. 〈중략〉 그 분 말씀을 듣고 나니 그 동안 일본 문화에 관심이 많은, 소위 '오타쿠'라고 불리는 친구들에게 영향을 받아 읽었던 몇몇 소설이 떠올랐다. '라이트 노벨'이라는 대중소설. 장으로 엮이는 제목이 참 긴 소설들 (고○연)

(A)의 경우 하나의 텍스트가 외부에 위치한 텍스트를 직접적으로 언급하는 방식[27]이며 (B)는 일반적으로 〈구운몽〉과의 상호텍스트로 잘 알려진 작품들에 대한 언급이다. 즉 〈구운몽〉이라고 하면 꿈이 연상되고 꿈이라고 하면 〈인셉션〉이나 〈매트릭스〉와 같이 꿈을 소재이자 구조이며 주제로 하고 있는 대표적인 영화들이 떠오른다는 것을 밝히고 있다. (C)의 경우는 학

---

27) 박노현은 드라마 〈시크릿 가든〉에 시와 소설, 영화와 텔레비전의 다종다양한 텍스트가 숨겨져 있음을 지적하고 하나의 텍스트가 외부에 위치한 또 다른 텍스트를 자신의 내부로 불러들이는 극작 기법을 텍스트 소환 기법이라 명명하고 있다. 박노현, 「텔레비전 드라마와 상호텍스트성—'텍스트 소환 기법'의 개념과 유형을 중심으로—」, 『한국문학연구』 40, 2011, 363~397면 참고.

교 선생님이나 교수님과 같은 주변인들에 의해 형성된 과거 경험이며 과거부터 오랫동안 가져왔던 〈구운몽〉에 대한 생각이다. 학습독자는 〈구운몽〉과 함께 라이트 노벨(light novel)[28]들을 떠올린다.

그러나 위 학습독자들 모두, 언급된 텍스트를 B텍스트로 선정하지 않았기 때문에 이상의 연상 작용이 작품의 의미를 발견하는 것으로까지는 확장되지 않았다. 그러나 다음의 경우에서는 〈구운몽〉을 통해 떠올린 연상의 내용들이 B텍스트의 선정 및 내용 전개로 이어지고 있어 비교하여 살펴볼 필요가 있다.

> (D) 필자는 〈구운몽〉의 입몽 – 각몽 구조를 보고 드라마 〈파리의 연인〉을 떠올렸다. 〈중략〉 그러나 필자가 〈구운몽〉을 보고 이 드라마를 떠올린 이유는 이 드라마의 결말 때문이다. 〈중략〉 이렇게 인간의 생각의 힘을 보여주는 서사물로는 영화 〈인셉션〉이 있다. (김○영)

> (E) 이번에 성진이 속세와 비교하며 자신의 신세를 한탄하는 부분을 다시 읽을 때부터 문득 영화 〈원더 휠〉의 대사가 떠올랐다. 〈중략〉 〈구운몽〉을 읽던 도중 〈원더 휠〉을 떠올리게 된 계기는 성진이 팔선녀를 만나고 돌아와 자신의 신세에 대해 한탄하는 대목이다. 〈중략〉 이 구절을 읽었을 때 주인공 지니가 영화 속에서 자주 말하는 '나는 식당 종업원이나 하고 있을 사람이 아니야'라는 대사가 불현 듯 떠올랐다. 성진도 지니처럼 '나는 여기서 불도나 닦고 있을 사람이 아니야!'라고 말하는 것처럼 들렸기 때문이다. (고○은)

---

28) SF나 호러, 미스터리, 판타지, 연애 등의 요소를 가벼운 문체로 알기 쉽게 쓴 젊은이 취향의 오락소설을 말하나 명확한 정의는 없다. 대개 청소년을 대상으로 한 회화 중심의 소설 장르로 애니메이션을 연상시키는 표지와 삽화가 들어간다. 양원석, 「일본의 라이트 노벨 연구」, 건국대학교 박사학위논문, 2018, 1~2면 참조.

(D)와 (E)는 공통적으로 〈구운몽〉을 읽으면서 드라마 〈파리의 연인〉 혹은 영화 〈원더 휠〉과 같은 특정한 텍스트를 연상하게 되는데 (A), (B), (C)의 경우와 달리 이는 실제적 의미 구성으로 이어지는 양상을 보인다. 이러한 차이는 연상 작용이 특정 요소에서 기인하거나 혹은 그 요소를 중심으로 구체화되었기 때문이다. 즉, 결말을 포함한 구조라거나 특정 장면이나 대목의 유사성이 순간적으로 B텍스트를 상기하게 한 것이다. (D)의 경우 〈파리의 연인〉에 대한 연상은 동일한 방식으로 또 다른 텍스트인 〈인셉션〉을 상기시키게 된다. (B)의 학습독자가 꿈을 다룬 대표적인 영화 중의 하나로 〈인셉션〉을 떠올린 것과 비교해 볼 때 (D)의 학습독자는 일차적으로 구조라는 점에서 〈파리의 연인〉을, 결말이라는 점에서 〈인셉션〉을 떠올리고 있어 차이를 보인다.29)

(E)는 흔치 않은 경우로 학습독자가 신작 영화인 〈원더 휠〉을 보는 과정에서 〈구운몽〉을 처음 완독하게 되는 기간이 겹쳐지면서 발생하게 된다. 학습독자는 위와 같이 두 장면이 유사하다고 느꼈던 이유인 인물 간의 유사점을 기준으로 의미를 구성한다. 그러나 하나의 장면, 하나의 대사에 착안하고 있다는 점은 한계로 지적될 수 있다. 실제로 〈원더 휠〉의 지니와 〈구운몽〉의 양소유는 공통점보다 차이점이 더 많이 발견되기 때문이다.

A텍스트와 연관된 연상의 경우 학습독자는 A텍스트에 대해 충분히 공감하거나 이해하지 못한 피상적인 상태로, 자신의 생각보다는 주변의 평가나 우연의 일치를 통해 즉흥적으로 다양한 작품이나 생각들을 떠올리는 공통점을 보인다. 그런 이유로 연관된 연상은 B텍스트를 선택하는 계기가 될 수

---

29) 이 학습독자가 언급한 구조나 결말은 매우 피상적인 것이며 구조와 작품을, 결말과 작품을 대응하여 즉흥적으로 떠올린다는 점에서 다음에 언급될 서사 내적 요소에 주목한 경우와는 차이가 있다. 구조의 관점에서 〈구운몽〉과 〈파리의 연인〉은 상이하며 후에 학습독자들에 의해 언급되겠지만 〈인셉션〉 역시 '꿈을 통한 이야기'라기보다 '꿈에 관한 이야기'에 가깝다.

있지만 의미 구성의 동력이 되기에는 다소 부족해 보인다.

② 서사 내적 요소

서사 내적 요소에 주목하여 B텍스트를 선택하는 양상은 학습독자의 감상문에서 가장 빈번하게 드러난다. 인물, (서사) 구조, 주제나 이데올로기, 소재, 모티프, 공간 등 다양한 요소들이 나타났지만 그 중에서도 두드러지게 나타나는 언급은 환몽 구조에 대한 것이다.

> 여기에서 구운몽을 영화 〈아이즈 와이드 셧〉과 함께 읽는 이유는 첫째, 서사구조가 유사하고 둘째, 영화를 해석하는 방식이 소설을 해석하는 방식에 유사하게 적용될 수 있다고 생각했기 때문이다. (김○종)

> 필자는 〈구운몽〉을 이해하는 과정에서 구조적, 주제적으로 〈나르치스와 골드문트〉와의 상당한 유사성을 감지하였다. (권○성)

> 이러한 〈바닐라 스카이〉의 구조는 〈구운몽〉과 여러 방면에서 흡사하다. (이○은)

위의 인용문들을 종합하면 환몽 구조에 입각하여 볼 때 〈구운몽〉은 영화 〈아이즈 와이드 셧〉, 〈바닐라 스카이〉, 소설 〈나르치스와 골드문트〉와 관련성을 맺을 수 있다. 이러한 과정은 B텍스트의 구조를 분석하고 얻은 결론이란 점에서 관계된 연상과는 차이를 갖는다. 그런 이유로 환몽 구조가 전체를 관통하는 얼개로 작용하고 있는 텍스트들이 선택된 것을 확인할 수 있다.

다음으로 빈번하게 출현한 것은 '꿈'이라는 소재에 관한 언급이다. 〈구운몽〉에서 꿈은 소재이자 구조이며 주제와 직결되기에 명확하게 분리할 수는 없지만 여기서는 주로 소재의 차원에서 꿈에 주목한 논의들을 중심으로 살펴보았다.

(F) 꿈을 소재로 한 영화 중 대표적인 것은 크리스토퍼 놀란의 〈인셉션(2010)〉일
    것이다. 물론 작품에서 꿈이 의미하는 바는 사뭇 다르지만 두 작품의 비교를
    통해 고전에서 꿈이 가지는 역할에 대해 생각해 볼 여지는 충분하다고 보았다.
    〈중략〉 이러한 두 작품의 공통점은 꿈이 줄거리의 많은 부분을 차지하며 꿈 자
    체가 주는 메시지가 존재한다는 것이다. (심○용)

(G) 소설 〈구운몽〉과 영화 〈인셉션〉. 두 서사가 바로 그러한 생각을 대변하는 대
    표적인 작품이라 생각한다. 이 두 작품에 등장하는 '꿈'은 위에 말했듯이 더욱
    거대한 위상을 가진 것으로 그려지고 있다. 더욱 재미있는 점은 약 300년의
    시간적 거리가 있음에도 불구하고 두 작품에서 묘사된 '꿈'은 상당히 유사한
    모습을 보인다는 것이다. (백○우)

  꿈을 소재로 한 대표적인 작품으로 두 학습독자는 모두 〈인셉션〉을 예로
들었다. 인물이 꾸는 꿈이 서사 전개의 많은 부분을 차지하고 있는, 즉 서사
자체가 꿈에 관한 이야기이기 때문이다. 동일하게 '소재'에 주목하여 똑같
이 〈인셉션〉이란 텍스트를 상기하지만 (F)의 학습독자는 A와 B텍스트에서
꿈의 의미가 사뭇 다르다고 보고 있으며 (G)의 학습독자는 A와 B텍스트에
묘사된 꿈이 상당히 유사하다고 보고 있다. 이러한 차이는 이후 학생들이
각 텍스트를 관계화하는 방식의 차이로 이어진다.
  다음은 구운몽의 주제, 그 중에서도 인생무상을 중심으로 B텍스트를 선
택한 예인데 공교롭게도 (H)와 (I)의 학습독자 모두 동일한 텍스트인 〈모르
쇠〉를 선택하였다.

(H) 인생무상의 사상은 불교와 도교에서 추구하는 가치로 알려져 있어 동양적인
    사고라는 인식이 만연하다. 하지만 근대 이전의 서양에도 인생무상을 주제로
    설정한 작품이 존재한다. 이에 본인은 위의 가치를 교훈으로 삼아 서사를 풀

어나간 독문학 〈Kannitverstan〉을 소개함으로써 동서양의 두 작품에 나타난 수제적 특징에서의 상호텍스트성을 알아보고자 한다. (김○영)

(I) 하지만 다른 고전소설들과 달리 표면에 세상사의 온갖 화려한 요소들을 그려냈음에도 '인간의 부귀공명은 한낱 허상에 불과하다'라는 교훈적인 주제의식이 뚜렷하게 드러나는 점이 매력적으로 다가왔다. 사실 '세상사의 무상함'이라는 주제는 세계문학에서 보편적으로 사용되곤 한다. 〈중략〉 두 작품이 주제적으로 엮어 연상되는 것은 구운몽이 우리나라에서 가장 유명한 '세상사의 무상함'을 다루는 소설이기 때문이기도 하다. (김○혁)

(H)에서 학습독자는 〈구운몽〉의 주제의식을 하나로 한정하기 어렵지만 그래도 가장 폭넓게 언급되는 것을 인생무상이라고 볼 때 이러한 주제가 동양의 것이 아니라는 점을 알릴 필요가 있다고 하였다. (I)의 학습독자는 중학교 시절 교육용 만화로 된 구운몽을 접하고 대학생이 되어 다시 고전 소설을 읽었지만 '내게 별로 와 닿지 않는 작품', '매력이 없는 요소'의 소설로 〈구운몽〉을 인식하고 있었고 다만 한 가지 '인생무상'이라는 보편적인 주제에만 매력을 느꼈다고 한다. 실상 앞으로 보게 될 학습독자들의 글에서 인생무상에 대한 비판적이고 대안적인 의견들이 많다는 사실과 두 학생 모두 독문학을 전공하고 있다는 점을 고려할 때 학습독자들의 이러한 인식은 '인생무상'에 대한 순전한 공감이라기보다는 '주제가 유사한' 한국과 독일의 작품을 선택한 결과로 보인다.

이외에도 인물의 특징(J), 공간(K), 이데올로기(L), 모티프(M)를 중심으로 두 작품의 상호성을 발견하고 있기도 하다.

(J) 〈구운몽〉을 읽다 보면 양소유의 삶을 살아가는 성진의 모습에서 17살의 삶을 살아가는 〈17 again〉의 마이크 오 도넬의 모습이 중첩된다. (송○경)

(K) 필자는 구운몽에서 두 개의 공간이 있다는 것에 주목했다. 꿈속과 꿈밖, 인간 세상과 환상적인 공간인 형산. 구운몽은 확실하게 두 개의 공간으로 나누어 있어 꿈속에서 깬 후 느끼는 인생무상이 더 두드러진다고 볼 수도 있다. 그렇기 때문에 본고에서 구운몽과 비교할 텍스트도 두 개의 공간이 있는 작품인 김승옥의 〈무진기행〉으로 삼으려 한다. (염○은)

(L) 이런 부분들을 살펴볼 때, 〈구운몽〉의 꿈 속 이야기는 당대의 남성 중심 이데올로기를 서사화한 것이라고 생각할 수 있다. 현대 희곡 〈M. 나비〉에서도 이와 비슷한 종류의 이데올로기 혹은 여성관을 찾아 볼 수 있다. (강○홍)

(M) 구운몽과 변신을 상호 비교하고자 한 계기는 이 두 소설이 '변신'이라는 모티프를 공유하고 있기 때문이었다. 〈중략〉 그리고 구운몽의 성진은 8선녀를 희롱하여 그 벌로 양소유라는 사람이 되어 인간 세상에 유배된다. 즉, 주인공들은 이전 세계와의 연속성을 지니기는 하지만 현저히 다른 존재로 탈바꿈하는 것이다. (이○린)

(J)는 다른 듯 같은 인물의 등장이라는 점에, (K)의 학습독자는 두 개의 공간이란 점에 주목하여 각각의 B텍스트를 선정하고 있다. (L)의 학습독자는 〈구운몽〉을 '여성과의 관계 형성이 주된 서사'로 규정한다. 이러한 점에서 볼 때 〈구운몽〉에서 여성의 위치는 종속적이고, 가부장제의 질서로 편입하는 용도로만 쓰이며, 시기하지 않고 갈등하지 않는 덕목을 여성들에게 주입시키는 효과를 갖는다. 이와 유사한 이데올로기는 선택한 B텍스트에도 고스란히 드러난다. (M)의 학습독자는 두 작품이 현저히 다른 존재로의 탈바꿈이라는 점에서 '변신'이란 모티브를 공유하고 있다고 보았다. 더불어 두 소설에서 변신으로 인한 효과가 '현실에 대한 자기 인식'이라는 점도 두 작품에 주목하게 된 계기가 된다.

③ 텍스트의 효용이나 문학사적 가치

다음의 경우는 A텍스트의 효용이나 문학사적 가치에 주목한 것으로 창작 배경, 문학사적 가치 등을 공통의 요소로 선정하여 B텍스트를 선택한 경우이다.

(N) 〈구운몽〉을 읽으며 양소유의 세계는 김만중의 실제 세계와 정반대였다는 것이 가장 흥미로웠다. 양소유의 승승장구하는 모습은 〈박씨부인전〉을 떠올리게 했다. 〈중략〉 〈구운몽〉, 〈박씨부인전〉 모두 작가에게 있어 허구적 서사 창작의 효용성을 잘 보여준 작품이다. 또한 당시 독자 역시 이를 읽으며 정신적인 힘을 얻을 수 있었을 것이다. (서○주)

(O) 장르론적 차원에서 미셸 공드리 감독은 표현주의적 영상 미학을 작품 내에서 구현하고자 하여, 감정 상태를 빛과 조명으로 표현하거나 기억 세계를 표현하기 위해 공간을 재구성하고 화면구성과 카메라의 초점을 이용하여 기억의 삭제를 시각적으로 표현하기도 했다. 〈구운몽〉은 문학사적으로 중요한 고전소설 작품에 해당하고 중등 교육 과정에서도 고전소설의 영역에서 자주 등장하는 중요한 국어 교과의 정전에 해당한다고 볼 수 있다. 〈중략〉 '한국 고전 소설사의 분수령'이라 표현되고 있다. (양○근)

(N)의 학습독자가 〈구운몽〉과 〈박씨부인전〉을 연관시키게 된 것은 두 작품의 허구적 서사 창작의 효용성을 잘 보여준 작품이라 생각했기 때문이다. 〈구운몽〉이 선천의 유배지에서 절망감과 상실감을 표현하기 위해[30] 당대 사대부의 이상과 욕망을 모두 성취한 완전한 사대부로서의 양소유의

---

30) 신재홍, 「김만중의 유배 생활과 우울증, 그리고 구운몽 창작」, 『고소설연구 41』, 한국고소설학회, 2016, 7~8면.

삶을 그렸다는 점과 〈박씨부인전〉이 실제 전쟁인 병자호란을 배경으로 하되, 그 결과는 실제와 반대로 어느 정도의 승리로 그리고 있다는 점에서 그러하다. 즉 작품의 효용 가치를 중심으로 두 작품을 연결시키고 있다. (ㅇ)의 경우 작품이 갖는 미학적, 문학적 성취의 측면에서 두 작품을 관련짓고 있다.

(2) A텍스트와 B텍스트의 관계화 방식

① 하나의 텍스트의 특질이나 문제의식을 다른 텍스트에 적용

A텍스트의 특질이 B텍스트에 적용되는 경우와 B텍스트의 특질이 A텍스트에 적용되는 경우로 나누어 볼 수 있다.

> (가) 즉, 남녀차별에서 벗어나 자유로운 모습을 보이는 듯하면서도 '남성을 보필하는' 전형적으로 규정된 여성으로서의 모습을 탈피하지 못하는 양가적인 모습을 띤다. 이렇듯 양가적 위치에 선 여성에 주목하여 〈구운몽〉의 여덟 여인을 소포클레스의 비극 〈안티고네〉의 주인공 안티고네와 비교하여 읽어보았다. (한○솔)

> (나) 〈구운몽〉에서 꿈은 존재에 대한 고민을 가능하게 해주는 구조적인 장치이고 우리의 인식이 본질에 이르지 못하고 소유가 살아온 것처럼 감각적이고 피상적이고 물질적인 것에 의존하는 것에 대한 경계를 담은 것이 아닐까 생각했다. 이렇듯 지금 내가 살고 있는 세상과 존재에 대한 고민을 담은 현대의 영화 가운데 〈트루먼쇼〉를 생각해 보았다. 〈중략〉 많은 사람들이 〈트루먼쇼〉의 주제가 '자유의 소중함'이라고 말한다. 하지만 〈트루먼쇼〉 또한 〈구운몽〉과 마찬가지로 영화를 보는 사람들로 하여금 지금 자신이 살고 있는 세상이 진짜인가 아닌가에 대한 의문을 들게 만든다고 생각한다. (송○지)

(가)의 학습독자는 〈구운몽〉의 8명의 여성들을 양가적 여성으로 판단한다. 〈안티고네〉 또한 주체적인 여성이 등장하는 비극으로 유명하기에 구운몽의 여성들에게서 나타나는 양가적인 모습이 〈안티고네〉에서도 등장하고 있는지를 발견하고자 한다.

(나)에서 학습독자는 학창시절에 기계적으로 배웠던 〈구운몽〉 전문을 감상한 후 작품의 주제를 '겉으로 느끼는 것이 진실이 아닐 수도 있다'로 파악한다. 화려한 여성편력을 보이는 꿈의 내용이 모두 허구라는 결말이 의미를 가지게 하기 위해서이다. 이러한 관점을 B텍스트인 영화 〈트루먼 쇼〉에 적용하면 B텍스트의 주제는 흔히 말하는 '자유의 소중함'이 아닌 새롭게 읽힐 여지를 갖게 된다. (가)의 학습독자는 A텍스트의 인물의 특성을 (나)의 학습독자는 A텍스트의 주제 의식을 B텍스트에 적용함으로써 B텍스트가 갖는 새로운 측면을 발견하고자 하였다. 이 때 A텍스트의 특질은 학습독자 스스로가 가치 있다고 여긴 것으로 A텍스트의 가치로 규정된 특질을 B텍스트에 견주어 B텍스트의 가치를 발견하는 경우이다.

다음의 경우는 A텍스트에서 제기된 문제의식을 B텍스트를 통해 해결하려는 것으로 위의 사례와는 차이를 보인다.

(다) 하지만 필자는 전자의 깨달음에는 공감하지 못했고 그것은 주인공들이 깨달음 얻기까지의 과정에서 비롯되었다. 하지만 후자의 깨달음은 2시간의 짧은 상영 시간이었지만, 충분히 필자의 공감을 이끌어냈고, 그것은 주인공들의 진정한 내적 성찰이 느껴졌기 때문이었다. (박○근)

(라) 여기서 〈구운몽〉의 결말이 작품의 주제를 흐리게 만든다는 것은 무슨 의미인가? 〈중략〉 이를 설명하기 위해 영화 〈미스트〉를 한 번 살펴보도록 하자. 〈중략〉 그렇다면 아예 〈구운몽〉의 본 내용을 싹둑 잘라낸 뒤 단편으로 만든다면 어떨까? 아마 단편 만화 〈어느 날〉의 구조가 그와 유사할 것이다. (박○균)

(마) 〈구운몽〉에서 말하고자 했던 바가 단순히 인생무상이라면 이와 같이 양소유의 삶을 상술할 필요가 없었으며 여덟 여인과의 만남과 사랑의 과정을 자세히 그릴 필요가 없었다는 의문이 여전히 남아있다. 그리고 작품을 다시 나의 삶, 그리고 양소유의 삶과 관련지어 이해해보려는 과정에서 떠올리게 된 것이 영화 〈어바웃 타임(2013)〉이다. (이○현)

(다)의 학습독자는 〈구운몽〉에서 중요한 주제인 '성진의 깨달음에 공감하지 못하는 이유가 무엇일까?'라는 문제의식에서 출발하여 이와 반대로 충분한 깨달음을 주었던 작품에 주목한다. 〈구운몽〉이란 텍스트에서 학습독자들이 공통적으로 고민한 문제가 '인생무상에 공감할 수 없다거나 인생무상을 주제로 파악하는 일이 적절하지 않다'라는 점은 눈에 띄는 부분이다. (라)의 학습독자가 〈구운몽〉을 좋아하지 않는 이유는 결말에 있는데 더 구체적으로는 〈구운몽〉의 결말이 당위성을 가지지 못하고 본 내용과 조응하지 못함으로써 작품의 주제를 흐리게 만들기 때문이다. 이에 대한 대안으로 학습독자는 영화 〈미스트〉와 만화 〈어느 날〉을 가져와서 논의를 진행시킨다. (마)의 학습독자는 〈구운몽〉의 주제가 인생무상이라는 점을 인정한다고 해도, 인생무상이라면 양소유의 삶에 대해 그토록 상술하는 것인지 의문을 갖는다. 그리고 영화 〈어바웃 타임〉을 통해 그 궁금증에 대한 해답을 얻고 있다.

마지막으로 B텍스트의 특질을 A텍스트에 적용하는 경우를 찾아 볼 수 있다.

사실 〈구운몽〉은 내게 고전이 아니었다. 내게 아무런 가치가 없기 때문이다. 하지만 대부분의 누군가에게는 고전이었다. 수많은 사람들이 감상하고 고민하고 연구했기 때문이다. 〈중략〉 구운몽이라는 텍스트가 내게 왔을 때 나는 그것을 클라우드 아틀라스와 연관 짓지 않을 수 없었다. 내게 클라우드 아틀라스는 인생을 관통하는 인생을 지배하는 사상과 가치관을 건네주었기 때문이다. 그것은 삶에 대한 통찰이라는 측면에서 드디어 구운몽이 내 삶에 가치를 건네게 되는 연결고리가 되기도 했다. 〈중략〉 그리고 그렇게 얻어진 통찰은 우리의 인생에 대한 통찰로 나갈 수 있는 길을 제시해 준다. (배○호)

인용문의 학습독자에게 〈구운몽〉은 의미를 갖는 고전이 아니다. 그러나 그것은 다른 어떤 자에게 통찰을 주는 고전이었고, 학습독자에게 그런 위상을 점하고 있는 작품이 바로 학습독자가 선택한 텍스트인 〈클라우드 아틀라스〉이다. 인생을 지배하는 사상과 가치관을 준 작품(B텍스트)의 특징에 주목하는 방식을 통해 〈구운몽〉 역시 자신에게 큰 감동을 주는 요소를 지니고 있음을 알게 되었다고 밝히고 있다.

② 특정 개념이나 문제의식을 두 작품에 공통적으로 적용

(바) 여기서 내 의문이 시작된다. 양소유는 8명의 여인을 모두 동등한 마음으로 사랑하였을까? 그리고 8명의 여인들은 어떻게 양소유와의 사랑을 독점하고 싶다는 생각을 하지 않은 것일까? 짝후배의 글이 뇌리를 스쳐 지나갔다. 그들은 고전판 폴리아모리스트들인가? 구운몽과 폴리아모리를 연관시킨다는 건 한 번도 생각하지 못했던 것이기에 이 둘을 상호텍스트적으로 읽어보면 흥미롭겠다는 생각이 들었다. 〈중략〉 그 형은 '아내가 결혼했다'라는 작품을 추천해 주었고 그 작품을 읽어보니 내 의문과 연관된 요소를 꽤 발견할 수 있었다. (고○민)

(사) 꿈속 인간 세상에서의 다양한 만남과 그 인물들 간의 역동으로 초점을 옮겨 읽는다면 〈구운몽〉의 다른 매력을 만날 수 있을지 모른다. 〈구운몽〉에서는 인간 세상에 환생한 평범한 양소유가 길을 떠나 8명의 여인들을 포함하여 많

은 사람들을 만나는 모습이 그려진다. 이를 읽으며 영화 〈뷰티인사이드
(2015)〉를 떠올렸다. 〈중략〉 이 두 작품은 전혀 다른 주제, 인물, 배경 등을 보
여주지만, 인물의 만남에 주목할 때 연결되는 지점을 발견하게 된다. (한○리)

(아) '스핀오프'란 남명희(2006)에 따르면 주로 한 작품의 인물 혹은 조연이 다른
작품의 주연이 되어 독립해서 나가는 현상을 가리킨다. 〈중략〉 〈애나벨〉이
라는 영화는 몇 년 전, 한국에서 외국 공포영화 사상 최고의 흥행을 거두었던
〈컨저링〉이라는 영화에서 그 기원을 찾을 수 있다. 〈중략〉 '애나벨'이라는 소
재만 가져온 채, 완전히 새로운 이야기를 만들어 낸 것이다. (차○우)

　(바)의 학습독자는 〈구운몽〉의 양소유와 8명의 여인 사이의 사랑에 관해
의문을 느끼고 '폴리아모리', 즉 다자간 사랑이라는 개념을 공통적으로 적
용하여 〈아내가 결혼했다〉와 〈구운몽〉을 읽었다. '폴리아모리'라는 개념
은 〈구운몽〉에서 유래된 것이라기보다 기존의 용어를 학습독자가 적용한
것이라 할 수 있다. (사)에서는 인물 간의 '만남'이라는 점에 주목하여 두 텍
스트를 관계화하고 있다. 여기서는 서사적 차원이 아니라 만남의 근원, 만
남의 주체, 만남의 공간 등을 중심으로 만남의 철학적인 의미를 살펴보고
있다. (아)에서 학습독자는 '스핀오프'라는 개념을 소개한 뒤 그 대표적인
작품인 〈애나벨〉을 떠올리게 되었고 이를 〈구운몽〉이라는 작품에 적용하
여 이야기를 풀어 나가고 있다.
　한편으로 개념이 아니라 하나의 문제의식이나 궁금증을 공통적으로 두
작품에 적용하는 경우도 찾아볼 수 있다. 이러한 경우는 A와 B텍스트 어디
에도 속하지 않는 특정한 주제적 관점을 제시하고 A와 B텍스트에서 의미
를 읽어낸다는 점에서 A에서 제기된 문제를 B에서 해답을 얻는 방식과는
차이가 있다. 다만, A와 B텍스트 어디에도 특정한 주제나 관점을 각 텍스트
에 적용하다 보니 억지스러운 지점이 발견되기도 한다.

(자) 과연 육관대사는 성진에게 그렇게 벌을 내려야만 했을까. 만약 육관대사가 실제로 존재한다면 육관대사 앞에서 고기를 구워먹어도 육관대사는 고기를 먹고 싶다는 욕망을 품지 않을 수 있을까? 필자는 욕망을 통제하는 것은 가능하다고 생각하지만 욕망 자체를 품지 않는 것은 불가능하다고 생각한다. 〈중략〉 그에 대한 해답으로 인간의 자연스러운 욕망과 그에 대한 잘못된 억압의 관점에서 필자는 영화 '차이나타운'을 떠올리게 되었다. (임○솔)

(차) 본 감상문에서 구운몽과 함께 다룰 작품은 작년에 개봉한 '아빠와 딸'이라는 영화이다. 아빠와 딸을 구운몽과 함께 감상할 제재로 선정한 이유는 두 작품 모두 어떠한 계기로 인해 자신이 아닌 다른 사람의 삶을 경험한다는 공통점이 있기 때문이다. 비록 그 경험을 촉발시킨 힘, 그 경험의 과정, 그리고 그 경험의 종결 양상은 각각 다르지만 다른 사람의 삶을 체험함으로써 주인공들의 원래의 삶에 대한 태도에 변화가 생긴 것만큼 두 작품 모두에 해당한다고 생각한다. (이○영)

(자)는 '육관대사는 성진에게 벌을 내려야 했는가? 욕망 자체를 품지 않는 것이 가능한가?' 즉, 인간의 자연스러운 욕망과 그에 대한 잘못된 억압이라는 관점에서 〈구운몽〉과 〈차이나타운〉을 분석하였다. 성진의 욕망과 육관대사의 벌, 일영의 욕망과 엄마의 벌이라는 점에서 두 작품은 학습독자에게 동일한 궁금증을 자아냈기 때문이다. 그러나 육관대사가 성진의 욕망을 억압하여 벌을 내렸다는 학습독자의 생각은 내용적인 측면에서나 논리적인 전개 과정에서 지나치게 거친 측면이 있다.

(차)에서는 '내'가 아닌 '누군가'로 살아보는 것이라는 관점에서 〈구운몽〉과 〈아빠와 딸〉을 상호적으로 감상하고 있다. 구운몽에서는 성진이 양소유로, 양소유가 성진으로 살아간다면, 〈아빠와 딸〉에서는 각자의 몸이 바뀌면서 아빠가 딸의 삶을, 딸은 아빠의 삶을 살게 되는 상황을 설정하고 있다.

성진과 양소유는 한 사람이지만, 아빠와 딸은 동일인이 아니라는 점에서 맥락이 맞지 않은 듯 하지만 성진은 양소유의 삶을 바라고 양소유는 성진의 삶을 동경하게 된다는 점에서, 딸은 아빠의 삶을, 아빠는 딸의 삶을 이해하지 못한다는 점에서 이러한 설정은 가능해진다.

> 그의 파티에 왔던 사람들, 그와 관계를 맺었던 사람들 중 누구도 그의 장례식에 참석하지 않고 오직 가십거리를 찾기 위해 온 기자들과 카메라들이 북적거리는 모습에서 '허망함'을 느꼈기 때문이다. 이는 〈구운몽〉을 읽으면서 느꼈던 감정과 비슷한 것으로 물론 구체적인 전개 양상이나 작품의 주제의식도 차이가 있지만 필자가 느꼈던 그 허망함을 중심으로 필자는 왜 그런 감정을 느꼈고 그런 감정을 도출하기까지의 전개가 두 작품이 어떻게 다른지를 비교하는 것을 중심으로 하고자 한다. (정○은)

인용문에서 학습독자는 두 작품을 읽고 다소 결이 다르긴 하지만 '허망함'이란 감정을 느꼈다고 한다. 그런 이유로 '나는 왜 〈구운몽〉과 〈위대한 개츠비〉를 읽고 동일한 감정을 느꼈는가?'란 문제의식에서 출발하여 자신의 '허망함'이란 감정을 반추하는 시간을 갖고 있다. 위의 글들과 달리 학습독자의 정서 혹은 감정적 반응이 두 텍스트를 관계화하는 방식으로 작용하고 있다는 점이 특징적이다.

이 외에도 학습독자들이 주목한 주제는 '욕망'(위대한 개츠비, 트리 오브 라이프), '꿈(인셉션) – 여기서의 꿈은 소재나 주제, 구조가 아닌 문화적 보편자로서로의 꿈', '로맨스 소설(트와이라잇)', '사랑에서의 깨달음'(뷰티인사이드), '현실과 환상'(원더 휠)등으로 나타났다. 이상의 공통점은 특정 개념이나 주제, 문제의식에 따라 이후 내용 전개 방식이 정해진다는 것이다. 예를 들면 로맨스 소설이라면 로맨스 소설의 문법을 기준으로 하여 각각의 텍스트가 분석되고 꿈이라면 내용 전개 역시 시간의 상대성, 공유 가능성, 현실에의 영향력, 공유하는 이들의 관계, 꿈의 단계성, 꿈에 대한 자각으로 구성된다.

더불어 각각의 텍스트에 대한 학습독자의 취향과 관점이 많은 부분 반영되고 있다. 예를 들면 '스핀오프'라는 점에서 텍스트를 비교한 (아)의 경우 '고전소설에서 작가는 인물들에 대한 차별을 크게 두고 있지 않아서 심지어 어떤 인물은 그냥 지나쳐가거나 병풍처럼 존재하는 경우가 많기 때문'으로 그 이유를 들고 있다. 즉, 고전소설에 등장하는 많은 인물들이 개성적인 특징을 갖고 있지만 충분히 드러나지 못하고 있기에 그 가치를 찾아주는 것이 현대인의 임무라고 생각을 밝히고 있다. 그런 까닭으로 이상의 양상을 보이는 감상문은 학습독자 자신의 성찰로 마무리되는 경우가 많았다.

③ 서사 (내적) 요소에 의거한 기계적 비교

이는 인물, 사건, 배경, 주제 등의 서사적 요소에 의거하여 두 작품을 나란하고 꼼꼼하게 비교한 것들로 대표적인 예시로 다음의 인용문을 들 수 있다.

> 더 자세하게 작품 내부를 분석해 보자면 다음과 같다. 〈구운몽〉은 … 내용이다. 반면 〈겐지 이야기〉에는 … 죽는 내용이 담겨져 있다. 시대적 공간적 배경은 헤이안 시대의 일본이며 〈구운몽〉처럼 완전한 초월계가 나타나지 않지만… 〈중략〉 소설의 3요소가 인물, 사건, 배경이고 이 셋의 관계가 서로에게 영향을 주듯이 배경이 달라 인물의 특성 또한 다르게 나타난다. (고○연)

위의 인용문은 두 작품의 차이와 공통점을 인물, 사건, 배경, 인물의 태도, 인물 형상, 주제 등의 차원에서 면밀하게 비교 및 대조한다. 위 인용문이 서사 내적 요소를 빠짐없이 골고루 비교하는 것이었다면 또 다른 경우는 액자식 구성, 결말 등의 구조적 측면, 인물이 삶, '허망함'의 차이 등의 내용적 측면에 주목하여 두 작품을 비교[31]하기도 하고 인물의 전형성, 플롯이 공식, 주제의 유사성이란 특정 서사적 요소들을 추출하기도 하였다.[32] 이러한 방식을 '기계적 비교'라 칭하긴 하였지만 단순히 A와 B텍스트의 서사적 요소들을 나열한 것은 아니다.

> 〈구운몽〉은 양소유로 대표되는 낙원 세계를 무화시킨다. 그런데 〈구운몽〉은 〈파리의 연인〉과 달리 그 낙원의 무화가 이미 예정되어 있는 일이었다. 액자식의 구성을 취하기 때문이다. 반면 〈파리의 연인〉은 반전이라는 형태로 독자의 기대를 배반한다. 독자들에게 있어 이는 작품의 주제의식 구현과 결부된 중요한 문제이다. 〈구운몽〉은 부귀영화와 입신양명의 허망함, 무상함이라는 주제의식을 구현하지만 〈파리의 연인〉은 반전 장치를 통해 삶의 허망함을 이야기하는 게 아니라 흥미성의 측면을 강화하면서 이미 키치화되어 버린 본래의 주제의식(신데렐라의 해피엔딩)을 비틀어 버린다. (장○석)

인용문에서 학습독자는 구조의 공통점과 결말 처리 방식의 차이점에 주목하였다. 〈구운몽〉이 액자소설의 형식을 취하여 낙원의 무화를 예정했다면 〈파리의 연인〉은 반전을 통해 독자의 기대를 배반하는데 이러한 구조적 특징이 어떤 방식으로 서로 다른 주제 의식을 구현하는지, 그리고 이것이 대중문화(드라마)와 기존의 예술문화(소설)에서 삶의 진실의 차이를 드러내는 방식의 차이로 나타나고 있음을 구체적으로 밝히고 있다.

---

31) 본 보고서는 영화 〈위대한 개츠비〉와 〈구운몽〉을 크게 구조적 측면과 내용적 측면에서 비교하여 그 의미를 살펴보았다.(정○은)
32) 이를 더 자세히 살펴보면 첫째, 인물 유형적인 측면에서 성진과 마이크 오 도넬은 평범한 사람 이상의 능력을 갖춘 영웅적인 면모를 갖고 있다. 〈중략〉 둘째, 플롯 공식에 있어서 〈구운몽〉과 〈17 again〉은 텍스트 전반에 걸쳐 여름의 뮈토스를 보여주고 있다. 〈중략〉 여기에서 더 나아가 서사의 구조는 특정 주제를 구현하는 데에 기여하는 방식으로 짜여진다는 점을 고려하면, 두 서사의 구조적 유사성이 주제의 유사성으로 이어질 수 있는가에 대한 고민이 또 나오기 마련이다.(송○경)

4. 학습독자의 상호텍스트적 의미 구성 결과

학습독자가 구성한 의미는 세 가지로 범주화하였다. 하나는 A텍스트에 대해 갖고 있던 기존의 의미가 심화된 경우이며 두 번째는 A텍스트와 B텍스트를 통해 독자 스스로 새로운 의미를 발견한 것, 마지막으로는 A텍스트와 B텍스트 간의 대비적 의미를 구성한 예시이다.

1) A텍스트에 대한 심화적 의미 구성

학습독자들이 A텍스트에 대해 갖고 있던 의문이나 미진한 점을 해소하게 되는 경우이다. 예를 들면 사람들이 왜 이렇게 이야기했는지 몰랐는데 알게 되었다거나 혹은 알고는 있었지만 실제로 공감하지 못했던 부분에 공감하게 되었다는 것이다. 대상 학습독자들은 A작품인 〈구운몽〉을 배워서 익히 알고 있는 상태지만 학습의 방식이나 읽기의 정도에서는 차이를 보였다. 대개의 경우 교과서에 수록된 부분 정도에 관한 지식을 갖고 있었고 전문을 완독한 소수의 학습독자라 해도 독서 과정에서 이들의 궁금증은 유보된 채 남아 있었다. 가장 빈번하게 나타난 반응은 인생무상이라는 주제를 알게 되었다는 것이었다. 〈구운몽〉의 주제가 인생무상인 것은 배워 알고 있지만 서사적 맥락만으로는 납득이 가지 않거나 공감할 수 없었는데 이번 과제를 통해 다시 스스로 생각해 보는 기회를 갖게 되었다는 것이다.

각각의 학습독자들이 〈구운몽〉의 인생무상이란 화두에 대해 심화적 의미와 그 의미를 구성하는 방식 역시 공감이나 추론, 가치 판단과 같이 다양하게 나타나는 것을 확인할 수 있다.

(a) 우리는 진정한 행복, 그리고 행복의 조건과 관련해서 양소유가 말년에 우울함을 느낀 이유와 연관 지어 생각해볼 수 있다. 양소유는 욕망의 대상을 바깥에

서만 찾았기 때문에 한 번도 자신의 삶에 대해 진지하게 성찰하는 구절을 찾을 수 없다. 〈중략〉 이 구절에 의하자면 흔히들 양소유의 욕망을 스스로의 부귀영화와 정욕 실현이라고 여기지만 실제로는 '공명을 구하지 아니하면 이는 부친께서 기대하시는 뜻'이 아니기 때문이다. (이○린)

(b) 처음 〈구운몽〉을 감상할 때에 인생이 무상함을 깨닫고 불도에 귀의할 것을 다짐하는 성진을 보며 이해하지 못했던 원인이 인생이 아무 의미를 갖지 않는다면 종교에 인생을 바치는 일이 무슨 의미를 가지는 것인지, 어떤 가치나 사상, 삶의 방향성을 위한 노력은 모두 부질없는 것이 되는 것이 아닌가 하는 의문이 있었다. 인생이 무상하다는 것을 긍정적으로 수용할 수 있다는 가능성에 대해 이해하기 어려웠기 때문이다. 〈어바웃 타임〉에서의 주인공의 삶을 떠올리고 삶에의 충실함이라는 것이 갖는 의미를 생각하자 비로소 성진이 얻은 깨달음이나 다짐에 대해 조금 더 공감할 수 있었다. (이○현)

　(a)의 학습독자는 인간 세상에서 모든 것을 다 누린 양소유가 말년에 인생무상을 느낀다는 것에 공감할 수 없었다. 텍스트를 상호적으로 맥락화하는 과정에서 구운몽의 주제를 '진정한 행복이란 무엇인가'라는 점에서 생각하게 되었고 이러한 관점에서 양소유가 말년에 느낀 우울함의 의미를 다시 생각해 보게 되었다. 그리고 양소유의 우울함이란 욕망의 대상을 외부에 두었기 때문이란 해답을 얻었다. 그 결과 흔히들 독자들의 공감을 이끌어내지 못하는 말년의 양소유가 인생무상을 언급하는 장면이 '그럴 수도 있겠다.'고 생각하게 된다.
　(b) 학습독자 역시 인생무상에 대해 공감하지 못한다는 점에서 (a)와 흡사하다. 그러나 구체적인 내용에서는 다소 차이가 있다. 양소유의 삶을 통해 알게 된 성진의 깨달음이 어째서 종교에의 귀의로 연결되어야 하는 것인지가 학습독자에게는 의문이었다. 부귀영화를 다 누린 자의 최후가 인생무

상에 대한 깨달음이며 종교에의 귀의라면 부귀와 영화를 추구했던 양소유의 삶을 위한 노력들은 모두 무의미한 것이 아닌가. 그러나 시간을 되돌릴수 있는 재능을 포기하고 현실로 돌아가는 〈어바웃 타임〉의 인물을 통해'인생무상이 단지 주어진 고통과 시간을 견뎌내는 것일 뿐이라는 회의론을극복하고 인간 삶에 대한 이해와 이를 바탕으로 한 충실한 삶에의 희망과가능성'을 담지하고 있음을 이해하게 된다.

(a)와 (b)의 경우 '구운몽의 주제는 인생무상이 맞구나'가 아니라 '이런 점에서 생각해 본다면 양소유의 인생이 무상하다는 말은 가능하겠구나, 혹은성진의 말은 이런 의미로 해석될 수 있겠구나'로 인물이 인생무상을 느낀상황이나 그로 인해 변화하는 이유와 같이 구체적이고 세부적인 장면에서발현되고 있다. (a)와 (b)가 인물이 처한 상황과 인물의 무상감에 대한 공감을 바탕으로 인생무상의 의미를 심화하고 있다면 아래에서는 인생무상의이면을 추론함으로써 서사의 전체 주제로서 인생무상에 대한 의미를 심화하고 있다.

(c) 우리는 흔히 〈구운몽〉에서 성진의 각몽 장면과 이어지는 장면들을 주목해 왔지만, 이제는 오히려 〈구운몽〉에서 양소유가 온갖 어려움을 겪고 그러한 어려움을 자신의 힘이나 타인의 도움으로 극복하고 여성들을 만나 사랑을 나누는과정에 주목할 필요가 있다. 그러한 장면들에서 서포 김만중이 포착한 인간들의 보편적인 욕망과 그 욕망의 실현 모습에 주목하는 것이 더욱 타당한 독법이아닐까 (이○준)

(d) 이처럼 〈구운몽〉은 단순히 '인생무상'의 가치로만 해석할 수 있는 것이 아니다. 〈중략〉 이러한 상호텍스트를 통한 관점의 전환은 '인생무상'의 대표적인작품으로 여겨졌던 〈구운몽〉을 다양한 해석의 여지를 가진 작품으로 변환시키고 입몽 – 각몽 구조 속에 나타나는 인생의 덧없음에서 나아가 인간이 욕망

이 자신의 이야기, 즉 세계를 바꿀 수 있음을 생각해 볼 수 있게 한다. (김○영)

(c)의 학습독자는 지속적으로 강조되는 성진의 삶이 아니라 양소유의 현실적 삶과 그가 맺는 관계들에 주목할 때 '인간의 보편적인 욕망과 그 욕망의 실현 모습'을 찾을 수 있으며 이것이야 말로 작가의 의도에 부합하고 독자의 삶에도 유익한 것이 된다고 본다. (d)는 〈구운몽〉을 양소유나 성진의 인생무상이 아닌 그들의 욕망에 주목할 때 '인간의 욕망이 자아와 세계를 바꾼 이야기'로 재해석될 여지가 있다고 결론짓는다. (c)와 (d)는 양소유와 성진의 깨달음에 각자의 욕망이 자리하고 있음[33])을 알고 인생무상이 아닌 욕망으로 관점을 옮겨 심화된 의미를 구성하였다.

(e) 구운몽을 다시 읽으며 세계문학과 비교하다 보니 '인생무상'이라는 주제의식이 특별하게 다가왔고 이는 본래 특징인 꿈 구조와 매우 치밀하게 연결된다는 사실을 깨달았다. 그리고 다른 꿈 구조를 가진 현대 서사들과 비교해 보니 구운몽의 고전적인 가치를 확인할 수 있었다. (김○혁)

(f) 〈구운몽〉과 〈셜록 : 유령신부〉를 비교하며 읽는 것은 〈구운몽〉 속의 꿈의 성격에 대해 좀 더 고민해 보는 기회였다. 〈구운몽〉을 읽으며 〈셜록:유령신부〉가 떠올랐을 때는 단순히 구조가 많이 비슷하다는 생각이었는데 이렇게 분석을 해보니 비슷한 듯 서로 다른 모습을 많이 보이고 있었다. 〈중략〉 텍스트를 비교, 분석하는 과정을 통해 각각의 텍스트에 대해 심층적인 이해를 할 수 있도록 하는 데 까지 나아갈 수 있었다. (성○나)

---

33) 이 연구에서는 〈구운몽〉에는 성진의 욕망과 양소유의 욕망이 존재하며 그 두 가지 욕망에서 완전히 벗어나는 진정한 깨달음을 형성화한 것이 〈구운몽〉의 서사라고 보고 있다. 더불어 그간 소홀했던 양소유의 욕망에도 관심을 가져야 함을 강조하고 있다. 유광수, 「〈구운몽〉 : 두 욕망의 순환과 진정한 깨달음이 서사」, 『열상고전연구』 26, 열상고전연구회, 2007, 297~307면.

(e)와 (f)의 학습독자는 공통 주제인 인생무상과 꿈으로 대표되는 구조와의 관계를 지적하고 있다. (e)는 환몽 구조가 인생무상을 가장 적확하게 표현할 수 있음을 확인하고 이로 인해 꿈을 통해 꿈을 이야기하는 〈구운몽〉의 참된 가치를 알게 되었다. (f)의 경우 B텍스트를 선정할 당시, 구조적으로 매우 유사하다고 생각했던 두 텍스트가 실제로 비교해 본 결과 서로 다른 모습을 보이고 있다는 것을 알게 되면서 〈구운몽〉의 환몽 구조에는 특별함이 있다고 생각한다. 작품의 주제와 서사 구조에 관한 학습독자들의 이해가 〈구운몽〉이란 작품에 대한 긍정적 가치 판단으로 이어진다는 점이 인상적이다.

2) 독자 발견적 의미 구성

〈구운몽〉이란 작품에 대해 새로운 의미를 구성한 예이다. 즉 A텍스트와 B텍스트가 통합됨으로써 C의 의미가 구성된 것이다. 이러한 경우는 특정 주제를 선정하여 두 텍스트를 비교한 방식에서 많이 드러났다.

> 필자가 찾은 주제란 바로 '자아완성(실현)을 위한 감성과 이성의 조화의 필요성'이다. 〈구운몽〉의 서사구조는 크게 현실(성진) – 꿈(양소유) – 현실(성진)로 이루어진다. 각각의 서사는 앞서 '성진'과 '양소유'의 상보적 분포 관계에서 확인하였듯이 순환성을 가진 한 인물의 삶이다. 작품의 시작과 끝에 드러난 성진의 변화, 즉 성진이 마침내 이념적 이상을 이루는 데까지 나아간 연속적인 과정에 주안점을 두고 살펴보면, 그 삶은 '성진의 자아실현 과정'으로 이해된다. 그러므로 깨달음을 얻고자 살아가는 구도자(求道者)임에도 불구하고 수양과 교리만으로는 성취를 얻지 못한 성진의 삶을 자아 속 타자(他者)인 '양소유의 삶'이 보완해주었다는 점이 〈구운몽〉의 핵심이라 할 수 있을 것이다. 아울러 그 중에서도 '양소유의 삶'에 '성진의 삶'에 부재한 감성적 요소–성적 욕망, 애정 욕구–가 충만한 것은 특히 주목해야

할 부분이다. (권○성)

　인용문의 학습독자는 〈구운몽〉의 주제를 '자아실현을 위한 감성과 이성의 조화의 필요성'으로 보고 있다. 여기서의 감성이란 성적 욕구와 애정 욕구가 주를 이루는 양소유의 삶이며 이성이란 깨달음을 얻고자 살아가는 구도자로서 성진의 삶이다. 이러한 발견은 함께 읽은 〈나르치스와 골드문트〉가 없다면 이르기 어려운 것이라 볼 수 있다.

　　〈구운몽〉과 〈바닐라 스카이〉는 삶을 살아가는 데 있어서 '마음가짐'의 중요성을 강조한다. 〈중략〉 쉽사리 할 수 없다고 생각하며 포기하는 이들에게는 마음가짐의 변화만으로 상황을 전환할 수 있다는 용기를 현실로부터 도망쳐 순간의 쾌락에 매달리는 이들에게는 현실의 문제는 현실에서만 해결할 수 있으니 현실로 돌아오라는 삶의 조언을 건넨다. (이○은)

　인용문에서 학습독자는 성진과 데이빗이 그토록 행복했던 혹은 찬란했던 꿈에서 왜 깨어나고 싶어했는가에 주목한다. 성진의 불가적 삶은 가장 기본적인 욕구를 견뎌내어야 하는 것이며 데이빗의 현실에서 그는 흉측한 얼굴에 사랑하는 연인을 잃은 상태인데도 그들은 영원히 꿈속에서 살아갈 것인가, 아니면 깨어날 것인가란 선택의 기로에서 현실을 택한다. 꿈에서 깬 후에도 그들이 감당해야 할 현실은 꿈을 꾸기 전과 아무것도 좋아지거나 나아지지 않는데도 말이다. 그러나 꿈을 꾸기 이전의 그들과 꿈을 꾼 그들은 '마음가짐의 변화'라는 점에서 확실히 다른 사람이다. 이는 현실을 위해 꿈속을 헤매고 있는 많은 사람들에게 성진과 데이빗과 같이 현실을 긍정하고 현실의 문제에 집중할 것을 종용한다.

　성진은 성장소설에서 말하는 의미의 성장도 이루어냈고 개인으로서의 발전 역시 이루어냈다. 그러나 헤스터는 전자의 성장은 이루어냈을지 몰라도 개인으로서는 오히려 죄를 저질렀을 때보나 퇴보했다.〈중략〉 두 작품을 성장소설의 구도로 읽었을 때, 성진과 헤스터는 모두 사회의 틀을 거부했다가 다시 사회로 돌아감으로써 성장을 이룬 것이다. 그러나 그 안을 들여다보면 개인으로서의 변화 방향이 긍정적인 성진과 부정적인 헤스터가 대비되기도 한다. (박○정)

성장소설이란 관점에서 보았을 때 양자의 소설은 성진과 헤스터의 죄가 욕망과 관련되어 있다는 점, 그로 인해 세계 혹은 사회에서 추방된다는 점, 죄－추방－돌아옴의 구조를 갖는다는 점에서 매우 유사한 구조이지만 인물의 성공 여부에 있어서는 매우 다른 모습을 보인다. 다시 말해 성장소설의 관점에서 〈구운몽〉의 성진의 떠남과 귀환은 성공적이었지만 헤스터의 경우 그러하지 못했다고 학습독자는 평가한다.

〈구운몽〉과 〈트리 오브 라이프〉 사이에는 400여 년이라는 시간의 간극과 불교와 기독교라는 대립점이 있다. 하지만 두 작품 모두 필연적으로 인간에게 지워진 두 욕망을 표현하고 그 사이의 화해와 승화를 그리고 있다. 또한 그 수단으로 분리된 이(異)세계를 만들어냈으며 그 세계를 통해 대립하는 두 욕망을 모두 긍정하고 있기도 하다. 하지만 〈구운몽〉은 단순히 현실세계를 지배하는 정해진 법칙을 알아가는 과정으로서가 아니라 성진 스스로 하나의 부처가 되어가는 과정을 그렸다는 점에서 〈트리 오브 라이프〉보다 더 주체적이고 발전적인 인간상을 상정했다고 볼 수 있다. (주○진)

학습독자는 〈구운몽〉과 〈트리 오브 라이프〉를 '욕망의 대립과 화해의 서사시'로 정의한다. 욕망의 대립과 화해란 모든 인간이 가진 본질적 속성이며 그런 이유로 종교적 세계관과 시간적 간극, 서사적 설정 등의 면에서 차이를 보이지만 결국 '단순히 욕망을 억제하는 것만이 바람직한 현실이며 가

치가 있는 일이 아니라 두 욕망의 의미와 한계를 모두 아는 것이 중요하다'
는 깨달음을 준다. 더불어 이러한 주제 의식 아래 〈구운몽〉의 서사는 욕망
의 대립과 화해의 서사라는 점에 더 부합한 양상을 보인다.

〈구운몽〉과 〈트리 오브 라이프〉를 통해 학습독자들은 '성진의 자아실현
을 위해 감성과 이성의 조화가 필요하다', '실제의 현실보다 마음가짐의 변
화가 중요하다'는 것을 깨닫고 성장소설로서의 가능성, 혹은 욕망과 대립과
화해의 서사시로서 성진의 삶을 타진하고 있다. 이들이 구성한 새로운 의
미는 〈구운몽〉의 감상이라는 측면에서 보았을 때 〈구운몽〉에 대한 합의된
해석과 거리가 있고 그런 의미에서 오독(誤讀)의 위험성을 내포하고 있다는
점은 한계로 지적되며 이는 교수－학습의 과정에서 보완될 필요가 있다.
그러나 B텍스트의 존재와 그로 인한 맥락화를 통해 〈구운몽〉의 정해진 의
미에서 벗어나고 있다는 점 역시 간과해서는 안 될 부분이다.

3) 두 텍스트 간의 대비적 의미 구성

A텍스트와 B텍스트를 비교하여 감상하고 A혹은 B텍스트의 상대적 우위
를 취사선택한 후 자신의 입장이나 관점에서 그 이유를 밝히는 경우이다.
작품에 대한 객관적인 평가라기보다 자신의 감상 과정에서의 소회가 주를
이룬다.

> (g) 성진과 팔션녀가 인간 세상에서 깨달음을 얻어 현실로 돌아온 것은 우진과 이
> 수가 깨달음 끝에 체코에서 재회하는 것과는 너무도 큰 성격의 차이가 있다.
> 성진과 팔선녀가 인생무상함을 깨닫는 것의 근거가 매우 미진하다. 평생 누릴
> 것을 다 누리고 어떠한 잘못을 바로잡으며 뉘우치는 과정과 노력도 없이 한순
> 간의 번뜩이는 깨달음을 얻어 공유하는 것에 필자는 공감하기 힘들다. 오히려
> 육관대사는 성진과 팔선녀가 그들의 잘못을 깨닫는 꿈의 양상을 다르게 구현

했어야 했다고 생각한다. (박○근)

(h) 〈구운몽〉은 현대에 이르기까지 '인생무상'이라는 키워드와 가장 잘 어울리는 작품으로 평가받아왔다. 그러나 〈달콤한 인생〉과의 상호텍스트적 읽기 결과 오히려 인생의 밝은 측면과 어두운 측면이 복잡하게 공존하는 마냥 달콤하지만은 않은 '달콤쌉쌀한' 선우의 삶이 이야기하는 인생무상이라는 주제가 더욱 더 현실감 있고 무겁게 와 닿는다. 어쩌면 우리의 인생 또한 언제나 밝은 날만 있는 것은 아니며 달콤한 꿈에서 깨어난 순간 죽음에 한 발짝 가까워져 인생에 대해 회의할 시간이 많이 주어지지 않기 때문에 인간이 삶은 유한하다고 느끼며 인생무상을 이야기하게 되는 것은 아닐까? (조○경)

(g)에서 학습독자가 주목한 부분은 B텍스트와 비교할 때 A텍스트의 주인공들이 깨닫는 과정의 근거가 상대적으로 너무 미진하고 그런 이유로 A텍스트 주인공의 경우 독자인 나의 충분한 공감을 이끌어내지 못했다는 것이다. 〈구운몽〉에서 꿈의 경험은 진정성이 떨어진다. 인생의 부귀영화를 다 누린 자가 아무런 계기나 사건 없이 어느 날 갑자기 깨달음에 이르게 되기 때문이다. 그런 의미에서 양소유의 꿈은 세속에서의 욕망을 얻고자 하였을 때 좌절하거나 넘어지는 꿈의 경험이어야 했다. 학습독자가 생각하는 깨달음은 한 순간에 이루어지는 것이 아니며 오랜 시행착오를 통해 완성되는 것이기 때문이다. (h)의 학습독자는 다양한 문학 작품에 등장하는 '인생무상'이란 보편적 주제에 비추어 볼 때 소설이기에 가능한 소유의 달콤한 삶(A텍스트)보다 꿈에서 깨어나는 순간 죽음과 당면해야 하는 선우의 달콤쌉쌀한 삶(B텍스트)이 더 현실감 있고 부게가 있게 느껴진나고 했다. 이는 학습독자 자신의 '유한한' 삶에 후자가 더 근접해 있기 때문이다.

그럼에도 아쉬운 점은 양소유의 서사와 개츠비의 삶의 마지막이 의도했던 주제 전달을 성공적으로 관철시키고 있지는 않아 보인다는 것이다. 두 서사는 각각이 비판하고자 했던 속세의 삶의 덧없음과 자본주의의 비인간성에 대해 무엇보다 화려하고 매력적으로 묘사하고 있어서 독자들의 시선을 집중시킨다. 〈중략〉 두 소설 모두 양소유와 개츠비의 삶에 더 많은 분량을 쏟고 있고 그 서술을 매력적으로 풀어내고 있기에 성찰적 주제의 의도를 완벽히 파악하는 것은 이미 다른 것에 매료되어 버린 독자들에게 쉽지 않은 일 같아 보인다. (이○림)

위 인용문의 경우 독특하게 A텍스트와 B텍스트의 대조가 아닌 비교에 의거하고 있다. 〈구운몽〉과 〈위대한 개츠비〉가 그리고 있는 '속세의 충만한 삶'과 '자본주의의 화려함'이 지나치게 매력적으로 혹은 여실하게 그려져 있기에 두 작품은 모두 그것만으로 충분한 서사가 된다. 양소유와 개츠비의 삶 그 자체에 독자인 나는 이미 매료되었기 때문이다. 그러나 단순히 작품의 한계점을 비판적으로 보고 있는 것은 아니라고 생각되는데 '국가와 시대를 넘어, 양소유와 제이 개츠비의 닮아 있는 삶이 오랫동안 사랑받는 정전의 위대함'일 것으로 생각을 마무리하고 있기 때문이다.

5. 결론

학습독자들의 B텍스트 선정은 기존에 알려진 텍스트, 즉 직접적인 상호성을 가진 작품들이 아니었으며 서사적 차원을 넘어 넓고 다양하게 분포하고 있음을 확인할 수 있었다. 이는 '학습독자가 구성하는 상호텍스트'에서 매우 중요한 지점이라 할 수 있다. 즉, 학습독자가 구성하는 상호텍스트적 관계에서 중요하게 다루어져야 하는 것은 텍스트 간의 유사성이나 비교 가능성이라기보다 학습독자의 텍스트에 대한 능동성과 적극성이며 텍스트에 대한 실제 경험이라 할 수 있다.

〈구운몽〉을 논할 때 "아 그거, 김만중이 어머니를 위로하기 위해 지었다는…"이 지식이라면 "꿈에 관한 서사라면 〈인셉션〉보다 나은 게 없다고 생각했는데 막상 〈인셉션〉과 견주어 구운몽의 결말을 고쳐보려니 마땅한 답이 없더라."는 문학에 대한 경험이며 향유이다. 물론 전자와 후자 중 어느 것이 낫고 어느 것이 못하다고 할 수는 없지만 확실히 오늘날 학습독자들에게 부족한 것은 후자이다.

오래 전 양반 사대부에 의해 창작된 규범적 텍스트인 〈구운몽〉의 의미는 텍스트 자체라는 영토 안에서는 그 해답을 찾기 어렵다. 현대적 텍스트들이 스스로 자신의 사회적 기능에 대해 종종 언급하는 것과 달리 그것들은 인간 사회에서의 자신들의 기능에 대해 아무런 실마리도 주지 않는다.[34] 이러한 점에서 외부에서 유입되는 정보로서 B텍스트는 학습독자 내부에 산재되어 있는 A텍스트에 대한 내부 정보를 체계적으로 조직하도록 격려하는 힘이자 이를 통해 A텍스트에 대한 학습독자 내부의 힘을 추동하는 기폭제 역할을 할 수 있다.

A텍스트에 관한 자신의 생각을 이야기하기 위해 B텍스트를 끌어 오는 '상호텍스트적 맥락화' 과정은 체험 주체가 처한 개별적 상황을 존중할 때 하나의 심미적 체험(aesthetic experience)이 될 수 있다. 학습독자는 필연적으로 '읽을 수 있는 텍스트(readerly text)'에서 '쓸 수 있는 텍스트(writtenly text)'로 변화하는 과정[35]을 경험할 수 있기 때문이다.

B텍스트로 영화를 선택한 많은 학습독자들은 그들의 '상호텍스트적 맥락화'의 과정이 영화 매체의 문법이나 대중적 속성, 혹은 근대적 성격이 아닌 내용성인 서사성을 중심으로 텍스트와 독자에게 내재되어 있는 심미 체험의 요소들을 두루 활용하는 과정에서 발생하고 있음을 보여 준다. 더불

34) 양선규, 「서술적 정체성, 놀이, 독서(이야기) 교육」, 『초등교육연구논총』 17−3, 대구교육대학교 초등교육연구소, 2001, 32면.
35) Barthes, R., 김희영 역, 『텍스트의 즐거움』, 동문선, 2002, 46~47면 참조.

어 그들이 양자의 텍스트에서 공통적으로 찾은 것이 인생무상이나 욕망, 사랑, 인물 간의 관계, 자아실현, 인간에 대한 이야기들이었음을 상기할 필요가 있다.

특히 '인생무상'이라는 주어진 주제를 이해하지 못하자 '성장 서사'나 '욕망과 실현의 이야기'로 서사의 성격을 새롭게 규정하는 학습독자들의 반응은 학습독자들이 이야기를 통해 추구하는 바가 이야기에 대한 의문이며 그것은 궁극적으로 '나'를 포함한 인간에 대한 물음으로 귀착되고 있다는 것을 확인시켜 준다. 그들이 위치하고 있는 자리 역시 비단 독자나 감상자에 국한되는 것이 아니라 작가의 의도를 추측하는 편집자에서부터 고전소설의 부활을 꿈꾸는 기획자, 문학교육을 기획하는 교육자의 입장까지 다양하게 나타나고 있다. 이를 통해 볼 때 이야기를 엮어 가는 과정과 맥락화 방식에 따라 B텍스트를 매개로 한 〈구운몽〉과 학습독자의 관계는 매번 새롭게 설정되며 그것은 학습독자 자신의 삶으로 귀결될 수 있다.

상호텍스트를 선택하는 과정은 자신의 독서 경험[36]을 반추하는 작업인 동시에 자신의 문화적 자산을 확인하는 일이다. 중학교 때 처음 만화로 만났던 경험, 중고등학교 시절 국어 수업시간, 대학생이 되어 만난 고전문학사 교육, 가장 최근의 '한국고전문학교육론'의 자기관여적인 글을 쓰기 위해 온라인 강의실에서 발견한 후배의 에세이 읽기까지 학습독자는 〈구운몽〉을 상호텍스트적으로 맥락화하기 위해 〈구운몽〉에 부가되어 있는 많은 독서 경험들을 떠올린다.

이러한 떠올림이 단순한 것이 아님을 다음의 사례는 보여준다. 텍스트의 선정에서 학습독자는 '라이트 노벨'을 떠올렸지만 그것이 아닌 〈겐지 이야

---

36) 독서 경험(literary reading experience)은 독서에 개입하는 사회적 요소와 개인적 요소, 그리고 개인의 사고, 정서, 동기 등을 모두 포함하는 것으로 사용된다. 최인자, 「청소년 문학 경험의 질적 이해를 위한 독서 맥락의 탐구」, 『독서연구』 16, 한국독서학회, 2008, 167면.

기〉를 비교 텍스트로 선택한 것은 자신의 독서 경험을 반추하면서 각각의 텍스트에 대한 가치 판단을 내리고 있음을 알 수 있다. 더불어 〈구운몽〉과 견주어 라이트 노벨을 이야기하는 '나'와, 〈구운몽〉에서 〈겐지 이야기〉를 논하는 '나'는 학습독자가 인식하기에 분명히 차이를 갖는다. 전자의 경우 소위 오타쿠라고 불리는 친구들에게 영향을 받았던 행동으로, 후자의 경우 나의 선택으로 주체를 분리하여 서술하고 있기 때문이다.

이런 점에서 학습독자가 자신의 독서 경험을 상기할 기회를 갖는다는 것은 학습독자 스스로가 가진 문화 자산을 확인하고 그를 통해 자신의 문화적 정체성을 형성하는 것으로까지 확장될 수 있을 것이다.

보조 인물 중심의
고전소설 감상 양상 고찰
―고전소설 〈숙향전〉을 중심으로―

1. 서론

문학의 궁극적인 탐구 대상은 '인간'이다. 특히 서사문학 속에서 형상화된 개성적 인물을 캐릭터(character)라고 한다. 지식의 차원에서 해부하여 정리한 인간이 아니라 저만의 성격을 가지고 살아 움직이는, 형상(刑象)으로서의 인간이다. 그들은 상상을 매개로 창조된 가상의 존재이지만, 실제의 인간을 넘어서는 힘을 발휘하기도 한다. 사람을 웃기고 울리며 인생에 변화를 가져다준다. 때로 사람들이 문학의 캐릭터를 깊이 사랑하여 가슴에 품고 삶의 힘을 얻는 것은 드문 일이 아니다.[1] 소설의 모든 구성 요소들 중에서 인물은 독자에게 가장 강하게 각인되기에 문학교육에서의 중요성은 재론의 여지가 없다.

소설에 등장하는 다양한 작중 인물들 중에서도 이 연구에서는 주동인물과 구별되는 보조 인물들에 주목하였다. 주인공은 작가 의식의 대변자로 인식되어 왔기에 소설은 언제나 주인공들의 서사였다. 그러나 소설은 주동인물 외에도 많은 수의 인물들이 자리하고 있으며 인물에 대한 관심은 인물의 전형성을 파악하고 이를 통해 서술자의 의도나 세계관을 이해하는 것 외

---

1) 서대석 엮음,『우리 고전 캐릭터의 모든 것』1, 휴머니스트, 2008, 5~6면.

에도 다양한 방식으로 확장될 수 있다. 인물은 사건, 배경, 주제, 문체, 시점 등 다양한 구성 요소와의 밀접한 관련성을 맺으며 다채로운 층위와 속성들을 내재하고 있기 때문이다.

소설에서 인물이란 필수불가결한 요소이기에 그 중요성에 비례하여 소설 교육에서 인물에 주목하는 연구들도 적지 않다. 앞선 연구에서는 문학의 수용과 생산 과정을 중심으로 인물에 대해 교육적으로 접근한 바 있다.[2] 그 중에서도 인물에 대한 독자의 반응을 중심으로 교육의 내용, 방법, 실천에 대하여 논하는 것은 소설 작품과 인물에 대한 결과적 앎보다 인물에 대해 알아가는 과정을 중시하여 학습자 중심의 교수·학습 논의가 활발해 질 수 있다는 장점이 있다.

읽기의 과정과 학습자의 반응에 주목한 연구[3]는 문학 언어에 의해 형상화된 허구적 인물에 대해 독자마다 이해나 해석이 다를 수 있다고 보았다. 이는 작중인물을 고정불변의 완성체가 아니라 독자와의 상호작용을 통해 살아나는 구성체로 파악했다는 점을 눈여겨 볼만하다.

이처럼 인물은 서사의 필수 요소이며 소설 감상의 역동적 요소이므로 인물에 대한 학습자의 감상은 다양한 인물을 대상으로 세분화되어야 한다. 인물을 통한 소설 감상은 독자의 해석의 지평을 확장하고 텍스트에 대한 유연한 반응을 유도할 수 있기 때문이다. 이 연구는 그 대상을 '고전소설의 보조 인물'로 초점화하여 고전소설을 더 세심하고 꼼꼼하게 한편으로는 더 복잡하게 읽어내는 방식에 목표를 둔다.

고전소설은 과거의 유산이므로 현대인에게는 낯선 존재이지만 어릴 때부터 반복해서 듣거나 읽은 고전소설의 줄거리는 매우 익숙한 옛이야기이

---

2) 이상일, 「고전소설의 인물 비평 교육 연구 서설—인물 비평의 개념, 위상, 방법」, 『국어교육학연구』 44, 국어교육학회, 2012, 425~452면.
3) 이지윤, 「작중인물에 대한 초등 학습독자의 의미 구성 양상 연구」, 한국교원대학교 석사학위 논문, 2014.

기도 하다. 원래는 낯선 것인데 어린 시절을 지나면서 익숙한 것이 되어 버린 이야기이므로 어느 정도 주체적인 독서 능력이 길러진 단계에서 고전소설을 다시 접하는 것은 재미없는 일이 되기 쉽다. 따라서 고전소설의 재미 찾기를 크게 보는 재미와 작게 보는 재미로 나눌 수 있는데 전자가 익숙한 이야기의 흐름과 구조, 결말 등을 예상하며 읽는 것이라면 후자는 각 장면이나 인물의 대화와 행동, 동원된 어휘, 수사법 등을 중심으로 접근하는 것이다.4) 유사한 맥락에서 이는 익숙한 고전소설을 더 자세하게 들여다보는 방식에 관한 것으로 보조 인물을 중심으로 고전소설을 감상하는 일은 학습자들에게 익숙한 서사에서 미처 알지 못했던 새로움을 찾는 이색적인 재미도 안겨 줄 것이다.

고전소설의 특성을 고려할 때 고전소설의 보조 인물은 독자층과 밀접하게 관련된다. 선행 연구에서는 〈춘향전〉의 이본인 〈남원고사〉와 〈완판 84장본 열녀춘향수절가〉에서의 보조 인물들이 각기 다른 형상으로 그려진다는 점을 지적하고 이들의 차이를 각각의 이본들을 향수하던 독자들의 기대에 부응하는 방향으로 개변되어 간 결과라 하였다.5) 또한 고전소설의 인물들은 유형으로 존재하기 때문에 시대적 의미를 읽기에 적합하다. 고전소설에 등장하는 인물들은 다양한 유형이 나타나지 않고 동일 유형의 인물이 많다. 이들은 현실과 밀착되어 있으며 이들 인물의 행위 중 전기적 요소만 제외한다면 바로 현실적 사건이 될 수 있는 사회적 리얼리티를 내포하고 있을 정도이다.6)

---

4) 신재홍, 「고전소설의 재미 찾기」, 『고전문학과교육』 26, 한국고전문학교육학회, 2013, 31~59면.
5) 최재우, 「보조 인물의 성격으로 본 춘향전 이본 간의 특성 차이」, 『열상고전연구』 33, 열상고전연구회, 2011, 125~155면.
6) 김귀석, 「고소설에 등장한 보조 인물 연구」, 『인문과학연구』 19, 조선대학교 인문과학연구소, 1997, 110면.

2. 고전소설 감상 교육에서 보조 인물의 의미와 전제

작중 인물들을 주동인물, 반동인물, 보조 인물로 삼분하는 것은 그리스 비극에서 유래한 것으로 사건 진행의 중요도에 따른 분류이며 주동인물과 갈등과 경쟁 관계에 있는 인물로 인식되는 과정에서 반동인물의 역할이 추가된다.[7] 보조 인물은 주동인물에 상대되는 개념으로 주동인물과 대립하거나 그를 보조하며 주동인물에 비해 서사적 비중이 적은 인물을 뜻하는 용어이다. 그런 이유로 인간을 포함한 동물, 식물, 사물, 환상적 존재 등을 모두 포함하며 그 비중 역시 주인공에 버금 갈 정도에서부터 일회적이고 순간적인 등장에 이르기까지 다양하다. 이 연구에서도 한편의 서사에서 주동인물을 제외한 나머지 등장인물 모두를 보조 인물에 포함하였다.

소설 일반론에서는 작중 인물을 내적 심리의 발현체이자 사회적 이념과 가치의 반영자이며 구조적 기능과 역할을 수행하는 행위자로 본다.[8] 이러한 논의를 참고하면 고전소설 감상 교육에서 보조 인물의 의미 역시 세 가지 측면으로 나눌 수 있다. 하나는 소설이 하나의 유기체라는 점에 주목하여 보조 인물의 서사적 기능을 살펴 볼 수 있다. 두 번째는 보조 인물이 처한 삶의 조건이나 상황을 통해 보조 인물의 욕망과 인성 등에 관한 보조 인물의 심리적 성격을 경험할 수 있다. 마지막으로 작중 세계에서 일어나는

---

7) 이는 고대 그리스 비극에서 첫 번째 중요성을 지닌 배우를 프로타고니스트(protagonist), 두 번째 중요한 역할을 맡은 배우를 데우테라고니스트(deuteragonist), 세 번째 중요성을 지닌 배우를 트리타고니스트(tritagonist)라 부른 것에서 차용한 것이다. 고대 희랍의 비극에서 처음에는 비극의 서사시 부분을 전달하는 한 명의 주인공만을 고수해 오다가 아이스킬러스(Aeschlus)에 의해 두 명, 소포클레스에 의해 세 명의 배우가 설정된다. 데우테라고니스트는 후에 갈등, 경쟁을 가진 아곤(agon)에서 파생된 안타고니스트로 대체되면서 안타고니스트는 프로타고니스트와는 갈등과 경쟁 관계에 있는 인물로 인식되면서 프로타고니스트와 안타고니스트는 역할에 따른 분류가 된다(유태영, 『현대소설론』, 국학자료원, 2001, 184~185면).

8) 최시한, 『소설의 해석과 교육』, 문학과지성사, 2005.

사건과 이에 반영된 현실을 텍스트 외적 현실과 관련시켜 보는 사회적 성격을 파악할 수 있을 것이다.

그러나 보조 인물 중심의 고전소설 감상 교육에서는 이러한 일반론을 염두에 두면서도 보조 인물이 갖는 특수성에 주의를 기울여야 한다. 우선 보조 인물이 등장하는 위성 사건 혹은 세부 서사들은 작품 내에서 제한되어 있으며 주요 서사와의 구조적 관련성 속에서 의미를 갖는다. 다음으로 보조 인물은 이름 그대로 주동인물의 보조역으로 보조 인물 개인으로서의 개성을 중시하면서도 주동인물과의 관계 속에서 이해되어야 한다. 한편 한정된 수의 주동인물들과 달리 보조 인물들은 그 수가 많고 작품에 등장하는 빈도와 역할 역시 단일하지 않다. 따라서 한 명의 보조 인물은 일회적으로 등장하지만 개성적인 인물이 있는가 하면, 주동인물에게 핵심적인 조력자이지만 그 역할은 고정되어 있기도 하고 하나의 위성사건을 주도하지만 작중 비중은 크지 않는 등 다양한 사례가 존재할 수 있다. 마지막으로 작품을 통해 찾을 수 있는 보조 인물에 대한 정보는 협소하다. 그런 점에서 감상 과정에서 독자의 적극적인 참여가 요구된다.

이런 상황을 고려하여 학습자가 보조 인물을 중심으로 고전소설 〈숙향전〉에 접근하는 방식으로는 세 가지를 생각할 수 있다. 첫째는 서사적 측면에서 보조 인물의 작중 비중이나 보조 인물이 등장하는 사건의 작품 내적 중요도를 따져 볼 수 있다. 일반적으로 보조 인물은 주동인물을 돕거나 그에 부수되는 인물인 경우9)가 많지만 경우에 따라서는 하나의 장면화된 단일 사건의 주체가 될 수도 있으며 혹은 서사 전반에 등장하며 작가 의식을 대변할 수도 있다. 예를 들어 〈숙향전〉의 보조 인물 중 하나인 후토부인은

---

9) 예를 들면 보조적 인물을 부수적 인물 중에서 보조적 인물, 즉 조력자만을 지칭하고 부수적 인물 중에서 단독으로 사건에 관여하는 이들은 제외하는 경우이다. 정선희, 「장편 고전소설에서 여성 보조 인물의 추이와 그 의미: 여성 독자층, 서사 전략과 관련하여」, 『고소설연구』 40, 한국고소설학회, 2015, 169~201면.

주동인물의 조력자이며 숙향의 고행담을 구성하는 인물 중의 한 명이라는 점에서 작중 비중이 크지 않다. 이에 반해 숙향의 부모인 김진과 징씨는 천상에서 소아였던 숙향을 미워한 죄로 인해 지상에서 숙향의 부모가 되는 사건을 주동하며 서사의 전반에 등장하는 핵심적인 보조 인물이다.

둘째, 보조 인물의 심리적 성격을 경험하기 위해 보조 인물의 특징이나 상황에 주목하여 접근하는 것도 가능하다. 보조 인물들은 비록 미미한 역할이라 해도 주동인물에게 특정한 영향을 미치는 존재들이며 그들의 형상 역시 주제의 구현에 기여하고 있기 때문이다. 예컨대 〈숙향전〉에는 옥황상제의 명에 따라 주동인물들을 돕는 많은 조력자들이 등장하지만 그들의 형상은 각기 다르며 행동에는 다양한 동기가 존재한다. 숙향의 천정(天定)을 실현하는 보조 인물들과 이선의 모험을 추동하는 보조 인물들은 거시적 관점에서 본다면 모두 주동인물의 조력자에 불과하지만 보조 인물의 특징이나 상황을 고려하여 보면 차이점을 발견할 수 있다. 숙향의 조력자들이 모든 것을 알려 주고 내어 준다면 이선의 조력자들은 곤란한 상황을 연출함으로써 이선을 추동시키고 임무를 완수할 수 있게 한다. 이는 숙향의 조력자들이 천상에서 소아와 상하관계 혹은 친교 관계를 맺었다면 이선의 조력자들은 태을선과 천상의 벗이었던 상황이 자리하고 있다.

셋째, 보조 인물들은 주동인물과 맺고 있는 관계나 주동인물에 대해 취하는 태도의 차이를 통해서도 구별될 수 있다. 주동인물에게 우호적 태도를 보이며 주동인물을 보조하고 조력하는 인물들이 있을 수 있는가 하면 그 반대로 주동인물과 대립적이거나 갈등 관계를 형성하는 인물들이 있을 수 있다. 이들은 고전소설에서 대체로 악인으로 형상화된다. 〈숙향전〉에 등장하는 보조 인물인 도둑, 후토부인, 천승, 용녀, 월궁선녀, 화덕진군, 숙부인, 동해용왕 등은 대체로 주동인물인 숙향과 이선에 대해 협조적이며 그와 그녀를 돕는 역할을 한다. 그러나 마고할미는 숙향에게와 달리 이선에게는 비협조적이다. 김전과 장씨, 이정과 왕씨는 각각 숙향과 이선의 부모이지만 자신의 딸을 알아보지 못해서, 혹은 양왕과의 혼사를 약조함으로써 두 사람을 위험에 빠뜨리기도 한다. 장 승상댁의 시비인 사향은 〈숙향전〉에서 유일하게 숙향과 대립하는 인물이다.

고전소설 〈숙향전〉에는 많은 수의 다기한 보조 인물들이 등장한다. 이들은 천상계와 지상계 양자 혹은 한곳에 속해 있으며 서사적 비중, 개별적 특징과 상황, 주동인물과의 관계에서도 차이를 보인다. 그럼에도 불구하고 〈숙향전〉은 여주인공인 숙향의 서사로 이해되어 왔기에 보조 인물을 중심으로 접근했을 때 주동인물 중심의 감상과 보조 인물 중심의 감상이 보여주는 차이점을 선명하게 찾아내기에 적합한 작품이다. 더불어 고전소설 〈숙향전〉은 당대 최고의 인기를 구가했던 작품[10]으로 그 요인에는 독자에게 영향력을 끼친 인물들이 자리하고 있다.[11] 과거의 독자들이 느꼈을 〈숙향전〉 속 인물들에 대한 매력을 오늘의 독자 역시 공감할 수 있을 것이다. 이를 위해 다음에서는 보조 인물 중심의 고전소설 감상 교육의 내용을 구안하고 실제 수업을 통해 교육적 효과를 검증하였다.

---

10) 이상구는 〈숙향전〉이 후대 소설에 미친 영향을 논증함으로써 〈숙향전〉의 소설사적 의의를 드러내고 있다. 그에 따르면 〈숙향전〉은 개별 화소와 사건에서부터 인물 형상과 구성, 선계의 형상과 세계관 등의 다양한 측면에서 〈박씨전〉, 〈육미당기〉, 〈쌍주기연〉, 〈김원전〉, 〈장경전〉, 〈금방울전〉, 〈소대성전〉, 〈남윤전〉, 〈적성의전〉, 〈김진옥전〉 등을 비롯한 후대 소설에 영향을 미쳤다. (이상구, 「후대소설에 미친 〈숙향전〉의 영향과 소설사적 의의」, 『고전과해석』 24, 고전문학한문학연구학회, 2018, 149~201면.)
또한 김종철에 따르면 〈숙향전〉은 17세기 후반부터 19세기말까지 한국의 풍습을 이해하는 자료이자 번역 학습의 자료로 활용된 흔적을 확인할 수 있다. (김종철, 「한국어 교육에서 문학 제재 활용의 전통」, 『국어교육연구』 14, 서울대학교 국어교육연구소. 2004, 184~212면.)
11) 손정민의 연구에서는 〈숙향전〉의 흥미 요인 중의 하나로 인물 설정의 면을 들고 주인공인 숙향과 이선, 조력자인 마고할미의 특성을 다루었다. 그 중 마고할미와 관련하여 신통력을 통한 구원, 결원의 계기 제공, 모성애적인 헌신이란 측면에서 여성 독자들의 호응을 받았을 것으로 보고 있다. (손정민, 「〈숙향전〉의 흥미성 연구」, 울산대학교 석사학위 논문, 2010.)

3. 보조 인물 중심의 고전소설 감상의 양상과 효과

1) 수업의 설계

이 수업은 S대학교 2020년 1학기 '한국고전산문교육론'을 통해 이루어졌으며 참여인원은 11명이다.[12] 이들은 6시간에 걸쳐 〈숙향전〉 전문을 함께 강독하였으며 강독 전 과제를 제시하여 보조 인물 중심의 읽기를 고지하였다. 학습자가 읽은 자료는 '문학동네 원본 숙향전(2010)'이다. 이들은 국어교육을 전공하거나 복수전공하는 학습자들로 미래의 국어교사가 될 예정이다. 교사의 고전소설에 대한 흥미는 학습자에게 전이될 것이므로 이러한 시도가 미래의 교수자로서 새로운 교수법에 대한 탐색이면서 현재의 독자로서의 경험에도 도움이 될 것으로 판단하였다. 고전소설 〈숙향전〉을 보조 인물을 중심으로 읽고 서평을 작성하도록 하였으며 학습자들에게 제시한 과제의 발문은 다음과 같다.

> 이 과제는 주동인물에 비해 상대적으로 주목받지 못하는 고전소설 보조 인물에 주목하여 〈숙향전〉을 감상하는 것을 목적으로 한다. 〈숙향전〉에는 수많은 수의 보조 인물들이 등장하며 주동인물의 서사 전개에서 보조 인물들이 빈번히 등장하여 주도적인 역할을 한다. 그들은 천상계와 지상계에 걸쳐 나타나며 각각의 개성적 면모가 두드러진다. 〈숙향전〉의 서사를 숙향의 고행담, 숙향과 이선의 결연담, 이선의 모험담으로 나누어 주동인물과의 관계를 중심으로 보조 인물들을 분류하면 숙향의 천정을 예언하거나 실현하는 보조 인물들로는 도둑, 후토부인, 장 승상과 장 승상 부인, 사향, 천승, 용녀, 월궁선녀, 화덕진군, 왕균을 숙향과 이선의 결연을 매개하는 보조 인물로는 이화정 할미(마고할미), 조장, 숙부인, 이정과 왕씨, 김전

---

12) 양상을 살피기에 학습자의 수가 소수라는 점이 지적될 수 있다. 그러나 이 활동의 경우 〈숙향전〉 전문을 자발적으로 꼼꼼히 읽어야 한다는 점이 고려되어야 한다.

과 장씨, 동해용왕을 들 수 있다. 이선의 모험을 추동하는 인물로는 매향(설중매), 남해용왕, 용자, 열 두국의 왕들, 선관인 이적선, 여동빈, 왕자균, 두목지, 구루선을 비롯 대성사 부처를 들 수 있다.

- 위에 제시된 보조 인물 중 한사람 혹은 (연관된) 두 사람을 골라 작품을 감상한다.
- 해당 보조 인물을 선택한 이유를 밝힌다.
- 해당 보조 인물을 중심으로 작품을 감상한 후 (주동인물 중심의 서사 읽기와 비교할 때) 서사 이해 혹은 감상에서 어떤 차이점이 있는지, 새롭게 읽히는 부분은 어떠한 것인지, 새롭게 알게 된 부분은 어떤 것인지, 새롭게 해석될 여지가 있는지를 중심으로 자신의 감상 혹은 비평 의견을 작성한다.

〈숙향전〉의 주요 서사를 숙향의 고행담, 숙향과 이선의 결연담, 이선의 모험담으로 분류하고 각 단위담의 보조 인물들로 ① 도둑, 후토부인, 장 승상과 장 승상 부인, 사향, 천승, 용녀, 월궁선녀, 화덕진군, 왕균 ② 이화정 할미, 조장, 숙부인, 이정과 왕씨, 김전과 장씨, 동해용왕 ③ 매향, 남해용왕, 용자, 열두 국의 왕들, 선관인 이적선, 여동빈, 왕자균, 두목지, 구루선, 대성사 부처를 제시하였다.[13] 이로써 숙향과 이선이라는 주동인물과 그들을 둘러싼 고행담, 결연담, 모험담이라는 주요 서사와 관련된 보조 인물들을 빠짐없이 드러내고자 하였다. 이를 통해 학습자들이 주동인물과 주요 서사의 범주 내에서 보조 인물과의 관련성을 살펴볼 수 있도록 설계하였다.

학습자가 선택한 보조 인물의 비중이 지나치게 적은 경우를 고려하여 보조 인물 중 한사람 혹은 관련성을 가진 두 사람으로 제한하였다. 해당 보조

---

13) 서보영, 「고전소설 〈숙향전〉의 보조 인물의 양상과 서사적 효과」, 『겨레어문학』 64, 겨레어문학회, 2020, 33~60면.

인물을 선택한 이유는 학습자의 주변부 인물에 대한 관심이 어떠한 연유에서 비롯되는지를 알고자 한 것이며 주동인물 중심의 서사 감상과의 차이를 부각시키는 대신 쓰기 방식은 학습자의 자율에 맡겼다.

2) 학습자 감상의 실제

학습자가 선택한 보조 인물은 마고할미(이화정 할미)를 선택한 경우가 3명, 김전 혹은 김전과 장씨를 선택한 학습자가 3명이다. 사향을 선택한 인원은 3명이고 설중매와 숙부인을 택한 사람은 각각 1명이었다. 수업의 설계를 고려할 때 숙향의 고행담과 관련된 보조 인물을 선택한 학습자는 3명, 숙향과 이선의 결연담에 개입하는 보조 인물을 선택한 학습자는 7명, 이선의 모험담과 관련된 인물인 설중매를 택한 학습자는 1명이다. 이는 〈숙향전〉이 숙향의 서사인 점, 고행담이나 결연담과 비교할 때 모험담이 부가된 이야기의 성격을 갖는다는 점을 고려해 볼 때 납득 가능한 결과이다. 더불어 숙향과 이선의 결연담에 등장하는 보조 인물인 마고할미와 김전과 장씨의 경우 실상 전체 서사의 시작과 끝까지 반복적으로 등장한다는 점에서 학습자들의 관심을 끈 것으로 예상된다.

(1) 서사적 비중의 탐색에 따른 보조 인물의 의미 발견

> [1. 숙부인] 〈숙향전〉은 조력자의 의지나 판단이 서사 전개에서 중요한 역할을 담당하고 있다는 점에서 조명론적 세계관을 따르고 있음을 알 수 있다. 〈중략〉 이선의 고모인 숙부인은 〈숙향전〉 서사의 중요한 축인 이선과 숙향의 결연에 중요한 역할을 하는 인물이며, 지상계 인물 중 영향력이 가장 큰 사람이라는 점에서 관심이 갔다. 〈중략〉 이 관점에서 애정 문제는 〈숙향전〉 전체 서사를 관

통하는 중요한 축이다. 〈중략〉 그리고 이러한 결연 서사의 중심에 이선 고모가 당당히 자리하고 있다.

〈숙향전〉은 조명론적 세계관을 보여주는 작품이며 이를 가장 드러내는 사건은 숙향과 이선의 결연 서사이다. 숙부인은 이러한 결연 서사에서 핵심적인 혹은 중요한 조력자로 큰 비중을 차지한다. 또한 숙부인은 지상계 인물로서 죄를 지어 쫓겨난 주동인물들을 지상에서 정식적 절차를 통해 혼례에 이르게 한다는 점에서도 주목할 만하다. 숙부인의 서사적 기능은 주동인물의 결정에 영향을 미쳐 행동 변화를 유도한 점과 주동인물이 곤경에서 벗어날 수 있도록 하는 임무를 수행하는 것으로 정리할 수 있다. 학습자는 주동인물을 기준으로 중심 서사를 선택하고 여기에 등장하는 인물인 숙부인의 서사적 기능과 형상화 방식에 주목하였다. 그를 통해 학습자는 숙부인이라는 인물에 대한 공감에 도달한다.

[1. 숙부인] 실제로 〈숙향전〉에서 그려진 이선 고모의 모습은 내가 이상적으로 생각하는 여성 어른의 모습이기도 하다. 고전소설의 여성 인물에 당대 여성의 욕망이 담겨 있음을 고려하면 이선 고모의 모습은 17세기의 '걸크러시'라는 말로 표현될 수 있지 않을까 생각한다. 〈중략〉 〈숙향전〉의 이선 고모가 숙향이 옥중에서 고난을 겪고 있다는 사실을 듣고 대로하여 급히 행장을 차려 서울로 급히 올라가고, 큰소리로 상서를 꾸짖어 숙향을 죽이지 않도록 하는 모습은 적극적이고 진취적이자 담대한 여성상을 보여준다고 생각한다. 희생 없이 똑똑하게 갈등을 해결해 가는 모습이 마음에 들었다. 문책 장면을 요즘 말로 표현하면 '고구마'에 대항하는 통쾌한 '사이다' 장면이라고 여겨졌다.

고전소설에서 지상계 여성 인물은 수동적이거나 남성에게 억눌려 순종적인 모습을 보이는 경우가 많은데 이선 고모는 이와 비교할 때 상당히 결단력 있고 진보적인 가치관을 따르는 흥미로운 인물이다. 학습자는 이선 고모가 고전소설의 여성상 중에서 찾기 힘든 인물이라는 생각을 넘어 자신이 생각하는 이상적인 여성 어른의 모습을 발견한다. 17세기 창작된 소설인 〈숙향전〉의 숙부인이 보여주는 형상은 여전히 시댁과의 어려움이 존재하는 현재 사회에서도 유의미하고 유효하기 때문이다.

이러한 학습자의 생각은 선행 연구에서도 지적된 바 있다. 〈숙향전〉을 비롯한 〈창선감의록〉, 〈사씨남정기〉, 〈소현성록〉과 같은 17세기 소설에 형상화된 고모의 모습은 시집간 딸의 친정 내 위상을 보여 준다.[14] 그것은 친정 내에서 아직 권위를 잃지 않은 딸의 모습을 반영한다. 한 사람의 보조 인물에 지나지 않는 숙부인에 대한 학습자의 관심이 시집간 딸의 가족 내 위상을 재고하게 하고 그 형상을 지지하는 것으로 확대되었다.

아래의 학습자 역시도 개인과 운명의 상호작용이라는 작품의 세계관에 주목하고 이를 가장 적실하게 표방한 보조 인물로 마고할미를 꼽고 있다.

> [2. 마고할미] 이처럼 〈숙향전〉의 서사는 천상계와 지상계로 대변되는 운명과 인간의 역동적인 상호작용으로 구성되어 있기 때문에 〈중략〉 이선과의 재회를 향한 숙향의 여정에 가장 적극적으로 개입하는 인물은 마고할미라 할 수 있다.

〈숙향전〉의 세계관에 관한 논의는 천정론·숙명론과 같은 초월적 성격 외에도 무속적 세계관, 조명론(照命論), 조명론(造命論), 현실적 성격 등 논의에 따라 다양하게 나타난다.[15] 학습자는 개인과 천명의 상호작용이라는 관

---

14) 박영희, 「17세기 소설에 나타난 시집간 딸의 친정 살리기와 출가외인 담론」, 『한국고전여성문학연구』 40, 한국고전여성문학회, 2006, 251~290면.
15) 지연숙, 「숙향전의 세계 형상과 작동 원리 연구」, 『고소설연구』 24, 한국고소설학회, 2007, 193면.

점에 따라 숙향과 이선의 지상에서의 재회 서사를 가장 중요한 서사로 파악하였다. 더불어 숙향과 이선의 재회 서사에서 다수 등장하며 중요한 일을 하는 인물로 마고할미를 선택하였다. 마고할미의 매개자로서의 서사적 위상과 단서와 암시를 통해 주동인물의 행위를 유도하는 점을 주요하게 본 것이다. 이러한 마고할미의 행위에는 진인사대천명(盡人事待天命)이라는 세계관이 담겨 있기에 그녀는 〈숙향전〉의 세계관을 보여주는 핵심적 보조 인물이며 천상과 지상의 경계적 인물이 된다. 마고할미는 〈숙향전〉에 등장하는 어떤 다른 천상계 인물보다 존재감이 두드러지며 다층적인 역할을 수행하는 존재이다.16) 또한 서사적 비중이 큰 인물이라는 점도 부정의 여지가 없다. 그러나 마고할미가 개인과 운명의 상호작용이라는 작품의 세계관을 표현하기 위해 설정된 인물이라는 학습자의 발견은 자못 새로운 지점이다. 뿐만 아니라 이 학습자는 마고할미가 단순한 조력자를 넘어 어미의 모습으로 형상화되며 연민의 정서를 배가시킨다고 본다.

[2. 마고할미] 숙향과의 관계에서 단순한 조력자 이상의 애정을 보이며 '모(母)'의 이미지로 나타나기 때문이다. 숙향을 발견하고 알아보는 장면에서 마고할미는 그녀를 서슴없이 '딸'로 부르며 연민을 드러낸다. 〈중략〉 마고할미와 숙향이 형성하는 유대적 관계는 여성 고난담으로서 〈숙향전〉이 가지는 애상적 정서를 심화한다. 〈중략〉 마고할미가 가지는 연민의 감정은 독자에게 전이되며 여성 주인공에게 치우친 고행의 서사를 심리적으로 부각하는 효과를 나타낸다.

---

16) 김태영, 「〈숙향전〉에 나타난 마고할미의 역할과 그 의미 : 〈이대봉전〉의 마고할미와의 대조를 중심으로」, 『고전과해석』 23, 고전문학한문학연구학회, 2017, 25면.

천태산 마고선녀이자 이화정의 술집 할미로 나타나는 마고할미의 형상이 '모'로 형상화되고 있으며 이로 인해 숙향과 마고할미의 관계는 독자에게 쉽게 전이되었다. 따라서 마고할미에 주목하여 작품을 분석하는 학습자의 입장에서는 숙향의 서사가 더욱 애상적으로 느껴진 것이다. 숙향의 서사가 내 딸이 겪는 고난이라면 반복되는 고행은 얼마나 마음 졸이고 죄를 내린 사람이 원망스러운 것이겠는가. 〈숙향전〉이 독자로 하여금 여주인공의 슬픔에 공감하게 하고 동정을 유발시킴으로써 그 삶을 지지하고 격려하는 반응을 유도하려는 공감의 논리가 작동하고 있으며 특히 인간 세상에서 사람들과 함께 살아갔던 초월적 존재들이 인간과 슬픔을 공유하는 감정의 연대를 형성해 나갔음에 주목할 필요가 있다.[17] 학습자는 이화정 할미가 숙향에게 보여주는 어머니로서의 애정에 공감하면서 숙향의 지난한 삶에 한걸음 더 다가서고 있다.

> [3. 김전과 장씨] 김전과 거북이로부터 사용된 시혜-보은 관계는 위에서 살펴보았듯이 서사 전체에서 작용하고 있으며 이를 통해 〈숙향전〉에는 도덕적 관념이 강하게 작용하고 있음을 발견할 수 있다. 〈중략〉 숙향이 보조 인물과 일대일로 주고받는 시혜-보은의 관계보다 큰 맥을 이루고 있는 김전과 거북의 압도적인 시혜-보은 관계가 더 강하게 영향을 주고 있다.

[3]의 학습자는 모든 사건의 시작점을 김전이 거북을 구해준 사건으로 보고 그런 이유로 전체 서사에서 가장 자주 등장하며 작품 전체를 아우르는 세계관으로 시혜-보은을 들고 있다. 일반적으로 일대기 구성을 가지는 고전소설의 경우 작품의 서두에는 주인공 부모의 가계 정보와 주인공의 탄생

---

17) 최기숙, 「17세기 고소설에 나타난 여성 인물의 유랑과 축출, 그리고 귀환의 서사」, 『고전문학연구』38, 한국고전문학회, 2010, 37면.

이 있고 바로 주인공의 행적이 서술된다. 그러나 〈숙향전〉의 서두에는 주인공의 탄생 이전에 시혜 - 보은 모티프가 먼저 나온다. 이처럼 작품의 서두에서부터 시혜 - 보은의 모티프가 나온다는 것은 이것이 〈숙향전〉의 주요한 구조적 장치 중 하나임을 암시하며 〈숙향전〉의 한 구조를 이루고 있음을 보여준다.[18] 시혜 - 보은이 하나의 구조로 작용한다는 학습자의 발견은 숙향과 시혜 - 보은 관계를 보여주는 많은 보조 인물들 중에서도 김전과 장씨에 주목하는 결과를 낳았다. 이에 따라 부모와 자식 간의 시혜와 보은을 떠올리게 된다.

[3. 김전과 장씨] 일반적으로 고전소설에서는 주동인물에 중심을 두고 그 인물의 부모를 마치 한 인물처럼 바라보지만 〈숙향전〉에서 부와 모가 어떻게 다르게 행동하는지를 살피면서, 부와 모에게 기대하는 역할과 이미지가 다름을 해석할 수 있다. 이는 주동인물 숙향과 이선을 중심으로 보았을 때보다 아버지와 어머니라는 특성을 가진 인물을 중심으로 보았을 때 새롭게 생각해 볼 수 있는 부분이다.

인용문에 따르면 보조 인물을 중심으로 읽었을 때 기능으로서 주인공의 부모가 아니라 하나의 실제적 형상으로서의 아버지와 어머니의 모습을 찾고 자신이 기대했던 아버지와 어머니의 형상을 반추할 수 있었다. 이를 바탕으로 학습자는 동일한 사건들에 대한 아버지 김전과 어머니 장씨의 차이를 확인한다. 숙향이 다섯 살 때 그녀를 버렸던 일, 낙양에서 숙향을 다시

---

18) 차충환은 시혜 - 보은이 〈숙향전〉의 한 구조를 형성한다고 보고 이에 따라 ①김전과 거북간의 관계가 지속되는 단락들, ②원조와 피원조의 관계가 시혜와 보은의 관계로 발전한 단락들, ③거북이 준 구슬이 매개 작용하는 단락들의 세 묶음으로 나누었다. 차충환, 「〈숙향전〉의 보은담 구조와 세계관」, 『인문학연구』 2, 경희대학교 인문학연구소, 1998, 114면.

만나게 되었을 때에 아버지와 어머니에 대한 형상화가 다르며 독자가 어머니 장씨에게 기대하는 것은 초월적인 모성애라는 것이다. 이러한 이해는 보조 인물에 착목하여 읽지 않으면 알기 힘든 부분이다.

이상의 학습자들은 전체 서사와의 관련성 속에서 보조 인물을 발견하고 그 인물에 공감한다는 점에서 공통적이다. 작품이 갖는 큰 틀을 보조 인물에게도 적용하여 보조 인물의 의미를 세부적으로 읽어내고 그 과정에서 보조 인물에 대한 공감이 수반되고 있다. 그런 이유로 이들은 하나의 사건을 주도하는 보조 인물이 아니라 조력자 유형에 주목한다. 그러나 이 경우의 조력자들에 대한 이해는 주동인물을 보조하는 역할에 함몰되지 않고 17세기 고모로 형상화된 시집간 딸의 위상에 주목하고 그 인물의 형상을 지지하며 〈숙향전〉의 독자들이 오랜 시간 함께 해 왔을 공감의 정서에 동참하였고 자식의 위기를 본능적으로 직감하는 초월적인 모성애의 소유자 장씨의 존재를 발견하였다. 일반적으로 고전소설의 보조 인물들이 대체로 조력자 유형인 것을 생각해 볼 때 이러한 방식은 다른 여타의 고전소설에서도 적용해 볼 수 있을 것이다.

(2) 보조 인물의 특징에 대한 천착을 통한 텍스트의 재해석

아래부터 제시될 인용문에서는 텍스트 전체에 대한 분석보다 학습자가 선택한 특정 보조 인물을 중심으로 서사를 재구조화하거나 재해석한다는 공통적인 양상이 나타난다. 이를 통해 작품에 대한 새로운 해석에 도달하고 있다.

> [4. 이화정 할미] 그래서 〈숙향전〉을 다시 읽을 땐 이화정 할미의 말과 행동, 역할에 초점을 맞추어 읽어보았다. 〈중략〉 그러나 이화정 할미의 입장에서

〈숙향전〉을 읽어본다면, 이 인물이 지닌 잠재적인 역할과 작가가 의도적으로 설치한 소설적 장치로서의 이화정 할미를 발견할 수 있다. 〈중략〉 이화정 할미에게는 기이하고 신비한 모습과 현실적인 모습이 공존한다.

[5. 이화정 할미] 이로 미루어보아 이화정 할미는 천상계의 월궁선녀로서의 숙향을 대할 때는 합쇼체를, 지상계에서의 숙향을 대할 때는 해라체로 말하고 있다고 정리할 수 있다. 〈중략〉 그러나 숙향이 무의식적으로 자신의 전생을 자각하고 있는 대목이라고 여길 수 있는데 이는 〈숙향전〉의 특징이라고 할 수 있는 지상계와 천상계의 혼재의 양상과 관련이 있다고 해석할 수 있다. 덧붙여 이러한 묘사는 글을 읽는 독자들에게 이화정 할미가 숙향의 전생을 알고 있고 숙향의 전생인 월궁선녀를 모시는 천상계 사람임을 보여주는 복선의 역할을 할 수 있다. 〈중략〉 이화정 할미와 관련하여 기이한 현상을 겪었음에도 숙향이 이러한 점을 눈치채지 못하고 이화정 할미가 천상계 인물이었음을 전혀 몰랐다고 답을 하는 것에 일부 독자들은 의문을 품을 수도 있다.

[4]와 [5]는 공통적으로 마고할미에 주목하고 있는데 이들이 마고할미에게 매력을 느낀 이유는 천상계에서와 지상계에서의 모습과 역할이 다르기 때문이다. 그리하여 이들은 이화정 할미의 말과 행동, 역할을 중심으로 〈숙향전〉을 다시 읽기 시작한다. [4]와 유사하게 [5]가 특히 관심을 가진 것은 숙향과 이화정 할미와의 대화이다.[19] 이화정 할미는 숙향을 대할 때 두 가지 발화의 태도를 보이는데 월궁선녀일 때는 상대를 높이는 합쇼체를, 자

---

19) 신태수는 〈숙향전〉의 화법의 특징으로 대화는 많으나 독백이 없다고 본다. 고소설에서 인물이 주관적인 판단과 감각을 지니지 못할 때 대화는 나타나되 독백은 나타나기 어려우며 이는 천상계의 질서가 강고한 작품에는 주관적 판단과 감각의 산물인 독백이 나타나기 어렵기 때문이다. 신태수, 「고소설 작중인물의 화법」, 『국어국문학』 118, 국어국문학회, 1997, 155~182면.

신이 보살피는 고아 아이로 대할 때는 상대를 낮추는 해라체를 사용한다. 이는 서사에서 숙향이 전생을 기억하느냐 못 하느냐와도 관련되며 지상계의 숙향과 천상계의 소아가 하나의 정체성을 가진 인물임을 알려 주고 결과적으로 천상계와 지상계가 분리되지 않고 있는 느낌을 준다는 것이다. 학습자가 애초에 작품에 품었던 의문은 실제로 숙향이 이슬차를 마시지 않으면 전생을 기억하지 못할까라는 대목이었는데 그에 관한 답을 학습자 스스로 발견하고 있다. 더하여 학습자는 여러 사건들을 통해 이화정 할미가 천상인으로서 자신의 정체를 노골적으로 드러내고 있음에도 숙향은 그녀의 정체를 알지 못한다는 사실이 허술하다고 생각한다. 그럼에도 독자들이 이러한 점을 의심하지 않는 것은 이화정 할미가 천상계와 지상계의 공존을 보여주는 기능을 갖기 때문으로 판단하였다. 이화정 할미가 천상계와 지상계에서 모습을 달리하며 상이한 정체성을 가진 특별한 보조 인물이라면 설중매에 대한 학습자의 관심은 위의 학습자와 결을 달리하지만 보조 인물의 특징에 주목하고 이를 중심으로 서사를 이해하는 방식은 유사하다.

[6. 설중매] 사실 천상에서의 관계를 고려할 때 설중매의 입장에서는 주객이 전도된 어처구니없는 상황이라고도 볼 수 있다. 특히 일부일처제에 익숙한 현대 독자의 입장에서는 당대의 사회 문화적 배경을 고려하지 않는다면 이선과 숙향의 관계는 불륜 관계로 읽힐 수밖에 없고 숙향을 연민의 시선으로 보는 이 서사는 불륜녀를 정당화하는 서사로까지 전락하게 된다. 무엇보다 설중매는 단 한번도 이선이나 숙향을 원망하거나 자신의 처지를 비관하는 모습을 보이지 않고 이선과 숙향 역시 설중매에게 미안한 기색을 보이지 않는다는 점은 현대 독자의 입장에서는 다소 이해하기 어렵다. 〈중략〉 이 의문은 조선 시대의 혼인 문화와 여성에게 요구되었던 정절을 고려할 때에만 해소할 수 있는 것으로 보인다.

학습자는 〈숙향전〉 서사에서 소외된 인물로 설중매에 주목한다. 현대 독자인 자신이 생각할 때 이선과 숙향의 애정 행각으로 인한 가장 큰 피해자는 천상에서도 지상에서도 설중매이다. 설중매는 천상에서는 숙향과 이선이 저지른 죄 때문에 자결을 하지만 그녀는 그러한 상황을 억울해하지 않고 가해자인 숙향과 이선 역시 그녀에게 미안해하지 않는다. 또한 천상에서 본처였던 설중매가 지상에서 첩이 된 자신의 처지에 만족하며 지냈을까 하는 점이 학습자가 갖게 된 의문이다. 스스로 목숨을 끊으면서까지 이루고 싶었던 설중매의 욕망이 충족되지 않은 채 이선의 둘째 부인으로 남은 평생을 행복하게 산다는 점에 대해 당대의 독자들이 이상하게 여기지 않은 점도 납득이 가지 않는다. 학습자는 정황상 의문을 가질 법한 지점에 대해 당대의 사회문화적 맥락을 도입함으로써 이해를 시도한다.

문학 독자는 텍스트의 세계를 보편적인 것으로 상정하고 그 생산 맥락에 동화되기보다는 오히려 독자 자신의 맥락을 강조하고 역사적 차이를 내세움으로써, 텍스트 세계가 지닌 다양한 담론들 간의 모순과 갈등을 파악할 수 있다.[20] 주동인물을 시대적 배경 속에 놓고 서사를 감상하는 일은 일반적이지만 보조 인물들의 경우 당대 맥락 속에서 바라보려 노력하는 일은 흔치 않다. 그러나 설중매(매향)라는 인물을 통해 〈숙향전〉은 축첩 제도를 이야기하는 텍스트가 된다.

한편, 이 유형의 학습자들은 자신과의 관련성 속에서 보조 인물을 선택하기도 한다. 아래의 글은 이를 구체적으로 보여주는 사례이다.

> [9. 김전과 장씨] 내가 워낙 부모라는 존재에 민감히 반응하기도 하지만 내 가치관으로는 도저히 이해하기 어려운 인물들이었기 때문이다. 2년 전의 나는 이 세상의 모든 부모는 자식을 위해 희생하는 일에 주저할 리 없다고 굳게 믿었고 특

---

20) 최인자, 「문학독서의 사회문화적 모델과 '맥락' 중심 문학교육의 원리」, 『문학교육학』 25, 한국문학교육학회, 2008, 444면.

히 고소설 속 부모라면 더더욱 그러하리라고 생각했다. 때문에 김전과 장씨의 행동, 즉 다섯 살 난 숙향을 버리고 간 그들의 행동이 너무나도 충격적이었다. 〈중략〉 이전에는 원망만 했던 그들의 행위에 대해 하늘에서 정한 대로(운명에 따라) 숙향의 삶이 흘러가게끔 하기 위해선 김전과 장씨가 그렇게 행동할 수밖에 없었지 않았을까? 〈중략〉 한 인간의 시선으로 볼 때 김전의 전신인 능허 선생이 소아를 원망하는 것은 지극히 당연하지 않나? 사위와 내연 관계에 있는 이를 장인어른/장모가 어찌 미워하지 않을 수 있을까? 〈중략〉 어떻게 해야 이를 이해할 수 있을까 곰곰이 생각하던 중 문득 유명한 말 하나가 떠올랐다. 죄는 미워하되 사람은 미워하지 말라. 신기하게도 이 기독교적인 격언이 〈숙향전〉에서 왜 능허 선생 부부가 지상의 소아의 후신인 숙향의 부모가 되었는지 이해하기 위한 단서가 되었다.

학습자의 글에는 학습자가 보조 인물에 집중하는 과정이 고스란히 드러나 있다. 처음에 학습자는 두 가지 이유에서 김전과 장씨에 접근한다. 자세한 사정이 드러나 있진 않지만 그들이 부모라는 역할을 맡고 있기 때문에, 다음으로는 부모라면 모든 자식을 위해 희생해야 한다는 학습자의 인식에 부응하지 않는 특징 있는 인물이었기 때문에 학습자에게 크게 다가왔다. 이는 학습자에게 충격이라고 할 정도로 크게 다가온다. 숙향이 아닌 김전과 장씨의 입장에서 그들을 이해하기 위해 관점을 전환한 학습자는 작품의 운명론적 세계관에서 적절한 타협을 시도한다. 숙향의 삶은 천정의 원리에 의해 실현되고 김전과 장씨는 이를 실현하는 기능을 가졌기 때문이다. 즉 그것이 그들이 해야 할 당연한 일이고 이들은 하늘의 뜻을 수동적으로 실천한 인물에 지나지 않음이다. 그리고 딸의 원수를 자식으로 두게 된 김전과 장씨의 서사를 자세히 들여다본다. 천상에서 그들은 딸의 죽음에 망연자실해야 했고 지상에서도 그들은 딸을 잃은 통한의 세월을 겪어야만 했다. 더구나 천상에서 그토록 미워하던 사람이 지상에서 내내 찾아 헤매던 사람이라면 이보다 더 큰 악연을 상상할 수 있을까? 그리고 그들을 통해 죄는 미워하되 사람은 미워 말라는 기독교적 글귀를 떠올린다. 마지막으로 김전과 장씨의 지상에서의 삶이 숙향을 용서하기 위한 긴 여정이었음을 깨닫는다. 아래의 학습자 역시 숙향과 김전의 악연에 대해 고민한다.

> [8. 김전] 김전이 숙향을 자녀로 얻은 이유를 '용서'라는 키워드와 함께 살펴볼 수 있다. 위에서 우리는 〈숙향전〉의 사건을 김전을 중심으로 살펴보았다. 김전은 자의가 아니었을지라도 숙향에게 복수를 실현했다. 그러나 숙향의 고통이 김전을 고통스럽게 했다. 그 고통은 김전이 숙향의 부모라는 당사자가 되었기에 타인의 고통을 짐작하는 것과는 비교가 안 되게 생생하다. 우리는 여기서 용서의 필요조건을 발견할 수 있다. 우리가 누군가를 용서하기 위해서는 나의 마음이 나의 미움의 대상에게 그 주변 사람에게 얼마나 고통스러운지를 알아야 한다. 내가 겪은 고통은 나의 것이므로 생생하지만 남의 고통은 그렇지 못하다. 그런데 김전은 나의 고통과 남의 고통을 둘 다 자신의 것으로 생생하게 체험했다. 이때에 비로소 용서가 발생할 수 있다.

[8]의 학습자는 김전을 중심으로 〈숙향전〉을 재구성했다. 김전은 전생의 원수를 다음 생애 자식으로 만나게 되는 인물이다. 천상계에서 소아(숙향)를 미워한 것이 죄가 되어 지상에서 숙향의 아버지가 되고 심지어 그 딸을 잃어버리는 고통을 경험한다. 이후에도 김전은 숙향과 재회하기 위해 죽음을 무릅쓴 고초를 겪는다. 학습자는 김전이 숙향을 자녀로 얻은 이유로 용서라는 말을 떠올린다. 용서는 우리의 의지로 할 수 있는 용서'함'이 아니라 용서'됨'이며 용서의 핵심 요소는 동정심(compassion)과 공감적 이해(empathetic understanding)라는 노비츠(David Novitz)의 관점을 떠올린다면[21]

---

21) 이선형, 「용서함과 용서됨: 용서에 관한 히에로니미와 노비츠의 논의를 중심으로」, 『철

학습자의 이러한 지적은 상당 부분 타당하다. 숙향은 누구나 안타까워할 만한 고난을 경험했고 김전은 그 과정에 동참하며 누구보다 더 숙향의 고통에 가슴 아파했기 때문이다.

이 유형의 학습자들은 보조 인물을 단순히 주동인물의 조력자나 상대역으로서가 아니라 하나의 인물 그 자체로 바라보는 관점을 취한다. 이들은 보조 인물이 가진 특징에 주목하여 이중의 정체성을 가진 인물인 마고할미나 서사에서 가장 소외된 인물인 설중매를 선택하였다. 이들은 비중이 적은 인물의 설정에도 의도가 있다고 생각한다는 점에서 전체 서사에서의 비중보다는 보조 인물 개개인이 갖는 특징이나 개성에 더 큰 관심을 보였다. 보조 인물이 활약하는 사건들에 주목하고 인물의 행동에 대한 까닭을 따져보며 이런저런 설명을 찾고 다른 이의 해석을 찾아보면서 해석의 가능역을 넓히고 있다.

(3) 주동인물과 보조 인물의 관계 역전을 통한 보조 인물에 대한 재평가

여기에 속하는 학습자들은 공통적으로 사향이란 인물에 주목하여 숙향과 사향을 선과 악의 범주로 구획하고 보조 인물인 사향에 대한 재평가를 내리고 있다. 선악 이야기의 서사 규범은 교훈성과 오락성에 대한 독자의 이중적인 요구에 호응해 그 양자를 동시에 지향하는 이중성을 지닌다. 선승악패(先勝惡敗)의 과정 또한 교훈만을 위한 것이 아니라 재미를 위한 것이기도 하지만, 선악 이야기의 서사 규범에서 오락성에 대한 지향은 그것이 악승선패(惡勝善敗)의 과정을 강제하는 데에서 보다 분명하게 드러난다. 선인이 패배하고 악인이 승리하는 과정이 있어야만 독자가 이를 안타까워하는 중에서도 제대로 재미를 느끼게 된다.[22] 그런 이유로 아래 인용문들에

학』 138, 한국철학회, 2019, 82면.
22) 박상석, 「고소설 선악이야기의 서사규범 연구」, 연세대학교 박사학위 논문, 2012, 142면.

서는 정도의 차이는 있지만 학습자가 상상력을 발휘하여 인물의 선과 악을 재고하고 악인으로 형상화된 사향의 입장을 대변을 대변하거나 그녀가 악인이 된 경위를 만들어 내는 등 텍스트를 분석하기보다는 오히려 즐기는 경향이 나타난다.

> [7. 사향] 숙향이 오기 전까지 사향은 장 승상댁에서 큰 권한을 가지고 집안의 대소사를 처리하고 있었다. 그것은 사향의 큰 자부심이자 명예였다. 그러나 숙향이 장 승상댁에 양자로 들어오게 되면서 사향의 입지는 점점 좁아졌다. 숙향이 자라면서 장 승상이 숙향에게 점차 큰 권한을 맡겼기 때문이다. 〈중략〉 사향은 목숨의 위협을 받는 정도의 위기를 느꼈다. 곧 자신이 돌아갈 자리가 없어질지도 모른다는 느낌. 위기감은 곧 숙향에 대한 증오심으로 이어졌다.

[7]에서는 장 승상댁의 충직한 노비로서의 사향의 입장에서 외부로부터 침입한 숙향에게 사향이 느꼈던 불안감과 위협감이 드러난다. 이를 위해 사향의 장 승상댁에서의 위상과 숙향의 성장과 더불어 집안의 권력을 두고 표면화된 갈등 상황을 강조하고 있다. 다음의 학습자 역시 보조 인물인 사향을 옹호하고 있지만 그 이유는 상이하다.

> [10. 사향] 이렇게 보면 '사향'은 그저 전형적인 악인에 불과한 것이 아니라 오히려 '숙향'보다 더 억울한 인물로 우리에게 다가온다. 인간 외적 세계와 그 힘에 무지한 상태에서 '숙향'의 서사를 완성하기 위한 도구로 활용되었고 그 과정에서 인간이라면 당연히 느낄법한 감정에 휘둘려 저지른 일이 '천상계'의 존재를 위험에 빠뜨리는 행동이었기 때문에 단순한 벌이 아니라 천벌(天罰)을 받은 것이다.

[10]은 사향이 작품 전체에서 천상계와의 아무런 관련성을 갖지 않는 유일한 인물이라는 점을 강조하였다. 사향은 숙향을 위한 세계에서 한 인간으로서의 욕망을 가졌을 뿐이지만 결과적으로 과도한 벌을 받는다. 그리하여 학습자는 전형적인 악인이 아니라 억울하고 무력한 악인으로 사향을 바라보고 있다.

[11. 사향] 사향의 이름 뜻은 네 가지 향(香)으로 사군자인 매화, 난초, 국화, 대나무의 향을 상징한다. 그녀에게는 출생의 비밀이 존재했으니, 장 승상과 그를 모시던 여종 사이에서 태어난 딸이었다. 이는 암암리에 사향이 승상의 피를 이어받았다는 사실을 아는 다른 종들은 그녀를 함부로 대하지 못했고 승상 또한 정실부인과의 관계에서 계속 자식이 없었던 고로, 은밀히 사향에게 특별한 애정을 준 결과이기도 했다. 그러나 사향을 밖에서 출산하면서 제대로 몸조리를 하지 못해 그녀의 어머니는 몇 년 째 병치레에 시달리고 있었고, 신분이 노비라는 이유로 의원들은 진맥을 거절하기 일쑤였다. 그런 어머니의 곁을 지키며 사향은 귀족에 대한 증오심을 키웠고, 언젠가는 면천하여 어머니의 병을 낫게 하고 본인의 재주를 떳떳하게 펼치리라 다짐했다.

[11]은 장 승상댁의 외거노비로서 사향의 숨겨진 사연과 슬픔을 지적하였다. [7]이나 [10]과 달리 [11]은 〈숙향전〉 서사에서 직접적으로 드러나지 않는 내용으로 학습자가 '본래 승상 댁의 가중사를 담당하였다.'는 구절과 사향의 거짓말을 승상 부부가 신뢰하고 다른 종들이 반박하지 않았던 점, 사향이 부인 보는 데는 바삐 가는 체하고 마을 집에 앉았다가 급히 돌아왔다는 부분을 통해 학습자가 상상력을 동원하여 사향의 생애를 구체화한 결과이다.

사향에 대한 학습자의 상상력이 가미되어 있다는 점이 차이를 가질 뿐 학습자들은 소유주에게 종속된 존재, 억압받는 존재, 저항하는 존재, 악으로 형상화된 존재라는 틀을 벗어나 평범한 인간으로서의 노비, 부당한 세계 속에서나마 나름대로 주체적 삶을 살았을 노비의 모습을 발견하고 있다. 김나영은 고전 서사에 형상화된 노비의 모습으로 첫째, 노동력의 제공자 및 관리자이며 생산자로서의 속성, 둘째, 노주의 양육자이며 보호자임과 동시에 대리자의 속성, 셋째, 암묵적 경쟁자인 동시에 극단적 적대자로서의 속성, 넷째, 경험적 정보 제공자이며 행동적 지략가의 속성을 들고 있다.23) 학습자들의 인용문에서도 선악의 구분 뒤에 자리한 하나의 인간이자 단순히 상전의 명을 수행하는 하인을 넘어 노비의 여러 가지 속성들에 대한 고찰이 드러난다. [7]은 사향이 처한 상황에 집중하고 [10]은 서사의 흐름을 강조하며 [11]은 사향의 형상화 방식에 반대하여 세부 서사를 덧붙임으로써 사향의 행위를 재평가하고 있다. 이러한 생각에 이르게 된 경위는 주동인물인 숙향과 보조 인물인 사향과의 차이를 부각시킨다는 점에서 공통적이다.

> [7. 사향] 사향의 진취적인 태도는 숙향과 대비해 보았을 때 더욱 두드러진다. 〈중략〉 또한 사향은 추진력만 가지고 있는 것이 아니라 일을 실현할 수 있는 능력과 지위 역시 가지고 있다. 〈중략〉 두 인물의 태도 차이는 사향과 숙향이 살아왔던 환경과 관련지어 생각해 볼 수 있다. 〈중략〉 자신의 안위는 자신이 챙겨야 한다는 사실을 일찍 알아버렸을지도 모른다. 반면, 숙향은 김전과 장씨의 사랑을 받으며 유복한 어린 시절을 보냈다.

[7]은 주동인물로서의 숙향과 보조 인물로서의 사향의 서사적 역할에서 한 발 물러나 그녀들이 살아왔던 환경과 경험들을 나란히 비교한 방식을 취하고 있다.

---

23) 김나영, 「고전 서사에 형상화된 노비의 존재성 탐구」, 『돈암어문학』 31, 돈암어문학회, 2017, 243~281면.

> [10. 사향] 〈숙향전〉의 세계는 옥황상제의 의도대로 숙향이 제 행실에 대해 고통 받고 괴로워하는 징벌의 세계가 아니라 오히려 숙향을 위해 구성된 세계라는 느낌을 지울 수 없게 된다.

[10]은 천상계 인물로서의 숙향의 운명과 지상계 인물로서의 욕망 간의 차이를 부각시켰다.

> [11. 사향] 소설은 주인공 중심의 기록이다. 따라서 주인공의 삶에 위해를 가하는 인물은 적대자로써 악인이 되고 도움이 되는 인물은 조력자로서 선인이 된다. 이는 지극히 주인공의 입장에서 주관적으로 인물을 판단한 기준이다.

주동인물 중심의 서사는 보조 인물을 절대악으로 설정함으로써 악인의 반대편인 주동인물은 절대선이라는 구도를 만들어 낸다. 그러나 이는 장 승상댁에서 안식을 얻고자 했던 숙향의 욕망과 장 승상댁에서 아낌을 갈구하던 사향의 욕망이 상충하며 서로의 욕망 성취에 방해가 된 것일 뿐이다. 즉, [7]은 주동인물과 보조 인물간의 비교와 대조를 통해, [10]은 주동인물과 보조 인물이 속한 세계관을 중심으로, [11]은 서사 전략과 관련하여 사향에 대해 재평가하고 있다.

사향은 〈숙향전〉에서 숙향과 대립하며 숙향의 고난을 가중시키는 인물이다. 그렇지만 사향이 한 행동의 이면에는 그녀가 능력 있는 노비였으나 숙향의 등장으로 인해 장 승상의 신임을 잃게 된다는 이유가 자리하고 있다. 학습자들은 서술자의 반동인물에 대한 관점과 형상화 방식에 문제를 제기하고 그녀가 갖는 인간적인 면모를 찾아 사향의 행동을 정당화하는 모습을 보인다.

4. 결론

이 연구는 익숙한 고전소설을 더 자세하게 감상하는 방식의 하나로 보조 인물에 주목하였다. 그런 이유로 서사 주체에 대한 독자의 관심과 반응에 주목하는 문학치료학의 논의나 이야기의 확장으로서의 스핀오프(spin-off)와 같은 문화콘텐츠에서의 연구와는 차이가 있다.[24] 따라서 학습자가 서사를 통해 당면한 문제를 해결하거나 혹은 기존 서사를 바탕으로 새로운 작품을 창작하는 것은 목표가 아니다. 대신 주동인물을 제외한 다른 인물들의 존재에 주목하고 그들에 대한 관심을 통해 고전소설에 대한 독자의 관심을 집중시키고 다양한 해석의 가능성을 확보하고자 하였다.

그러나 보조 인물에 대한 이론이나 보조 인물만을 중심으로 하는 소설 감상 방법이 따로 존재하는 것은 아니며 보조 인물에 주목하는 것이 주동인물을 도외시하거나 작품에 대한 해석의 지평을 훼손하려는 것은 아니다. 그리하여 이 연구는 인물의 서사적 기능, 심리적 성격, 사회적 성격을 파악하는 소설교육론을 염두에 두면서도 보조 인물이 갖는 특수성을 함께 고려하여 수업을 설계하였다. 보조 인물은 액면 그대로 사건에 부수되는 인물

---

24) 문학치료학에서는 주인공이라는 용어를 사용하지 않는 대신 서사 주체를 상정한다. 서사의 주체에 초점을 맞추어 논의하게 되면 등장하는 인물의 수만큼 다양한 서사들이 떠오르게 되고, 그 결과 그만큼의 다양한 텍스트들이 생산될 수 있는 길이 열리는 까닭이다. (정운채, 「문학치료학의 서사 및 서사의 주체」, 『영화와문학치료』 3, 서사와문학치료연구소, 2010, 324~325면.) 이러한 논의들은 하나의 텍스트에 존재하는 여러 명의 서사 주체를 대상으로 독자 수용의 다양성과 독자가 보조 인물을 선택한 개인적인 연유를 밝히는 것에 초점을 두고 있다.
영화를 비롯한 문화콘텐츠 연구에서는 속편(Sequel) 제작 형태의 하나로 한 작품의 인물(주로 조연)이 다른 드라마의 주연이 되어 독립해 나가는 현상인 스핀오프를 들 수 있다. 이는 보조 인물을 활용한 이야기의 확대와 연장이라는 점에서 주목해 볼 수 있다. (남명희, 「스핀오프, 컨텐츠 시대에 어울리는 속편 제작 형태 제안: 이야기의 확대와 연장 개념에서 바라보는 크로스오버와 스핀오프」, 『영화연구』 29, 한국영화학회, 2006, 39~72면.)

이기에 전체 서사와의 관련성 속에서 서사적 비중을 탐색할 수 있다. 더하여 주동인물과 동등하게 보조 인물들이 가진 특징과 개성에 대한 세밀한 관찰이 필요하다. 또한 보조 인물은 주동인물의 상대적 개념이기에 주동인물과의 관계 속에서 이해될 수 있다. 이에 따르면 보조 인물에 대한 접근은 핵심적 보조 인물, 특별한 보조 인물, 대립적 보조 인물로 이루어졌다.

학습자들은 〈숙향전〉의 보조 인물 중 주동인물의 조력자인 마고할미(이화정 할미)와 숙향의 부모인 김전(과 장씨), 반동인물인 사향, 천상에서 이선의 부인이었으며 지상에서 이선의 둘째 부인이 되는 설중매, 이선의 고모인 숙부인에게 관심을 보였다. 이들이 보조 인물을 중심으로 〈숙향전〉을 감상하는 양상은 세 가지로 나누어 볼 수 있다. 첫 번째는 보조 인물의 작품 전개에서의 중요성에 주목하고 그 인물에 천착함으로써 미처 발견하지 못했던 인물의 의미에 도달하는 모습을 보였다. 이는 해당 인물에 대한 공감으로 확장되었다.

다음으로는 특정한 보조 인물을 중심으로 서사를 재구조화함으로써 작품에 대한 새로운 해석을 시도하였다. 이 과정에서 작품에 대한 기존 해석과 차별화되는 주제를 찾기도 하였다. 마지막 경우는 주동인물과 보조 인물을 비교하고 보조 인물의 입장에서 사건을 해석함으로써 보조 인물을 재평가하는 양상으로 주로 반동인물에 국한되어 이루어졌다. 악인으로 형상화된 보조 인물의 묘사 방식에 문제를 제기하거나 인물의 내면 심리를 독자가 대변하여 기술하는 모습을 보였다.

동일한 인물을 선택한다 해도 서사의 핵심적 보조 인물로 접근하느냐, 특징과 개성이 부각되는 특별한 보조 인물로 접근하느냐에 따라 감상의 양상이 달라진 점은 자못 흥미롭다. 단적인 예로 마고할미와 김전 부부를 선택한 학습자들은 그들을 주동인물의 조력자로 파악하느냐, 보조 인물로서의 특징에 주목하느냐에 따라 상이한 감상의 내용을 확인할 수 있었다. 또한 설중매와 같이 서사적 비중이 크지 않은 보조 인물이라도 인물이 처한 상황이나 특징에 따라 혹은 학습자 개인의 연유에 따라 감상의 대상으로 선택되었다. 한편 학습자들은 대체로 주동인물과의 대립적 관계에 관심을 보이고 악인의 전형에 동의하지 않았다.

〈숙향전〉의 보조 인물에 대한 학습자들의 새로운 발견과 공감은 서사의 주변부에 위치한 인물들에 대한 관심에서부터 보조 인물들의 이야기를 서사적으로 연결하고 작품의 환상적 분위기를 활용하여 게임으로 만드는 방안, 숨겨진 주변 인물에 주목하여 다른 각도에서 이야기를 풀어가는 방법 등의 창작으로 나아가고 있기에 이는 후속 연구를 통해 기약하고자 한다.

정서 중심의 고전소설 교육 연구

―고전소설 〈운영전〉을 중심으로―

1. 서론

이 연구는 학습자의 정서 함양을 위해 고전소설 속 인물들의 정서에 동참하는 계기를 마련하는 일이 필요하다고 보고 고전소설 〈운영전〉을 중심으로 정서 중심의 고전소설 교육을 기획하였다. 대표적인 비극소설로 명명되어 온 〈운영전〉의 정서를 유영의 기이(奇異), 운영의 비회(悲懷), 궁녀들의 연민(憐憫)으로 파악하고 이러한 정서의 구체적인 내용이 무엇인지 밝혔다. 더불어 텍스트에 나타난 인물의 정서를 경험할 수 있는 교육 방법을 구안하고 중학생 학습자를 대상으로 실제 수업을 실시하였다.

문학교육이 정서 교육이라는 점은 주지의 사실이며 그간의 문학교육은 문학 작품을 통한 학습자의 정서 함양에 많은 노력을 기울여 왔다. 그 결과 문학교육의 정서에 관해 개념이나 특질, 개별 작품론, 학습자의 차원에서 다양한 논의가 진행되어 왔다.

그중에서도 본 연구의 목표 설정과 관련하여 다음의 논의들에 특히 주목하였다. 우선 정서 교육에서 정서란 불순한 무엇을 제거하는 순화의 대상이 아니라 함양의 대상으로 다양한 체험을 통해 정서를 함양시킬 수 있다[1].

---

1) 김종철, 「민족 정서와 문학교육」, 『문학교육학』 6, 한국문학교육학회, 2000, 123~137면.

다음으로 삶의 정서와 문학의 정서를 구별하는 그리블의 논의를 발판으로 양자와 구별되는 문학교육의 정서를 설정하고 문학교육의 정서가 계획된 문학교육의 경험을 통해 학습 가능한 것으로 보고 있는 논의[2]는 문학 수업을 통해 전수 가능한 '문학교육의 정서'를 상정하고 있다. 이상의 견해를 종합하면, 학습자의 정서 함양을 위해서는 다양한 정서 체험이 필요하며 문학교육의 정서는 문학교실을 통해 전수 가능하기에 다양한 정서가 나타나는 작품을 선정하고 구체적인 교육적 설계를 할 필요가 있다.

고전문학에 국한하여 정서 교육에 관한 논의를 살펴보면[3] 정서가 발현되는 주체를 무엇(누구)으로 보느냐에 따라 텍스트 중심과 학습자 중심의 연구로 대별할 수 있다. 전자의 대표적인 논의로는 김선희[4], 신재홍[5], 서유경[6], 정충권[7], 최홍원[8], 김용기[9] 등이 있는데 대개의 경우 개별 작품이나 장르에서 정서를 촉발하는 방식이나 구조를 탐색하고 있다. 후자와 관련한 논의로는 황혜진[10], 조희정[11] 등으로 조희정은 정서 주체에게 정서를 불러

---

2) 한명숙, 「문학교육의 정서 탐구」, 『청람어문교육』 24, 청람어문교육학회, 2002, 231~267면.

3) 고전문학교육에서 정서 교육에 관한 관심 역시 적지 않은 편인데 대표적으로 한국고전문학교육학회는 2010년 '문학교육과 정서'를 기획주제로 설정하고 집중적으로 논구한 바 있다.

4) 김선희, 「시조 정서와 교육적 접근 방향 연구」, 『한국초등국어교육』 35, 한국초등국어교육학회, 2007, 95~132면.

5) 신재홍, 「〈유충렬전〉의 감성과 가족주의」, 『고전문학과교육』 20, 한국고전문학교육학회, 2010, 169~193면.

6) 서유경, 「〈사씨남정기〉의 정서 읽기 교육 연구」, 『고전문학과교육』 20, 한국고전문학교육학회, 2010, 67~99면. 서유경, 「〈숙향전〉의 정서 연구」, 『고전문학과교육』 22, 한국고전문학교육학회, 2011, 65~93면.

7) 정충권, 「판소리 문학에 나타난 분노와 설움」, 『고전문학과교육』 23, 한국고전문학교육학회, 2012, 37~69면.

8) 최홍원, 「자기 조정과 위안으로서 〈탄궁가〉의 정서 읽기」, 『고전문학과교육』 23, 한국고전문학교육학회, 2012, 5~36면.

9) 김용기, 「시조의 정서 표출과 문학교육」, 『시조학론집』 39, 한국시조학회, 2013, 99~126면.

10) 황혜진, 「〈구운몽〉의 정서 형성 방식에 대한 교육적 고찰」, 『고전문학과교육』 20, 한국

오는 고전시가의 내포 정서와 정서 주체인 학습자의 정서가 일대일로 대응하지 않기에 학습독자의 '불확실성의 정서'를 파악하기 위한 방식으로 정서 비평을 제안하고 있다.[12] 이 연구는 정서 표현의 자율성이나 주관성을 강조하고 있다는 점에서 차별화 된다.

그러나 소설의 경우 텍스트가 담지하는 객관적인 정서와 학습자가 텍스트를 통해 발견하는 보편적인 정서는 시에 비해 상대적으로 긴밀하게 연결될 필요가 있다. 텍스트에 나타난 정서는 학습자의 정서 체험을 활성화하고 학습자의 정서 체험은 텍스트에 반영된 바람직한 정서를 선명하게 구조화하기 위해[13] 즉, 텍스트의 정서와 독자의 정서를 매개하는 수단으로 여기서는 등장인물들의 정서에 주목하였다. 허구 서사에서 작중 인물은 작가의 미학적 의도와 수사학에 따른 언어적 구성물이지만 이와 동시에 현실의 서사 수용 과정에서 독자들은 작중 인물을 이해하고 그들에게 공감하며 최종적으로 서사에서 문학적 감동을 일으키는 인간다움(humanness)을 지닌 실제적인 존재로 받아들이기 때문이다.[14] 서사문학에서 인물은 정서를 유발하는 주체이며, 특히 인물의 행위는 인물의 성격을 규정하면서 동시에 독자로 하여금 특정한 정서를 유발한다.[15]

고전문학교육학회, 2010, 101~133면.

11) 조희정, 「고전시가 교육에서 학습자의 정서와 비평」, 『고전문학과교육』 24, 한국고전문학교육학회, 2012, 5~38면; 조희정, 「고전시가 학습자의 정서 체험 양상 연구: 정서 비평을 활용하여」, 『문학교육학』 42, 한국문학교육학회, 2013, 397~434면.

12) 조희정, 위의 논문, 2012.

13) 이 연구는 문학 수업을 통해 전수 가능한 문학교육의 정서를 상정하고 있다는 점에서 독자의 개인적이고 자유로운 정서 표출보다는 다수에 의해 수용 가능하며, 독자로서의 학습자가 가질 바람직한 정서를 지향한다.

14) 노대원, 「서사의 작중인물과 마음의 이론」, 『현대문학이론연구』 61, 현대문학이론학회, 2015, 97면.

15) 한편 서유경은 텍스트에 드러난 정서를 작품 내적으로 소통되는 정서로, 학습자가 텍스트를 통해 발견하는 정서를 작품 외적으로 소통되는 정서로 구별하고 작품 내적으로 소통되는 정서는 인물을 통해, 작품 외적으로 소통되는 정서는 독자를 중심으로 형성된다고 밝혔다. 서유경, 앞의 논문, 2010, 67~99면. 그러나 독자의 정서 역시 텍스트 속 인물

특히 고전소설은 서술자나 인물에 의한 직설적인 정서 표출이 많다는 점에서 인물 중심의 접근이 용이하고, 고전소설에 나타난 정서가 오랫동안 많은 사람에 의해 합의된 정서라는 점에서 가치가 있으며 맥락과 환경이 달라진 오늘의 학습자들에게 낯선 정서에 대한 상상이나 추론의 기회를 제공할 수 있다는 점에서 유의미하다. 이를 위해서는 인물들의 다양한 정서가 나타나면서도 그 정서의 내용이 작품의 구조나 주제와 긴밀한 관련성을 갖는 작품을 선정하는 일이 요구되는데 고전소설 〈운영전〉이 이에 적합하다고 판단하였다. 선행 연구들에서 〈운영전〉은 대표적인 비극 소설로 알려져 있다. 〈운영전〉이 가지는 비극성의 성격이나 비극성이 형성되는 요인에 대해서는 논자마다 의견 차이가 있지만 〈운영전〉이 비극(적) 소설의 정점에 있다는 점에 대해서는 연구자들의 견해가 대체로 일치하고 있다. 정주동은 〈운영전〉을 고대소설 중 유일한 비극적 염정소설로 규정했으며[16] 김기동에서도 〈운영전〉을 다른 몽유소설과 그 구성법이 다른 유일한 비극소설로 보았다.[17] 소재영 역시도 〈운영전〉을 비극소설로 규정하고 있다.[18]

구체적으로 살펴보면 김일렬[19], 성현경[20], 윤해옥[21], 박일용[22])에서는 비극적 구성을 만드는 구조와 비극의 의미를 중심으로 〈운영전〉의 비극성을 고찰한 바 있다. 한편 정출헌[23], 전성운[24])에서 〈운영전〉의 비극성에 관

의 정서를 통해 자신의 정서를 형성한다는 점에서 인물의 정서는 양자의 접점이 된다.
16) 정주동, 『고대소설론』, 형설출판사, 1996.
17) 김기동, 『이조시대소설론』, 선명문화사, 1975.
18) 소재영, 「〈운영전〉연구: 운영의 비극을 중심으로」, 『아세아연구』 14(1), 고려대학교 아세아문제연구소, 1971, 153~192면.
19) 김일렬, 「운영전 고(Ⅱ): 주로 심리학적 입장에서」, 『어문논총』 7(1), 경북어문학회, 1972, 91~102면.
20) 성현경, 「운영전의 성격: 그 문학적 가치와 문학사적 의의」, 『국어국문학』 76, 국어국문학회, 1977, 147~149면.
21) 윤해옥, 「운영전의 구조적 고찰」, 『국어국문학』 84, 국어국문학회, 1980, 120~140면.
22) 박일용, 「운영전과 상사동기의 비극적 성격과 그 사회적 의미」, 『국어국문학』 98, 국어국문학회, 1987, 163~184면.
23) 정출헌, 『고전소설사의 구도와 시각』, 소명출판, 1999.

한 논의는 갈등 관계나 등장인물의 형상과 관련하여 이루어졌다. 특히, 전성운은 비극성과 비회를 구별하는데 전자인 비극성이 구조적 차원에서 형성된 미감이라면 후자인 비회는 작품의 분위기가 형성하는 미감을 가리키는 것으로 차이를 두고 있다.

이처럼 한 작품의 고유한 특징이 단일하게 규정되며 그 특질이 비극성이나 비회의 정조로 명명되는 것은 고전소설에서 흔치 않다. 그런 이유로 문학교육의 목표가 작품의 핵심적인 성격이나 특질을 발견하고 학습자가 이를 이해하고 수용하게 하는 것이라 할 때, 〈운영전〉에서 비극성이란 간과할 수 없는 요소이며 〈운영전〉에서 정서는 빠뜨릴 수 없는 내용이다.

그러나 〈운영전〉에서 비회의 정조나 분위기는 너무나 당연한 것으로 인식되어 왔다는 지적[25]처럼 〈운영전〉에 대한 단일한 평가는 자칫 〈운영전〉에 대한 이해를 비감 중심에 국한되게 함으로써 〈운영전〉에 나타나는 다양한 정서들을 놓치고 지나갈 위험성을 내포하고 있다. 그런 이유로 비감 일변도인 〈운영전〉의 정서에 대한 이해는 보완될 필요가 있다. 더불어 선행연구들에서 밝히고 있는 비극성에 관한 논의들은 작품론의 차원에 국한되고 있으며 비회를 정조로 파악한 논의 역시 작품의 분위기가 형성하는 미감이 무엇인지 정조와 분위기가 어떻게 다른지 밝히고 있지 않아 교수학습에 직접 적용하기에는 무리가 있다.

운영과 김 진사의 진술로 이루어진 사랑 이야기인 〈운영전〉은 애정전기소설인 동시에 몽유자 유영을 중심으로 본다면 입몽 – 좌정 – 토론 – 시연 – 각몽의 서술 구조를 따르고 있는 몽유록이다.[26] 또한 안평대군이라는 역

---

24) 전성운, 「〈운영전〉의 인물 형상과 비회의 정조」, 『어문논집』 56, 민족어문학회, 2007, 115~143면.
25) 전성운, 위의 논문, 2007, 118면.
26) 엄태식은 운영을 비롯한 궁녀들의 항거 및 중세적 질서에 대한 문제 제기, 운영과 김 진사의 죽음과 비극적 결말, 여성 주인공과 여성 서술자의 등장, 몽유 양식의 수용과 중층적 액자구조, 자란, 무녀와 같은 주변인물의 부각과 특이라는 악인의 존재, 안평대군에

사적 인물이 등장하는 소설이라는 점, [27]유사한 모티프의 소설인 〈영영전〉과 비교할 때 궁녀들의 역할이 두드러지게 나타난다는 점 등을 고려하여 주요 인물의 정서적 흐름에 주목하기보다는 다양한 등장인물들의 정서가 선명하게 드러나는 지점에 주목하였다. 더불어 인물이 처한 상황, 인물의 성격, 인물 간의 갈등 등이 인물의 정서 발현과 밀접하게 관련 된다[28]고 보고 이를 중심으로 교수학습의 내용을 마련하였다.

물론 "정서 이론에서 말하는 기쁨이나 슬픔, 분노나 공포, 원망이나 놀람 등의 정서를 아무리 유형화하여 적용하려 해도, 고전소설 작품 전체를 두고 하나 혹은 몇 가지의 정서로 설명할 수는 없는 것"[29]이라는 반론이 존재할 수 있지만 '보편 정서' 혹은 '미적 정서'라는 측면에서 하나의 작품에서 특징적이며 변별 가능한 몇 가지 정서를 추출하는 일은 충분히 가능할 것으로 생각된다. 고정희는 정서 교육을 위한 예비적 고찰로서 '정서'가 전통적으로 어떤 개념으로 인식되어 왔는지를 살핀 결과, 정서를 주변 사물의 분위기나 타자의 감정에 대해 민감하게 감수하는 소통 능력으로 보고 있다.[30] 작품 속 인물들의 정서에 동참하고 이를 학습자의 언어로 생산하는 일은 '타자의 감정에 대해 민감하게 감수하는 소통 능력'의 향상이라는 정서 교

대한 애매한 서술 태도, 수성궁이라는 공간, 등장인물 간에 얽혀 있는 삼각관계, 작품 창작의 연원 및 양식적 특징 등 다양한 점에서 문제적인 작품으로 보고 있다. 엄태식, 「〈운영전〉의 양식적 특징과 소설사적 의미」, 『한국고전연구』 28, 한국고전연구학회, 2013, 255면.

27) 황혜진은 〈운영전〉의 안평대군이 역사적 인물이라는 사실에 주목하여 실록을 통해 그의 삶을 재구한 바 있다. 황혜진, 「고전소설 소재 인물의 역사적 삶에 대한 연구: 〈운영전〉의 안평대군에 대한 실록의 기록을 대상으로」, 『고소설연구』 29, 한국고소설학회, 2010, 117~148면.

28) 이러한 관점은 작중인물의 실제 인간과의 유사성을 전제하는 것으로 소설에서의 인물 구성(characterization)은 행동, 말씨, 외양, 환경을 통해 드러난다. Rimmon-Kenan, S., 최상규 역, 『소설의 현대 시학』, 예림기획, 2003.

29) 서유경, 앞의 논문, 2010, 75면.

30) 고정희, 「정서 교육을 위한 예비적 고찰」, 『고전문학과교육』 20, 한국고전문학교육학회, 2010, 33~66면.

육의 본질적 목표에 부합한다.

　현재까지 확인된 〈운영전〉의 이본은 34종이며 내용상의 차이는 크지 않다. 다음에서는 오자나 탈자가 거의 보이지 않으며 문장도 정제되어 있어 원본에 가장 가까운 이본으로 평가받는 국립도서관본 〈(柳)永傳 즉 雲英傳〉[31]을 대상으로 분석하였으며 학습자에게 제시된 자료 역시 이 자료를 바탕으로 연구자가 재구성하였다.

2. 고전소설 〈운영전〉에 나타난 정서 교육의 내용

1) 유영의 경험에 나타난 '기이'

　〈운영전〉은 한미한 선비인 유영이 수성궁에서 취몽 중 운영과 김 진사의 사정 이야기를 들은 것으로 되어 있다. 유영은 재주와 학식이 뛰어나고 인물도 출중하다고 자부하지만 현실적으로는 끼니도 제대로 잇지 못하는 궁색한 처지의 인물이다. 한편 그는 "옷이 남루하고 용모와 안색이 초라하여 놀러 온 사람들의 웃음거리가 될 것을 스스로 알고"[32] 있을 정도로 소심하고, 오랜 기간 소망하던 수성궁에 도착하였으나 후원으로 몸을 숨길 만큼 부끄러움이 많은 성격의 소유자이기도 하다. 유영은 삶을 시름겨워 하고 우울과 번민에 휩싸이며 스스로 비회를 찾고 그것을 즐긴다. 유영을 심리학적 관점에서 분석한 연구에서는 내향적인 유영이 가난한 사회적 처지로 인해 그 내향성이 더욱 촉진되어 인간관계에서 고립되고 우울증과 열등의식에 차 있는 인간형이라고 논하였다.[33] 왜 이러한 인물에게 김 진사와 운

---

31) 이상구 역주, 『17세기 애정전기소설』, 월인, 1999.
32) 而衣裳藍縷, 容色埋沒, 自知爲遊客之取笑. 이상구, 위의 책, 1999, 97면.
33) 김일렬, 앞의 논문, 1972, 96면.

영의 사랑 이야기를 듣게 한 것인가에 대해, 비극적 처지에 있는 유영이야 말로 운영과 김 진사의 비극적 사랑 이야기에 담겨 있는 한(恨)과 성회(情懷)에 공감하고 이를 적절하게 전해 주기에 적합한 인물로 보고 있다.[34]

그러나 이는 작품 전체의 정조를 비극으로 보는 관점 때문이거나, 혹은 서사의 중심을 주인공인 운영에 두고 있기 때문이다. 유영과 같은 인물의 설정은 전기소설에서 일반적으로 나타나는 것으로 특히 전기소설의 '기이'와 관련된다. 기이는 일상적 대조 속에서 그 실체를 인정받는 미의식으로서, '머뭇거림', 또는 '망설임' 등으로 표출되며 일상을 무엇으로 볼 것인가의 문제에 종속된다.[35]

김일렬은 기이의 대상을 인물이 겪은 사건으로 본다. 또한 기이성을 비현실적인 면과 관련되는 사건에 한정하지 않고 그런 점에서 비현실성을 주로 지칭하는 전기성과는 구별하고 있다. 그는 '기이성'을 '새롭고 낯설기가 (드물기가) 심한 성질'로 규정하고 새롭다는 말은 시간적 관점에서 과거에는 없었다는 뜻으로 낯설다는 말은 주로 공간적 관점에서 일상의 생활 현장에는 없거나 드물다는 뜻으로 보았다.[36] 그런 이유로 고전소설의 작자나 독자가 사건이 기이하다고 한 것에 대해 그것이 심히 새롭고 낯설다는 뜻으로 이해하고 있다. 기이성은 새로움으로 인해 창의성과 동일한 방향성을 갖는 동시에, 낯설다는 특질로 인해 대상을 이탈함으로써 진실과 멀어질 가능성을 내포함으로써 창조성과 관념성이라는 상반된 성격을 공유한다.

김경미 역시 기이는 일상생활 속에서 흔히 볼 수 없는 이상한 일, 일상적인 것을 벗어난 이상한 일, 현실에서는 볼 수 없는 초현실적인 일로 괴이한 것, 환상적인 것에 대한 반응이며 서사문학에 수용되면 귀신, 저승, 이계,

---

34) 황혜진, 「가치경험을 위한 소설교육내용 연구」, 서울대학교 대학원 박사학위 논문, 2006.
35) 이정원, 「전기소설에서 전기성의 변천과 의미: 기이의 정체와 현실의식을 중심으로」, 『한국고전여성문학연구』 6, 한국고전여성문학회, 2003, 368면.
36) 김일렬, 「고전소설에 나타난 기이성 연구」, 『어문학』 63, 한국어문학회, 1998, 105~106면.

182

신선 등의 이야기로 표현된다고 보았다. 더불어 괴이한 현상들을 알고자 하는 지적인 욕구의 충족, 기이를 통해 긴장이 풀어지고 마음속이 시원해 짐 등을 15세기 문인들이 느꼈을 기이의 정서적 효능으로 보고 있다.[37]

이상의 논의들이 약간씩의 차이를 보이기는 하지만 비일상적 사건이나 흔히 겪기 힘든 대상을 경험할 때 느끼는 새로움, 낯섦, 그로 인한 머뭇거림 이나 망설임의 정서 혹은 미의식으로 기이를 정리할 수 있을 것이다. 유영 이 경험한 사건은 현실에서부터 비현실적인 것까지를 망라하는데 현실에 서 직접 목도한 사건은 영화롭던 안평대군의 몰락이었으며 꿈에서 겪은 사 건은 망자들의 이루어지지 못한 사랑 이야기였다. 유영은 이를 경험하고 쓸쓸하고 무료하며, 그 이야기를 곱씹으며 망연자실(茫然自失)한다. '상식으 로 받아들일 수 없는 놀라운 일을 경험하고 정신이 아득함'이야말로 바로 기이의 다른 표현이라 할 것이다. 낯선 이야기 혹은 사건의 경험이 주는 기 이함은 학습자에게 기이한 사건에 대해 알고 싶은 욕구를 불러일으키고 상 상과 환상의 경험을 마련하는 기회가 될 수 있을 것이다.

2) 운영의 성격으로 인한 '비회'

비회의 정조는 17세기와 그 이전 소설사에의 감상적 낭만주의와 관련되 며 〈운영전〉이라는 작품 전체에 흐르는 미감이다.[38] 뒤집어 이해하면 〈운 영전〉에는 주체들의 슬픔들이 다양한 이유와 양상으로 존재한다고 볼 수 있다. 여기서는 특별히 운영이 갖는 비회에 주목하고자 하는데 하나의 정 서도 인물의 성격이나 지향에 따라 약간씩의 결을 달리 하기 때문이다.

마음속에 서린 슬픈 시름인 비회는 궁녀인 운영이 애정 가치를 지향하면

---

37) 김경미, 「15세기 문인들의 기이에 대한 인식: 태평광기상절, 태평통재의 편찬, 간행과 관련하여」, 『한국고전연구』 5, 한국고전연구학회, 1999, 412면.
38) 전성운, 앞의 논문, 2007, 138면.

서 마음속에 서린 슬픈 시름인 비회는 시작된다. 운영은 궁녀라는 자신의 처지를 인식하고 있으면서도 한편으로 빌부(匹婦)를 욕망한다. 그녀의 욕망은 김 진사라는 대상을 만나면서 외적으로 표출되는데 이는 주변 사람들이 금세 눈치 챌 수 있을 정도로 강렬하였다. 특히 안평대군은 운영이 지은 시만을 보고도 "나머지 시들도 모두 맑고 고우나 오로지 운영의 시에만 쓸쓸히 임을 그리워하는 뜻이 드러나 있다. 모르겠구나, 네가 생각하는 사람이 대체 어떤 사람이냐?[39]"라며 공개적으로 운영을 힐난한다.

그럼에도 불구하고 외골수인 운영[40]은 "낭군을 한 번 뵙고는 정신이 혼미하고 마음이 어지러웠네[41]"라거나 "잠자리에 들어도 잠을 이룰 수가 없고 마음이 심란하여 밥을 먹지도 못했으며 옷이 따뜻한 것도 알지 못하는[42]" 상태가 된다. 운영의 애정 지향은 그녀의 이러한 성격으로 인해 결국 극단으로 치닫게 되는데 "우리는 이미 도(道)를 닦는 사람도 아니고 또 비구니도 아닌데 이처럼 깊은 궁중에 갇혀 있으니[43]"라며 자신의 정체성에 관한 한탄으로까지 이어지게 되는 것이다.

보통 사람들과 같은 형태와 정도의 애정을 궁녀가 원한다면 그것은 비극적 결과를 초래할 가능성을 내포하고 있다. 더구나 그 가치에 대한 인물의 의지가 점차적으로 강화되기에 운영은 벽을 뚫어 편지와 금비녀 한 쌍을 김 진사에 전하고 무녀를 통해 편지를 교환한다. 중추절에 김 진사와 만날 계획을 세우고 담을 넘어 김 진사와 정을 통한다. 이뿐 아니라 관계가 탄로 난

---

39) 餘詩亦皆淸雅, 而獨雲英之詩, 顯有惆悵思人之意. 未知, 所思者何人. 이상구, 앞의 책, 1999, 109면.

40) 성격심리학의 관점에서 운영의 성격심리는 부적응 행동과 반사회적 성격, 탐욕과 우울 증세, 그리고 자기 방어적 범죄 심리, 충동적이며 극난적 성격, 의리와 보은 심리, 강한 자존심과 성적 충동, 기념 의식으로 분석할 수 있다. 서종남, 「운영전 등장인물에 대한 교육심리학적 접근」, 『동방학』 11, 한서대학교 동양고전연구소, 2005, 19~20면.

41) 一見郎君, 魂迷意蘭. 이상구, 앞의 책, 1999, 113면.

42) 妾自是寢不能寐, 食減心煩, 不覺衣帶之緩. 이상구, 앞의 책, 1999, 119면.

43) 旣非舍人, 又非僧尼, 而鎖此深宮. 이상구, 앞의 책, 1999, 125면.

후에는 김 진사와 함께 도망할 방법을 모색하고 결국은 자포자기의 결과로 자결(自決)한다. 실상 안평대군은 용서할 수도 있었는데 운영은 순수하게 자발적인 의지로 죽음을 선택한다. 애정의 실현이 불가능하리라는 운영의 절망적 인식이 결국 운영을 죽음에 이르게 한 것이다.

운영의 이러한 행동은 운영의 성격과 많은 부분 관련되어 있으므로 운영이 왜 이러한 성격을 가지게 되었는가에 대해 분석해 볼 필요가 있다. 운영은 유폐된 수성궁 안에서 안평대군에 의해 인간적 본능에 위배되는 성정의 도야를 강요받은[44] 우물 안 개구리였기에 외곬수가 되었고 반대급부로 애정에 대한 의지가 강화되었다. 그리고 안평대군은 강력한 군주이기에 앞서 운영을 은혜롭게 보살피고 사랑해 주는 인물이었기에 운영의 죄의식은 증폭되었고 결국 스스로 생을 마감하는 불가피한 선택에 이르게 된 것이다.

운영의 비회는 그녀의 편벽되고 의지적인 성격에서 기인함을 알 수 있다. 이러한 성격의 인물이 자연발생적인 애정을 최고의 가치로 여기게 되었고 이를 규제하는 상황에 봉착하게 됨으로써 운영은 자결이라는 극단에 이르게 된다. 여기서 학습자가 주목해야 할 것은 단순히 사랑이 이루어지지 못했거나 사랑을 갈망했던 자의 죽음이라는 결과로서의 비회가 아니다. 운영의 슬픔이 스스로의 지향과 성격으로 인해 매번 증폭되고 강화될 수밖에 없었던 이유를 알고 운영이 느꼈을 슬픔의 농도를 가늠하는 일이야말로 학습자들이 〈운영전〉의 가장 주된 정서인 비회에 도달하는 방법이다.

3) 수성궁 궁녀들의 '연민'

처음에는 운영에 대한 안평대군의 치우친 애정을 시기하다가 서사가 진행됨에 따라 점차 운영에게 연민을 느끼고 나중에는 운영과 함께 죽는 것도

---

44) 박일용, 앞의 논문, 1987, 166면.

마다하지 않는 궁녀들 역시 〈운영전〉에서 정서를 촉발시키는 인물들 중 하나이다. 궁녀들은 모두 강한 개성과 다양한 가치관을 가지고 있음에도 불구하고 결과적으로 운영의 사랑을 지지하고 응원하며 목숨을 걸고 안평대군에게 운영을 변호한다. 운영과 9명의 궁녀들은 안평대군이 시문을 가르치기 위해 특별히 선발한 여성들로 이들에 대한 대우는 여느 궁녀들과 달리 특별했다. 이들은 금기의 공간인 수성궁에 거처하고 있으며 수성궁은 당시의 억압적인 사회 체제를 반영한 것으로 해석할 수 있다.[45] 안평대군은 세종대왕의 셋째 아들로 최고의 권세를 누리며 살다간 절대 권력자이다. 그가 만든 수성궁에서 생활하는 궁녀들이 지기(知己)를 위해 주군에게 저항한다는 것은 결코 쉬운 일이 아니었기에 이러한 행위가 어떻게 가능했는지 살펴볼 필요가 있다. 수성궁 궁녀들의 존재는 〈운영전〉을 단순히, 운영과 김 진사의 사랑 이야기로만 치부할 수 없게 하는 부분이기도 하다.

자란은 운영을 위해 남궁 사람들을 설득하여 소격서동에서 운영과 김 진사가 만나도록 돕는다. 김 진사가 운영을 찾아 수성궁으로 숨어들 때 망을 보아 운영이 훼절하는 결정적인 계기를 마련한다. 또한 운영을 대변함으로써 운영에 대한 대군의 화가 수그러드는 것에 지대한 역할을 하기도 한다. "이제 네 말을 들으니 술에서 깬 듯이 어슴푸레하게 생각난다."[46]를 통해 확인할 수 있듯이 그녀는 사건의 많은 부분을 운영과 함께 하는 인물이다.

자란의 행동은 인정에 기반하며 궁녀의 삶을 운영과 공유하지만 운영의 열망과 슬픔의 정서에 공감하고 있지는 않다. 운영과 김 진사의 사정이 대군에게 발각되고 서궁의 시녀들이 형장(刑杖)에 처해졌을 때 자란이 쓴 초사는 자란이 운영의 그간 상황을 적실하게 이해하고 있음을 보여 준다. 다른 궁녀들과 달리 자란은 대군의 감정이나 동정에 호소하지 않으며 누구나

---

45) 엄기영, 「수성궁의 공간적 성격과 그 의미」, 『Journal of Korean culture』 18, 한국어문학 국제학술포럼, 2011, 163~164면.
46) 今聞汝言, 怳若酒醒. 이상구, 앞의 책, 1999, 119면.

가진 인간의 애정과 상황의 불가피성, 사건 발생에서 주군의 잘못, 이미 되돌릴 수 없는 상황에서 주군의 현명한 판단을 강조하고 있다. 그런 이유로 대군은 "또다시 자란의 초사를 펼쳐 놓고 보더니 점차 노기를 풀[47]"게 된다. 이는 운영이 진사와 함께 도망하려는 비밀스러운 계획을 자란에게만 털어놓았을 때 보인 반응과도 일맥상통한다. 그녀는 운영이 어렵게 털어놓은 도주 계획을 듣고 크게 놀라 운영을 꾸짖는다.

이와 같은 자란의 상반되는 행동들은 자란이 운영과 김 진사의 사랑을 지지했기 때문만이 아니라 운영의 상태를 간파했기 때문이다.[48] 연민 (compassion)이란 '다른 사람의 부당한 불행의 지각에 의해 생기는 고통스러운 감정'으로 아시아 문화 전통에 핵심적인 감정이자 집단 선택에 핵심적인 역할을 하는 감정이다.[49] 연민이 상대에 대한 불쌍한 감정으로 상대의 처지를 동정하는 것이 아니라 타인의 불행한 감정에 공감하고 그 고통이 옳지 않은 것임을 판단하며 상황을 타개할 수 있도록 실천하는 힘으로 나아가는 것이라는 점에서 비단 자란뿐만이 아니라 수성궁의 궁녀들은 모두 운영의 감정을 정확하게 이해하고 그를 통해 스스로의 행동을 수정하고자 하는 의지를 보이고 있다. 정도의 차이가 있을 뿐 궁녀들이 운영에 대해 보이는 연민의 과정을 〈운영전〉의 서사는 보여 준다.

---

47) 大君覽畢, 又以紫鸞之招, 更展留眼, 怒色稍霽. 이상구, 앞의 책, 1999, 115면.
48) 엄기영, 「〈운영전〉과 갈등 상황의 조정자로서의 자란」, 『한국문학이론과 비평』 49, 한국문학이론과비평학회, 2010, 383면.
49) 고현범, 「마사 누스바움의 연민론: 독서 토론에서 감정의 역할」, 『인간, 환경, 미래』 15, 인제대학교 인간환경미래연구원, 2015, 136~37면.

3. 정서 중심 고전소설 교육의 방법

감정이입(empathy)은 첫째, 육상경기를 바라보는 경우처럼 신체적 반응의 재생산이고 둘째, 다른 사람이 경험하고 있는 정서를 아는 것이며 셋째, 단순할지라도 타자가 경험하는 정서를 느끼는 것이며 이는 교육을 통해 가능하다.[50] 표현하기 – 알기 – 느끼기로 정리되는 그의 견해는 비단 감정이입의 정서뿐 아니라 정서 일반이 발현되는 국면을 드러내 주고 있다. 그러나 신체적 반응의 재생산의 경우 정서가 발현되는 대상을 접할 때 나타나는 즉각적이고 단순한 반응이 아니라 알기와 느끼기를 거쳐 최종적으로 나타나는 언어적 반응으로 국한하고자 한다. 더불어 알기 – 느끼기 – 표현하기가 함께 일어나는 반응이지만 여기에서는 첫 번째 활동에서는 상황의 재현을 통한 알기를, 두 번째 활동에서는 상상적 추론을 통한 느끼기를, 세 번째에서는 실천을 통한 표현하기 등으로 활동별로 중점을 두어 교수학습을 진행하였다.

한미한 선비인 유영은 수성궁에 안평대군을 추모하기 위해 갔다가 운영과 김 진사를 만나 '기이'의 정서를 경험한다. 안평대군이 가장 아끼고 사랑했던 궁녀 운영은 김 진사와 사랑에 빠지고 외골수적인 성격으로 인해 '비회'의 정서를 느낀다. 운영과 함께 수성궁에 기거하며 안평대군의 보살핌을 받는 궁녀들은 운영과 안평대군의 갈등 상황을 통해 운영에 대한 '연민'을 표현한다. 이를 통해 인물의 정서는 인물이 처한 상황, 인물의 성격, 인물의 갈등이나 행위와 긴밀한 관련을 맺고 있음을 알 수 있다.

이에 인물이 처한 상황에서 느꼈을 정서를 재현하고 인물의 행위를 모방함으로써 정서를 추론하며 인물을 변호하는 실천을 통해 인물의 정서를 공

---

50) Sutherland, M., Education and Empathy, British Journal of Educational Studies. 34(2), 1986, pp.142~151.

감할 수 있을 것이다. 구체적인 방법으로는 유영의 비일상적 경험 쓰기를 통해 유영이 느꼈을 '기이'를 재현하였다. 다음으로 운영의 (연애) 편지를 학습자가 직접 작성해 봄으로써 운영이 처한 사랑의 복잡성을 이해하고 이루어질 수 없는 사랑에 빠진 운영의 비회를 상상을 통해 추론하고자 하였다. 마지막으로 안평대군에 대항하여 운영을 변호하는 활동을 통해 안평대군에 대한 충과 운영에 대한 우정 사이에서 가치 갈등을 경험했을 수성궁 궁녀들의 정서를 반추하였다. 학습자가 작품 속에 나타난 인물들의 정서를 공유하는 것은 학습자의 내면에 존재하는 정서를 돌아보고 그것을 꺼내어 말함으로써 온전히 그 정서를 향유할 수 있도록 한다.

1) 정서 중심의 〈운영전〉 감상을 위한 교수학습의 개요

〈운영전〉에 드러난 인물의 정서를 감상하기 위한 교수 학습은 J중학교 1학년에서 3학년 학생 25명으로 대상으로 실시하였으며 수업의 진행은 연구자가 담당하였다. 학습자들은 자율상설동아리 '동서양 고전과 함께하는 글쓰기'[51] 수업에 참여하고 있으며 수업에 대한 참여도가 높고 책읽기에 흥미가 있다. 수업은 총 10차시에 걸쳐 9권의 고전을 선정[52]하여 수업하는 방식이며 그중 〈운영전〉에 관한 수업은 총 2차시로 구성되어 2019년 6월 5일(수), 12일(수)에 실행되었다. 하나의 수업에서 한 개씩의 작품을 다루었으며 학습자가 읽어 온 작품에 대해 사실적 이해, 추론적 이해, 비판적 이해, 어휘의 이해 차원에서 확인을 하고 작품에 따라 달리 설정된 주제에 관해 토론한 후 관련한 활동을 하는 방식으로 이루어졌다.

---

51) 이 강좌는 동대문구혁신교육지구 학교선택제 사업의 일환으로 기획된 것으로 강좌를 개설하고 희망자의 지원을 받아 개설된다.
52) 선정된 동서양 고전은 구운몽, 거울나라의 앨리스, 죄와 벌, 변신, 어린왕자, 길가메시, 노인과 바다. 운영전, 한중록이며 선정된 고전 중 고전소설은 구운몽, 운영전, 한중록이다.

해당 수업의 경우 '소설 속 인물들의 마음 알기, 느끼기, 표현하기'를 주제로 설정하였으며 각 100분씩 2차시에 걸쳐 인물의 정서를 중심으로 세 가지 활동을 실시하였다. '인물들의 마음 알기'란 인물이 경험하고 있는 정서를 학습자도 함께 느끼는 것이고 '인물들의 마음 느끼기'는 인물이 경험하고 있는 정서를 아는 것이며 '인물들의 마음 표현하기'는 정서를 언어적으로 표현하는 것이다. 학습자에게는 '정서'라는 용어 대신에 '마음' 혹은 '느낌' 이라는 용어를 사용하였으며, 학습자의 언어적 재현 양상을 살펴보기 위해 기이, 비회, 연민이란 어휘를 직접 사용하지 않았다. 1차시에는 학습자가 텍스트를 읽었는지를 점검하는 목적으로 사실적 이해, 추론적 이해, 비판적 이해, 어휘의 이해 항목에 대해 확인하였다. 이후 연구자가 제시한 항목에 대해 자유 토론을 실시하였고 2차시에는 글쓰기가 이루어졌다. 2차시 글쓰기 과정에는 학습자의 질문 이외에는 연구자의 개입을 최소화하였고 분량 제한을 두지 않음으로써 자유로운 글쓰기 환경을 조성하였다. 이러한 과정을 통해 수집한 글쓰기 자료는 총 25개로 학습자가 일상에서 경험하기 쉽지 않은 기이, 비회, 연민이란 정서들을 인물을 통해 공감하고 인지하며 어떠한 방식으로 표현하고 있는지를 중심으로 분석하였다.

2) 정서 중심의 〈운영전〉 교육의 실제

(1) 비일상적 경험 쓰기를 통한 '기이'의 재현

앞서 밝혔듯이 〈운영전〉에서 유영은 운영 이야기의 청자인 동시에 운영의 비극적 이야기를 후대에 전달하는 역할을 하고 있기에 대개의 연구에서는 유영의 '비회'에 초점이 맞추어져 있다. 여기서는 유영의 경험에 초점을 두어 '안평대군의 궁궐이었던 수성궁에 가서 안평대군의 몰락한 잔해를 구경하고 (죽은) 운영과 김 진사를 만나 그들의 이야기를 들음'이라는 사건에 대한 유영의 정서를 재현하도록 하였다. 유영은 운영과 김 진사의 이야기를 객관적으로 전달하는 것뿐 아니라 상황에 대한 다양한 반응들을 드러내고 있어 학습자가 유영의 정서를 탐색하기에도 용이하다.

학습자에게 제시한 제목은 "유영이 수성궁에서 겪은 일"이며 1차시에는 유영의 상황에 대한 부분53)을 읽은 후 유영이 처한 상황은 어떠한 것인지에 관해 이야기를 나누었다. 학습자들은 유영이 겪은 상황을 매우 흥미로워했으며 그가 겪은 사건이 꿈인지 현실인지를 궁금해 했다. 2차시에는 학습자에게 다음과 같은 쓰기 과제를 제시하였다.

> ▶ 수성궁에서 유영이 경험한 일을 쓰고 그 일을 겪은 유영의 마음이 어떠했을지, 만약 자신이 이러한 일을 겪었다면 어떤 마음일지 쓰고 그 이유를 쓰세요.

유영의 경험에 대한 학습자의 정서 반응은 크게 두 가지로 나눌 수 있었다. 하나는 상황이나 사건에 대해 단일한 정서를 표현하고 있는 무리들이다. 이들의 경우 사건에 대한 경험 그 자체에 착목하여 경험을 지나치게 단순화하는 공통점을 보였다.

> ▶ 유영은 운영을 보고도 별로 아무렇지도 않은 것 같지만 저는 그 상황에서 김 진사가 스스로 목숨을 끊었다고 말한다면 기겁해서 달아났을 것 같습니다. (1학년 이*영)

> ▶ 처음에는 호기심에 말을 했는데 죽은 사람의 이야기라는 것을 알고 어처구니없고 조금 무섭고 살 떨리는 기분이다. 이야기하는 동안 거리를 두고 이야기를 하

---

53) 학습자에게 제시한 자료는 연구자가 본문을 직접 각색한 것으로 중학생 학습자가 이해하기 어려운 어휘나 어색한 문장들을 약간 수정하였을 뿐 최대한 원문에 가깝게 제시하였다.

지 않을까 한다. (1학년 전*영)

▶ 굉장히 허무하면서도 소름끼칠 것 같다. 왜냐하면 운영에게 그런 이야기를 들었다는 것을 깨닫게 되면 소름이 돋고 또 허무할 것 같다는 마음이 든다. (1학년 이*서)

▶ 아마도 유영은 조금 의아했던 것 같다. 나는 운영과 이야기를 하는 동안 놀랍기도 하고 그 사람의 말을 믿기 힘들고 그 상황이 이해하기 힘들었다. (1학년, 전*우)

인용문의 학습자들은 공통적으로 '죽은 사람인 운영'과 만났다는 사실에 집중하였으며 이로 인한 공포의 정서나 의아함의 심정을 토로하고 있다. 한편, 일군의 학습자들의 경우 이러한 공포나 의아함이 또 다른 정서로 변모하고 있어 관심을 가질 필요가 있다. 이들은 기이한 경험과 경험 후의 정서를 추가로 표현하고 있다는 점에서 위의 학습자들과 차이를 보인다.

▶ 처음에는 매우 놀랐는데 뭔가 운영이 들려주는 이야기에 빠져들게 되어 공감했고 운영의 이야기를 다 듣고 다른 사람을 의식하고 맞추려고 했던 모습을 반성하는 마음이 들었다. (2학년 이*경)

▶ 신기하지만 무서웠다. 운영이 귀신이라는 것도 당황스러운데 사랑 이야기를 하니 신기한 것 같다. 또 무슨 이야기를 해 줄지 궁금하다. (3학년 김*진)

▶ 당황스러우면서도 그들의 이야기가 슬프게 느껴졌다. 그리고 한편으로 술을 마시며 대화할 사람이 생겨서 기뻤다. 이런 일을 겪으니 무척 놀랐지만 그들의 이야기를 잘 듣고 전달하였다. (1학년 신*근)

▶ 내가 이런 일을 겪었다는 일을 잘 못 믿었다가 책자를 보고 당황하고 매우 놀랄

것이다. 그리고 운영과 김 진사와 좀 더 얘기를 해 보고 싶어 그들을 계속 기다릴 것이다. (1학년 서*은)

▶ 내가 이런 일을 겪었다면 신기하고 불안했을 것이기도 하지만 한편으로 매우 떨렸을 것이다. (1학년 양*연)

이들 역시 기이한 경험에 대해 놀람이나 무서움, 당황스러움, 의아함, 불안함 등의 정서를 토로하고 있다는 점에서는 공통적이지만 운영의 이야기를 들은 후 스스로를 반성하게 되었다거나, 다음 이야기가 궁금하다거나, 그들과 대화를 할 수 있어 기쁘다거나 등과 같은 반응을 덧붙이고 있다는 점에서는 차이점을 보이고 있다. 즉, 이들 학습자들은 신기함이나 불안함과는 구별되는 궁금함이나 떨림을 느끼고 있다. 기이가 한 번도 경험하지 않은 것에 대한 망설임, 머뭇거림[54]이며 괴이한 현상들을 알고자 하는 지적인 욕구의 충족, 기이를 통해 긴장이 풀어지고 마음속이 시원해짐 등을 15세기 문인들이 느꼈을 기이의 정서적 효능[55]으로 본다면 학습자들의 무언가 당황스럽고 낯설지만 궁금함을 일으키는 이러한 정서는 앞선 연구[56]에서 지적한 기이가 갖는 상반된 성격인 새로움과 낯섦이 주는 정서에 부합하는 것으로 보인다.

(2) 운영의 편지 쓰기를 통한 '비회'의 상상적 추론

운영의 경우 궁녀라는 신분과 이를 부정하는 것 자체가 이미 비극적 운명을 내포하고 있다고 한다면 현대를 살아가는 학습자에게 운영의 신분이

---

54) 이정원, 앞의 논문, 1998.
55) 김경미, 앞의 논문, 1999.
56) 김일렬, 앞의 논문, 1998.

란 오롯이 이해 가능한 것은 아니다. 그러나 궁녀인 운영이 맞닥뜨린 장벽이 중세 지배 체제와 그것을 벗어나지 않는 한 진정한 삶이 실현될 수 없다는 것을 인식했기 때문만이 아니라 안평대군이라는 개인과의 갈등과 중첩된 것[57]이라고 본다면 이는 오늘의 학습자에게도 여전히 유효하다. 그러나 비회라는 감정이 굳이 학습자 자신의 것이 될 필요는 없다는 생각에 "운영의 비회"를 상상으로 추론하고 운영의 애정으로 인한 비회에 대해 자신만의 생각을 마련하고자 하였다. 상상적 추론의 방식은 주체가 자신의 경험적 자원을 동원하여 인물의 마음을 가정한 다음, 그의 입장 안에서 타자가 된 자신의 정서적 반응을 상상적으로 추론한다. 상상적 추론을 통한 타인의 마음 읽기가 정교하게 이루어지려면 타인의 마음 상태를 포착할 수 있는 단서들을 많이 수집해야 하고 타인의 정서적 반응을 상상적으로 구체화할 수 있는 경험적 자원들을 최대한 동원해야 한다.[58] 이를 위해 1차시에는 다음과 같은 내용 항목을 제시하였다.

▶ 운영은 어떠한 성격의 인물인가.

▶ 깊이 사랑하는 남녀 사이에 개입하는 인물은 애정을 방해하는 요소인가, 애정을 강건하게 하는 요소인 것인가, 이러한 개입의 역할은 무엇이며 의미는 어떠한 것인가.

▶ 남자나 여자 어느 한쪽이 더 절실한 사랑을 추구할 경우, 그쪽이 좌절하거나 희생되는 것은 어떤 연유인 것인가, 남성 주인공의 순정과 여성 주인공의 적극성은 어떻게 해석할 수 있을 것인가.

---

57) 이상구, 「운영전의 갈등양상과 작가의식」, 『고소설연구』 5(1), 한국고소설학회, 145면.
58) 방은수, 「정서 조정을 위한 극적 체험 연구」, 『새국어교육』 117, 한국국어교육학회, 2018, 74면.

▶ 남녀 간의 애정에 특정 이데올로기가 개입될 때 애정은 변질되는가, 혹은 승화되는 것인가?

이후 2차시에는 운영의 편지를 재구성[59]하여 읽어 주고 학습자들에게 김 진사에게 편지를 쓰는 활동을 하였다. 이후 편지를 쓰면서 어떤 감정이 들었는지를 덧붙이도록 하였다.

▶ 낭군에게 편지를 쓰는 과정에서 들었던 마음을 자세하게 적어 주세요.

이와 관련한 학습자들의 반응을 세 가지 정도로 나누어 살펴보았다. 하나는 김 진사에 대한 운영의 정서를 추론한 것이다.

▶ 사랑하는 사람의 편지를 받으니 설레기도 했겠지만 그 설렘보다는 그 사랑이 이루어지지 못할 것이라는 허무함과 그리움에 사로잡혔습니다. 운영 역시 사랑을 이루지 못할 것이라는 절망감이 운영을 슬프게 만든 것이 아닌가 하는 생각이 듭니다. (2학년 이*경)

▶ 억울하고 슬펐다. 사랑하는 사람이랑 사랑도 못하고 좋아하는 사람이랑 사랑을 했다고 죽다니 억울하고 슬펐다. (1학년 김*은)

▶ 서로 그리워하고 갈망하는 데 보지 못하니 슬펐다. 운영도 김 진사를 만나지 못해 정말로 슬플 것 같다. (1학년 양*연)

▶ 그동안 운영이 얼마나 힘들었는지 알 거 같고, 고목처럼 죽어간 운영이 너무 불

---

59) 작품에 나타난 운영이 쓴 여러 편의 편지를 연구자가 재구성하였다.

쌍하고 아직까지도 운영이 김 진사를 사랑하고 있다는 것에 운영은 한사람만 보는 멋진 여자라고 생각했다. (1학년 김*아)

▶ 첫눈에 반해 김 진사를 너무 사랑하는데 지금 내 상황이 그럴 수 없어 슬프고 애달프지만 그를 사랑할 수 없는 것이 한이 되고… 하지만 나는 아직도 김 진사를 좋아한다고 표현했다. (1학년 김*주)

학습자들이 주로 토로한 감정은 슬픔인데 슬픔의 이유는 사랑이 이루어지지 못할 것이라는 절망감과 관련되어 있었다. 또한 학습자들이 생각하기에 좋아하는 사람과 사랑을 하는 것은 너무나 상식적인 일인데 이것이 이루어질 수 없다는 것이 억울하다고 표현하기도 하였다. 이들은 공통적으로 운영의 올곧은 성격을 긍정하고 순연(純然)한 애정 지향에 대해 동의하였다. 다음의 학습자들은 안평대군을 비롯한 주변 사람들에 대한 운영의 정서를 표출하고 있다.

▶ 낭군이 고맙고 좋은데 안평대군이 마음에 걸렸다. (1학년 전*우)

▶ 김 진사를 너무 너무 사랑해서 모든 것을 내치고 싶지만 그럴 수가 없어 미안한 마음을 담았다. 안평대군이 미운 건 절대 아니지만 궁녀로 들어온 것을 후회하고 나가고 싶으면서 다른 궁녀들에게도 고마운 마음이 들었다. (1학년 전*영)

▶ 안평대군한테 감사하지만 나 때문에 피해를 보는 궁녀들에게 미안했다. (3학년 김*진)

인용문에서 학습자들은 〈운영전〉을 통해 김 진사와 안평대군 사이에서 갈등하는 운영의 모습을 읽어 내고 있음을 알 수 있다. 미안한 마음이나 후회, 고마움 등이 학습자들이 주목한 정서였으며 그런 이유로 이들은 운영의 선택에 대해 적극적으로 지지하는 모습을 보이지 않았는데 그 이유는 안평대군의 은혜를 배반하고 주변 사람들에게 폐를 끼치기 때문으로 답하였다. 마지막으로 아래의 학습자들이 느낀 정서 역시 슬픔이나 원망, 절망, 후회 등이지만 이들은 운영의 성격이나 지향이 아닌 운영의 처지 혹은 환경에 특별히 주목하고 있다.

> ▸ 여자라는 성별 때문에 재능을 발휘하지 못한 것이 억울했고 궁녀 신분 때문에 사랑이 이루어지지 못한 것도 굉장히 슬펐다. 궁녀가 되기로 한 자신의 선택 때문에 사랑을 이루지 못하게 되었으므로 후회스럽기도 했다. (남궁*아)

> ▸ 속상하고 비통하여 말로 표현하기 어려웠다. 첫눈에 반해 마음에 그리는 자와 함께하고 싶은데 그러지 못하는 나의 환경이 원망스러웠다. (3학년 홍*린)

> ▸ 사랑하는 사람을 만나지 못하니까 슬펐다. 만나지 못하여 슬픈데 궁에 갇혀 있기 때문에 만나지 못하는 것이라서 더 슬펐다. 그러나 잠깐이라도 같이 있었기 때문에 그나마 나은 것 같다. (1학년 신*근)

> ▸ 낭군을 너무나 사랑해서 계속해서 생각이 나고 함께 사귀고 싶지만 현재 신분으로는 서로 사랑할 수 없어서 매우 슬프고 눈앞이 캄캄한 마음이다. (1학년 서*은)

학습자들은 공통적으로 정서 자체보다는 비극적 상황이 초래된 원인에 관심이 있는데 그들이 생각한 운영의 처지 혹은 환경은 여성이라는 성별, 궁녀를 선택한 운영의 선택, 운영의 여건, 갇혀 있어야만 하는 수성궁의 특수성 등으로 다양하게 접근하고 있음을 알 수 있다. 이들은 이런 감정들이 발생하는 이유에 착목하고 있다는 점에서 정서 그 자체로부터는 약간의 거리감을 두고 있다. 비회에 대한 학습자들의 정서는 슬픔, 미안함, 후회, 고마움, 원망, 절망 등으로 다양하게 나타났다. 사랑으로 인한 비회란 중학생 학습자들이 접근하기에 쉽지 않은 정서이지만 비록 낮은 수준일지라도 운영이 느꼈을 정서를 탐색해 보았다는 점에서 활동의 의미를 찾을 수 있다.

(3) 안평대군에게 운영 변호하기를 통한 '연민'의 실천

학습자들에게 제시한 제목은 "운영을 위한 궁녀들의 변호"이며 은섬과 자란이 안평대군에게 목숨을 걸고 운영을 변호하는 부분을 제시하고 이후 내용을 이어 쓰도록 하였다. 전 차시 작품이 〈한중록〉이었으므로 관련하여 1차시에는 실제 인물인 안평대군에 관한 영상[60] 및 수성궁에 관한 내용을 소개하였다. 2차시에는 은섬과 자란 등의 궁녀들이 안평대군을 변호하는 내용을 제시하고 다섯 명의 궁녀 중 한 사람이 되어 안평대군에게 운영을 변호하는 이유와 자신의 마음을 쓰도록 하였다.

> ▶ 수성궁의 궁녀 중 한 사람이 되어 자신의 이름을 정하세요. 그리고 안평대군에게 운영을 변호하는 이유와 자신의 마음을 쓰세요.

연구자가 주목한 것은 학습자들이 운영의 정서를 정확하게 이해하고 그를 발판으로 자신의 희생을 각오하고라도 불의한 상황을 타개하려는 실천으로 나아가고 있는가라는 것으로 그를 위해 수성궁의 궁녀 중 한 사람이 되어 보기를 설정하였으며 안평대군의 절대적 권력을 강조하였다.

> ▶ 저는 운영의 마음이 너무나 이해가 됩니다. 왜냐하면 저는 그동안 운영이 힘들었

---

60) 영상은 KBS1의 〈천상의 컬렉션, 특별편〉(2016.11.27) 영화감독 '장진' – 안견의 '몽유도원도'편을 발췌하여 보여주었다.

던 것을 알고 운영이 절대로 잘못한 행동이 아니었고 궁녀라는 이유로 이런 삶을 사는 것이 슬펐기 때문입니다. (1학년 김*아)

▸ 저는 운영이 불쌍해서 지금 변호를 하고 있지만 사실은 죽을까 봐 두려운 마음도 듭니다. 그래서 왜 나는 궁녀여서 이런 일을 겪게 되는 건지 왜 궁녀는 사랑을 하면 안 되는 것인지 궁금합니다. (3학년 김*진)

▸ 젊은 남녀가 서로에게 감정이 생기는 것은 당연히 있을 수 있는 일입니다. 또한 평범한 인간세상으로 갈 수 있음에도 불구하고 운영은 자신의 역할을 충실히 하며 오래 기다렸습니다. (1학년 전*우)

▸ 운영은 궁녀가 되어 외롭게 지내왔습니다. 남녀의 정욕이 어떻게 궁녀에게만 없을 수 있고 운영만이 사랑을 할 수 없다는 것은 참 말도 안 되고 부당한 일이라고 생각합니다. (1학년 이*서)

인용문에는 학습자들의 운영에 대한 연민의 감정이 드러나고 있는데 이는 그들이 그간의 운영의 힘든 삶을 알고 있는 것에서 시작한다. 그들은 그동안의 운영의 기다림과 외로움을 이해하고 불쌍하다는 감정을 느끼고 있다. 그 결과 궁녀라는 이유로 사랑을 할 수 없다는 점이 부당하다고 공통적으로 토로하고 있다. 특히 운영의 마음을 잘 알기에 부당함을 호소해야 하지만 한편으로는 죽을까 봐 두려운 마음이 든다는 학습자의 반응은 인물에 대한 이해가 학습자의 언어적 표현으로 이어지는 과정을 직접적으로 보여준다. 이와는 달리 아래의 학습자들은 운영의 사랑이라는 강렬한 감정에 초점을 두고 있다.

▸ 사람이 돈으로 살 수 없는 것은 사람의 감정입니다. 사랑, 우정, 설렘, 감사, 존경

등 그 중 가장 큰 것은 사랑입니다. 사랑은 돈으로도 살 수 없으며 둘이 서로 좋아하는 것 또한 운명입니다. 이 운명을 거스른다면 화를 면하지 못하는 동시에 두 인재 모두를 잃는 것입니다. 다시 한번 고려해 주시길 바랍니다. (1학년 김*주)

▸ 남녀가 서로 사랑하고 사귀는 것은 매우 당연한 일입니다. 하지만 고작 이 신분의 차이로 사랑을 할 수 없다면 차라리 신분이 없는 가축으로 태어나는 것이 더 좋은 삶일 것입니다. 더구나 주군은 결혼을 했으므로 허락하지 않은 것은 잘못된 것입니다. (1학년 서*은)

▸ 남녀 간의 사랑은 당연한 것이니 운영을 살려달라고 하는 것입니다. 남녀의 정욕은 음양의 이치에서 나온 것으로 귀하고 천한 것의 구별이 없이 사랑한다면 모두 다 알고 있는 것이니까요. (1학년 양*연)

▸ 물론 운영은 사랑하면 안 된다고 생각합니다. 왜냐하면 궁녀라는 일은 운영 자신이 선택한 것이고 그에 따른 책임을 져야 하니까요. 그렇지만 어떻게 사랑하는 사이를 갈라놓겠습니까. 제가 운영을 변호하는 이유는 운영 또한 저와 같은 궁녀이고 궁녀이기 때문입니다. 궁녀는 사랑하지 말라는 법이 어디 있습니까. 저는 그렇게 부당한 일은 눈뜨고 쳐다보지도 못하겠습니다. (2학년 이*경)

학습자들은 공통적으로 젊은 남녀의 사랑이 당연하다고 생각하고 있다. 이는 음양의 이치며 자연스러운 사람의 감정으로 개인의 힘으로 제어할 수 있는 일이 아니기 때문이다. 이는 학습자들이 운영을 비롯한 궁녀들에게 연민을 느끼는 까닭이라 할 수 있는데 이들이 겪고 있는 상황이 누구나 공감할 수 있는 사랑이라는 정서에 기인하고 있기 때문이다. 그런 이유로 인간이라면 누구나 누릴 수 있는 사랑 혹은 애정의 욕구가 궁녀에게만 제한되는 것은 부당한 일이라는 주장을 하고 있다. 연민이란 상대의 부당한 일에 대해 동참하여 적극적으로 불쾌감을 표현하는 일이라고 한다면 학습자들의 이와 같은 적극적인 반응은 매우 긍정적인 것으로 평가될 수 있다.

4. 결론

이 연구는 고전소설에서 두드러진 정서를 발견하고 이를 학습자가 체험하는 일이 필요하다고 보고 대표적인 작품으로 〈운영전〉을 선택하였다. 선행 연구에서 고전소설 〈운영전〉에 나타난 비극성은 매우 중요한 특질로 다루어지고 있다. 그러나 구조적인 측면에서의 비극성, 비회의 정조나 분위기 등은 작품론에 국한될 뿐 학습자의 정서 체험으로 끌어오기에 부족하다. 이에 〈운영전〉 속 인물들의 정서에 주목하여 유영의 경험에 나타난 '기이', 운영의 성격으로 인한 '비회', 수성궁 궁녀들의 '연민'을 교육 내용으로 선정하였다.

유영은 운영과 김 진사의 이야기를 전달하는 인물로 주목받아왔지만 〈운영전〉의 몽유자로, 그가 현실에서 직접 목도하고 꿈으로 경험한 사건을 놓고 보자면 그가 도달한 정서는 '기이'로 설명할 수 있다. 기이의 대상은 비일상적 사건으로 새롭거나 낯섦이라는 상반된 성격을 갖는다. 이에 대한 반응은 망설임이나 머뭇거림으로 표현된다. 운영의 비회는 운영이 가진 지향과 그녀의 성격에 상당 부분 기인하는 것으로 어떤 것도 포기하지 않는 성격으로 인해 애정 욕구는 강화된다. 그 과정에서 슬픔은 계속적으로 증폭되고 심화된다. 마지막으로 〈운영전〉이 역사 인물을 차용하고 있는 몽유록이란 점에서 안평대군에 주목해야 한다. 안평대군과 운영의 관계에서 직접적인 정서를 드러내는 인물들은 궁녀들이다. 자란을 비롯한 수성궁의 궁녀들은 운영의 불행한 감정에 공감하고 그 고통이 옳지 않은 것임을 판단하여 목숨을 무릅쓰고 상황을 타개하고자 한다.

학습자가 작품 속 인물의 정서에 공감하기 위해 인물이 처한 상황에서 느꼈을 정서를 재현함으로써 인물의 정서를 알고, 상상적 추론을 통해 인물의 내면을 느끼며, 작중 인물의 한 사람이 되어 또 다른 인물에 대한 정서를 언어적으로 표현하는 것을 교수학습으로 설정하였다. 대상 학습자는 동서양 고전 관련 강의를 듣고 있는 중학교 1학년에서 3학년까지의 학습자로 교수학습은 2차시에 걸쳐 이루어졌다.

기이에 관한 학습자들의 반응은 낯선 대상에 대한 공포나 의아함도 발견할 수 있었지만 더 나아가 떨림이나 신기함, 궁금함의 정서로 확장되는 양상을 보였다. 운영의 비회에 대해 학습자들은 김 진사와 안평대군 사이에서 갈등하는 운영의 모습에 주목하였으며 궁녀임에도 불구하고 애정을 지향하는 운영의 가치 지향을 적극적으로 지지하는 모습을 보였다. 궁녀들의 연민을 표현하는 활동에 앞서 안평대군이 역사적 인물이라는 점을 강조하였고 연민의 정서가 단지 불쌍함이 아니라 상대의 감정에 대한 공감을 통해 실천으로 나아갈 수 있는 원천이 된다는 점을 고려하여 안평대군에게 운영을 변호하는 글을 통해 연민을 표현하도록 하였다. 학습자들은 운영의 힘든 삶에 착목하여 연민의 정서를 탐색하고 적극적 항변으로 이를 표출하였다.

정서 교육의 필요성은 논자들마다 입을 모으지만 정서 교육에 관한 관점이 다양하고 정서가 발현되고 정서 교육이 실현되는 국면은 실로 다양하기에 정서 교육에 관한 연구는 여전히 진행형이다. 이 연구는 다양한 정서 체험이 이루어지는 곳으로 문학 교실을, 다양한 정서 체험을 촉발하는 매개로 고전소설이 유용하다고 판단하였다. 그리하여 학습자와 텍스트가 만나는 지점에 주목하고 학습자가 텍스트에 나타난 인물들의 정서에 작복함으로써 텍스트에 나타난 인물의 정서를 재현하고 경험을 통해 학습자의 정서 학습자의 정서로 전이하고자 하였다.

이 연구는 개별 작품이 유발하는 정서에 주목하고 있다는 점에서 구체적이며, 문학의 정서가 경험되는 교실 현장에 접근하고 있다는 점에서 실제적이다. 그러나 텍스트의 정서를 연구자가 분석한 몇 가지 정서로 규정하고 있다는 점, 텍스트 – 인물 – 독자로 이루어지는 단선적인 소통 양상을 상정하고 있다는 점에서 학습자의 자유롭고 발산적인 정서 표출을 제한할 수 있는 위험성을 내포하고 있다. 한편, 문학교실을 통해 학습된 학습자의 정서 경험이 어떻게 문학의 정서, 더 나아가 삶의 정서로 연결되고 확장되는지에 관한 논의는 후속 과제로 남긴다.

고전소설 변용을 통한
문화적 문식성 교육 연구
―학습자의 〈춘향전〉 변용 양상을 중심으로―

1. 서론

학습자의 문식성에 관한 논의가 국어교육의 장에서 활발하고 이에 따라 문식성의 의미역 또한 다양하다.[1) 이 글은 문학교육이 도달해야 할 하나의 목표로서 문화적 문식성에 주목하고자 한다. 이에 변용이 고전소설의 문화적 향유와 전승의 주된 기제였음을 밝히고 학습자의 고전 텍스트 변용 경험을 매개로 하는 문화적 문식성 교육을 설계하고 그 의미를 살펴보았다.

문화적 문식성의 교육적 필요성과 가치에 대해서는 기본적인 동의가 이루어졌다. 그러나 '문화'와 '문식성'의 개념 범주가 넓고 그 성격이 유동적인 까닭으로 교육적 입지 설정과 구체적인 교육 방안에 대해서는 계속적인 논의가 진행 중이다.

그중에서도 고전소설과 영상물의 대화적 관계 설정을 통해 변용 텍스트의 문화적 의미를 밝힌 연구, 문화적 기억의 활성화를 통해 고전 변용 텍스트 읽기를 지향한 연구, 현대 작가의 판소리 수용 방식을 문화적 문식성의

---

1) 이재기는 국어교육에서 추구해야 할 문식성을 자발적 문식성, 기능적 문식성, 문화적 문식성, 비판적 문식성의 네 가지로 범주화하여 제안한 바 있다. 이재기, 「문학교육과 문식성 신장」, 『독서연구』 22, 한국독서학회, 2009, 21면.

관점에서 접근한 연구2) 등은 문화적 관점에서 고전의 현대적 변용에 주목하고 교육적 의미와 가치를 부여했다는 점에서 본 연구에 시사점을 준다. 그러나 이러한 연구들이 주로 전문 작가의 변용 행위나 변용물을 중심으로 논의를 진행했다면 본고는 학습자의 고전소설 변용 양상을 분석하여 현대의 학습자들에게 고전문학이 어떻게 수용되는 것이 바람직한지를 탐구하고자 한다는 점에서 차별된다.

국어교육에서 변용(adaptation)은 원자료의 양식이나 매체 환경에 따른 변모를 뜻하며 각색이나 매체 변환과 혼용되어 사용되고 있다.3) 그러나 변용은 각색된 연극이나 영화, 뮤지컬은 물론 역사만화, 시로 만든 노래, 기존 음악의 리메이크 등의 문화적 산물이자 생산 과정4) 양자를 총칭하는 폭넓은 개념이다. 특히 다매체 환경으로 인한 폭발적 생산성과 문화적 수요로 인해 변용은 현대사회에서 매우 두드러지게 나타나고 있지만 수용자가 원텍스트를 문화적 맥락에 따라 변화시켜 수용 또는 생산하고 그 과정에서 새로운 가치를 발견하는 변용은 문화적 향유와 전승 기제로 작용해 왔다. 따라서 학습자의 문학 감상은 텍스트와의 직접적이고 개인적인 만남을 넘어 생성과 향유를 통해 형성된 텍스트의 가치와 학습자의 문화적 경험이 만나 새로운 가치를 형성하고 의미를 획득하는 변용의 경험으로 확장될 필요가 있다.

---

2) 황혜진은 고전소설 〈장화홍련전〉과 영화 〈장화,홍련〉과의 비교를 통해 소설과 영화의 대화적 관계를 밝힌 바 있다.(황혜진,「문화적 문식성 교육을 위한 고전소설과 영상변용물의 비교 연구」,『국어교육』116, 국어교육학회, 2005, 379면.) 최인자는 〈심청전〉의 변용 텍스트를 예로 들어 상호적 읽기를 제안하였다.(최인자,「디지털 시대, 문학 고전 읽기 방식」,『독서연구』19, 한국독서학회, 2008, 106~107면.) 서유경은 작가 이청준의 판소리 수용 사례가 문화적 문식성 교육의 좋은 모델이 될 수 있다고 주장하였다.(서유경,「판소리를 통한 문화적 문식성 교육 연구」,『판소리 연구』28, 판소리학회, 2009, 174면.)

3) 윤여탁 외,「시 텍스트의 변화와 교육」,『매체언어와 국어교육』, 서울대학교출판부, 2008.

4) L. Hutcheon, *A Theory of Adaptation*, Routledge, 1947, p.9.

이어지는 논의에서는 본고에서 논하고자 하는 문화적 문식성과 변용의 개념을 구체화한 뒤, 학습자들이 자신들의 문화적 경험을 활용하여 판소리계 소설 〈완판 84장본 열녀춘향수절가〉를 변용한 구체적 양상을 살펴보겠다.

2. 문화적 문식성과 문화 전승 방식으로서의 변용

박인기는 문화적 문식성의 개념을 '고정형이라기 보다 유동적 진행성을 특징으로 하는 다분히 역동적인 것'으로 보았다.[5] 최인자 역시도 문화적 문식성을 당대 사회의 이데올로기와 합의에 의해 재개념화되고 확장될 수 있는 개념으로 간주한다.[6] 이러한 문화적 문식성 개념의 역동성과 유동성을 고려할 때 범주를 설정함으로써 개념의 의미에 접근하는 방식이 오히려 유용할 수 있다. 문화적 문식성(cultural literacy)에서의 문화는 크게 '전통'이라는 수직적 범주와 '현재적 소통'이라는 수평적 범주로 나눌 수 있다. 이러한 수직 – 수평적 범주는 별개로 분리된 것이 아니라 수직적 범주로서 전통의 가치는 현재적 소통이라는 수평적 범주를 통해 끊임없이 재생산된다.

고전소설은 공동체의 정신적 유산으로 항구성과 보편성을 가진다는 측면에서 고전(classic)으로서의 가치를 지닌다. 이 경우 고전소설이 담고 있는 많은 문화적 내용과 문학사적, 예술사적 의미는 오늘날의 학습자들에게도 여전히 유의미한 것으로 전달해야 할 지식의 대상이 된다. 한편 고전소설은 고립된 물적 대상으로만 머무는 것이 아니라 끊임없이 당대 문화를 받아

---

5) 박인기. 「문화적 문식성의 국어교육적 재개념화」, 『국어교육학연구』 15, 국어교육학회, 2002, 39면.
6) 최인자, 「문식성 교육의 사회, 문화적 접근」, 『국어교육연구』 8, 국어교육연구소, 2001, 204~205면.

들여 스스로를 새롭게 구축하는 변화와 생성의 과정을 통해 작품의 가치를 이월해 왔다는 점에서도 고전으로서의 가치를 찾을 수 있다. 이러한 변화와 생성을 가능하게 하는 고전소설의 변용은 오늘날의 학습자들도 경험 가능한 문화 전승 방식이 된다.

주지하다시피 〈춘향전〉은 당대의 사회 문화적 요건에 따라 기대지평의 융합 및 매체의 전환을 통해 새롭게 변용되어온 대표적인 작품이다. 조선 후기 하층 문화에서 출발했지만 상층 사대부문화와 19세기의 인쇄문화, 20세기 공연문화 등을 수용하면서 구비문학에서 판소리로, 판소리 사설에서 판소리계소설과 한문소설, 창극으로 향유된다. 근대 이후에도 영화, 드라마, 연극, 만화, 뮤지컬, 광고, 심지어 지역 축제에 이르기까지[7] 문화적 산물로 존재하며 수용자와 영향을 맺고 있다.

그 결과 〈춘향전〉은 춘향의 서사이기도 하고 몽룡의 서사이기도 하며, 때로 향단의 서사이자 방자의 서사가 되기도 한다. 봉건적 도그마로부터 인간해방이며[8] 신분제도의 현실을 부정하는 민중의 저항 의식이자[9] 가장 관습화된 대중적 문학[10]과 같은 다양한 의미를 갖게 된다. 이 같은 변화와 생성의 전승 방식이야 말로 판소리계 소설 〈춘향전〉을 민족의 고전이자 교육적 정전이며 정신적 유산으로 탄생하게 한 원동력이라 할 수 있다.[11]

---

7) 〈춘향전〉은 2010년을 기준으로 영화로 16번, 드라마로 7번, 연극으로 5번, 무용극 및 창작 발레로 5번 제작되었으며 만화, 오페라, 뮤지컬, 창극, 마당놀이, 지역축제, TV광고나 인쇄광고로도 만들어졌다. 윤종선, 「〈심청전〉의 현대적 수용 양상 연구」, 고려대학교 박사학위논문, 2011, 30면.

8) 이상택, 「고전소설의 사회와 인간」, 『한국고전소설의 탐구』, 중앙출판, 1981, 277면.

9) 박희병, 「춘향전의 역사적 성격분석」, 『전환기의 동아시아 문학』, 창작과 비평사, 1985, 81면.

10) 김병국, 「춘향전의 문학성에 대한 비평적 접근 시론」, 『춘향전 어떻게 읽을 것인가』, 박이정, 1993, 52면.

11) 김종철은 〈춘향전〉의 생성과 변화는 현재진행형이며 근대를 살아가는 독자들이 오늘날 자기들의 관심사를 작품 속에 투사하여 새로운 무언가를 만들 권리가 있다는 점을 강조하였다. 김종철, 「정전(正典)으로서의 『춘향전』의 성격」, 『선청어문』 33호, 서울대학

이러한 〈춘향전〉의 전승사에 비추어 보면 독자를 둘러싼 문화적 환경은 시대에 따라 변화하지만 원 텍스트와의 영향 관계 속에서 새로운 텍스트로 변모되고 사회적 합의에 의해 문화적 위상을 획득하게 될 때 그것은 다시 독자의 텍스트 수용에 영향을 미치는 문화적 맥락이 된다는 것을 확인할 수 있다. 따라서 통시적으로 검증된 〈춘향전〉의 가치를 학습자의 소통 방식을 통해 수용하고 생산하는 고전 텍스트 변용은 〈춘향전〉에 대한 공동체의 문화 발전에 기여하는 능동적인 행위가 된다.[12]

오늘의 학습자들에게 다매체 환경과 대중문화의 영향은 학습자가 고전소설을 변용하는 새로운 문화적 맥락으로 작용하고 있다.[13] 예를 들어 〈춘향전〉은 판소리나 판소리계 소설의 형태로 학교 교육을 통해 그 내용과 위상이 전수되고 있다. 그런데 이러한 학습자의 〈춘향전〉 경험은 학교 수업 시간에만 국한된 것은 아니며 학습자가 접하는 〈춘향전〉 역시 다양한 춘향전들이다. 그것은 어린 시절 읽었던 어린이용으로 번안된 〈춘향전〉이었을 수도 있고 대중문화의 코드로 바뀐 드라마 〈쾌걸 춘향〉이나 〈향단전〉이었을 수도 있다. 또한 CF의 짧은 장면을 통해 혹은 남원 여행에서 춘향을 알게 되었을 수도 있다. 혹은 일상에서 흔히 접하는 드라마나 대중문화의 특정 부분이 학습자가 〈춘향전〉을 떠올리는 기제가 되었을 수도 있다. 그럼에도 이 모든 텍스트들은 하나의 춘향전으로 수렴되어 학습자가 〈춘향전〉을 변

교 국어교육과, 2005, 155면.
12) 서사의 독자는 해석을 수행할 증거 분석을 통하기도 하지만 한편으로 변용(adaptation)을 통해 하나의 읽기를 창조한다. 즉 독자는 작품을 자기 식대로 해석함으로써 자신의 스토리를 만들어내고 그런 의미에서 모든 해석은 어느 정도의 창작을 포함하고 있다는 것이다. H. Porter Abbott, *The Cambridge Introduction to Narrative*, Cambridge University Press, 2002. 우찬제 외 역, 『서사학 강의』, 문학과지성사, 2010, 208면.
13) 서유경은 디지털 시대 고전 서사를 읽는 방식이 과거와 달라졌다고 밝히고 옛날 서사 텍스트를 디지털 시대에 읽기, 디지털 기술 환경으로 고전 서사 읽기, 디지털로 확장된 텍스트로 읽기, 디지털 기반 텍스트에서 원형으로서의 고전 서사 읽기로 분류했다. 서유경, 「디지털 시대의 고전 서사 읽기」, 『고전문학과 교육』 16, 한국고전문학교육학회, 2008, 92~93면.

용하는 데 영향을 미치게 된다.[14] 이런 점에 주목하여 〈춘향전〉의 변용 활동을 통해 고전을 새롭게 의미화하고 학습자의 사회 문화적 맥락과의 소통을 시도하고자 한다.

3. 고전소설 변용을 통한 문화적 문식성 교육의 실제

1) 〈춘향전〉 변용을 통한 문화적 문식성 교육의 설계

학습자의 다양한 〈춘향전〉 경험이라는 문화적 현상을 실제 교육의 현장에서 모두 담보하는 것은 쉽지 않다. 이에 학습자의 변용과 직접적인 영향 관계를 형성하는 원 텍스트[15]로는 판소리계 소설 〈완판 84장본 열녀춘향수절가〉를 설정[16]하였다. 〈완판 84장본 열녀춘향수절가〉는 그 줄거리와 어사출두 대목이 교과서에 여러 차례 수록되었고 그 문학사적 위상에 있어

---

14) 아래의 학습자 진술을 통해 〈춘향전〉의 다양한 수용 경험을 확인할 수 있다. "나는 어릴 때 읽은 동화책을 통해 〈춘향전〉의 대략적인 줄거리만 알고 있었는데 초등학교 때 '쾌걸 춘향'이라는 드라마를 본 후에 좀 더 친근하고 익숙하게 느껴졌다. 소설을 접한 것은 고등학교에 와서 교과서에서 배운 것인데 줄거리는 알고 있던 그대로였고 작품의 특징이나 중요한 점 위주로 배웠던 기억이 난다. 그 후로도 '방자전'이라는 영화나 드라마와 같이 〈춘향전〉은 다른 스타일로 이따금씩 등장하곤 하는데..."
15) 일반적으로 원 텍스트를 기반으로 2차 텍스트로 생산될 때 그것은 하나의 자족적인 유기체인 동시에 원 텍스트와의 영향 관계를 형성한다. 원 텍스트가 명작일 경우 기존의 제도, 장르, 체계 등의 측면에서 2차 텍스트에 영향을 끼칠 수 있다. (Wellek, René & Warren, Austin, *Theory of literature*, 1987. 이경수 역, 『문학의 이론』, 문예출판사, 1995.) 한편 원 텍스트로부터의 영향은 심리적인 것에서 기인하기도 한다. (Harold Bloom, *The Anxiety of Influence : A Theory of Poetry*, Oxford University Press, 1997. 양석원 역, 『영향에 대한 불안』, 문학과지성사, 2012.)
16) 이 경우 원-텍스트로서 〈완판 84장본 열녀춘향수절가〉는 그 자체가 문학교육의 대상이면서 한편으로 학습자가 문화적으로 경험한 다양한 〈춘향전〉들과 관계된 경험을 환기시키는 역할을 하기도 한다.

서도 높은 평가를 받고 있기에 교육용 대표 텍스트로 적절하다.

구체적인 교수의 내용은 다음과 같다. 문화적 산물로서 원 텍스트의 가치에 대한 이해, 원 텍스트와 변용 텍스트의 상호영향 관계, 학습자의 문학 수용 환경과 변용에 대한 경험17)의 세 가지로 나누어 구체화하고 학생들의 변용 과정에도 이를 요구하였다. 고전소설 〈완판 84장본 열녀춘향수절가〉을 배우고 임권택의 영화 〈춘향뎐〉을 본 뒤18) 조별 토론19)을 거친 학습 자20)를 대상으로 텍스트를 변용하도록 하였다.21)

---

17) ○ 오늘을 살아가는 한국인에게 고전 〈춘향전〉이 가지는 가치는 무엇인지 생각해 봅시다.
　　○ 고전소설 〈춘향전〉이 끊임없이 재생산되는 이유는 무엇인지, 오늘날 〈춘향전〉은 어떤 모습으로 존재하고 있는지 논의해 봅시다.
　　○ 오늘날 현대인이 〈춘향전〉을 향유하는 방식은 어떻게 달라졌는지 자신의 경험에 비추어 말해 봅시다.
18) 현대 학습자의 〈춘향전〉 수용이 주로 대중매체를 통해 이루어지고 있기에 대표적인 매체로 영상물을 선택하였다. 이는 학습자의 대중매체 경험을 메타적으로 인식하기 위한 설정이다.
19) 토론하기를 실시한 이유는 학습자의 변용이 단순히 자기중심적인 감상에 빠지는 것을 막고 학습 공동체와의 소통을 유도하기 위해서이다.
20) 대상 학습자는 경기도 소재의 J고등학교 1학년 학생 40명이다. 과제는 2012년 12월 국어 수행 평가 형식으로 제시되었다.
21) 과제는 2012년 12월 국어 수행 평가 형식으로 제시되었으며 자세한 사항은 아래와 같다.
　　"나의 춘향전, 우리들의 춘향전, 우리 시대의 춘향전"
　　고전소설은 당대 독자의 시대와 환경, 매체에 따라 매우 다양한 경로를 통해 수용되고 생산되어 왔습니다. 조선 시대 사람들이 판소리를 통해 연행 문학으로 〈춘향가〉를 향유했다면 개화기 사람들은 구활자본 소설을 통해 〈춘향전〉을 읽었고요. 개작된 신소설 〈옥중화〉를 읽기도 했지요. 이후 춘향전은 여러 차례 영화화 되었는데 1960년대에는 영화 〈춘향전〉이 최고의 인기를 끌었다죠. 오늘날의 우리는 〈쾌걸 춘향〉이나 〈향단전〉과 같은 드라마나 〈방자전〉과 같은 영화, 혹은 남원 광한루에서도 '춘향'과 '몽룡'을 만납니다. 물론 옛날 사람들이 읽었던 그대로 고전소설 〈열녀춘향수절가〉를 읽기도 하지만요. 한편 〈춘향전〉이 존재하고 소통되는 모습만 변화하는 것은 아닙니다. 춘향이나 몽룡, 변 사또에 대한 평가, 방자나 향단의 역할 변화, 주제에 대한 다양한 견해 등, 〈춘향전〉은 오늘날에도 우리의 해석과 향유가 필요한 현재진행형의 작품입니다. 이러한 문제의식에서 수행평가 과제 나갑니다.
　　○ 자신이 〈춘향전〉을 향유하고 이해한 방식에 따라 나만의 〈춘향전〉을 생산합니다.
　　○ 내가 〈춘향전〉에 대해 가졌던 이해나 변용의 이유도 함께 작성하세요.

그 과정에서 변용 전 학습자가 가졌던 선이해나 변용의 의도와 과정 등을 함께 작성하도록 지시했다. 이는 학습자에게 변용의 행위를 메타적으로 인지하게 할 수 있다는 점에서 유의미하고 연구자가 학습자 텍스트의 의미를 분석하는데 도움이 된다는 점에서 유용하다. 이러한 경로를 거쳐 40편의 학습자 텍스트[22]가 수합되었고 연구자가 선별하여 분석하였다.[23]

2) 학습자 텍스트에 나타난 〈춘향전〉의 변용 양상

이 장에서는 학습자가 얼마나 훌륭한 변용 텍스트를 완성했느냐의 생산성 차원이 아니라 학습자가 자신의 문화적 환경 속에서 원 텍스트를 수용하는 양상을 중점적으로 살펴보겠다.

(1) 대중서사와의 비교를 통한 상황에 대한 공감

대부분의 학습자들이 〈춘향전〉을 춘향 중심의 서사로 인식하고 있었고[24] 춘향에 대한 구체적인 이해는 크게 '기생', '여성', '인간'으로 나누어졌다. '기생'이라는 측면에 주목한 경우 기생이라는 신분적 한계를 이해 가능한 상황으로 변용하고자 하는 노력이 두드러졌다.

종영한지 얼마 되지 않는 '청담동 앨리스'에 등장하는 한세경이라는 캐릭터가 있

---

22) 이후에 인용될 학습자 텍스트는 수용과 생산 양자의 면모를 확인하기 위해 변용 의도를 밝힌 것과 생산물 양자를 포함한다.

23) 논의의 집중도를 위해 잘된 자료가 아니라 대표 자료를 선별하여 인용하도록 하겠다.

24) 김종철은 〈춘향가(전)〉의 역사는 주인공 춘향에 대한 형상의 역사라 할 수 있으며 〈열녀춘향수절가〉의 경우 적강구도를 통해서 춘향을 이상화하고 있다고 밝혔다. (김종철,「춘향전 교육의 시각(1)」,『고전문학과 교육』제1집, 한국고전문학교육학회, 1999, 148~149면.) 이런 점에서 학습자들의 춘향 중심 이해는 원 텍스트와의 영향 관계로 인한 것으로 파악된다.

다. 한세경은 학력도 좋고 실력도 있지만 가난한 탓에 외국으로 유학을 다녀오지 못해 취직이 힘든 88세대이다. 그래서 재벌 남자를 통해 인생 역전 스토리를 만들고 싶은 꿈을 가지고 있다. 〈중략〉 하지만 한세경도 춘향도 이 둘의 처지를 보면 신분 상승에 대한 욕구가 자연스럽다고 할 수 밖에 없다. 한세경은 취업해도 가난에서 벗어나지 못하고 춘향도 신분으로 인해 변 사또에게 봉변을 당했기 때문이다. 시대적 고난이 한세경과 춘향에게 남자를 신분 상승의 수단으로 인식하게 만든 것이다. 아무리 남자를 수단화하였다고 해도 그들 사이에는 남자에 대한 사랑이 존재했다.

[학습자가 밝힌 텍스트 변용의 이유]

　학습자는 기존의 〈춘향전〉을 "춘향이만큼 뜨거운 사랑을 해 보지도 못했고 신분으로 인해 한이 될 일도 없기에 나에게 와 닿을 이유가 없는 이야기"였다고 전제한 뒤 '청담동 앨리스'라는 드라마를 보면서 춘향에 대해 감정 이입하게 되었음을 밝혔다. 춘향의 기생이라는 신분적 한계와 가난한 88만원세대인 한세경의 시대적 고난이 유사하다고 생각했기 때문이다.
　〈춘향전〉은 기녀신분갈등형 소설로 기생과 양반의 애정소설은 조선 후기라는 특정 시기에 유사한 양식과 내용으로 다량으로 양산되고 수용된다.25) 따라서 이러한 사회 문화적 경험을 갖지 못한 학습자의 경우 기생이라는 신분적 한계나 기생과 양반의 사랑에 충분히 공감하지 못하는 경우가 많다. 그 결과 기생이기 때문에 겪는 신분 차별을 현대의 상황에서 어떻게 변용할 수 있을까를 탐색하게 되는데 위 인용문과 같이 신분을 부모의 재산이나 직업, 집안 환경의 열등함으로 인식하거나 외모, 성별 등의 차별과 관련하여 치환하는 경향이 나타났다.

---

25) 박일용, 『조선시대 애정소설』, 집문당, 1993, 16면.

어렸을 땐 고문이 그냥 고문이구나 하고 대수롭지 않게 생각했지만 책에서 묘사된 고문을 보니 어떻게 16살, 지금으로 치면 중3인 소녀가 그린 매질을 견디고 흔들리지 않을 수 있는지 대단하다는 생각이 들었다. 〈중략〉〈인생 수업〉이란 책을 읽는 과정에서 춘향이의 고문 장면과 옥에 갇힌 장면이 인간적으로 마음 아프게 다가왔다.

[학습자가 밝힌 텍스트 변용의 이유]

이 학습자에게 〈춘향전〉은 그다지 매력적이지 않은 평범한 소설이었다. 학습자가 춘향의 옥중 장면에 특별히 주목하게 된 것은 〈인생 수업〉이란 책26)을 떠올리게 되면서부터이다. 〈인생 수업〉은 죽음을 앞둔 사람들의 인터뷰를 주된 내용으로 인간의 존재와 삶의 가치에 대한 생각을 유도하고 있는 책이다. 한편 고등학생인 학습자에게 〈인생 수업〉이 제기하는 죽음이란 주제 역시 절실하게 다가오는 화두라고 하기는 어렵다.

학습자는 〈춘향전〉을 변용하면서 16살 어린 소녀가 견뎌야 했던 매질과 옥살이, 죽음에 대한 공포는 어떤 것이었을까를 고민하고 기약도 없는 상황에서 신체적 · 정신적 고통을 이겨낸 춘향의 기다림에 공감하고 깨달음을 얻는다. 에세이가 주는 철학적 성찰과 소설이 제공하는 구체적 형상이 만나 학습자에게 새로운 의미를 생성시켰음을 알 수 있다.27) 여자라는 이유로 기다려야 하거나 춘향 혼자 고난을 감당한다는 것에 반론을 제기한 일부 학습자들의 반응과 비교할 때 이 학습자의 변용은 주목을 요한다. 죽음이 삶의 소중함을 깨닫는 기회가 된 것처럼 고난 역시 춘향이 성장하는 계

---

26) 『인생 수업』(엘리자베스 귀블러 로스, 데이비드 케슬러 지음, 류시화 역, 이레, 2006)은 2008년 네이버의 오늘의 책으로 선정되며 많은 독자들의 관심을 받았다.

27) 독자의 텍스트 해석에는 겉으로 드러나는 현상텍스트(pheno-text) 뿐 아니라 심층에 방대하게 자리한 발생텍스트(geno-text)가 참여하는데 독자의 성향에 따라 발생텍스트의 표출 방향이 달라진다. Kristeva, Julia, *(La)Révolution du langage poétique*, 1974. 김인환 역, 『시적 언어의 혁명』, 동문선, 2000, 98~99면.

기가 되었음을 깨닫고 있기 때문이다.

(2) 매체의 특성에 따른 인물 형상 탐구

춘향이 청순가련의 그런 여주인공이 아니라
의외로 당차고 거침없는 성격인 것을 방자와
의 대화, 이몽룡과의 이별 장면에서 알았다.
〈중략〉 남자에게 적극적으로 다가가고 남자
를 이끌어주는 적극적인 여성상도 〈춘향전〉
에서 매력적인 캐릭터가 될 수 있다고 생각했
다. 오늘날 남자들이 모든 것을 남자에게 맞

춰주고 남자가 이끄는 대로 따라가는 여성보다, 적극적이고 때론 남자를 리드할
수 있는 약간의 '나쁜 여자' 기질을 가지고 있는 여성이 더 매력적이라고 생각하는
것처럼 말이다.

[학습자가 생산한 변용 텍스트와 변용의 이유]

원 텍스트를 통해 춘향의 주체적이고 당돌한 성격을 발견한 학습자는 이
를 적극적인 여성상으로 변용하겠다고 밝히며 그 예로 나쁜 여자를 들었
다. 조선시대 여성이 지켜야 할 덕목이 정절이었다면 현대 여성의 덕목은
주체성이나 적극성이라고 생각한다는 점에서 대부분의 학습자들은 공통
점을 보였다. 그런데 학습자들이 이상적인 여성상으로 생각하는 나쁜 여자
란 연인 사이에서 남성 못지않게, 혹은 남성보다 더 적극적인 태도로 관계
를 이끌어가는 여성을 의미했다. 이는 자신이 접하는 순정 만화의 영향으
로 형성된 것이다.

〈춘향전〉과 순정 만화는 남녀 간의 애정 문제를 다루고 있다는 점에서
공통점을 갖는다. 순정 만화는 주로 여성 만화가들에 의해 생산되고 여성

독자를 목표로 하여 여성 주인공의 사랑 성취를 내용으로 하는 고유의 서사적 문법을 가지고 있다. 순정 만화의 여주인공들은 대부분 뛰어난 미녀로 여주인공은 남성의 작은 결함을 채워주는 존재로 역할 하며 이로 인해 남자 주인공은 닫혀 있던 마음을 조금씩 열고 본래의 능력을 되찾게 된다.[28]

학습자들은 춘향을 작은 얼굴, 매끈한 다리와 큰 키와 동그란 눈을 가진 순정 만화의 여주인공과 같은 형상으로 표현하고 있다는 점에서 순정 만화를 즐기고 양식적 특징에 익숙한 독자임을 알 수 있다. 이에 고전소설과 순정 만화의 양식적 공통점을 꽃미녀 : 재자가인, 사랑의 성취 : 행복한 결말로 파악하고 더하여 다듬어지지 않은 옥돌과 같은 남자주인공(이몽룡)과 그런 남성을 보살피는 여성 주인공(춘향), 주인공은 아니지만 나름의 매력을 지니는 반동인물(변학도)이라는 순정 만화의 특성을 추가하여 텍스트를 변용하였다. 순정 만화로 변용하는 과정에서 현대의 여성이란 남자를 보살피고 관계를 주도하여 성공에 이르도록 하는 여자로 형상화되었다.

> 춘향이는 아무 것도 할 줄 모르고 마냥 이몽룡만 기다리는 수동적인 여자라는 생각이 들었다. 물론 당시 사회가 여자를 아무것도 못하게 만들기는 했겠지만 그저 죽음 혹은 남자만 기다리는 것은 별로 능동적이거나 좋은 자세는 아니라는 생각이 들었다.

[학습자가 생산한 변용 텍스트와 변용의 이유]

---

28) 황혜진, 「춘향전과 순정만화를 통해 본 '낭만적 사랑'의 형성과 변화」, 『국어교육학연구』 17, 국어교육학회, 2003, 192~195면.

인용문의 학습자 역시 춘향이가 몽룡이를 따라가지 않았다는 점에서 수동적인 여성으로 판단했다. 춘향의 기다림이 적극적인 것이냐 수동적인 것이냐에 대해서는 재론의 여지가 있을 수 있지만 춘향의 역할이 더 강조되어야 하고 춘향의 여성으로서의 형상에 관심을 갖고 있다는 점에서 위의 학습자들과 다르지 않다.

　그런데 성춘향이 과거 시험에 동행한 조선 최초의 여성이 된다는 내용의 신문 기사 형식으로 제시하고 있다는 점이 특징적이다. 앞의 학습자들은 이념적 윤리로서 정절을 고수하려는 춘향의 수동적인 모습을 극복되어야 할 반성적 차원으로 인식하고 있다. 이에 반해 이 학습자는 춘향이 가지는 적극적인 여성으로서의 위상, 기생의 딸임에도 상대에 대한 의리를 지켜 열녀가 된 문제적 여성으로서의 상징적 위상을 인식하고 있어 차별된다.

(3) 대화적 의미 관계 설정을 통한 현대 문화 성찰

　아래의 학습자는 〈춘향전〉이 보여주는 사랑이라는 주제와 그 형상화 방식에 관심을 가지고 있다.

요즘 우리가 사는 세상에서는 "사랑"이라는 감정이 너무나도 가볍게 여겨지고 있다. 돈을 얻기 위해 또는 상대방에게 복수하기 위해 사랑을 이용하는 등의 변질된 사랑의 모습을 그리는 드라마를 보아도 그러하고 해를 거듭할수록 증가하는 이혼율을 보아도 그러하다. 〈중략〉 L. 모리스가 말했다. 사랑하며 가난한 것이 애정 없는  부유보다 훨씬 낫다고… 나는 이런 애틋한 사랑이라는 감정을 춘향이에게서 찾을 수 있었다. 따라서 이번 기회에 이런 춘향이의 사랑을 더욱 부각시켜 사랑의 본질을 제대로 알지 못하고 사랑을 쉽게 생각하는 이들에게 진정한 사랑이 무엇인지를 일깨워 주고자 한다.

[학습자가 생산한 변용 텍스트와 변용의 이유]

학습자의 변용 과정에는 여러 맥락이 개입하고 있다. 뉴스나 드라마를 통해서 본 사랑이 가볍게 여겨지는 현실과 그에 대한 성찰, 소설가(L. 모리스)의 말에 대한 연상 등이 그것이다. 학습자는 〈춘향전〉을 잘 형상화된 애정 서사로 평가하고 있고 고난을 극복한 사랑이라는 주제에 대해 동의하고 있다. 그러나 학습자가 접하는 현대의 사회적 환경은 그러지 못하다는 인식이 있고 사랑을 알지 못하는 현대인에게 춘향의 사랑 메시지를 더 강력한 방식으로 알려 주기 위해 결말을 바꾼다. 이에 춘향에게 정렬부인이라는 보상이 주어지지 않음에도 변치 않는 사랑을 견지하는 애절한 사랑이야기를 만들어낸다.

학습자는 〈춘향전〉을 회자되어야 할 이야기라는 관점에서 접근한다. "지고지순한 춘향의 사랑 이야기로 들어가 보자."라는 권유형을 취하고 있다는 점, 사실성이 중시되고 독자를 고려하는 글쓰기인 신문의 형식을 택하고 있다는 점, 드라마의 사진을 가져와 첨부하고 있다는 점 등에서 볼 때 학습자는 〈춘향전〉이 제기하고 있는 보편적 사랑의 서사가 시공간을 초월하여 회자되기를 바라며 영원한 사랑이라는 원 텍스트의 문제 제기에 대해 나름의 응답을 제시하고 있다.

고전 소설의 주제는 수용자가 텍스트와 대화하기 위한 화제가 될 수 있다. 고전이 전범성을 가지고 전해 내려 온 가치의 이월이란 측면에서도 그러하다. 고전이 제기하는 질문이, 그에 대한 답변이 현대 사회의 문제를 해결하고 그에 대한 성찰의 계기를 마련할 수 있다는 점에서 변용은 고전이 우리에게 던지는 질문에 대해 그에 대한 자신의 답변을 만들게 하는 계기를 마련해 준다.

그러나 고전과의 대화는 텍스트가 제기하는 문답에 대해 반드시 동의하는 것만은 아닐 수 있다. 애정의 상징인 춘향이와 몽룡이의 사랑이 지고지순하지 못하다는 역발상은 〈춘향전〉에 대한 현대적 담론으로 고전의 주제적 의미에 대해 풍부하고 입체적인 대화를 나누는데 기여할 수 있다. 또한 학습자는 대중매체인 드라마의 애정 담론과 드라마가 애정 담론을 논하는 방식에 대해서도 비판적 시각을 가지고 이를 사실성이 중시되는 신문으로 변용하고 있다는 점에서 한층 풍부한 대화적 관계를 형성하고 있음을 알 수 있다.

기생의 딸인 춘향은 유교적 윤리로서 '정절'을 표현한 것이 아니라 이몽룡과의 사랑을 지키기 위한 명분으로서 '정절'을 강조한 것이다. 한 인간이 가지는 사랑할 수 있는 권리는 조금 더 깊이 생각해보면 인간의 존엄성을 실현하는 길이다. 조선시대의 하층계급인 춘향이는 '정절'의 윤리를 말할 수 없는 신분이다. 그럼에도 춘향이

가 이를 내세우는 것은 신분고하 상관없이 사랑을 할 수 있다는 '인간은 사랑 앞에 동등하다'는 파격적인 생각을 가지고 있었던 것이다.

[학습자가 생산한 변용 텍스트와 변용의 이유]

이 학습자는 춘향의 정절은 사랑을 지키기 위한 명분이었을 뿐이고 춘향이 말하는 사랑할 수 있는 권리란 '인간은 사랑 앞에서 동등하다'라는, 다름 아닌 인간의 존엄성 실현과 관련된다는 견해를 밝히고 있다. 학습자는 〈춘향전〉의 인간의 존엄성 실현이란 의미가 현대인에게 전달되려면 더 강한 처지가 필요하다고 생각한다. 이를 위해 춘향의 위상을 확대하고 서사의 장르를 전환하였다. 우선 〈춘향의 독설〉에서 춘향은 소설의 여자 주인공을

넘어 강자에 맞서는 용감한 약자, 애정 지향의 로맨티스트, 신분 상승의 아이콘으로 현대 여성의 멘토[29])가 된다. 춘향과 독자의 관계가 멘토와 멘티로 재설정됨으로써 심리적 거리감을 줄이는 효과가 나타난다.

다음으로 허구서사를 에세이라는 사실 기반의 경험담으로 바꾸고 현실의 문제점을 통쾌하게 꼬집어 상대의 무기력을 비난하는 독설[30])이라는 형식을 선택했다. 그 결과 서사는 춘향의 경험담이 되고 "누구나 사랑할 권리가 있다.", "인생에서 중요한 것은 대가 없이 얻어지지 않는다.", "나는 소중하다."와 같이 의미의 확장이 가능해졌다.

> 저는 한국판 신데렐라가 춘향이라고 생각합니다. 신데렐라와 춘향 모두 남자를 통해 신분 상승한다(신데렐라 – 공주, 성춘향 – 양반의 부인)는 점이 같다고 생각했기 때문입니다. 저는 신데렐라와 성춘향이 친구라고 가정하고 그 둘의 대화를 카카오톡 메신저를 통해 나타내어 보았습니다. 신데렐라 콤플렉스라는 말이 생소하지 않을 정도로 적지 않은 여성들이 현대판 신데렐라를 꿈꾸는 요즘, 노력도 하지 않고 성춘향을 꿈꾸는 사람들에게 이들이 주는 충고는 신선할 것 같다는 생각이 들었습니다.

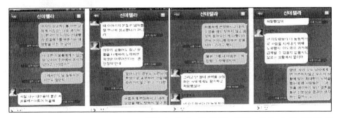

[학습자가 생산한 변용 텍스트와 변용의 이유]

---

29) 멘토링(mentoring)이란 풍부한 경험과 지혜를 겸비한 신뢰할 수 있는 사람이 1:1로 지도와 조언을 하는 것이다. 그리스 신화에서 유래한 말로 조력자 역할을 하는 사람을 멘토(mentor), 조력을 받는 사람을 멘티(mentee)라고 부른다.

30) 2008년부터 대중문화 영역을 중심으로 각광받기 시작한 독설은 대중매체는 물론 출판업계까지 영향을 미치고 있다. 남을 해치는 말이라는 본연적 의미를 벗어나 현실의 문제점을 꼬집어 주면서 누구나 느끼지만 하기 힘든 말을 속 시원하게 풀어내는 것으로 사용되고 있다.

신분이 천한 여주인공이 신분이 높고 고귀한 남자주인공과 사랑에 빠진 후 사회적 공인을 받는 결합을 이룬다는 점에서 춘향과 신데렐라는 유사한 점이 있다. 그러나 이러한 연애 서사물의 공식은 현대의 드라마나 영화에서도 학습자들이 주로 접해왔던 것이다.[31] 그럼에도 불구하고 학습자는 〈춘향전〉과 대중적 연애 드라마 사이의 차이점을 발견한다. 그것은 바로 춘향이 정열 부인이 되기까지 겪어야만 했던 고난이다. 이에 신데렐라와 춘향의 대화라는 흥미로운 상황을 설정했다. 신데렐라 콤플렉스라는 심리학적 개념[32]과 취집[33]이라는 사회적 현상을 넘어 대중 서사 속 신데렐라 스토리의 유행을 비판하는 것으로까지 나아가고 있다.

학습자가 생각하기에 TV 드라마의 흔한 설정 중 하나가 바로 사회적 약점을 가진 여주인공과 재벌 2세 남성의 사랑이다. "파리의 연인, 궁, 시크릿가든과 같은 신데렐라 스토리들은 여자의 운명은 남자에게 달려있다는 신데렐라 콤플렉스를 조장하고 여성의 성공 여부를 결혼에 두는 시각을 전달한다."는 점에서 문제가 된다. 이에 대항하여 "〈춘향전〉에서 주목해야 할 주제는 정열 부인이 된 춘향이 아니라 정열 부인이 되기까지의 과정"이라할 수 있다.

모바일 메신저는 오늘날 학습자들이 가장 많은 시간을 할애하는 매체이다. 친밀감을 전제로 하는 메신저 채팅을 통해 춘향과 신데렐라가 수다를 떨듯이 〈춘향전〉의 주제를 풀어내고 있는 점이 흥미롭다. 또한 취집이란

---

31) "〈춘향전〉을 읽으면서 현재 영화나 드라마에서 볼 수 있는 내용들이 있다는 것을 알았다. 양반인 이몽룡과 신분이 다른 춘향이의 사랑이야기는 마치 평범한 여자와 재벌가 아들이 서로 사랑하게 되는 드라마를 연상하게 했다."

32) '신데렐라 콤플렉스'는 콜레트 다울링이 처음으로 사용한 용어로 여성의 심리 속에 숨어있는 의존 심리를 뜻한다. Dowling, Colette, *The Cinderella complex : women's hidden fear of independence*, Summit Books, 1981. 이호민 역, 『신데렐라 콤플렉스』, 나라원, 2002.

33) 경기침체와 취업난으로 인해 생긴 신조어로 취직과 시집을 합친 말이다. "취직 대신 취집한다", 2002. 1. 27, 한국일보.

사회적 현상의 원인을 대중 연애 서사물의 반복적 담론에서 찾고 그 해결 방안을 고전 텍스트에서 찾고 있나는 점이 특징적이다.

(4) 텍스트 수용 경험을 활용한 창작 가능성 모색

이 유형의 학습자들은 원 텍스트의 내적 구조보다 위상이나 가치에 더 큰 관심을 가졌다. 스토리의 재구성이나 해체 정도가 가장 크고 학습자 자신의 텍스트 수용 경험을 통해 창작물을 생산하고자 하는 경향이 나타났다.

> 먼저 본래의 판소리계 소설인 〈춘향전〉을 좀 더 생동감 있게, 재미있게 해학적으로 표현하는 데에 있었다. 작품을 생동감 있게 꾸며보기 위해 맨 처음 부분을 인물의 내적 갈등을 보여주는 긴 독백으로 시작해 봤으며, 춘향이를 입체적 인물로, 몽룡이를 무능한 인물로 제시하여 사랑과 정절을 좀 더 부각시키고자 했다. 또한 작품 가운데 미래로 온 춘향이의 토론이라는 장르의 변화를 시도해 보았다. 그리고 재미있게, 해학적으로 표현하기 위해 '금도끼 은도끼'와 '백투더퓨처'를 인용하고, 티몬과 품바의 주인공인 품바도 등장시켜 보았으며 엉뚱한 화장품과 컨닝 머신도 등장시켜 보았다.
>
> [학습자가 밝힌 텍스트 변용의 이유]

위의 인용문의 내용은 두 가지로 정리할 수 있다. 첫째 학습자의 입장에서 〈춘향전〉은 조금 밋밋한 텍스트이다. 생동감을 위해 인물의 내적 심리를 표현한 독백을 추가하고 춘향이를 더 입체적 인물로 만들며 토론을 추가하겠다는 것이다. 둘째 〈춘향전〉은 그다지 재미있는 텍스트가 아니기 때문에 더 재미있고 더 해학적일 필요가 있다. 이를 위해 자신이 알고 있는 재미있는 텍스트에서 모티프와 인물, 소재를 생각해 내고 있다. 지금까지의 변용 양상과 달리 재미나 해학, 생동감이란 미적 가치에 주목하는 태도를 취하고 있는 것이 확인된다.

〈춘향전〉이 당대 향유자들에 의해 재미있는 작품으로 평가 받아 왔다는 점에서 이러한 학습자의 반응은 취향의 차이에서 비롯된 것으로 볼 수 있다. 취향의 차이가 어디에서 기인한 것인가를 알아보기 위해 학습자가 소위 "재미와 해학", "생동감"을 위해 추가하였다고 한 텍스트들을 살펴보았다. 판소리 〈춘향가〉, 설화 〈금도끼 은도끼〉, 영화 〈백투더퓨처〉34), 애니메이션 〈티몬과 품바〉35) 등 고전과 현대, 매체와 장르를 망라하고 있다.

> [1막1장] 춘향가의 옥중 탄식, [1막2장] 금도끼 은도끼와 티몬과 품바, [2막1장] 현대로 온 춘향의 '정절의 현대적 의미'에 대한 토론, [2막2장] 백투더퓨처에 등장한 티몬과 품바, [3막1장] 엉뚱한 화장품을 활용하여 변학도에게 벗어남, [3막2장] 미래에서 가져온 커닝 머신으로 이몽룡이 시험에 합격
>
> [학습자가 생산한 변용 텍스트]

학습자가 완성한 서사의 완성도 여부를 떠나 연극은 소설보다 재미있고 생동감 있어야 한다는 학습자의 생각을 읽을 수 있다. 또한 판소리(춘향가의 옥중 탄식)나 입체적 인물의 설정이 생동감을 준다는 진술은 연극이 가지는 생동감을 학습자가 체득하고 있다는 반증이기도 하다. 자신의 텍스트 경험을 주제를 중심으로 구조적으로 서사화하고 있다는 점에서도 변용의 의미를 찾을 수 있을 것이다. 반면 구활자본 〈우리들전〉36)나 드라마 〈향단

---

34) 명랑 쾌활한 고교생이 타임머신을 타고 30년 전으로 돌아간 모험을 그린 1985년에 제작된 미국 SF 영화이다.
35) 미국 CBS TV 만화, 아프리카 밀림의 티몬과 품바의 즐거운 모험을 그린 애니메이션으로 1996년 9월에서 11월까지 방영되었다.
36) 1924년 신명서림에서 발간한 구활자본 소설로 심상태란 인물과 그 부인 정재경이 쓰고 평하는 형식인데 야단스러운 평 때문에 〈춘향전〉의 문제의식이 환기되지 않는다는 평

전)37)이 보여주듯 이러한 재미 중심의 변용은 원 텍스트와의 관련성에서 벗어나 통속적 향유에 그칠 수 있다는 점에서 주의를 요한다.

〈흡혈 춘향전〉 시놉시스

고구려 광개토대왕 시절 권위 있는 무관의 딸로 태어난 춘향은 고구려 영토 확장 전쟁에 아버지를 따라 참전하였다가 적군의 음모로 흡혈박쥐에 물려 뱀파이어가 되고 절대미모와 불멸의 삶을 얻는다. 사람을 해치지 않기 위해 산에 숨어 사는 춘향이 마을로 내려온 적이 세 번 있었는데 첫 번째는 행차하던 왕에게 발탁되어 궁녀가 되었고 나라가 패망하자 낙화암에 투신했다. 두 번째 하산 때는 황제의 비가 되었으나 안녹산의 난이 일어나자 자결하였다. 세 번째는 왜구가 쳐들어왔을 때 기생이 되어 왜의 수장을 껴안고 남강에 몸을 던졌다. 그러던 어느 날 '월매'라는 기생 출신 무녀를 만나 다시 인간이 될 방법을 찾으러 인간 세상으로 내려와 모녀 관계를 위장한 채 살아간다. 〈중략〉 극심한 고문에도 죽지 않고 십장가를 부르는 춘향을 의심한 향단은 춘향의 비밀을 이몽룡에게 알린다. 춘향을 두려워한 몽룡은 이별을 선언하는데…

[학습자가 생산한 변용 텍스트]

고구려 광개토대왕 시절 한 무관의 딸이라는 모티프는 TV드라마에서, 흡혈박쥐에 물려 미모와 불생불멸을 얻는다는 설정은 뱀파이어 영화에서 가져온 것이다. 더하여 낙화암과 관련된 전설, 양귀비와 논개라는 역사적 인물을 차용하여 〈춘향전〉을 둘러싼 외부 액자 형식의 서사를 완성하였다.

학습자가 익히 알고 있는 기존의 스토리를 엮어 새로운 이야기로 만드는

가를 받고 있다.

37) 2007년 MBC에서 방영한 드라마 몽룡과 향단의 신분을 넘어선 사랑을 주제로 심청의 아버지인 '심학규'와 '허준', 활빈당을 비롯하여 미국 드라마 〈프리즌 브레이크〉의 주인공도 등장한다. 〈춘향전〉을 활용하여 완전히 새로운 작품이 창조된 것으로 볼 수 있지만 지나치게 흥미 위주로 이야기를 엮어가고 있다는 평가를 듣고 있다.

일은 생산 주체에게 매우 흥미로운 작업이 될 수 있다. 이러한 변용의 과정은 학습자가 자신이 가진 텍스트 자산을 환기하고 이야기가 가지는 구조적 측면에 주목하게 한다는 점에서 교육적으로 유의미하다. 또한 그것이 설화, 영화나 드라마 혹은 역사 서사에 이르기까지 학습자가 향유하는 다양한 장르나 매체의 예술적 가치를 발견하고 자신의 흥미나 감식안을 체득하게 된다면 더욱 그러할 것이다.

〈춘향전〉이 유명한 고전소설임에도 불구하고 드라마나 영화와 달리 아직 〈춘향전〉과 관련한 게임은 없기 때문에 만들어야겠다고 생각이 들었다. 연애소설이 소설 중 인기가 많듯이 게임도 연애 시뮬레이션 게임이 소소하게 진행하기에는 인기가 많기 때문에 선택하였다. 춘향이는 인기가 많은 여학생으로 몽룡이를 일반인으로 선택하여 학교를 배경으로 신데렐라 같은 이야기를 진행하고 싶다.

[학습자가 생산한 변용 텍스트와 변용의 이유]

인용한 게임 시나리오는 두 가지 면에서 주목할 만하다. 우선 개발의 목적으로 밝힌 바, 〈춘향전〉이 유명한 고전소설이지만 영화나 드라마와 달리 게임으로 존재하지 않아 안타깝다는 것이다. 다음으로 춘향과 몽룡의 연애 과정이 연애 시뮬레이션 게임의 서사 구조와 많은 부분 유사점이 있다는 점이다. 학습자는 〈춘향전〉이 문화 상품으로 재생산될만한 대중적 인지도와 서사적 기반을 갖추고 있다는 점에서 그 위상을 높이 평가하고 있다

〈춘향전〉의 전체 서사 중에서도 학습자가 주로 관심을 가지는 부분은 16

살 춘향과 몽룡의 만남과 사랑이라는 작품의 전반부이다. "기생의 딸과 양반 가문 도련님의 로맨스를 뒤집어 봉룡과 변학도는 물론 허다한 양반 외입쟁이들에게도 인기가 있었던 춘향"의 사랑을 획득하는 것이 게임의 주제라 할 수 있다. 게이머(몽룡)와 조력 혹은 대립 관계를 이루는 캐릭터인 방자, 향단, 월매, 운봉 등이 백화점, 도서관, 운동장, 공원 등의 다양한 장소를 배경으로 등장하게 된다. 게임은 한 달간 총 10번의 선택을 통해 성공 여부가 결정된다.

이 게임 서사의 제목은 〈춘향이의 선택〉이며 만남, 혼인 약속, 연애를 단계별로 분류하여 춘향의 선택에 따라 다른 결과가 양산된다. 시대(2011년)나 장소(남원중학교)와 같은 요소가 많은 부분 게임 서사의 일반적인 특성을 따르고 있음에도 불구하고 춘향과 몽룡의 만남과 혼인, 사랑이란 과정을 원 텍스트와의 관련성 속에서 게임 서사로 반영하고 있다는 점에서 특화된 춘향전 게임으로서의 발전 가능성을 보여 준다.

4. 고전소설 변용을 통한 문화적 문식성 교육의 의의

정전으로서 고전소설의 확고한 입지와 고전문학은 곧 문화유산이라는 문화관으로 인해 고전문학 교육은 학교교육을 통해 전수된 정전의 지식과 문화 현상으로서 학생들이 경험하는 고전 변용 텍스트들이 상호작용하지 못한 채 이원화된 상태에 머물러 있다. 그러나 고전소설의 고전성은 그것의 당대의 문화를 수용하며 지속적으로 변모되어 왔다는 점에서도 찾을 수 있다.

문학교육에서 변용에 관한 논의는 주로 매체의 변환과 관련하여 중점적으로 논의되어 왔다. 변용이란 서사를 매개로 한 문학의 문화적 향유로 비단 매체의 전환에만 국한되는 것만 아니다. 수용자의 문화적 환경을 계속적으로 변화하고 이에 따라 다양한 영향 관계 속에서 문학을 수용하지만 문화를 전승하는 방식의 하나인 변용의 과정 그 자체는 변하지 않는다.

따라서 현대 학습자의 대표적 문학 환경으로 거론되는 대중매체를 통해 〈춘향전〉 텍스트 변용의 과정을 경험하도록 하였다. 학습자의 문학 환경이 원 텍스트를 수용하는데 어떤 방식으로 작용하고 있는가를 중심으로 분석한 결과는 다음과 같다.

첫째, 학습자는 흔히 자신이 접하는 대중서사와 원 텍스트와의 비교를 통해 자신이 경험해보지 못한 과거의 상황에 공감하고자 하는 노력을 보였다. 조선후기 애정소설은 특정 시기에 유행하던 문화적 산물로서 현재의 학습자와 시공간적 거리감을 가지는 타자이다. 이러한 상황에 공감하기 위해 학습자는 드라마의 유사한 상황을 견주어 가늠함으로써 공감을 확대하는 양상을 보였고 그로 인해 원 텍스트에 대한 이해가 심화되는 효과가 나타났다.

둘째, 특정 매체의 양식적 특성에 입각하여 원 텍스트의 인물 형상을 탐구하는 양상이 나타났다. 〈춘향전〉을 순정 만화의 관점에서 본 학생에게 춘향의 적극성은 남자를 보살피고 관계를 주도하여 성공에 이르도록 하는 여자, 소위 나쁜 여자로 인식되는 반면, 〈춘향전〉을 신문 기사로 변용한 학습자는 춘향의 적극성을 문제적 여성으로서의 위상에 주목하여 표현하였다. 매체의 양식적 특성에 대한 학습자의 인식이 원 텍스트를 수용하는 하나의 틀로 작용하여 서로 다른 의미를 생산하였다.

셋째, 대화적 의미 관계 설정을 통해 현대 문화를 성찰하는 양상을 보였다. 이들은 고전소설이 시공간을 초월하여 현대인에게도 보편적인 메시지를 줄 수 있다고 생각한다. 이에 진정한 사랑의 의미나 사랑을 통한 자아의 성취, 능동적인 삶의 태도와 같은 메시지를 발견하여 변질된 현대 문화를 성찰하고 그 과정에서 원 텍스트에 대한 의미의 확장이 이루어진다.

넷째, 고전을 훌륭한 문화콘텐츠로 간주하고 원 텍스트에서 미적 가치나 취향을 발견하고 자신의 텍스트 수용 경험을 활용하여 창작물을 생산하고 자 하는 경향이 나타났다. 그 결과 학습자는 자신의 관심에 따라 〈춘향전〉의 생산에 참여할 수 있는 가능성을 보였다.

고전소설 변용이란 문화 현상을 문화적 문식성 교육의 관점으로 접근하여 구체적인 활동 방법을 제안하고 설계한 이 연구는 오늘날 학습자가 살아가고 있는 문화적 환경이 과거와 매우 다른 양태를 보인다는 점, 생산의 주체로서의 학습자의 활동이 강조될 필요가 있다는 점, 문화의 전승으로서 고전소설 교육의 가능성을 타진해 보고자 하였다는 점에서 의미를 찾을 수 있다.

Ⅲ

고전소설의 변모와
오늘의 독자

고전소설 다시쓰기에서 '저자적 독자'의 양상과 국어교육적 의미

—유튜브의 〈완판 84장본 열녀춘향수절가〉 관련 콘텐츠를 중심으로—

1. 서론

고전소설 다시쓰기의 작가는 고전소설을 읽는 독자인 동시에 그 글을 바탕으로 이본을 창안하는 작가이다. 흔히 이본 생산자, 적극적 독자로 규정되어 온 이들은 수적으로 많지 않지만 고전을 전승하는 주체가 된다는 점에서 큰 위상을 차지한다. 그런 까닭으로 고전소설 다시쓰기에서 고전소설을 읽고 쓰는 존재에 대한 관심은 필수적이다. 전문적 고전 콘텐츠 생산자의 양성이란 측면에서 볼 때도 이들에 대한 관심은 증폭될 필요가 있다. 그러나 이들의 존재는 별다른 논의 없이 당연시되어 왔다.

고전소설 다시쓰기를 세 가지로 범주화하면 하나는 현대 독자들을 위한 다시쓰기 혹은 그 결과물로 문장 및 문맥 차원에서 모본의 정보를 다듬는 활동이다. 다음은 작가의 권위를 부정하고 독자에게 새로운 권력을 부여하는 용어로서의 다시쓰기로 문화콘텐츠로서 고전소설을 의미한다. 마지막은 결과물보다는 다시쓰기 과정과 행위 그 자체에 주목한 것으로 문학 창작에서의 다시쓰기가 있다.[1]

---

1) 서보영, 「고전소설 다시쓰기의 전통과 국어교육적 의미—〈춘향전〉을 중심으로」, 『국어교육연구』 44, 서울대학교 국어교육연구소, 2019, 121~123면.

다양한 고전 콘텐츠들이 활발하게 생산되는 현상과 비교한다면 국어교육의 영역에서는 이렇다 할 논의가 부족한 실정이다. 고전소설을 활용한 문화콘텐츠와 관련한 연구들을 대별하면 첫 번째는 문화콘텐츠의 소재로서 고전문학의 가치를 논구하는 연구들이다.[2] 고전 콘텐츠 연구의 시작점으로 고전 콘텐츠를 창작하거나 연구하는 사람이 반드시 고민해야 하는 것이다. 다음은 고전 콘텐츠의 존재 양상에 대한 연구들이다. 개별 콘텐츠와 고전문학과의 상관성을 분석[3]하는 것에서부터 고전 기반의 문화콘텐츠가 가진 차이점이 무엇인가[4]에 주목한다는 점에서 이 역시도 위의 연구들과 온전히 별개인 것은 아니다. 고전 콘텐츠의 생산이 지속적으로 늘어감에 따라 확장될 영역이지만 고전을 기반으로 한 모든 콘텐츠가 그 대상일 것인가, 그렇다면 기준은 무엇이 될 것인가 등의 잔존하는 문제들이 자리하고 있다. 한편, 연구자가 직접 고전 콘텐츠를 제안하거나 창작 과정에 참여하는 연구[5]들도 개별 작품 차원에서의 접근이란 점에서 두 번째 범주에 포함

---

2) 고운기, 「문화콘텐츠의 창작 소재와 국문학」, 『열상고전연구』 49, 열상고전연구회, 2016. 김용범, 「문화콘텐츠 산업의 창작 소재로서 고전소설의 활용 가능성에 대한 연구」, 『민족학연구』 4, 한국민족학회, 2000. 이명현, 「문화콘텐츠 스토리텔링 소재로서 고전 서사의 가치」, 『우리문학연구』 25, 우리문학회, 2008. 김탁환, 「디지털 콘텐츠와 고전—원 소스 만들기를 중심으로」, 『한국문예창작』 42, 한국문예창작학회, 2005.

3) 물론 이러한 연구의 대상과 문제의식에는 조금씩의 차이가 있지만 대체로 원천 소스로서의 고전과 그 생산물로서의 고전 콘텐츠에 주목한다는 점은 공통적이다. 김선현, 「〈심청전〉의 재구와 고전 콘텐츠—〈심청전을 짓다 : 심청이 제삿날 밤에〉를 대상으로」, 『공연문화연구』 36, 한국공연문화학회, 2018. 박재인, 「드라마 〈도깨비〉와 고전 서사의 관련성 및 그 스토리텔링의 의미」, 인문과학 65, 성균관대학교 인문과학연구원, 2017. 서보영, 「웹툰 〈그녀의 심청〉의 고전소설 〈심청전〉 변용 양상과 고전 콘텐츠의 방향」, 『어문론총』 88, 한국문학언어학회, 2021.

4) 최기숙, 「Daum 웹툰 〈바리공주〉를 통해 본 고전 기반 웹툰 콘텐츠의 다층적 대화 양상—서사구조와 댓글 분석을 중심으로」, 『대중서사연구』 25, 대중서사학회, 2019.

5) 이명현, 「고전 서사의 서사 방식을 수용한 다문화 애니메이션 창작 사례 연구」, 『다문화콘텐츠연구』 22, 중앙대학교 문화콘텐츠기술연구원, 2016. 임형택, 「고전 서사 방탈출 게임 : 에듀테인먼트 · 문화 콘텐츠의 지향—〈심청전〉을 예시 텍스트와 모델로 하는 일반론」, 『비교어문연구』 57, 비교어문학회, 2021. 박영우, 「창작소재의 콘텐츠 활성화 방

시킬 수 있다.

세 번째는 고전소설 콘텐츠의 수용과 생산 교육과 관련된 논의들이다. 고전소설 콘텐츠의 수용과 생산 교육이라는 용어를 사용한 것은 교육의 목적이 고전소설의 수용에 방점이 놓인 경우(고전소설이해교육)와 고전소설의 생산에 방점이 놓은 경우(고전소설창작교육)로 차이가 있기 때문이다. 전자의 경우는 수용자의 입장에서 고전소설 콘텐츠 혹은 콘텐츠의 생산 과정을 활용하여 고전소설에 대한 이해를 도모하는 데 목적이 있다.[6] 후자의 경우는 생산자의 측면에서 고전소설을 스토리텔링하는 것에서부터 콘텐츠를 기획하는 것까지를 수업의 목표로 한다.[7] 양자가 분리되어 진행된다고 해도 생산과 수용은 전후 관계가 아니라 상호적으로 함께 이루어지기에 고전소설에 대한 이해가 증가할수록 고전 콘텐츠 창작의 잠재적 가능성도 높아진다.

이 연구에서는 독자의 의미와 역할을 모색하려는 라비노위츠의 논의를 참고하여 고전을 즐겨 수용하고 실제로 생산하는 적극적 독자들에 주목하고 이를 '저자적 독자들(authorial audiences)'[8]로 개념화하였다. 그리고 유튜

안—〈구미호〉 설화를 중심으로」, 『서강인문논총』 30, 서강대학교 인문과학연구소, 2011.

6) 다음의 연구들을 예로 들 수 있다. 함복희, 「고전문학의 효율적인 내면화를 위한 리딩액티비티 콘텐츠 방안」, 『중앙어문』 65, 중앙어문학회, 2016. 권대광 「게임 시나리오 쓰기를 통한 고전 서사 교육 방안 제안」, 『인문사회과학연구』 18 – 2, 부경대학교 인문사회과학연구소, 2017.

7) 다음의 연구들을 예로 들 수 있다. 최혜진, 「고전문학 교육과 문화콘텐츠 창작 교육」, 『인문학연구』 24, 경희대학교 인문학연구소, 2013. 정선희, 「고전소설 문화 콘텐츠화를 위한 수업방안 연구, 『한국고전연구』 37, 한국고전연구학회, 2017. 이문성, 고전문학 기반 문화콘텐츠 수업방안—판소리계소설을 중심으로」, 『국제언어문학』 48, 국제언어문학회, 2021.

8) authorial audiences의 번역어로 '작가적 독자들' 혹은 '저자적 독자들'이 사용되고 있다. '작가'라는 용어가 주로 작품에 대응되는 용어로 사용되기에 여기서는 의미역이 넓은 '저자'라는 개념을 사용하였다. 미적으로 완결된 작품을 창작하지 못했더라도 의미의 생산을 시도하고 서사적으로 완결된 텍스트를 생산하는 과정에 주목하려는 의도이다.

브의 〈완판 84장본 열녀춘향수절가〉 콘텐츠를 통해 실제 그들의 존재 양상을 살펴보았다. 글을 쓰는 주체로서의 저자나 실체로서의 텍스트에 비해 향유자로서 독자에 대한 관심은 많지 않은 편이다. 분명하고 명확한 저자나 텍스트에 비해 독자는 무기명의 다수로 머물러 왔기 때문이다. 또한 독자의 역할은 텍스트 해석의 타당성이라는 반대급부에 부딪히기에 활발한 논의가 진행되지 못했다.

다시쓰기 텍스트는 '[민음사 TV] 학교에서 안 알려 주는 〈춘향전〉의 진짜 이야기, 민음사가 알려드림(2020. 11. 10.)'과 '[10분의 문학] 문학캐스터 레몬의 제2화 춘향전(열녀춘향수절가)(2018. 11. 26.)'이다.[9] [민음사TV]는 민음사에서 출간한 세계문학전집에 수록된 작품을 편집자가 독자에게 추천하는 것으로 〈춘향전〉도 그중 하나이다. [10분의 문학]은 지상파 아나운서 출신의 문학캐스터가 10분이라는 제한된 시간 동안 〈열녀춘향수절가〉를 소개한다.

유튜브는 동영상 공유 서비스를 무료로 제공해 주는 사이트로 자유로운 유튜브 플랫폼 시스템은 동영상을 향유하는 것을 넘어 언제든지 생산자가 될 수 있는 환경을 제공한다.[10] 그런 까닭으로 현대에도 고전소설을 읽고 쓰는 향유자들의 면모를 확인할 수 있었다. 구독자들의 재미와 교육적 목적을 동시에 충족하는 콘텐츠로 평가되고 있다는 점, 춘향전의 독자이자 콘텐츠의 창작자가 스스로를 편집자와 문학 캐스터로 규정하고 있다는 점, 자기소개나 댓글을 통해 고전을 향유하는 현대 독자들이 선명하게 드러난다는 점, 명확한 모본을 바탕으로 한 대중적인 결과물이라는 점 등을 고려하여 연구 대상으로 선정하였다.

모본 텍스트는 〈완판 84장본 열녀춘향수절가〉이다.[11] 완판 84장본은 20

---

9) 이후에는 [민음사 TV], [10분의 문학]으로 줄여 칭한다.
10) 변현지, 「생산자 − 조직가의 매개체로서 유튜브 플랫폼 분석」, 『문화연구』 7 − 2, 한국문화연구학회, 2019, 97면.

세기 초 전주에서 출판된 것으로 추정되는데 여러 춘향전 중 현재 가장 널리 알려지고 또 읽히는 이본이다. 또한 19세기말까지의 판소리 춘향가의 변모 양상을 충실히 반영하고 있으며 세련된 문체와 구성이 돋보이는 작품12)이면서 교육용으로도 가장 널리 알려져 있다.

이를 통해 저자적 독자의 개념이 고전소설 다시쓰기에서 어떻게 적용될 수 있으며 어떤 가치를 갖는지, 고전소설 다시쓰기에서 저자적 독자는 어떤 양상을 보이며 어떤 방식으로 존재하는지, 고전소설 다시쓰기 교육에서 저자적 독자의 의미는 무엇이며 국어교육에서 어떻게 활용할 수 있는지를 중심으로 살펴보았다.

2. 고전소설 다시쓰기에서 저자적 독자의 개념

그간 문예 비평 이론의 하나인 수용 미학이나 독자 반응 비평을 필두로 독자의 개념을 정의하고 작품과 독자의 상호 관계성을 밝히려는 논의가 지속되어 왔다. 그중에서도 작독자(wrider/reter), 독작가(wreader), 생비자(prosumer)는 글을 쓰는 사람과 읽는 사람의 구분이 뚜렷하지 않은 쌍방향적 글쓰기를 의미하는 대표적인 용어이다. 맥페드리스(McFedries)의 견해를 인용한 논의에 따르면 생비자(prosumer)는 미디어 교육과 관련된 것으로 직업적 측면에서 아마추어이지만 상당히 전문적 지식을 지닌 소비자(professional+consumer)이자 자신이 구매한 상품에 변형을 가할 수 있는 능력을 지닌 소비자(producer+consumer)로 정의된다.13) 그러나 이는 매체 시대의 문학 생산,

---

11) 김진영 · 김현주 · 손길원 · 진은진 · 김희찬 편저, 『춘향전 전집』4, 박이정, 1997, 297~377면을 참고하였으며 이후에는 완판 84장본으로 칭한다.
12) 김종철, 「정전(正典)으로서의 〈춘향전(春香傳)〉의 성격」, 『선청어문』33, 서울대학교 사범대학 국어국문학과, 2005, 166~167면.
13) 정현선, 「디지털 리터러시의 국어교육적 의미」, 『국어교육학연구』21, 국어교육학회,

특히 하이퍼텍스트 문학과 관련하여 등장한 것으로 변화된 문학 환경에 따른 독자의 역할 변모에 초점이 놓여 있다는 점에서 제한적이다.

이를 고려할 때 소설 해석에서 독자의 위상을 강조하고 읽기 과정에서 독자의 위치에 주목한 라비노위츠(P. J. Rabinowitz)의 논의가 눈길을 끈다. 그는 볼프강 이저의 내포 독자(內包讀者, implied reader)나 웨인 부스의 내포 작가와 같은 기존의 견해를 수용하면서도 이와 변별되는 개념으로 저자적 독자를 제시한다. 특히 라비노위츠의 논의가 눈길을 끄는 이유는 그가 실제 독자에 주목하고 문학 교실을 통해 그의 주장을 증명하고 있기 때문이다.

라비노위츠는 문학의 해석이 이루어지는 교실에서 독자에게 권위를 부여하기 위해 기호학적 구성체로서의 독자를 넘어 해석의 주체가 되는 실제 독자가 취할 수 있는 다양한 역할들 중 하나로 저자적 독자를 이야기한다. 글을 쓸 때 저자는 독자에 대해 고려하고 배려해야 한다. 어떤 저자도 그 글을 읽을 독자에 대한 추정 없이는 자신이 쓸 글에 대한 결정을 내릴 수가 없기 때문이다. 실제 독자는 각기 다른 믿음과 기대, 경험과 소망을 가진 개별자이며 실제 독자마다 책에 접근하는 방식 또한 한 가지가 아니다. 이처럼 다양한 독자의 개별성을 모두 수용할 수 없기에 책을 구상하는 작가의 입장에서도 책에 대한 이야기를 나누고자 하는 독자들의 입장에서도 독자들 간의 개인차를 줄이는 일이 필요하며 이를 위해 저자적 독자를 활용할 수 있다.

저자적 독자란 저자가 쓴 글을 읽을 것으로 예상되는 독자로 저자가 기대하는 가상의 구조물이라는 점에서 기존의 내포 독자와 일견 유사해 보인다. 그러나 저자적 독자는 저자의 의도(intention)나 추론된 독사(implied reader)[14]와 구별된다. 저자적 독자는 추론된 독자와 같이 인지적 요소를 포

2004, 2면.
14) 'implied'는 '내포된'이란 용어로 번역되지만 텍스트에 숨겨져 있다는 의미보다 해석의

함하지만 인지적 범주로만 환원되지 않고 윤리적, 미적, 혹은 독자의 흥미 요소까지도 포함한다. 저자적 독자는 저자의 개인적이고 내적인 것이라기 보다 공개적이고 사회적인 성격을 갖는다는 점에서 저자의 의도와도 차이가 있다. 저자적 독자는 순수하게 텍스트적인 범주가 아니므로 텍스트를 통해서만 추론될 수 없다.

저자적 독자가 된다는 것은 저자가 제기한 소통에 참여하는 것이다. 물론 실제 독자는 저자적 독자의 역할을 거부할 수 있다. 또한 저자적 독자가 된다는 것이 저자의 해석에 동의한다는 의미는 아니며 독자의 개별성에 따라 다른 해석의 가능성은 열려 있다. 그런 까닭으로 저자적 독자로서의 해석은 저자의 권위 혹은 저자의 위치에 도전하는 것이 된다. 저자적 독자는 "나에게 이것의 의미는 무엇인가"가 아니라 "독자를 위해 쓴 이 글에서 이것이 독자에게 의미하는 바는 무엇이며 그것에 대해 나는 어떻게 느끼는가?"라고 질문해야 한다. 한편 하나의 텍스트가 변용될 때 의미의 재현 혹은 잘못된 오해로 인해 여러 겹의 저자적 독자가 발생할 수도 있다.15)

소설의 해석에서 독자가 다양한 역할을 선택할 수 있다면 실제 독자가 저자적 독자의 역할을 취할 가능성은 높지 않다. 저자의 기법과 전략을 분석하고 개인의 지식과 정서, 경험에 비추어 추론하고 평가함으로써 저자와의 소통에 참여하는 것은 상당한 노력을 요하는 작업이기 때문이다. 그런 까닭에 이는 실제로 독자가 소설을 읽을 때 발생하는 현상에 관한 논의라기보다 독자가 취할 수 있는 역할에 관한 가능성이나 독자가 취해야 하는 역할에 대한 당위로서의 진술에 가깝다. 저자적 독자로서 소설 텍스트의 읽기는 더읽기(overread)와 덜읽기(underread)를 피하기 어렵다는 점이 한계로

과정에서 추론된다는 의미를 강조하기 위해 '추론된'으로 번역하였으며 라비노위츠 역시 실제 독자에 의해 추론되는 것으로 보고 있다.
15) Peter J. Rabinowitz & Michael W. Smith, *Authorizing Readers*, Teachers College Press, 1998, p.1~60.

지적되기도 한다.16) 이러한 점을 고려한다면 저자적 독자에 관한 논의는 구체적인 상황 맥락 혹은 교육적 처치를 동반할 필요가 있다.

그런데 수용과 생산의 과정이 하나로 이루어지는 고전소설 다시쓰기에서 저자적 독자는 유용하게 적용될 수 있는 개념이다. 고전소설 다시쓰기는 독자와 그들의 문화적 자산에 대한 고려가 선행되는 행위이다. 다시쓰기의 저자는 독특한 글쓰기 과정을 거치게 된다. 그들은 쓰기 이전에 고전소설의 실제 독자이자 집합적인 수용자를 대변하며 그들이 다시쓰기를 시작하는 시점에서 그들은 독자가 되기 때문이다. 그들은 과거 텍스트가 제안하는 가치와 정서에 대해 개인적인 가치관과 현대적인 관점을 바탕으로 재평가하고 선행작에 대해 저항하거나 존경을 표한다. 그들에게는 모본에 대한 이해와 더불어 현대 독자와의 호흡이나 흥미, 관심을 이끌어 내야 한다는 이중의 의무가 부가된다. 그들은 저자와 독자를 오가며 자신의 쓰기 행위에 대한 지향과 정체성을 형성하게 된다.

실제로 다시쓰기의 과정은 읽고 그리고 쓰는 시간적인 순서에 의해 이루어지기보다 읽으며 쓰는, 혹은 쓰며 다시 읽는 동시적인 과정에 가깝다. 또한 고전소설 다시쓰기의 주체는 당대 수용자의 대표자로서 그가 살고 있는 시대를 기반으로 읽고 쓰며 쓰고 읽는다. 그러므로 다시쓰기 주체의 정체성은 단순하지 않다. 그는 저자이자 독자이며 그 역할은 의식적이든 무의식적이든 수시로 교차되는 과정을 경험한다. 그런 까닭으로 그들은 모본의 독자이면서 이본의 저자일 때도 끊임없이 독자를 고려해야 한다는 점에서 저자적 독자와 맞닿아 있다.

---

16) 정진석, 「소설 해석에서 독자 역할의 중층 구도와 소통 방식 연구」, 『문학교육학』 43, 한국문학교육학회, 2014, 394~395면.

3. 고전소설 다시쓰기에서 저자적 독자의 존재 양상

[민음사 TV]와 [10분의 문학]에서 저자적 독자는 고전소설을 읽고 다른 사람에게 이야기를 하는 상황에 처해 있다. 그러나 그것은 단순히 자신의 감상을 이야기하거나 술회를 전하는 것이 아니라 특정 독자를 염두에 두고 이를 재해석함으로써 독립적인 하나의 콘텐츠를 생산한다는 점에서 다시쓰기의 속성을 보인다. 해당 다시쓰기 텍스트에서 저자적 독자의 존재가 어떻게 드러나는지를 살펴보기 위해 다시쓰기를 모본의 수용과 이본의 생산의 측면으로 나누었다.

모본의 수용 과정에서 저자적 독자에게 주목할 점은 그가 저자의 정체성을 지향하면서 텍스트의 소통에 참여하는 독자라는 점이다. 따라서 그는 저자가 독자를 위해 쓴 글이라는 점을 인지하고, 저자가 독자에게 의미하려고 한 바가 효과적으로 적용되었는지, 그것이 저자를 지향하는 나에게 갖는 의미는 무엇인지를 확인한다. 한편, 이본의 창안 과정에서 저자적 독자는 자신의 이본을 수용할 저자적 독자를 염두에 두고 자신의 저자적 독자 혹은 독자를 구체적으로 구상한다. 그리고 이본의 저자적 독자를 고려하여 기법과 전략을 구안한다.

1) 모본 수용 과정에서 저자적 독자 되기의 양상

(1) 저자의 자리를 독자로 대신하기

수용의 과정에서 저자적 독자는 소통을 위해 모본의 저자를 상정해야 한다. 그런데 고전소설 〈춘향전〉은 특정한 저자가 없고 완판 84장본 역시 실제 저자를 특정할 수 있는 텍스트가 아니다. 작가의 익명성은 고전소설의 주요한 특성으로 기록문학인 소설을 마치 구비문학처럼 유통되도록 한 원

천도 알고 보면 주인 없는 작품, 더 나아가 공동체의 작품이라는 기저의식 때문이다.[17] 그런 까닭으로 저자적 독자는 모본의 저자에 대한 인식이 매우 약하게 드러나며 특정할 수 없는 저자를 독자로 대신함으로써 저자가 독자에게 의미하는 바를 탐색하고 있다.

[민음사 TV]
① 신분 상승을 꿈꿨던 욕망의 화신 성춘향과 그런 춘향에게 아침드라마보다 더 열광했던 <u>조선시대 민중들</u>의 이야기를 지금 만나보겠습니다.

② 이런 상황 속에서 <u>민중들</u>이 자신의 신분 상승 욕망을 투영한 대상이 바로 춘향입니다.

③ 자신의 뜻을 굽히지 않는 기생의 딸 성춘향! 당시 <u>조선 시대 민중들</u>에게 양반과 평민의 위계를 뒤집는 쾌감을 주고 한편으로는 몽룡이와의 결혼을 통해 신분 상승을 하는 판타지도 안겨 주지 않았을까요?

④ 아마도 <u>당시의 백성들</u>은 변 사또의 횡포에 맞서 옥고를 견디고 있는 춘향이에게 깊이 감정이입을 했던 것 같아요.

⑤ 이렇게 겉과 속이 다르고 좀처럼 신뢰할 수 없는 모습이 바로 당시 <u>조선시대 백성들</u>이 생각했던 양반들의 모습이 아니었을까 싶습니다.

⑥ 민음사가 알려드림, 작가 에디션. 이번 춘향전 편의 보이지 않는 작가는 단연 <u>조선의 민초들</u>입니다.

인용문의 밑줄 친 부분을 살펴보면 ①~⑥은 모두 저자와 독자를 포함한다. 다만, ①은 저자와 독자를 포함하지만 독자에 더 가까운 존재이고 ⑤는 저자와 독자를 포함하지만 작가에 더 가까운 존재이다. 그러나 저자와 독

17) 김진영, 「고소설 작가의 익명성과 향유층의 문예적 대응」, 『한국언어문학』 100, 한국언어문학회, 2017, 109면.

자는 모두 '조선 시대 민중', 혹은 '조선시대 백성들', '조선의 민초들'로 추상화되어 나타난다. 즉 저자와 독자가 구별 없이 사용되면서 완판 84장본의 작가, 당대의 독자, 현대의 독자는 물론 저자적 독자인 나까지를 포함하여 '보이지 않는 작가'로 귀결된다. 한편 [10분의 문학]에서는 작가의 존재가 부재한다.

> [10분의 문학] 춘향전은 우리나라에서도 여러 지역에서 인기가 좋았던 소설이라서 여러 개의 버전이 있는데요. 서울에서 판각된 춘향전 경판본, 그리고 안성판 춘향전도 있고요. 전주에서 판각된 열녀춘향수절가도 있습니다. 이 열녀춘향수절가 판본을 완판본이라고 하는데요. 제가 오늘 다룰 춘향이 이야기도 바로 이 완판본 이야기입니다. 〈중략〉 제목은 절개를 지킨 여인에 대한 이야기라는 열녀춘향수절 가지만 2018년 제게는 뜨거운 욕망들이 얽히고 설킨 욕망가로 읽히네요.

인용문에서 확인할 수 있듯이 모본의 저자 대신에 〈춘향전〉의 판본을 언급하고 있다. 살펴보면, 서울과 안성, 전주마다 판본이 다른 〈춘향전〉이 존재하는데 그 중 오늘의 이야기는 전주의 〈춘향전〉이다. 그것은 절개를 지킨 여인에 대한 이야기인 〈열녀춘향수절가〉라는 것이다. 판본, 특히 위에서 언급되고 있는 방각본은 전문적 출판업자가 등장하여 기존 작품을 독서 대중의 취향에 맞게 생산하는 것으로 그것의 근원적 바탕은 수용층[18], 즉 독자와 관련된다. 〈춘향전〉 이야기의 다양성을 강조하는 듯 보이지만 작품의 명칭과 춘향 서사를 혼재시킴으로써 저자에 대한 언급을 피하고 있다. 또한 제목을 풀어 설명하여 그 개략을 대신하고 저자적 독자인 자신의 관점과 차이가 있음을 부각하고 있다.

---

18) 사재동, 「고전소설 판본의 형성, 유통」, 『인문학연구』 20 - 1, 충남대학교 인문과학연구소, 1993, 4면.

(2) 일반 독자의 해석과 차이두기

저자적 독자는 저자와의 비교를 통해 자신의 관점을 부각하는가 하면 일반 독자의 해석과 차이를 둠으로써 저자적 독자로서의 존재를 드러낸다. 〈춘향전〉은 보편적인 사랑 이야기를 의미하기도 하고 집합체로서의 〈춘향전〉의 작품들을 의미하기도 하며 〈춘향전〉의 특정 이본을 칭하기도 한다. 그 중에서도 모든 독자가 공유하는 춘향 이야기로서의 〈춘향전〉과 다시쓰기의 모본이 되는 작품인 완판 84장본이 두 층위로 존재하는 양상을 보인다. 정확히는 일반 독자가 춘향 이야기에 대해 갖는 통념과 저자적 독자의 완판 84장본에 대한 해석 간의 차이가 드러난다.

(가) [민음사 TV] 단옷날 그네를 타던 성춘향에게 이몽룡이 반해 사랑에 빠지고 훗날 장원급제한 몽룡이가 위험에 빠진 춘향이를 구해 낸다는 러브스토리. 아마 모르는 분이 없으실텐데요. 근데 춘향전은 여성의 정절을 강조했던 구시대 이야기 아니야 라고 생각하셨던 분들은 이번 영상을 주목해 주세요. 우리가 알던 춘향전의 조금 다른 이야기를 준비했습니다.

(나) [민음사 TV] 여러분도 이몽룡을 멋지게 금의환향해서 춘향을 구해내는 인물로 기억하실텐데요. 사실 춘향전을 자세히 들여다보면 양반 기득권을 상징하는 이몽룡이 굉장히 소심하고 의심 많은 인물로 그려집니다.

(다) [10분의 문학] 자, 이몽룡이 돌아올 때가 됐죠, 이제. 다 아는 이야기예요. 몰래 변장을 하고 와서 암행어사로 변 사또를 혼내 주고 춘향이를 한 번 시험했다가 구해줬다는 이야기. 그래서 삼남이녀를 두고 행복하게 살았다는 이야기요. 그런데 저는 그 전에 이야기를 좀 하고 싶어요.

(가)와 (나), (다)에서 독자가 아는 춘향 이야기라는 층위와 그와는 조금 다른 이야기인 완판 84장본이라는 층위가 나타나는 것을 공통적으로 확인할 수 있다. (가)에서 "단옷날 그네를 타던 성춘향에게 이몽룡이 반해 사랑에 빠지고 훗날 장원급제한 몽룡이가 위험에 빠진 춘향이를 구해 낸다는 러브 스토리"는 모든 〈춘향전〉 이본들이 공유하는 개괄이다. "춘향전은 여성의 정절을 강조했던 구시대 이야기"라는 것은 일반 독자의 생각이다. "우리가 알던 춘향전의 조금 다른 이야기"는 완판 84장본이 다른 〈춘향전〉들과 차별된다고 저자적 독자가 생각하는 부분인 동시에 완판 84장본에 대한 저자적 독자의 해석이다.

(나)에서 "이몽룡은 멋지게 금의환향해서 춘향을 구해내는 인물"이라는 것은 일반 독자의 생각으로 예상되는 것이다. 그런데 "이몽룡이 양반 기득권을 상징하며 굉장히 소심하고 의심 많은 인물"이라는 것은 완판 84장본에 등장하는 이몽룡에 대한 저자적 독자의 해석이다. (다)에서 "몰래 변장을 하고 와서 암행어사로 변 사또를 혼내 주고 춘향이를 한 번 시험했다가 구해줬다는 이야기, 삼남이녀를 두고 행복하게 살았다는 이야기"는 춘향 이야기가 공유하는 결말이다. "그 전에 이야기"는 거지꼴로 돌아온 이몽룡에 대해 춘향이가 보인 반응으로 저자적 독자가 특별히 주목한 부분이자 저자적 독자의 해석이다.

예시 외에도 이러한 양상은 두 텍스트에서 자주 등장하는데 대체로 '춘향전의 줄거리, 인물, 사건, 배경 등에 대한 일반적인 개괄 뒤에 "우리가 알던 것과는 조금 다른, 자세히 들여다보면, 춘향의 말과 생각을 따라가다 보면, 표면적으로는, 이별의 이유가 뭐냐면요, 이게 왜 그러냐면, 그 전에 이야기를 좀 하고 싶어요, 더 들어 보세요." 등의 표지와 더불어 저자적 독자의 해석이 부가된다. 이러한 표지는 사실 여부와 관계없이[19] 다시쓰기 텍스트에

---

19) 저자적 독자의 해석은 굉장히 새로운 것이라기보다 기존 학계의 일반적인 해석이나 본

서 논하는 내용이 알려지지 않은 이야기이며 저자적 독자의 개별적인 해석임을 드러내는 효과가 있다.

(3) 특정 장면에 주목하기

다시쓰기의 저자적 독자에게 모본은 다시 쓸 만한 가치가 있는 것인데 이는 이들이 모본을 소개하는 부분을 통해 알 수 있다. [민음사 TV]에서는 완판 84장본을 "세계문학전집 속 당당히 자리하고 있는 국민 소설 춘향전", "하나의 고정된 서사가 아니라 지금의 아침 드라마처럼 민중들의 신분 상승 욕망을 채워 주는 하나의 장르"로 평가하고 있다. [10분의 문학]에서는 "굉장히 유명한 작품", "우리나라에서도 여러 지역에서 인기가 좋았던 소설"로 공통적으로 대중적 인지도를 강조하고 있다.

> [민음사 TV] 예를 들면 몽룡이와 춘향이가 사랑 타령을 하는 대목에서 "이몽룡이 너 죽어서 될 것이 있다"라고 말하자 성춘향이 "뭔데"하고 물어봅니다. "너는 죽어서 방아 구덩이가 되고 나는 죽어서 방아 공이가 되어 우리 죽어서도 신나게 떨구덩 떨구덩 찧어 보자. 그러자 춘향이가 "아니 나 싫은데. 이생에서도 후생에서도 난 왜 밑으로만 살아야 돼? 재미없어. 못하겠어"라고 대답합니다. 굉장히 다양한 뜻으로 해석될 수 있는 대목이죠? 이 대목은 춘향이가 연인인 이몽룡에게 남녀간에 대등한 관계를 맺자고 주장하는 것이기도 하지만 양반인 이몽룡에게 나는 왜 계속 하층계급으로만 살아야 돼? 라는 불만을 드러낸 것이기도 합니다.[20]

인의 생각이나 감상, 혹은 〈완판 84장본 열녀춘향수절가〉에만 등장하는 부분에 대한 언급 등으로 리파테르(M. Riffaterre)의 '슈퍼독자(초독자)'나 피쉬(S.Fish)의 '정보화된 독자'와 같은 이상적 독자와는 차이가 있다. E. Freund, The Return of the Reader, Routledge, 2002. 신명아 옮김, 『독자로 돌아가기』, 인간사랑, 2005, 158~166면 참고.
20) 그러면 너 죽어 될 것 잇다 너는 죽어 방익확이 되고 나는 죽어 바이고가 되야 경신연 경신월 경신일 경신시의 강틱공 조작 방익 그져 쩔쑤덩 쩗쑤덩 찍커들난 날린 줄 알여무

[10분의 문학] 곤장을 맞죠. 25대를 맞아요. 25대. 하나요, 둘이요, 할 때마다 춘향이 자신의 정절을 다짐하는 말을 내뱉습니다. 아유, 독해요. 예를 들어서 여섯 번째에는 "육육은 삼식육으로 낱낱이 고찰하여 육만번 죽인대도 육천마디 어린 사랑 맺힌 마음 변할 수가 전혀 없소."라고 하면서 모든 매를 다 맞고 옥에 갇힙니다. 〈중략〉 그걸 보고 다들 눈물을 훔치지 않는 사람들이 없었죠. 당연히 사람들이 매정한 몽룡이를 욕하기도 했구요.21)

인용문을 통해 저자적 독자가 모본을 수용하는 단위가 장면이나 대목 단위로 이루어진다는 것을 알 수 있다. 저자적 독자는 유명하고 유의미한 장면을 중심으로 다른 의미를 발견하고자 한다. 이때의 의미란 객관적인 것이라기보다 저자적 독자의 자의적이고 고유한 것으로 구절에 대한 해석, 등장인물의 발화, 서술자의 발화 등 다양할 뿐만 아니라 독자에게 미치는 효용까지를 포함한다.

[민음사 TV]는 다양한 해석 가능성이 있는 구절인 "이생에서도 후생에서도 밑으로만 살아야 하나."라는 춘향의 말을 인용하였다. 이후 이 구절이 갖은 다양한 의미를 제시한 뒤 저자적 독자가 발견한 새로운 의미를 제시한다. 해당 부분을 하층 계급의 상층 계급에 대한 불만으로 읽을 수 있다는 것이다. [10분의 문학]은 춘향이 변학도에게 곤장을 맞는 장면의 일부를 이야기하는 중 십장가를 직접 인용함으로써 춘향의 사랑에 대한 의지를 보여주는 동시에 춘향에게 가해지는 고통을 자세히 드러낸다.22) 춘향이 숫자를

나 사랑 사랑 늬 사랑 늬 간간 사랑이야 춘향이 하난 마리 실소 그것도 늬 안이 될나요 엇지하야 그 마련야 나는 항시 엇지 이싱이나 후싱이나 밋틔로만 될난인지 지미업셔 못쓰거소 (325면)

21) 여섯 낫치 짝 부친이 육육은 삼십육으로 낫낫치 고찰하여 육만번 죽인듸도 육천 마듸 얼인 사랑 믹친 마음 변할 수 젼이 업소 〈중략〉 남녀노소 업시 셔로 낙누하며 도라셜 제 (351~352면)

22) 십장가는 형장을 맞는 상황을 죽임이라는 실존적 조건에 비유함으로써 춘향이 현재 처한 상황 속에 존재하는 위협과 긴장감을 생생하게 한다. 특히 여섯 번 째 매질에서 신관

두운으로 사용하여 변 사또에 저항하는 장면에 대해 저자적 독자는 일차적으로 독하다는 반응을 보인다. 다음으로 그 상황에서 눈물을 훔치는 남원 사람들에게 공감한 결과 이몽룡이 매정하다는 생각을 한다. 즉, 춘향이 독하다고 생각하는 것, 매정한 몽룡이를 욕하는 것은 모본의 상황이 아니라 저자적 독자가 해당 장면에 대해 느끼는 감상을 효과적으로 드러내기 위한 저자적 독자의 전략에 가깝다.

종합하면 저자적 독자의 모본 수용은 모본의 가치에 대한 존경을 전제로 저자적 독자 고유의 해석이나 감상을 불러일으키는 대목을 중심으로 이루어진다. 그러나 해당 장면이나 구절의 선택은 단순히 저자적 독자의 개인적인 관심이나 취향을 보여주기 위한 것만은 아니다. [민음사 TV]의 경우 "이생에서도 후생에서도 밑으로만 살아야 하냐."에 대한 일반적인 해석은 남녀 간에 대등한 관계를 맺자는 주장이라 할 수 있다. 이에 대해 저자적 독자는 신분적 한계에 대한 춘향의 저항이란 해석을 제시하고 자신의 생각을 길게 부연함으로써 저자적 독자로서 모본에 대한 전문적인 식견이 있음을 드러내고자 한다. [10분의 문학]에서도 매정한 몽룡이를 욕하는 사람은 저자적 독자 자신이지만 이를 남원 사람들과 같은 맥락에 둠으로써 독자의 호응을 유도하고 저자적 독자의 해석을 강조하고 있다.

2) 이본 생산자의 저자적 독자 구상하기 양상

(1) 독자인 저자 설정하기

[민음사 TV]와 [10분의 문학]에서 저자적 독자는 스스로를 편집자(editor),

사또의 억압으로도 결코 끊어낼 수 없는 사랑의 감정은 '육천 마듸 얼인'것으로 표현된다. 이채은, 「춘향전 십자가 대목의 담화 방식과 그 의미―〈완판 84장본 열녀춘향수절가〉를 중심으로」, 『한국고전연구』 49, 한국고전연구학회, 2020, 156면.

혹은 문학 캐스터(caster)로 밝히고 있다.[23] 전자의 경우는 출판 편집자라는 직종의 명칭을 그대로 따온 것이다. 한편 문학 캐스터라는 용어는 익숙하지 않은데 스스로 밝힌 바에 따르면 문학을 너무 좋아하고 문학을 전달하고 싶어 하는 사람 정도의 의미로 이해된다. 이러한 저자적 독자의 인식은 생산된 이본에서도 반복적으로 나타난다. 고전소설 다시쓰기에서 이본 생산자인 이들이 설정한 저자적 독자는 〈춘향전〉의 개략을 알고 있는 독자이며 다시쓰기를 하는 자신의 정체성은 저자보다는 독자에 가깝다.

- 아마 모르는 분이 없으실 텐데요.(민음사 TV)
- 서양에 백마탄 왕자가 있다면 우리에게는 암행어사 이몽룡이 있다. 여러분들은 이몽룡을 멋지게 금의환향해서 춘향을 구해내는 인물로 인식하실텐데요.(민음사 TV)
- 성춘향과 이몽룡 너무 익숙한 이름이죠?(10분의 문학)
- 유명한 대목이죠. 이 둘은 사랑가를 부르면서(10분의 문학)

우선 편집자, 캐스터로 칭해지는 이본 생산자가 설정한 독자, 즉 자신의 콘텐츠를 향유할 것으로 추론한 독자는 기본적으로 춘향 이야기를 모두 알고 있는 독자이다. 인용문에서 반복적으로 강조되는 것은 모르는 사람이 없는(다 알고 있는), 유명한(익숙한, 당연한)으로 이를 통해 저자적 독자가 춘향 이야기를 다 알고 있는, 적어도 유명한 장면이나 대략의 개괄을 익히고 있는 독자를 이본의 저자적 독자로 상정하고 있음을 확인할 수 있다.

[민음사 TV]
① 제가 이번 영상을 준비하면서 10년 만에 춘향전을 다시 읽었는데요.

---

23) [민음사 TV] 민음사 해외문학팀 편집자 박혜진입니다.
　　[10분의 문학] 문학 캐스터 레몬입니다.

② 만약 제가 조선 시대에 살았다고 해도 춘향에 몰입하고 춘향을 지지할 수밖에 없었을 것 같아요.

[10분의 문학]
③ 저는 이 소설의 인물들 하나하나가 다 좋아요.
④ 저는 이 대목이 참 좋아요.

이본의 생산자는 저자가 아니라 독자의 위치를 취하고 있다. ①은 "읽었다"라는 직접적인 표현을 통해 〈춘향전〉의 독자임을 표면에 드러낸다. ②에서 춘향에 몰입하고 춘향을 지지하는 주체는 모본의 저자인 민중이고 여기서의 저는 편집자이므로 이 역시 민중과 짝을 이루는 독자로서의 정체성을 밝히고 있다. ③에서는 인물에 대한 독자의 정서가 ④에서는 특정 구절에 감동하는 독자의 모습이 나타난다. 이렇듯 이들은 독자로서 자신의 존재나 감상을 직접적으로 보이고 있는데 이는 독자들끼리의 동질감을 강조하는 방향으로 수렴된다.

- 여기까지는 우리가 다 알고 있는 얘기죠?(민음사 TV)
- 우리가 모두 알고 있듯이 몽룡은 춘향이에게 첫눈에 반합니다.(10분의 문학)
- 그러나 우리의 욕망 덩어리 변학도는(10분의 문학)

인용된 부분 외에도 저자적 독자는 '우리'라는 어휘를 반복적으로 사용한다. 이는 저로 표현되는 자신과 여러분으로 칭해지는 독자 간의 동질감을 형성하는 효과를 생성한다. 그런 까닭으로 '우리의 욕망 덩어리 변학도'와 같이 불필요한 부분에서도 의도적으로 사용되면서 춘향 이야기를 공유하는 사람들 간의 친근감을 형성하고 있다.

(2) 의도에 따라 재구성하기

[10분의 문학]이 생략과 집중을 통해 기존의 〈춘향전〉 내용을 전개하는 것에 반해 [민음사 TV]는 주제별로 내용을 전개하고 있다[24]는 점에서 차이가 있다. 그러나 내용을 전개하는 방식이나 정도에 차이가 있긴 하지만 양자는 현대를 살아가는 저자적 독자가 모본을 재구성한 결과물이다. 다음은 이러한 지점을 선명히 드러내 주며 이것이 독자(구독자)들이 저자적 독자가 생산한 이본에 관심을 갖는 이유이기도 하다.

[민음사 TV] 월매는 춘향전에서 춘향만큼이나 주목해야 할 인물이에요. 춘향이가 지적이고 적극적인 여성으로 자랄 수 있었던 건 바로 어머니 월매의 교육관 때문이거든요. 월매는 조선 시대 여성이었지만 남아 선호 사상에 매몰되지 않았습니다. 어렵게 얻은 딸 춘향이를 금지옥엽 사랑하고 열 아들보다 낫게 기르겠다고 결심하죠. 〈중략〉 월매가 그만큼 독하게 교육을 시켰던 거죠. 게다가 월매는 산전수전 겪으며 갖춘 처세술로 사랑에 눈이 먼 춘향이에게 끊임없이 현실적인 조언을 해 줍니다. 〈중략〉 그래서 몽룡이가 남원을 떠나면서 춘향이에게 이별을 통보할 때도 월매는 그 자리에 드러누우면서 이렇게 말해요. (두둥) 춘향과 나 두 사람이 죽는 꼴을 보고 싶지 않으면 반드시 돌아오겠다는 약조를 해 달라. 양반인 몽룡이 우물쭈물 자신의 의사를 뚜렷하게 밝히지도 못할 때 기생인 월매는 노련하고 확실하게 원하는 것을 주장합니다. 그러니까 춘향이 명석한 두뇌와 꼿꼿한 태도로 몽룡과 대등한 관계를 만들어 간다면 처세에 능한 월매는 딸의 미래를 위해 굽힐 때는 굽히고 나설 때는 나서면서 신분 상승을 위한 주춧돌을 하나하나 마련해 갔던 거죠.

---

24) 1. 욕망의 서사, 2. 다시 보는 이몽룡, 3. 인간 해방의 이야기, 4. 춘향전의 진정한 주인공

인용 부분은 '2. 다시 보는 이몽룡'에 포함되어 있는데 2장의 요지는 여러분은 이몽룡을 춘향을 구해 내는 멋진 암행어사로 기억하지만 실은 비겁한 면모가 있다는 것이다. 그와 대비되어 등장하는 인물이 월매인데 오히려 월매에 대한 이야기가 대부분의 비중을 차지할 정도로 확대되어 있다.

양반층과 하층민의 관계를 떠나 어머니 그 자체의 모습을 보이고 있는 완판 84장본의 월매는 그것을 향수하는 독자들에게 어필하기 위한 의도적인 변개의 결과[25]라는 것이 연구자들에 의해 지적되어 왔다. 같은 맥락에서 인용문에서도 월매의 형상은 현대적으로 변용되어 있다. 월매가 남아선호사상에 매몰되지 않았다거나 월매의 교육관으로 인해 춘향이 지적이고 적극적인 여성이 되었다는 것은 저자적 독자가 설정한 것으로 현대 사회에서 화두가 되는 교육열이나 '잘 키운 딸 하나 열 아들 부럽지 않다'와 같은 사회 분위기를 반영하고 있다.

그 결과 모본의 월매는 이본이 생성되는 과정에서 춘향의 신분 상승의 숨은 주역이면서 춘향과 같은 딸을 키울만한 교육과 처세에 능한 어머니로 승격된다. 이러한 월매의 변화된 형상은 이본의 독자들에게 '내가 아는 이야기인데 저런 게 있었네.'라는 발견 혹은 낯설음을 준다. 고전소설의 독자가 이미 알고 있는 이야기를 반복해서 읽는 이유는 자신이 알고 있던 것과 다른 부분인데 그 달라진 사실이 독자의 흥미를 자극할 때 호응도는 증폭된다. 이는 수용자들의 댓글을 통해 확인할 수 있다.[26]

---

25) 최재우, 「보조 인물의 성격으로 본 '춘향전' 이본 간의 특성 차이—〈남원고사〉와 〈84장본 열녀춘향수절가〉를 중심으로」, 『열상고전연구』 33, 열상고전연구회, 2011, 140~141면.
26) - 춘향선에게 이런 이야기가 있을 줄이야. 해석이 너무 재밌어요!!
　　- 월매와 춘향 서사 중심으로 넷플릭스 오리지널로 만들어졌으면 좋겠어요.
　　- 성춘향과 월매가 이렇게 멋진 인물인 줄 몰랐네요. 흥미로워요!!
　　- 월매에 대해서는 생각해본 적이 없었는데!!! 월매 때문에 다시 읽고 싶어지네요. 다시 보니까 이름도 멋진 것 같아요. 월매…
　　- 춘향전을 이런 시각으로 해석할 수 있다니. 너무 기발하네요. 앞으로도 좋은 콘텐츠

[민음사 TV]의 변용이 표면적으로 드러난다면 [10분의 문학]에서는 그렇지 않은데 이는 영상의 활용 방식 때문이다. [미음사 TV]는 유튜브 제작자가 직접 등장하여 발화하는 영상과 자막 중심의 콘텐츠이다. [10분의 문학]은 스케치북에 그림을 그리고 글씨를 쓰는 방식으로 제작자의 음성과 문자를 중심으로 서사가 전개되는 콘텐츠이다. 그런 까닭으로 이 콘텐츠는 단순히 〈춘향전〉의 이야기를 독자가 이해하기 쉽게 전달하고 있는 것 같아 보인다. 그러나 이본의 저자적 독자는 자신의 〈춘향전〉이 욕망의 서사임을 서두와 말미를 통해 밝히고 있다.

[10분의 문학] 저는 이 소설의 인물들 하나하나가 다 좋아요. 선하고 본받을 만한 인물로 나오는 춘향이부터 악한 변 사또까지. 전부 다 자신의 욕망에 굉장히 충실한 모습을 보이거든요. 〈중략〉 이 작품에 나오는 모든 인물들이 다 솔직해요. 춘향이는 신분 상승의 욕망, 이게 욕망이에요. 신분 상승의 욕망, 그리고 죽어서라도 양반 가문의 일원이 되고 싶다는 욕망을 갖고 있구요. 이몽룡은 춘향이라는 여인이 과연 자신을 위해서 정절을 끝까지 지킬까라는 거를 확인하고 싶은 욕망, 그리고 변 사또는 아까도 우리가 확인했죠. 춘향이라는 이 아름다운 여인에 대한 욕망, 그리고 월매는 이 사위가 자신의 딸을 구해 줄 거라는 기대, 그 기대라는 욕망을 아주 거리낌 없이 표현하거든요.

기대됩니당.
- 새로운 시각으로 해설해 주시니 너무 재밌네요.
- 정절을 지킨 조선 여성의 러브스토리가 아니라 신분 상승과 자기 해방으로의 여성 서사로 해석될 수 있다니, 왠지 가슴이 뜨거워지면서 춘향전을 다시 읽고 싶어졌습니다. 춘향전이 '하나의 고정된 서사가 아니라 민중들의 신분 상승 욕망을 채워주는 하나의 장르였을 것'이라고 평하신 부분에서도 무릎을 탁! 쳤네요. 월매의 활약을 중심으로 다시 한 번 읽어봐야겠어요. 항상 좋은 콘텐츠 감사합니다.
- 와 이건 진짜… 너무 유의미한 다시 보기네요!! 진짜 주인공은 춘향과 월매라… 상상도 못했습니다!! 또 민음사한테 하나 배워가네요 감사합니다.

인용문에 따르면 욕망이란 기대와 유사한 것으로 춘향의 욕망은 신분 상승이고 이몽룡의 욕망은 기생의 정절이다. 변 사또의 욕망은 춘향의 수청이며 월매의 욕망은 춘향의 구원이다. 주동인물은 물론 보조 인물들까지도 등장인물들은 각자의 욕망에 충실하고 욕망은 행위를 통해 고스란히 표현된다고 보는 것은 저자적 독자의 생각이다. 그런데 "변 사또는 아까도 우리가 확인했죠?"라는 구절을 통해 볼 때 저자적 독자는 등장인물들의 욕망이 드러나는 부분을 중심으로 완판 84장본을 재구성하였음을 확인할 수 있다. 그 결과 춘향과 변학도의 욕망이 상충되는 대표적 장면인 십장가 부분이나 옥중 장면이 확대되어 있다.27) 〈춘향전〉이 현대에까지 다른 장르로 변용되면서도 꾸준히 대중적 지지를 받는 원인을 〈춘향전〉에 나타난 욕망이 현대인에게도 수용할 만한 가치가 있기 때문28)이라는 견해에 따른다면 저자적 독자 독자의 의도는 현대 독자에게 〈춘향전〉 수용의 가능성을 높이는 것에 있음을 추측해 볼 수 있다.

(3) 현대적 어휘와 표현 활용하기

[민음사 TV]와 [10분의 문학]에서 특징적인 것은 현대인의 말투나 현대적 비유, 흔히 사용되는 어휘나 표현을 사용하여 현재적 맥락을 환기하고 있

---

27) 그러나 저자적 독자의 의도한 바가 성공적으로 실현되고 있지는 않다. 장순희는 욕망을 동기나 목적, 희망으로 보고 춘향의 욕망은 여염집 여인의 일부종사이며 이몽룡의 욕망은 춘향과의 약속을 지키는 것, 변학도의 욕망은 춘향의 수청(성적 대상의 성취)으로 보고 있다. 또한 춘향전을 욕망을 통해 분석해 보는 작업이 현대 대중문화와 고전소설이 상통하는 면이 있음을 발견하게 할 수 있다고 밝혔다. 장순희, 「춘향전의 인물과 독자의 욕망 구조─〈완판 열녀춘향수절가〉를 중심으로」, 『한국문학논총』 55, 한국문학회, 2010, 199~224면 참고. 이러한 견해를 참고한다면 이는 저자적 독자가 설정한 춘향의 욕망이 적합하지 않았기 때문으로 보이는데, 그 결과 춘향과 이도령의 만남이나 이별 부분에서 춘향이 보이는 행위를 신분 상승에 대한 기대로 설명하는 데 실패하고 있다.
28) 장순희, 위의 논문, 2010, 195면.

다는 점이다. 이러한 양상은 인물 간의 대화를 인용하는 부분에서 흔히 드러난다. 예를 들면 [민음사 TV]의 춘향이 기생의 딸이지만 기생은 아님을 설명하는 부분에서 이몽룡이 "에이, 그런 여자가 어딨어."라고 답을 한다거나 이별의 이유를 설명하는 이 도령의 대화를 "쉽게 말하면 '우리 엄마가 너랑 놀지 말래'라고 한 것이죠."로 표현하는 식이다.

이러한 표현은 [10분의 문학]에서도 이 도령과 성춘향을 이야기할 때 나타난다. 이 도령의 책방독서 삽화에 대해 "책에 있는 모든 글이 춘향이로 어른거린다며 책을 못 읽겠다고 끙끙거리기도 합니다. 너무 귀엽죠."라거나 이별 상황에서 춘향이 분노하는 모습에 대해 "이 말을 들은 춘향이는 대폭발합니다. 장난이 아니에요. 대폭발."이라고 표현하는 것이다. 춘향과 이 도령의 만남에 대해 "제가 열여섯 살 일 때를 떠올리면 저는 한시도 가만히 있는 것이 싫었어요. 당연하죠. 세상이 온통 궁금한 것 투성이인데. 이몽룡도 춘향이도 마찬가지입니다."라는 말로 두 사람의 마음을 표현하기도 한다. 이는 16세로 설정된 주동인물들의 이미지나 상황을 현재의 맥락에 맞추어 바꾼 것이다. 이를테면 저자적 독자는 16세 이 도령의 대답으로 "방자야 네가 물각유주를 모르난쏘다 형산 빅옥과 여슈 황금이 님지 각각 잇난이라 잔말 말고 불러오라."(306면)가 어색하고 현대의 독자에게 효과적이지 않다고 판단하였다.

한편, [민음사 TV]에서 월매를 딸 바보로, 〈춘향전〉의 위상을 국민 소설로, 〈춘향전〉의 향유를 지금의 아침 드라마에 비유한 것 역시 대상에 정보를 자신만의 어휘이자 현대의 독자에게 가장 친숙한 방식으로 표현하려는 의도로 파악된다. 자신이 이본의 저자적 독자로 설정한 사람들과의 공유 가능한 맥락 안에서 월매와 〈춘향전〉의 위상, 과거 〈춘향전〉의 향유 정도를 설명한 것이다. 딸 바보는 인터넷상에서 자신의 딸을 각별히 아끼는 부모를 가리키는 말로 흔히 사용된다. '모성애가 강한 어머니'보다 딸 바보라는 용어가 현대의 독자들에게 월매의 형상을 떠올리기에 더 적합하다.

'민족의 고전'이 아니라 '국민 소설'도 유사한 맥락이다. 국민 가수, 국민 배우, 국민 여동생 등 많은 국민에게 알려지고 많은 국민들에게 사랑을 받는 사람이나 많은 인기를 받는 물건을 의미하는 '국민 − '이라는 어휘를 활용하여 〈춘향전〉의 가치를 설명한다. 마지막으로 '신분 상승 욕망을 채워주는 하나의 장르로서 아침 드라마처럼', 혹은 '아침 드라마보다 더 열광했던 조선 시대의 민중들의 이야기' 등의 표현은 〈춘향전〉의 향유자들에게 〈춘향전〉이 어떤 의미였는지를 이야기하는 대목이다. 아침 드라마가 현대의 시청자들에게 주는 즐거움[29]을 과거 〈춘향전〉 독자들이 〈춘향전〉에서 느꼈을 정서로 치환하여 표현하여 현대 독자들이 쉽게 이해할 수 있도록 하였다. 이와 같은 어휘나 표현의 빈번한 사용은 이본 생산자의 저자적 독자에 대한 접근이 고전소설에 대한 전문적 지식이 아니라 흥미와 재미 중심의 향유에 기반하고 있음을 보여 준다.

4. 고전소설 다시쓰기에서 '저자적 독자'의 국어교육적 의미

국어교육에서 다시쓰기는 문학의 수용과 생산의 영역의 내용 요소의 하나로 2015년 교육과정에도 명시되어 있다.[30] 대학에서도 전공 수업은 물론

---

29) 주부들이 아침 드라마 시청을 통해 느끼는 현실감과 동질감을 '현실적 감응(Realistic Response)'으로 정의할 수 있다. 아침 드라마가 극단적이고 비현실적인 소재를 다룸에도 불구하고 가정을 둘러 싼 크고 작은 일들을 맞닥뜨리는 여성들의 심리를 집중적으로 다루기 때문에 주부들은 자신들과 굉장히 가까운 현실로 느끼고 있다. 유재희, 「일상적 공간에서 주부들의 TV 아침드라마 읽기」, 이화여자대학교 석사학위논문, 2008, 17∼55면.
30) 2015개정 국어과 교육과정에서 다시쓰기와 관련된 부분은 다음과 같다.
  [10국 05 − 04] 문학의 수용과 생산 활동을 통해 다양한 사회·문화적 가치를 이해하고 평가한다.
  이 성취기준은 문학의 수용과 생산 활동을 통해 공동체 차원에서 중요하게 간주되는 사

교양 글쓰기 수업31)에서도 시도되고 있다. 이 연구에서 다룬 바와 같이 유튜브 매체나 혹은 방송을 통한 다시쓰기 역시 꾸준히 인기를 끌고 있다.32) 많은 사람들이 독자에서 저자로의 변화를 원하지만 저절로 가능한 것은 아니다. 여기에는 독자와 저자의 관계, 모본과 이본의 관련, 해석과 발견의 문제 등 여러 가지 해결해야 할 과제들이 잔존하기 때문이다. 다시쓰기의 대상을 고전소설로 국한하면 저자적 독자의 의미는 크게 두 가지로 논의될 수 있다.

첫째, 고전소설 다시쓰기에서 저자적 독자의 개념은 생산과 수용에 공통적으로 적용될 수 있는 존재를 상정함으로써 읽고 쓰는 '나'의 정체성을 공고히 하는데 도움을 줄 수 있다. 다시쓰기는 '읽고 쓴다'는 선후적 과정이 아니라 '쓰기 위해 읽는다', '읽었다면 반드시 쓴다'로 설명하는 것이 적확하다. 따라서 이런 점에서 본다면 학습자는 '저자 되기', '독자 되기', 혹은 '독서의 결과 저자가 되는 과정'이 아니라 '저자가 되려고 독자의 역할을 수행'하는 것이다. 또한 고전소설의 다시쓰기는 온전히 새로운 이야기를 하는 창작과도 구별된다. 다시쓰기에서 텍스트의 생산은 작가의 우월성 대신에 작가와 독자의 교류를 통한 창조성의 발현이 중시된다. 기존의 것을 바꾸는 것이 기존에 없던 것을 구상하는 것보다 용이할 것 같지만 이는 본질이나 성격의 차이일 뿐 기존의 고전 소설을 자신의 관점이 드러나도록 생산하는 일 역시 단순한 작업이 아니다.

저자적 독자의 설정은 저자도 저자가 되기 이전의 독자였다는 사실을 환

회·문화적 가치에 대해 관심을 기울이고 그에 대해 주체적으로 평가할 수 있는 안목을 기르기 위해 설정하였다. 작가의 생각을 그대로 받아들이기보다는 자신의 가치관에 따라 작품의 주제를 해석하고 평가하면서 수용하고, 자신이 상상하거나 경험한 것에 사회문화적인 가치를 부여하여 자신의 관점이 잘 드러나게 작품을 생산하도록 한다.

31) 이명희, 「고전 리텔링을 통한 창조적 글쓰기와 인문학적 성찰—건국대학교의 '창조적 사고와 표현'을 중심으로」, 『문학치료연구』 26, 한국문학치료학회, 2013.
32) 물론 대중매체에서 다시쓰기는 강연자의 개인적 역량과 계획된 프로그램의 구성에 기대어 있다는 점에서 차이가 있다.

기함으로써 학습자에게 저자라는 존재가 권위로 대변되는 위대한 것이 아니라 독자에서 시작하는 것임을 깨닫게 할 수 있다. 고전소설 다시쓰기에서 저자적 독자는 원하는 것을 이야기하는 사람이 아닌 청자(독자)의 욕망에 맞춰 이야기를 생산하고 소통하는 사람, '다수의 사람들이 듣고 싶어 하는 이야기가 무엇인가를 고민하는 사람이다. 고전소설 다시쓰기에서 저자적 독자의 소통은 언제나 현재의 독자를 향한 것이고 저자적 독자인 학습자가 이야기를 나누는 대상은 나와 같은 〈춘향전〉을 향유하는 사람이 된다. 고전소설을 다시 쓴다는 것은 새로운 무언가를 창조하는 일이 아니라 익히 알고 있던 인물에게 감정을 이입하고 익히 알고 있던 이야기에 몰입하여 또 다른 저자적 독자와 이야기함이다. 학습자는 자신의 해석을 일방적으로 전할 것이 아니라 현재 자신이 서 있는 자리를 기반으로 고전소설의 의미를 생산하고 함께 이야기를 나누어야 한다. 이런 점에서 저자적 독자에 대한 학습자의 인식은 '독자라면 저자가 되어야 하는' 것과 더불어 '이미 존재하지만 새로운 이야기의 발견'이라는 고전소설 다시쓰기의 특수성을 해결하는 데 도움이 된다.

다음으로 고전소설 다시쓰기에서 저자적 독자의 개념 설정은 고전소설을 다시 쓰는 일의 가치와 의미를 반추함으로써 고전 콘텐츠의 수준을 향상시킬 수 있다. 고전소설의 다시쓰기는 단순히 하나의 고전소설을 읽고 새로운 고전소설을 쓰는 작업이 아니다. 또한 단순히 고전소설의 독자가 되어 이야기를 전달했다고 해서 그 활동의 가치를 인정받는 것도 아니다. 모본으로서의 고전소설은 그보다 선행된 고전소설들과의 관련성 속에서 생성되었고 학습자가 다시쓰기를 할 때도 이는 예외일 수 없다. 이는 고전소설의 향유가 개인의 독서라기보다 공동체에 의해 많은 부분 주도되었으며 춘향의 이야기가 각각의 〈춘향전〉 작품들과 전체로서 춘향 서사의 영향 관계 속에서 이루어졌기 때문이다. 고전소설 다시쓰기의 주체는 개인적인 내가 아니라 현대에도 고전을 사유하는 역사적인 나이다. 고전소설 다시쓰기는 〈춘향전〉의 향유와 이본 창출을 통한 전승에 동참하는 문화적 행위가 된다. 고전소설 〈춘향전〉이 향유된 역사에 저자적 독자의 기호와 관점, 사회문화적 평가가 투사된다.

다시쓰기에서 저자적 독자의 모본 수용은 모본의 저자가 생각했을 독자가 되어 모본의 저자가 자신의 독자들과 나누고 싶어 했던 주제에 동참하고 자신의 답을 마련하는 것이다. 고전소설 다시쓰기에서 모본의 저자적 독자가 된다는 것은 고전소설의 역사성에 대한 믿음이며 고전소설이 향유된 역사에 대한 동참 행위가 된다. 이러한 점에서 고전소설 다시쓰기에서 저자적 독자의 존재는 고전소설과 독자가 맺어야 할 관계를 선명하게 드러내 줄 수 있고 다시쓰기 행위의 의미를 성찰할 수 있게 한다. 이러한 관계성에 대한 성찰은 얕은 재미로 손쉽게 콘텐츠를 제작하는 행위의 문제점이 무엇인지 학습자 스스로 깨닫게 할 수 있다. 확장된다면 고전 콘텐츠를 바라보는 학습자의 관점에도 영향을 미치게 된다.

5. 결론

다시쓰기에 관한 연구의 편폭은 매우 넓다. 설화, 시가, 소설 등의 장르에 따라 다시쓰기가 연구되기도 하고 다시쓰기의 정도에 따라 연구의 현황을 분류해 볼 수도 있다. 공통적으로 모본을 읽고 새로운 이본을 생산하는 것에 목적을 두지만 그 결과물의 형태와 성격도 매우 다양하다. 고전소설 다시쓰기에 관한 연구 역시 모본을 다듬는 수준의 다시쓰기, 문화콘텐츠의 생산, 수용과 생산으로서의 다시쓰기 교육 등으로 나눌 수 있다. 고전소설 콘텐츠의 생산이 활성화되면서 콘텐츠의 편폭이 확장되고 관련 연구도 많아졌지만 고전 콘텐츠 생산의 잠재적 주체로서의 학습자와 어떠한 경위를 통해 결과물에 도달하게 할 것인지에 관해서는 논의가 협소한 실정이다.

이를 해결하기 위해서는 평범한 독자들이 고전 콘텐츠를 다루는 방식, 그리고 완결된 콘텐츠가 아니라 콘텐츠가 생산되는 출발점에 주목해야 한다.

이 연구는 이러한 문제의식에서 고전소설 다시쓰기와 국어교육적 효용을 염두에 두고 더 유용한 다시쓰기 활동 및 그 행위의 의미를 성찰하기 위한 개념적 도구로 저자적 독자를 제안하였다. 이에 문학의 해석에서 독자의 위치와 역할에 주목한 라비노위츠의 저자적 독자를 살펴보았다. 저자적 독자는 저자가 글을 쓸 때 기대하는 독자이면서 문학 읽기에서 실제 독자가 취할 수 있는 하나의 역할이기도 하다. 고전소설 다시쓰기는 읽고 쓰는 동시적 과정을 거친다는 점, 이본의 향유를 통해 전승되어 온 고전소설을 대상으로 하는 점에서 저자의 역할과 성격을 공유하는 독자 개념을 적용하기에 유용하다.

저자에 비하면 독자의 존재는 상대적으로 선명하지 않다. 더욱이 현대에도 고전소설을 읽고 쓰는 다시쓰기의 주체를 찾기란 더욱 쉽지 않은 일이기에 유튜브 콘텐츠로 눈을 돌렸다. 유튜브를 활용한 문학의 향유가 확대되고 있지만 고전소설 다시쓰기의 실제 양상을 적절하게 보여주는 콘텐츠는 많지 않았다. [민음사 TV]와 [10분의 문학]에서 실제 고전소설의 독자이면서 이를 매체를 통해 공유하는 콘텐츠로 저자적 독자의 실재를 확인할 수 있었다.

모본의 수용 과정에서 저자적 독자는 저자와 독자를 동일시하면서 저자의 해석에 동참한다. 저자적 독자는 선행 〈춘향전〉과 모본인 완판 84장본의 비교를 통해 자신의 해석의 독자성을 확보하였다. 저자적 독자는 모본의 가치를 존중하고 특정 장면을 선택함으로써 자신의 존재를 드러낸다. 이본의 생산 과정에서 저자적 독자는 자신의 이본을 수용할 저자적 독자를 구상하는데 독자라는 사실을 강조함으로써 이본의 독자에게 다가가는 모습을 보인다. 주제나 구조와의 관련성 속에서 의도에 따라 내용을 재구성하고 현대적 어휘나 표현을 통해 독자와의 친숙함을 제고하기도 한다.

고전소설 다시쓰기에서 저자적 독자의 개념은 읽고 다시 쓰는 사람으로서의 정체성을 형성하고 고전소설을 다시 쓰고 읽는 행위의 의미를 반추하게 한다. 고전소설 다시쓰기가 전문적인 고전 콘텐츠의 창작으로 나아가기 위한 발판이 된다는 점, 고전소설 전승에의 참여라는 문화적이고 역사적인 함의를 갖는다는 점에서 저자적 독자의 개념은 실제의 교수 학습으로 확장될 필요가 있다.

웹툰 〈그녀의 심청〉의 고전소설 〈심청전〉 변용 양상과 고전 콘텐츠의 방향

1. 서론

이 연구는 웹툰 〈그녀의 심청〉에 나타난 고전소설 〈심청전〉[1]의 변용 양상을 살펴보고 이를 통해 고전 서사를 바탕으로 생산되는 고전 콘텐츠의 방향에 대해 논의하고자 한다. 고전 서사에 기대어 창작된 문화콘텐츠는 창극, 현대소설, 영화, 드라마, 만화, 뮤지컬 등의 장르에 걸쳐 다양하다. 웹툰(webtoon)을 통한 변용 역시 활발하게 이루어지고 있으며 2010년 주호민의 〈신과 함께〉의 성공 이후 웹툰에 대한 연구자들의 관심 역시 적지 않은 상황이다.[2] 문화콘텐츠로서 웹툰, 그 중에서도 고전 서사와 관련된 웹툰에 국한하여 살펴보면[3] 선행 연구는 크게 세 가지 정도로 정리할 수 있다. 하

---

1) 여기서는 판소리 〈심청가〉와 소설 〈심청전〉의 차이를 두지 않고 고전소설 〈심청전〉 혹은 〈심청전〉이란 용어를 사용하였다.
2) 고전 서사를 소재로 한 웹툰의 목록과 현황에 대해서는 이명현, 「웹툰의 고전 서사 수용과 변주」, 『동아시아고대학』 52, 동아시아고대학회, 2018, 110~114면을 참고할 수 있다. 2006부터 2018년 12월까지 조회수가 높은 작품을 중심으로 정리한 것으로 〈그녀의 심청〉도 연재 중인 작품으로 포함되어 있다.
3) 주지하다시피 문화콘텐츠는 광의의 개념으로 실로 다양한 방식과 경로를 통해 접근할 수 있는 종합체이다. 이에 대상의 범주를 제한하여 연구의 지향을 선명히 하고 논의의 효율성을 높이고자 한다. 박상천은 문화콘텐츠를 다양한 매체를 통해 구현되어 사람들에게 지적·정서적 만족을 주는 창의적 가공물로 정의하였다. 그는 문화콘텐츠의 개념이나 범주가 영어권에서 사용되는 Cultural Content나 Content Industry와 다르다고 보았

나는 고전 서사가 웹툰으로 변모한 기법적 차원의 공통점을 찾는 연구[4], 둘째는 웹툰이 기반하고 있는 고전작품에 대한 서사적 관점에서의 연구[5], 세 번째는 고전 콘텐츠 창작 혹은 교육에 대한 연구들이다.[6] 이들의 고전 콘텐츠에 대한 관심은 공통적이지만 목표와 방법에서는 차이가 있다. 매체 환경은 시시각각 변화하고 있으며[7] 웹툰이 기존 만화의 전통과 변별되며 한국의 디지털 패러다임을 반영하는 대표적인 서사체라는 점[8]을 고려할 때 어느 관점이나 측면도 고전문학 연구에서 배척되어서는 안 될 것이다. 다

다. 또한 역사 콘텐츠, 전통문화콘텐츠와 같이 내용물의 성격이나 디지털 콘텐츠와 같이 기술적 요소를 뜻하는 것과도 차별화된다고 지적하였다. 박상천, 「문화 콘텐츠 개념 정립을 위한 시론」, 『한국언어문화』 33, 한국언어문화학회, 2007, 200면. 이상의 정의는 구체적이진 않지만 용어의 사용 맥락과 법률적 정의에 대해 면밀히 검토하고 있다는 점에서 장점이 있다. 한편 '고전 콘텐츠'라는 용어 역시 논자에 따라 달리 사용되고 있다. 이 연구에서는 역사, 관광, 인문과 같이 해당 콘텐츠의 내용물의 성격을 규정하는 것이다. 여기서의 고전은 실체로서의 고전문학 작품과 고전문학의 생성과 수용의 맥락까지도 포함한다.

4) 대표적으로 이명현과 장예준의 연구를 들 수 있다. 웹툰 창작에서 고전 서사의 활용이 활발해지도록 하기 위해 특정 부분의 차용과 같이 고전 서사와 조금이라도 연관이 있다면 적극적으로 수용해야 한다는 입장이다. 이명현, 앞의 논문, 2018, 110면. 장예준, 「웹툰에서의 고전 서사 활용 방안」, 『국제어문』 75, 국제어문학회, 2017, 403~404면.

5) 최수현, 「신 박씨전 어화동동 내 보르미의 〈박씨전〉 수용과 의미」, 『어문논총』 85, 한국문학언어학회, 2020 등의 연구로 고전의 문제의식을 고전 콘텐츠가 어떻게 계승하고 있는지가 연구의 핵심이라 할 수 있다.

6) 대표적인 논문은 다음과 같다. 윤종선, 「고전문학과 문화 콘텐츠 교육방법론 연구」, 『비평문학』 35, 한국비평문학회, 2010. 정선희, 「고전소설의 문화 콘텐츠를 위한 수업방안 연구」, 『한국고전연구』 37, 한국고전연구학회, 2017. 최혜진, 「고전문학 교육과 문화 콘텐츠 창작 교육」, 『인문학연구』 24, 경희대학교 인문학연구원, 2013. 여기에 해당하는 논문들은 대체로 문화콘텐츠를 생산하는 전문적인 창작자 양성보다는 웹툰을 통한 고전의 이해에 중심이 놓여 있다.

7) 미디어를 환경으로 보는 미디어 생태학(media ecology)에서는 미디어를 인간 감각의 확장으로 규정하고 단순한 기기(device)의 개념에서 벗어나 인간의 행동이나 사고방식을 구조화하는 제도나 기법과 같은 사회적 환경을 포함하여 미디어가 구성하는 환경과 인간의 유기적 관계를 중시한다.

8) 류철균·이지영, 「형성기 한국 웹툰의 장르적 특질 연구」, 『우리문학연구』 44, 우리문학회, 2014, 567~568면.

만 이들 모두 고전의 창조적 계승이라는 공동의 목표를 향해 가고 있기에 고전 콘텐츠들을 평가하고 분석하는 메타비평적 작업[9]이 가장 우선시 되어야 한다. 이 연구에서는 원전의 정신을 계승한 작품으로 〈그녀의 심청〉에 주목하였다.

〈그녀의 심청〉은 몇 가지 측면에서 관심을 가질 만하다. 〈그녀의 심청〉은 웹툰 플랫폼의 하나인 저스툰(justoon)에서 2017년 9월 12일부터 2019년 3월 26일까지 연재되어 총 80화로 종료되었다. 2018 오늘의 우리만화[10]로 선정되었으며 일본어, 중국어, 태국어를 비롯한 3개 국어로 번역되었다. 완결 이후 카카오페이지에 소개된 〈그녀의 심청〉은 일주일만에 전체 인기 순위 3위를 기록하였다. 해외에서의 인기 역시 대단하여 중국의 콰이칸(快看), 일본의 코미코(comico), 프랑스의 델리툰(delitoon)등의 웹툰 플랫폼에서 모두 20위권 내외에 속했다. 국내에서의 인기뿐만 아니라 전혀 다른 콘텐츠 트렌드를 보이는 3개국에서 동시에 높은 순위를 기록했다는 점에서 상업적 성공을 이룬 셈이다. 이외에도 〈그녀의 심청〉은 원소스멀티유즈(one source multi use)로서의 가능성 역시 기대되는 작품이다. 외권(外券)을 포함하여 총 8권의 단행본과 엽서, 노트, 포스트잇, 텀블러, 팔찌와 같은 굿즈(goods)가 제작되었다. 2020년 오디오드라마 서비스를 시작하였으며 스튜디오앤뉴에 판권이 팔리면서 영상화될 예정[11]이다. 끝으로 이 작품은 여성 간 로맨

---

9) 조현설, 「고소설의 영화화작업을 통해 본 고소설 연구의 과제—고소설 〈장화홍련전〉과 영화 〈장화, 홍련〉의 사례를 중심으로」, 『고소설연구』 17, 한국고소설학회, 2004, 67면.
10) 오늘의 우리만화는 문화체육관광부가 주최하고 만화 관련 공기관·민간단체에서 주관하는 상이다. 만화가의 창작 의욕을 높이고 우수 만화 제작 활성화를 위해 우수 만화를 선정하여 공공도서관과 해외 문화원 등에 보급하고 있다. 시상 첫해인 1999년부터 2000년 상반기까지는 분기별로 2종씩 선정하였으며, 2000년 하반기부터 2007년까지는 상하반기로 연 2회 선정하였고, 2008년부터는 시기에 관계없이 한 해를 아우르는 총 다섯 작품을 선정해 발표하고 있다.
11) 임소라, "단행본 매출1위 위즈덤하우스 미디어그룹, 올 상반기 5작품 영상화 계약 체결", 『아시아경제』, 2019. 6. 26. https://cm.asiae.co.kr/article/2019062509150896025, 2020. 12. 31. 검색.

스를 다룬 GL(Girl's Love) 서사로 페미니즘 리부트(reboot) 시대 서브컬처적 대안으로 관심을 받고 있다.[12]

그중에서도 이 작품에 특히 주목하는 이유는 〈그녀의 심청〉이 한국의 고전을 재해석한 콘텐츠가 글로벌 시장에서 통한다는 가능성을 확인한 사례[13]이기 때문이다. 실제로 이 웹툰은 제목과 소재, 인물의 설정, 작가의 말, 독자의 반응 등의 다양한 영역에서 고전소설 〈심청전〉의 흔적을 쉽게 발견할 수 있다. 물론 그간 〈심청전〉은 현대적 재해석에서 빈번하게 선택되어 왔다. 그러나 이 경우 한국의 고전을 재해석한 콘텐츠가 젊은 층의 공감을 획득하고 그것이 세계적으로 향유되고 있다는 점에서 차별화된다.

고전 콘텐츠를 보는 관점은 여타의 문화콘텐츠와 다르다. 그것은 단순히 대중적 인기를 끌고 상업적 성공을 이루는 것만으로는 부족하다. 이는 고전 콘텐츠가 말 그대로 고전에 대한 재해석이라는 과제를 태생적으로 갖기 때문이다. 고전 콘텐츠는 고전이라는 거울을 통해 현대 독자의 세상을 비출 수 있을 때 비로소 고전에 버금가는 의미를 획득한다. 이 작품이 보여 준 성공적인 경과는 고전 콘텐츠의 나아갈 방향을 가늠할 수 있는 사례가 될 것이다.

이 연구에서 비교 대상으로 삼은 것은 『심청전 전집』 소재 장 승상 부인 계열에 해당하는 43종의 이본이다.[14] 이 계열에서는 장자 부인이 장 승상

---

12) 허윤, 「'페미니즘 리부트' 시대의 여성 간 로맨스—비완·seri, 〈그녀의 심청〉(저스툰, 2017~2019)」, 『대중서사연구』 26-4, 대중서사연구학회, 2020, 184~187면 참고.

13) 이재민, "2018 오늘의 우리만화 "그녀의 심청", 미국, 중국, 프랑스 등 전 세계 6개국 수출", 『웹툰 News』, 2019.4.11, https://www.webtooninsight.co.kr/Forum/Content/5864, 2020. 12. 31. 검색.

14) 신호림은 『심청전 전집』 소재 83종의 이본을 장자 계열, 장자 부인 계열, 장 승상 부인 계열로 나눈 바 있다. 신호림, 「〈심청전〉의 계열과 주제적 변주」, 고려대학교 박사학위논문, 2016, 20~32면. 장 승상 부인 계열에 속하는 이본은 아래와 같다. '소장'과 '작품명'을 생략하여 표기하였다. 〈신재효본〉, 〈송동본〉, 〈안성판본〉, 〈완판71장본〉, 〈가람46장본〉, 〈국도59장본〉, 〈하버드대본〉, 〈김광순 낙장57장본〉, 〈김동욱90장본〉, 〈김동욱73장본〉, 〈정명기43장본〉, 〈정명기42장본〉, 〈정명기33장본〉, 〈정명기27장본〉, 〈정명기

부인으로 사회 계급적 위치가 상승하고 장 승상 부인이 서사에 지속적으로 개입하면서 주요한 보조 인물로 변모한다. 〈그녀의 심청〉에서도 양반의 후예인 장 승상 부인의 존재와 심청 간의 이야기에 초점이 놓여 있기에 〈심청전〉의 이본 중 장 승상 부인 계열의 이본에 국한하여 관련성을 살펴보았다.

2. 웹툰 〈그녀의 심청〉의 고전소설 〈심청전〉 변용 양상

1) 장 승상 부인 대목의 전승 맥락의 수용과 확대

(1) 장 승상 부인 관련 사건의 변용

〈그녀의 심청〉은 〈심청전〉의 전반부 서사를 거의 그대로 따르고 있으며 두 작품에서 공통적으로 핵심적인 사건은 심청의 인당수 투신이다. 다만 〈심청전〉이 심청 중심의 서사라면 〈그녀의 심청〉에서는 심청의 서사와 장 승상 부인의 서사가 교차된다. 또한 뺑덕어미, 몽은사 주지승, 심학규 등의 심청의 주변 인물과 장 승상 부인의 주변 인물인 장 승상과 장 승상의 아들과 며느리, 오빠를 비롯한 가족들의 이야기가 부가되어 있다. 〈그녀의 심청〉에서 심청과 관련된 서사와 장 승상 부인과 관련된 서사를 정리하면 다

낙장51장본〉, 〈박순호 낙장57장본〉, 〈박순호55장본〉, 〈박순호 낙장40장본〉, 〈박순호 46장본〉, 〈박순호 낙장66장본〉, 〈박순호99장본〉, 〈박순호 70장본〉, 〈정문연70장본〉, 〈정문연48장본〉, 〈김종철 50장본〉, 〈김종철53장본〉, 〈강전섭41장본〉, 〈강전섭 낙장47 장본〉, 〈김동욱56장본〉, 〈나손46장본〉, 〈나손44장본〉, 〈나손63장본〉, 〈나손 낙장64장 본〉, 〈나손 낙장119장본〉, 〈사재동44장본〉, 〈사재동48장본〉, 〈사재동50장A본〉, 〈사재 동50장B본〉, 〈사재동63장본〉, 〈사재동 낙장36장본〉, 〈충남대77장본〉, 〈연세대43장 본〉 이상의 자료들은 김진영 외 편저, 『심청전 전집』, 박이정, 1997~2004, 1,3,4,5,6,7,8, 9,10,11,12권을 참고하였다.

음과 같다.15)

심청 서사	장 승상 부인 서사
• 심청의 등장 • 장 승상 부인의 부름을 받다. • 효녀 심청으로 거듭나다. • 수양녀 제안과 인신공희 • 아버지의 개안을 위해 행선한다.	• 시집을 오다. 인당수의 재앙에 대한 소문이 떠돈다. • 장 승상 부인이 현숙한 승상 부인이 되기 위해 노력한다. • 장 승상의 죽음이 임박하고 장 승상 부인의 입지가 줄어든다. • 장 승상이 죽고 장 승상 부인이 고립된다. • 장 승상의 아들이 장 승상 부인을 죽이려고 한다.

[표 1] 〈그녀의 심청〉에서 심청 서사와 장 승상 부인 서사

---

15) 〈그녀의 심청〉은 약 1년 6개월에 걸쳐 연재되었으며 총 분량이 80화에 이를 정도로 적지 않다. 개략적인 줄거리를 제시하고 본문에서는 필요한 부분만을 선택하여 논의하도록 하겠다. 마을 사람들의 기억 속에서 사라져 가던 심청은 물에 빠진 여인을 구하고 그 보답으로 그녀의 예식에 초대받는다. 그녀는 장 승상 부인의 후처로 어려운 집안 사정으로 어린 나이에 원치 않은 결혼을 한다. 신부의 오빠는 황금빛 자라를 승상에게 바치고 이를 먹은 승상이 병에 걸린다. 이후 인당수에는 상서롭지 않은 일들이 발생하고 마을에는 새 신부가 둔갑한 여우라는 소문이 돈다. 심청은 불공을 드리러 온 승상 부인과 재회한다. 장 승상 부인은 또래인 심청에게 승상의 병구완을 도와 줄 것을 청한다. 심청과 장 승상 부인은 점차 마음을 나누는 사이가 되었고 심청은 장 승상 부인의 덕으로 생계를 유지한다. 한편 마을의 유명한 무속인인 뺑덕어미는 심청의 점괘를 본 후 장 승상 부인을 멀리하라고 심청에게 경고한다. 장 승상 부인과 전처 소생 며느리와의 갈등이 표면화되고 장 승상 부인은 갖은 모략에 시달린다. 장 승상 부인에게 예법을 배운 심청은 도화동의 효녀로 마을 사람들의 귀감이 된다. 심청과 장 승상 부인은 죽은 장 승상의 본처와 심청의 어머니인 연의 비밀을 알게 되고 규율에 갇혀 자신을 희생해야 했던 여성들의 삶에 회의를 느낀다. 승상의 죽음이 다가오고 승상의 아들, 봉은사 주지승 등 그녀들을 둘러싼 남성들의 폭력과 위협이 지속된다. 도움을 청할 곳이 없었던 심청은 공양미 삼백 석을 구하기 위해 인당수의 제물을 자처한다. 이 사실을 알게 된 장 승상 부인은 심청을 불러 수양딸이 될 것을 제안하고 심청은 거절한다. 장 승상의 죽음과 더불어 가정에서의 좁아진 입지로 인해 심청을 구할 힘이 없었던 장 승상 부인은 심청의 초상화를 남긴다. 심청의 행선 날 장 승상의 아들은 장 승상 부인을 열녀로 만들기 위해 자결을 강제하고 며느리는 도망을 간다. 장 승상 부인은 죽은 자라의 잔여물을 들고 심청을 구하러 간다. 인당수의 재앙은 아들(자라)을 잃은 엄마 용왕의 분노 때문이었음이 밝혀지고 심청과 장 승상 부인은 함께 길을 떠난다.

심청 서사와 장 승상 부인 서사의 관련성을 중심으로 살펴보면 심청은 마을 사람들의 기억과 관심 속에서 점차로 잊히며 겉모습으로는 성별조차 분별하기 어려운 하층민으로서 살아간다. 무명(無名)의 신부가 늙은 장 승상의 후처가 되기 위해 도화동에 이르고 자신을 대신하여 인당수에 바칠 제물을 마련하라는 오라버니의 명령에 따라 하나쯤은 없어도 문제가 되지 않는 존재로 심청을 선택한다. 심청의 환심을 사기 위해 장 승상 부인은 심청에게 호의를 베푼다. 심청이 장 승상댁을 드나들면서 둘은 점차 서로에게 호감을 느낀다. 장 승상 부인의 도움으로 심청은 마을 사람들에게 좋은 평가를 받게 된다. 장 승상의 죽음이 임박하고 장 승상댁의 가세가 기운다. 용왕의 분노로 고립된 마을은 점차 황폐화되어 간다. 결국 장 승상이 죽고 장 승상 부인이 고립되자 도와 줄 사람이 없었던 심청은 공양미 삼백 석을 구하기 위해 뱃사람들의 제안을 받아들인다. 장 승상 부인은 심청에게 수양녀를 제안하지만 이를 거절한 심청은 아버지의 개안(開眼)을 위해 행선한다. 자신의 안위를 위해 심청을 지키지 못했던 장 승상 부인은 자결을 강요하는 승상 아들로부터 탈출하여 금자라의 잔여물을 가지고 심청을 구하러 인당수로 간다.

장 승상 부인 대목은 모두 다섯 개의 사건으로 구성된다.16) 〈그녀의 심청〉은 심청의 인당수 투신으로 이야기가 마무리되기 때문에 다섯 개의 사건 중 전반부의 세 가지 사건을 포함하고 있다. 심청의 소문을 듣고 장 승상 부인이 자기 집으로 불러 수양녀로 삼겠다는 제안을 하는 수양녀 제안 사건, 심청이 장 승상 부인의 수양녀가 되기로 하고 공양미 삼백 석을 절에 보냈다고 심 봉사에게 거짓말을 하는 심청의 거짓말, 심청이 선인들을 따라가기 전에 장 승상 부인이 심청을 불러 삼백 석을 갚아주겠다고 하고 심청

---

16) 김종철, 「〈심청가〉와 〈심청전〉의 장 승상 부인 대목의 첨가 양상과 그 역할」, 『고소설연구』 35, 한국고소설학회, 2013, 300~301면.

이 이를 받아들일 수 없다고 하자 심청의 화상을 그리는 사건이 바로 그것이다.

〈심청전〉과 비교할 때 크게 변모한 것은 첫 번째 사건이다. 〈그녀의 심청〉에서 장 승상 부인이 심청을 집으로 청하여 호의를 베푼 것은 효녀 심청에 대한 소문을 듣고 이를 칭찬하고 수양녀를 제안하기 위함이 아니다. 장 승상 부인은 자신을 대신하여 인당수에 바쳐질 제물이 필요했기에 심청을 부른다. 외지 사람인 장 승상 부인이 심청을 알게 된 까닭도 효녀로서의 명성 때문이 아니다. 혼례를 위해 인당수를 지나다가 물에 빠진 장 승상 부인을 구한 사람이 가난한 심청이었기 때문이다.

따라서 〈심청전〉의 장 승상 부인 대목의 첫 번째 사건이라 할 수 있는 장 승상 부인이 심청의 효심에 감화하여 심청에게 수양녀를 제안하고 심청이 심 봉사를 염려하여 제안을 거절하는 부분은 〈그녀의 심청〉에서는 사라진다. 대신 이 사건은 심청이 행선하는 날 장 승상 부인이 심청을 불러 삼백석을 대신 갚아 주는 대가로 수양딸이 될 것을 제안하고 심청이 거절하는 것으로 변모된다. 〈그녀의 심청〉에서 수양녀 제안 사건은 서사 전개상 뒤로 이동하였으며 장 승상 부인이 수양녀를 제안하는 이유와 심청이 이를 거절하는 까닭 역시 판이하게 달라졌다.

〈심청전〉에서 장 승상 부인이 실제 행동하는 인물로 등장하는 곳은 '수양녀 제안'과 '만류' 사건인데 이 두 사건이 서사 전개 과정에서 분리되어 등장한다는 점은 장 승상 부인이 두 번 모두 심청의 논리에 승복하는 결과를 낳고 그로 인해 심청에 대한 평가를 강조하는 효과가 있다.[17] 그렇다면 〈그녀의 심청〉에 나타난 변화는 심청의 효녀로서의 형상을 약화시키는 결과를 초래한다. 이는 〈그녀의 심청〉이 제기하고 있는 주제가 심청의 효가 아니기 때문이다. 〈그녀의 심청〉의 경우 심청이 15세가 된 시점에서 서사가

---

17) 김종철, 앞의 논문, 2013, 321면.

시작되기 때문에 곽씨 부인의 죽음이나 심 봉사의 희생 역시 소거되어 있다. 대신 곽씨 부인은 장 승상의 전부인의 친구로 변모하여 여성의 희생적 삶을 드러내는 역할을 한다.

〈그녀의 심청〉에서 심 봉사의 역할 역시 〈심청전〉과 비교할 때 소략한 편이다. 〈심청전〉의 장 승상 부인 계열 이본에서 심 봉사는 주요한 인물 중의 하나이다. 그는 어린 심청을 양육하는 주체이고 심청의 죽음을 가장 애통해 하는 유일한 가족이기도 하다. 그런 그가 〈그녀의 심청〉에서 심청에게 짐일 뿐인 아버지로 전락한 것은 장 승상 부인의 서사적 비중이 커진 까닭이다. 〈심청전〉이 심청과 심 봉사를 통해 심청의 효를 보여준다면 〈그녀의 심청〉은 심청과 장 승상 부인을 통해 딸들의 희생에 주목한다. 상황이 다를 뿐 하류층 여성인 심청이나 양반의 딸인 장 승상 부인에게도 동일한 무게의 힘든 삶을 반복적 변주를 통한 다중 형식의 스토리텔링[18]을 통해 보여 준다. 맹인 아버지의 딸인 심청의 사연과 몰락한 양반의 딸인 승상 부인의 사연이 만나는 접합점에는 무당의 딸인 뺑덕어미의 사연과 돌아갈 곳이 사라진, 누군가의 딸이었을 며느리의 사연이 겹쳐진다. 그 결과 계층과 나이, 과거와 현재를 아우르는 여성들의 고난이란 주제는 강화된다.

(2) 장 승상 부인 형상의 변용

〈그녀의 심청〉에서 '그녀'는 중의적 의미지만 일차적으로는 장 승상 부

---

18) 웹 만화가 독자들에게 몰입감을 주기 위해서는 단일한 플롯—하나의 상황이나 줄거리—에 대한 반복적 변주를 통한 다중 형식 스토리텔링이 적합하다. 다수의 인물과 다양한 사건이 전개되는 서사적 흐름을 전개시키기에는 웹 만화의 양식이 적절하지 않다. 왜냐하면 웹 만화의 두루마리 형식의 읽기 방식은 분절된 칸의 흐름에 따른 시간의 연속성을 획득하는 것보다 칸의 흐름에 따른 감정의 공감을 획득하는 데 더 용이하기 때문이다. 이상민, 「웹 만화의 매체적 특성과 스토리텔링에 대한 고찰」, 『한국학연구』 30, 고려대학교 한국학연구소, 2009, 249면.

인을 칭한다. 장 승상 부인의 심청에서 이 이야기는 시작된다. 장 승상 부인에게 의미화된 심청을 조명하려는 것이며 그린 까닭으로 〈그녀의 심청〉 서사의 출발점은 승상 부인이 내어 준 삼백 석을 심청이가 거절하고 죽으려한 사연이 무엇일까이다. 이는 〈심청전〉의 독자라면 가질 법한 간단한 질문처럼 보이지만 단순한 궁금증으로 치부할 것은 아니다.

장 승상 부인은 〈심청전〉의 원래 줄거리에서 애초부터 있어온 것이 아니라 이야기가 확대되어 오는 과정에서 새로이 첨가된 인물이다. 〈심청전〉 향유자들에 의해 장 승상 부인의 존재는 〈심청전〉 향유자들에 의해 다양한 기능과 목적에 따라 첨가되고 확장되어 왔다. 초기 〈심청선〉에서 장 승상 부인이 등장하게 된 것은 〈심청전〉의 줄거리에 공양미 삼백 석을 대신 내줄 정도의 돈 많은 사람을 끌어들일 필요가 있었기 때문이다. 즉 그저 마을에 사는 부잣집 마님 정도의 포괄 범위를 가질 수 있으며 그 이상의 심각한 의미는 없었다.[19]

서사적 연유에서 첨가된 장 승상 부인은 각 창자의 이면 해석에 따라 섬세한 인물형으로 만들어지고[20] 〈신재효본 심청가〉를 기준으로 보면 장 승상 부인 대목은 19세기 후반 하나의 완결된 더늠이 된다.[21] 이 대목은 먼저 장 승상 부인집의 모습이 우아하게 그려지고 이어서 심청의 아름다운 자태를 묘사한다.[22] 장 승상 부인과 만나는 고결한 신분의 심청에 주목하면 장

---

19) 유영대, 「장 승상 부인 대목의 첨가에 대하여」, 『판소리 연구』 5, 판소리학회, 1994, 41면.
20) 박인혜, 「전승 〈심청가〉 '장 승상 부인 대목' 비교—박동실 바디, 정응민 바디, 김연수 바디를 중심으로—」, 『판소리연구』 45, 판소리학회, 2018, 73면.
21) 한편 〈신재효본 심청가〉에서 장 승상 부인은 다른 이본과 달리 변별되는 설정을 갖고 있다. 〈신재효본 심청가〉에서 장 승상 부인의 딸이라는 아가씨가 등장한다. 심청은 장 승상댁을 자주 드나들면서 그 댁 아가씨가 읽는 글을 대강 들어 아는 것으로 나타난다. 이는 장 승상 부인 계열의 다른 이본에서는 찾을 수 없는 부분이다. 이를 신재효의 개인적 창작으로 본다면 장 승상 부인 대목이 일반화되었음을 보여주는 동시에 장 승상 부인 대목이 이본 창작자에 의해 변용이 가능한 부분임을 알려 주는 증거가 된다.
22) 다음은 〈완판 71장본 심청전〉의 일부분이다. 월평 무릉촌 장 승상되 시비 드러와 부인 명을 바다 심소제를 청흐 거늘 시비를 짜러갈계 시비 손 드러 가라치난 [장 승상 부인집

승상 부인이 상당한 의미를 가지고 서사적 맥락에 끼어들었다는 점을 알 수 있다. 그러나 이는 주인공 심청의 형상을 강화하기 위한 것으로 장 승상 부인 그 자체에 대한 관심이라고 보기는 힘들다. 장 승상 부인은 장자나 장 승상, 장 승상 부인과 같은 맥락에서 공양미 삼백 석을 내어 줄 수 있을 만한 돈 많은 사람, 고결한 신분의 우아한 사람, 심청의 도덕의식에 깊이 감동하여 그 희생의 가치를 높이 평가하는 사람의 의미를 갖는다.

한편 장자로 호칭되던 남성 인물 대신 여성 인물인 장자 부인이 등장한 것은 남성 인물에 대한 부정적인 인식이 생기고 이를 여성 인물로 대체하는 과정에서 발생하였다. 또한 장자 부인의 등장은 〈심청전〉의 서사에 있어서 여성성을 강조함으로써 심청을 둘러싼 성(性)적인 위험성을 제거하고 향후 장 승상 부인으로 이행할 수 있는 기반을 마련한다.[23] 장자에서 장 승상 부인으로의 변모가 심청을 돕는 인물의 사회계급적 위치를 유지하면서 남성에 대한 부정적 인식을 반영한 거라면 체제에 순응하는 형상으로 장 승상 부인을 구체화한다. 물론 웹툰으로의 변용에 따라 장 승상 부인의 모습은

의 모습]디 바라보니 문 압푸 심은 버들 엄용ᄒᆞᆫ 시상촌을 젼ᄒᆞ여 잇고 디문 안의 드러셔니 좌편의 벽오동은 말근 이실리 쑥쑥 써러져 학의 쑴을 놀닉씨고 우편의 셧난 반송 청풍이 건 듯 부니 노용이 굼이난 듯 중문 안의 드러셔니 창 압푸 심은 화초 일난초 봉미장은 속입피 씩여나고 고루 압푸 부용당은 빅구가 흔흔ᄒᆞ디 하엽이 출수소의젼으로 놉피 써셔 동실 넙젹 진경은 쌍쌍 금부어 둥둥 안 중문 드러셔니 가사도 굉장ᄒᆞ고 수호 문창도 찬란ᄒᆞᆫ디[장 승상 부인의 모습]반빅이 나문 부인 의상이 단졍ᄒᆞ고 기부가 풍영ᄒᆞ야 복이 만흔 지라 심소계를 보고 반겨ᄒᆞ야 손을 쥐며 네 과연 심청이냐 듯던 말과 갓도 갓다 ᄒᆞ시며 좌를 주어 안친 후의 가긍ᄒᆞ물 위로ᄒᆞ고 자셔이 살피니[심청의 모습]천상의 봉용국식일시 분명하다 염용ᄒᆞ고 안진 거동 빅셕청강 식비 뒤의 목욕ᄒᆞ고 안진 졔비 사름 보고 놀닉난 듯 황홀흔 져 언골은 천심이 도든 달리 수면의 빗치엿고 추파를 흘이 듯이 식벽빗 말근 하날의 경경흔 식별 갓고 양협의 고흔 비천 노양연봉추분홍의 부용이 식로 핀 듯 청산 미간의 눈썹은 초싱달 정신이요 삼삼녹발은 식로 자난 난초 갓고 직약 쌍 빈는 미야미 귀 밋치라 입을 여러 웃난 양은 모란화 흔 송이가 하로밤 비기운의 피고 져 버려지난 듯 호치를 여러 말을 ᄒᆞ니 농산의 잉무로다. 김진영·김현주·김영수·이기형·김지영·송은주,『심청전 전집』 3, 박이정, 1998, 223면.

23) 신호림, 앞의 논문, 2016, 6~27면.

순정 만화 여주인공과 같은 그림체로 표현되며 반백의 부인이 아닌 15세의 소녀로 바뀐다. 그러나 삼백 석을 선뜻 내어 줄 부잣집 마님, 고결한 신분의 우아한 귀부인, 심청의 사정을 누구보다 잘 이해하는 사람이라는 점은 여전하다.

기울어진 가세(家勢) 때문에 팔려온 15살 소녀의 삶은 장 승상 부인이 되기 위해 겪어야 할 고난과 시련의 연속이다. 오빠의 관직 자리를 얻기 위해 아버지뻘인 승상의 후처가 된 그녀를(《물 위에 핀 꽃(2화)》) 전부인의 아들 내외는 하대하고(《새 신부(3화)》) 새 신부가 둔갑한 여우라는 소문이 마을에 떠돈다.(《둔갑한 여우(4화)》) 장 승상의 죽음이 임박한 상황 속에서 승상의 병환을 위해 열녀전을 따라 손가락을 자르고 믿었던 유모가 죽자 집에서 고립된다. 집안의 꽃이 되길 강요받으며 성장한 그녀는(《막내 아씨(56화)》, 《창고 속 기억(57화)》, 《규중화초(58화)》) 자신의 처지가 기생과 다를 바 없다고 느낀다(《무릉의 꽃(45화)》). 〈그녀의 심청〉에서 장 승상 부인은 명예와 권력을 가진 집안의 여인이지만 아버지와 오빠, 남편과 양아들 그리고 마을의 남자들 등 그녀를 둘러싼 모든 남성들에 의해 끊임없이 위협당하면서도 양반 가문 여성에 대한 기대에 부응하기 위해 고군분투한다.

2) 판소리 문체의 웹툰적 재현

말칸은 청각적 요소가 완전히 배제된 회화, 혹은 청각적 요소를 적극적으로 내포하고 있는 영화나 애니메이션에서는 나타나지 않는 만화만의 특징적인 요소이다. 또한 심리나 감정, 독백 등을 시각적으로 전달하여 보다 다층적인 인물 묘사가 가능한 효과적인 전달 수단으로 작용한다.[24] 〈그녀

---

24) 정규하 · 윤기헌, 「웹툰에 나타난 특징적 말칸 연출에 대한 분석」, 『만화애니메이션연구』 36, 한국만화애니메이션학회, 2014, 294면.

의 심청〉에서는 네 가지 종류의 말칸이 나타난다. 첫째는 인물 간의 대화를 드러내는 것으로 일반적으로 풍선 형태이다. 큰 소리나 흥분, 분노의 감정 등 격한 감정 상태를 표현할 때는 가시 돋친 모양으로 표현된다. 두 번째는 각진 형태의 말칸으로 객관적인 정황 설명이나 인물의 감정, 설명, 부가 설명 등을 나타내는 해설 말칸이다. 해설 말칸은 사건을 전개하거나 상황을 설명하는 등의 기능을 하며25) 말칸의 꼬리가 없이 직사각형 모양이다. 각진 형태의 고딕체로 심청의 속마음을 드러내기도 하고 칸의 형태가 사라진 채로 제시될 때도 있다. 작품의 전반부에서는 심청의 독백이나 심청의 눈으로 본 상황에 대한 설명 후반부에는 장 승상 부인의 독백이 담겨 있다. 칸의 형태가 사라진 경우는 따옴표와 같은 강조 표시를 통해 마을의 소문과 같은 여러 사람의 목소리 혹은 발화자를 알 수 없는 내용을 담고 있다. 마지막으로 궁서체로 말칸이 없이 길게 제시되는 부분을 발견할 수 있다. 이는 다른 웹툰에서 찾기 힘든 것으로 판소리의 창자 혹은 고전소설의 낭독자의 목소리이며 〈심청전〉의 대목을 거의 그대로 옮겨왔다.

논의의 편의를 위해 서로 간에 변별되는 세 가지 말칸을 대화 말칸, 해설 말칸, 판소리 말칸으로 구분하고 해설 말칸과 판소리 말칸에 대해 좀 더 살펴보았다. 우선 판소리 말칸의 경우 〈심청전〉의 서사를 그대로 가져오는 부분들, 예를 들면 효녀 심청의 성장 과정을 이야기하는 부분, 심청을 효녀로 설명하는 부분, 심 봉사가 물에 빠지고 공양미 삼백 석을 약조하는 대목 등이며 옛 글씨를 연상시키는 궁서체로, 구어체를 사용하여 스크롤의 흐름에 따라 귀로 듣는 느낌을 연출하고 있어 판소리 서사에 대한 지향을 확인할 수 있다. 이는 오디오드라마26)로 가면 선명하게 드러난다.

---

25) 김동호, 「말칸(말풍선)의 소리 이미지에 대한 연구—발화되지 않는 말칸」, 『만화애니메이션 연구』 54, 한국만화애니메이션학회, 2019, 159면.

26) 오디오드라마 〈그녀의 심청〉은 오디오코믹스에서 매주 월, 수, 금 연재되었으며 현재 총 71화(12시간 53분)로 완결되었다. 여기서는 지면의 한계로 자막으로 대체하며 해당 내용은 오디오코믹스 (https://audiocomics.kr/player/episode/1809)를 통해 확인

> **소리꾼** : 옛날 옛적 유리국 도화동에 한 소경이 부인과 살았는디. 성은 심이요, 이름은 학규라. 만득에 딸 하나 낳았으나 부인은 초상 치르니 '여보 마누라 눈 좀 떠보시오' 심 봉사가 실성하더라. 어린 딸 심청이 우니 심 봉사는 청이를 업고 나가 동네 부인네들 동냥젖 먹여 키웠는디 이렇듯이 자라난 청이는 일곱 살부터 구걸하여 눈 먼 애비를 극진히 모시는 것이 도화동 효녀라.
>
> 하루난 심 봉사를 공양미 삼백 석을 시주하면 눈 뜰 수 있다는 화주승의 말을 듣고 덜컥 약조를 허였는디. 아이고, 아이고 잡곡 한 되도 없는 형편에 삼 백석을 어찌 구하리. 이 소식을 들은 무릉촌댁 장 승상 부인은 수양딸이 되면 삼백 석을 내준다고 허였으나 심청이 이를 거절하고. 아 글씨~ 인당수에 던질 제물을 구하는 남경 상인들에게 삼백 석을 받고 팔려 가기로 허는디.
>
> **고수** : 가만, 가만… 왜 상인들한테 팔려 가기로 했나?
>
> **소리꾼** : 아 이사람아 북은 안 치고 쓸데없는 걸 물어! 〈하략〉

[표 2] 오디오드라마 〈그녀의 심청〉 1화 자막

웹툰에서는 오라버니가 동생에게 〈심청전〉을 낭독해 주고 이를 듣던 여동생이 "승상 부인이 삼백 석 대신 내 준다는 거 나라면 냉큼 받았을 텐데. 심청이는 왜 거절하고 나서서 죽으려고 한 거지?"라는 질문을 하면서 도입부가 시작되기에 고전소설 낭독자의 목소리로 나타난다. 오디오드라마에서는 [표 2]와 같이 북소리 및 고수의 추임새와 함께 소리꾼의 공연이 시작되고 고수가 공연의 흐름을 깨고 나와 "승상 부인이 삼백 석을 내준다지 않나! 냉큼 받으면 될 텐데. 왜 거절하고 죽으려고 했냐 말이야."라고 개입함으로써 판소리 공연의 일부처럼 들려준다.

판소리 말칸이 다른 웹툰에서 볼 수 없는 특징적인 것이라면 해설 말칸

할 수 있다.

은 사건 전개와 상황 설명이라는 공통된 기능이 있지만 〈그녀의 심청〉에서
는 약간의 차이를 발견할 수 있다. 〈그녀의 심청〉에서 해설 말칸은 주로 심
청이나 장 승상 부인과 같은 여성의 시각과 목소리가 주를 이루고 경우에
따라 이는 서술자의 목소리와 겹쳐진다. 흥미로운 지점은 등장인물의 발화
와 서술자의 발화가 혼용되어 나타나는 중층적인 목소리가 독자에게 미치
는 효과이다.

25화의 마지막 그림에는 검은 화면 위에 "우리는 진짜 적에게 이긴 것일
까?"라는 텍스트만이 제시된다. 이는 심청과 장 승상 부인이 합심하여 며느
리의 함정으로부터 벗어나고 역으로 며느리를 곤란에 빠뜨리는 부분에 이
어진다. 하나의 칸을 고스란히 사용하여 향유자의 관심을 주목시키고 있는
의도적인 배치로 이것은 심청의 발화이자 장 승상 부인의 발화이며 서술자
가 향유자에게 던지는 질문이기도 하다. 그런데 이 그림 이후에 이어지는
댓글을 보면 향유자와의 반응을 촉발하는 '판'의 효과를 확인할 수 있다.

> [솔 2019 - 7 - 13 11 : 53 : 06] 진정한 적은 누구인지 보이시죠?
> [포도송이 2019 - 7 - 12 22 : 55 : 41] 우리는 진짜 적에게 이긴 것일까?? 이 대
> 사와 장면이 누가 진정한 적인지 보여주네요.
> [박희숙 9022 2019 - 7 - 18 14 : 33 : 04] 높은 신분의 마님이 신분상으로 하잘
> 것 없는 장사꾼한테 큰 절을 하고 장사꾼들은 그 행동에 대해 평가한다는
> 게 너무 화난다. 승상에게서 얻은 권력이 없어 어떻게든 다른 이의 평가에
> 기대어 살 수밖에 없는 마님과 그 자그만 권력 잡으려고 마님을 추락시키려
> 하는 며느리…그리고 그 둘을 처벌할 더 큰 권력이 있는 승상 아들 진짜 적
> 은 누구고 진짜 이겨서 권력을 쟁취해야 할 대상이 누군지 생각하게 된다.
> [삼따니 2019 - 7 - 6 10 : 23 : 59] 결제 못 멈추지 ㅇㅇ… 그나저나 작가님 진짜
> 감탄하게 만드시네…진짜 적은 아니지. 또다른 약자의 몸부림이었을 뿐.

[몽지 2019 – 7 – 16 01:48:58] 여성의 적은 여성이 아니죠

[몽글몽글몽몽 2019 – 7 – 17 21:43:47] 와…마지막말…명언

[닉네임 2019 – 7 – 26 14:30:31] 진짜 적이 누구인지 너무나 잘 보이네요. 아무리 높은 곳에 있어봤자 결국엔 무릎 꿇어야하고 목숨 내놔야 해요. 그 적 때문에.

[표 3] 25화 살아남기의 향유자들의 댓글

[표 3]은 향유자들의 댓글 중 첫 부분에서부터 이어지는 댓글의 일부를 가져온 것이다. 각기 다른 시간 다른 장소에서 웹툰을 보았지만 그들은 '우리는 진짜 적에게 이긴 것일까'란 하나의 질문을 통해 서사에 대한 공감대를 형성하고 있다. 판소리의 '판'이 공연자와 청·관중이 함께 존재하는 실체적 공간이면서 그들이 서사적 내용과 감정을 교류하며 형성하는 흐름이라는 심리적 공간27)이라는 점을 고려한다면 균일하게 형성되는 향유자의 반응은 단순히 스낵 컬처(Snack Culture)인 웹툰의 댓글이라고 치부하기 어렵다.

3) 익숙한 이야기 이면의 서사적 상상력

고전소설 〈심청전〉의 서사는 오랜 역사만큼이나 익숙한 이야기이며 구조가 단순하고 쉬운 이야기이기도 하다. 또한 심청의 눈 먼 아버지 심 봉사와 물에 빠진 그를 구하여 시주를 권하는 몽은사 화주승, 그의 재산을 탕진하고 달아나는 뺑덕어미, 어린 심청에게 젖동냥을 하고 봉사 부녀를 보듬었던 도화동 사람들, 그들에게 막연하고 거대한 공포의 대상이었던 용왕까지, 이들은 심청 이야기에서 빠지지 않고 등장하는 익숙한 인물들이다. 〈그

---

27) 황혜진, 「판소리의 매체교육적 의의」, 『판소리연구』 24, 판소리학회, 2007, 377면.

녀의 심청〉에는 〈심청전〉의 등장인물들이 대체로 등장한다. 인물뿐만 아니라 〈심청전〉의 서사는 마지막 편인 81화 끝맺는 이야기[28]를 통해 다시 한번 온전히 유지된다. 〈그녀의 심청〉은 원전을 인용하는 부분을 첨가하고 고전소설의 효녀와 무능한 장님 아버지, 사람들의 지탄을 받는 하층민 여성인 뺑덕어미까지 이미 익숙한 인물들과 천출지효(天出之孝)라는 심청의 행위까지도 그대로 수용하면서 이 이야기가 '소설' 〈심청전〉임을 표나게 드러낸다.

오빠 : '장 승상 댁 부인의 제안도 거절하고 인당수에 던질 제물을 구하는 남경
　　　상인들에게 팔려가기로 했단다'
동생 : '승상 부인이 삼백 석 대신 내 준다는 거, 나라면 냉큼 받았을 텐데 심청
　　　이는 왜 거절하고 나서서 죽으려고 한 거지?'
오빠 : …이게 만약 진짜 있었던 이야기라면 여기에 안 써 있는 사정이 있었겠
　　　지…

[표 4] 0화 도화동 심청

[표4]에서 동생의 질문에 대한 오빠의 대답은 이 웹툰의 시작점을 잘 설명해 준다. 〈심청전〉은 오래 시간동안 사람들이 향유해 온 허구적 이야기로 진짜 있었던 이야기는 아니므로 웹툰의 창작자는 고전소설 〈심청전〉에

---

28) "한 가난한 처녀가 인당수에 제물로 던져졌다. 그리고 몇 번의 봄이 돌아왔다. 남은 사람들은 그녀의 넋을 오래도록 기렸고 그녀의 이야기는 널리널리 퍼졌다. 도화동의 효녀 심청은 여자 중의 군자요. 새 중의 봉황이라. 하늘이 낸 효성에 얼굴 또한 일색에 단정히 앉은 모습 한 마리 제비 같고 말하고 웃는 모습 새로 핀 연꽃 같고 그 자태가 가히 월궁의 선녀였다고. 그리고…" 용왕이 여자였다는 뱃사람의 증언을 마을 사람들이 믿어주지 않고 홀로 남은 심 봉사가 뺑덕어미에게 재산을 뺏겨 걸인이 되었다고 한탄하고 마을 사람들에게 실은 청이가 죽지 않고 용왕이 그녀의 효심에 감복하여 연꽃을 타고 궁궐 같은 곳으로 시집을 갔기에 자신을 불러 줄 것이라 말하여 마을 사람들의 웃음거리가 된다. 남은 자들은 패망한 장 승상집에서 장 승상 부인의 종적을 궁금해 한다.

는 나와 있지 않는 사정을 찾고자 한다. 따라서 이 웹툰 서사의 성공 여부는 누구도 사실이라고 믿지 않지만 오랜 시간 향유해 온 〈심청전〉의 숨은 사정을 향유자에게 얼마나 설득력 있게 혹은 향유자가 납득할 수 있는 수준으로 풀어내느냐에 있다.

이를 위해 이 작품은 인물과 소재의 설정에서 다시 익숙한 이야기인 고전 서사를 활용한다. 그런 이유로 〈그녀의 심청〉을 자세히 살펴보면 고전 서사의 흔적들이 겹쳐 나타나는데 여기서는 대표적인 것 몇 가지만을 논의하기로 한다. 15세 두 소녀의 동성애라는 설정, 심청의 미소년으로의 변화, 사회적 금기로부터의 일탈을 꿈꾸지만 체제 순응적인 장 승상 부인의 모습, 공동의 과제를 해결하는 지기(知己)로서의 관계, 특히 가부장제 속 두 여성 주인공의 연대라는 점에서 고전소설 〈방한림전〉이 떠오른다. 이를 통해 전형적인 GL장르와 차별화되는 지점을 확보한다.

작가는 외전(外傳)을 따로 둘 만큼 뺑덕어미의 사연에도 주의를 기울인다.[29] 뺑덕어미는 개성이 뚜렷한 한 개인인 동시에 하나의 유형을 대표하는 인물로 추악한 여인, 부도덕한 아내, 유랑하는 서민상의 요소를 갖추고 있다.[30] 뺑덕어미 인물형은 가사 작품 중 서사적 경향을 보이는 작품이나 가사계 소설도 흔히 등장하며 이러한 악인 형상은 이원론의 도식적 악인형과 다른 특징을 보인다.[31] 〈그녀의 심청〉의 뺑덕어미 역시 이러한 특징을 공유하고 있다. 특히 그녀가 가진 사연은 여성 인물의 형상이 두드러진 조

---

29) Q. 〈심청전〉을 각색하시면서 원작과 꼭 다르게 하고 싶었던 캐릭터 설정이 있었나요?
　　Seri : 뺑덕어미요. 〈중략〉 실제로 〈심청전〉 연구에서도 뺑덕어미가 당대 여성에게 부여된 사회적 규범을 어긴 인물일 뿐이라 해석하는 논고를 종종 볼 수 있어요. 그래서 단순한 악녀가 아니라 규범의 울타리를 벗어난 아웃사이더로 그려내고 싶었습니다.
　　임하빈, "인터뷰: [그녀의 심청] Seri, 비완 작가 인터뷰", 『웹툰가이드』, 2019. 10. 9.
　　https://www.webtoonguide.com/ko/board/rds01_interview/10776, 2020. 12. 31. 검색.
30) 정하영, 「심청전에 나타난 악인상 : 뺑덕어미론」, 『국어국문학』 97, 1987, 97면.
31) 서인석, 「조선 후기 향촌 사회의 악인 형상 : 놀부와 옹고집의 경우」, 『인문연구』 20－2, 영남대 인문과학연구소, 1999, 160~162면 참조.

선 후기 가사 작품인 〈덴동어미화전가〉의 덴동어미와도 겹쳐지며 사연을 매개로 여성적 연대를 형성하는 방식 또한 유사하다.

소재의 측면에서 논하자면 이러한 양상은 더욱 빈번하게 발견된다. 새색시의 오빠는 혼례를 위해 인당수를 건너오는 과정에서 승상에게 바칠 금자라를 획득하고 이것을 먹은 장 승상은 원인 모를 병에 걸린다. 이러한 행동은 용왕의 분노를 불러일으키고 이로 인해 인당수의 재앙을 가져온다. 결국 심청을 인당수의 제물로 바치게 되는 결과를 낳는다. 〈그녀의 심청〉에서 엄마였던 용왕은 장 승상 부인이 죽은 승상의 배를 갈라 자라의 잔여물을 꺼내 바친 후에야 비로소 분노를 거둔다. 자라와 용왕은 〈토끼전〉을 비롯한 고전 서사에서 흔히 접하는 소재이다. 특별한 자라를 살려 두었더니 그가 용왕의 자녀라는 설정은 고전소설 〈숙향전〉에서 보은담의 하나로 주요하게 등장한다.

이뿐만 아니라 〈그녀의 심청〉에서 심청과 장 승상 부인은 현숙한 여인들의 위패를 보관한 숲 속 사당을 발견하고 그곳에 여성들의 진정한 삶이 없음을 한탄한다. 이는 고전소설 〈사씨남정기〉와 〈완판 84장본 열녀춘향수절가〉 등에서 찾아 볼 수 있다. 특히 생전의 열녀(烈女)와 현부(賢婦)였던 여성들이 죽어서 이비의 신하가 되는 사후세계인 황릉묘(黃陵廟)를 떠올리게 한다.[32] 여성들만의 신주를 모시는 사당(祠堂)이라는 소재는 실제 현실에서 존재하기 힘들다. 그러나 심청과 장 승상 부인은 숲 속 사당에서 열녀와 현부의 발자취를 확인하고 그들을 추모한다. 또한 사당에서 장 승상의 전 부인이 현숙함이라는 가치를 지키기 위해 심청의 모친인 '연'에 대한 연모의

---

32) 지연숙, 「고전소설 공간의 상호텍스트성—황릉묘를 중심으로」, 『한국학연구』 36, 고려대학교 한국학연구소, 2011, 141~165면에서는 실존하던 이비의 사당이었던 황릉묘가 우리나라 고전소설에 수용되는 과정을 상호텍스트 개념을 통해 설명하고 에피소드 공간, 메인 공간으로 나누어 살피고 있다. 이처럼 황릉묘는 고전소설에서 흔히 나타나는 소재이자 공간이라 할 수 있다.

감정을 포기했음을 알게 된다. 이러한 에피소드가 낯설지 않는 것은 기존 서사에서 보아왔던 황릉묘의 존재 때문이다.

3. 웹툰 〈그녀의 심청〉을 통해 본 고전 콘텐츠의 방향

고전 서사 기반의 웹툰들이 생산되고 대중의 인기를 끄는 상황에서도 고전 콘텐츠의 차별되는 지점과 가치는 무엇인지에 대한 논의는 여전히 부족하다. 고전 콘텐츠의 방향에 관한 논의는 위의 논의들이 충분히 이루어진 후 비로소 거칠지 않을 수 있을 것이다. 그러나 웹 만화나 출판 만화와 구별되고 한편으로 일본의 망가나 서구의 카툰과도 별별되는 한국의 웹툰의 위상과 성과에 주목할 필요가 있다. 이를 기반으로 고전 기반 웹툰의 창작 역시 대폭 활성화되고 있기 때문이다. 웹툰 〈그녀의 심청〉 역시 이러한 작품 중의 하나이지만 고전소설 〈심청전〉과의 관련성이란 측면에서 특별한 점이 있다고 판단하였다.

〈그녀의 심청〉은 고전소설 〈심청전〉의 전승 맥락을 수용하고 있다. 장 승상 부인이라는 특정 인물을 구체화하고 장 승상 부인 대목으로 불리는 다섯 개의 사건을 취사선택하였다. 주지하다시피 〈심청전〉은 하나의 고정된 작품이 아니며 다양한 이본을 통해 만들어진 작품이다. 장 승상 부인과 장 승상 부인 대목 역시 초기 〈심청전〉에는 존재하지 않다가 〈심청전〉의 향유자들에 의해 만들어진 것이다. 그런 까닭으로 장 승상 부인의 존재와 장 승상 부인 대목의 사건은 앞으로도 여전히 새롭게 각색되고 변화될 수 있으며 〈그녀의 심청〉은 이러한 변화 과정의 예시가 된다. 다음으로 〈심청전〉은 다양한 매체로 변용되어 왔으며 웹툰으로의 변용 역시 처음이 아니다. 고전 서사는 보편적 주제를 갖는 익숙한 이야기라는 점에서 콘텐츠로서의 이점이 있음에도 불구하고 고전 서사를 활용한 모든 콘텐츠가 성공하는 것은 아니다. 〈그녀의 심청〉은 판소리 웹툰이라 할 정도로 〈심청전〉이 갖는 매체적 성격이 잘 드러난다. 마지막으로 〈그녀의 심청〉은 〈심청전〉을 변용하였지만 단순히 〈심청전〉만을 수용하고 있지 않다. 이는 작가의 고전 서사에 대한 다양한 관심과 흥미가 낳은 결과이다. 이에 고전 콘텐츠의 사례로 삼아 고전 콘텐츠물의 성과와 방향을 가늠해 보았다.

1) 전승 주체로서 작독자에 대한 관심

고전 콘텐츠를 연구하는 기본 관점은 정지된 상태가 아니라 진행 중인 과정으로서의 고전이며 따라서 그 중심에는 견고한 정전으로서의 고전소설이 아니라 그 텍스트를 읽고 쓰는 작독자와 그들의 향유 방식과 습성이 자리해야 한다. 아쉽게도 고전소설을 즐겼던 향유자에 대한 자료는 많지 않기에 향유자가 텍스트에 남긴 다양한 흔적들을 확인하는 것으로 대신할 수밖에 없다. 특히 고전에 대한 흔적을 남긴다는 행위 그 자체로 이는 고전에 대한 적극성이며 그런 까닭으로 하나의 개인으로서의 견해라 해도 그는 단순한 개별자가 아니라 사회적 맥락을 함의한 구성체로 보아야 한다.

작품의 수용에서 독자의 중요성은 수용미학과 독자반응비평을 중심으로 여러 차례 관심을 받아 왔으며 바르트는 저자의 죽음과 함께 독자의 탄생을 주창한 바 있다. 그러나 아쉽게도 특별하고 선명한 개인인 작가와 달리 독자는 불분명한 다수이다. 독자에 관한 정보는 적고 그들의 행위는 일시적인 현상으로 나타난다. 그런 까닭으로 독자에 대한 논의는 늘 상상의 독자인 초독자(超讀者, super reader) 혹은 내포 독자에 기대어 이루어질 수밖에 없었다.

한편 내포 독자의 존재 양상에 주목한 연구에 따르면 내포 독자는 다시 세 가지 정도로 나눌 수 있다.[33] 작가의 입장에 서서 내포작가의 창작 의도를 수동적으로 해석하고 작품의 자율성을 존중하는 독자가 있다. 실제 독자의 입장에서 스스로 독서의 주체가 되어서 창의적 작품을 완성하는 독자도 가능하다. 끝으로 텍스트에 따라 양자가 혼재되는 내포 독자는 작가의 의도, 작품의 내용과 형식, 상황과 맥락 등을 잘 이해하면서도 더불어 독자 자신도 개인적 쾌감과 가치를 느끼는 독자이다. 마지막 경우의 내포 독자는 작품을 완성하면서 작품 읽기의 구체화(concretization)를 통해 타율적으로 존재하던 작품의 가치와 의미를 확보한다.

이에 따르면 작가 지향의 독자와 독자 지향의 독자가 가능하며 양자를 넘나드는 독자의 가능성을 생각해 볼 수 있다. 양면적 내포 독자의 존재는 전승의 관점에서 매우 중요한 의미가 있다. 그러나 작가가 밝혀지지 않은 고전소설 작품이 적지 않다는 점, 고전소설 이본의 다양성 등이 고려될 필요가 있을 것이다. 고전소설은 오랜 시간에 걸쳐 생산·유통·수용이 되었기에 고전소설 독자는 고전소설이 처음 활발하게 생산·수용되었던 당대(當代) 독자와 현재(現在) 독자인 자신에 대해 이해하는 동시에 텍스트에 반영된 내포 독자까지도 고려해야 한다.[34] 이상을 고려할 때 고전소설에서 관심을 가져야 하는 대상은 실제적이고 적극적인 향유자인 작독자(wreader)이며 그들이 고전소설 〈심청전〉에 남긴 흔적들이다.

전승된다는 것은 작품을 통한 작가와 독자의 대화가 각각의 주체에게 유의미했음이다. 독자의 유의미함은 새로운 이야기하기로 전달되기 때문이다. 따라서 고전 콘텐츠에서 창의적 독자이자 적극적 독자인 작독자의 존재는 무엇보다 중요하며 고전소설 〈심청전〉의 향유자가 웹툰 〈그녀의 심청〉의 작가가 되는 지점인 〈심청전〉 이본의 생성사에 착목하고 그들이 남긴 뚜렷한 흔적과 매우 다양한 심급을 통해 〈심청전〉의 진행형으로서의 전승사를 재구할 필요가 있다.

---

33) 김승환, 「내포독자의 개념과 존재 양상」, 『어문논총』 78, 한국문학언어학회, 2018, 445~470면.
34) 조윤형, 「고소설의 讀者 연구」, 『독서연구』 17, 한국독서학회, 2007, 332~351면 참조.

2) 스토리(story)를 넘어 텔링(telling)으로[35]

　고전 서사를 기반으로 만들어진 문화콘텐츠를 선택하는 향유자의 입장에서 생각해 보면 크게 세 가지 정도의 흥미를 상정해 볼 수 있다. 하나는 자신이 알고 있는 혹은 서사를 기반으로 자신이 상상한 사건과 인물이 어떻게 복합 양식으로 구현될 것인가에 대한 기대이다. 이는 문자로 이루어진 작품들에서 공통적이지만 고전소설의 경우 시공간적 거리감으로 인해 향유자의 궁금증은 증폭된다. 둘째 고전이 제기하는 문제들은 보편적인 정서이자 가치에 대한 것으로 현재적 삶을 재인식하는 잣대가 된다. 인간의 기본적 욕망, 부의 최대치, 사랑의 방식, 개인에게 주어지는 사회의 무게 등이는 동서양을 막론한 고전(古典)에서 향유자가 찾고자 하는 사유의 원천이다. 마지막으로 고전 콘텐츠에 대해 향유자가 취하는 태도는 비평가와 유사한데 작가의 해석에 관여하고 그것에 대한 자신의 의견을 마련하며 전승의 역사에 동참하는 즐거움을 느낀다.

　범박하게 설정해 본 세 가지 측면은 매체에 따라 정도를 달리하여 나타나긴 하지만 대중문화를 기반으로 하는 문화콘텐츠일수록 이 중 가장 선행되어야 할 것은 매체 재현의 문제이다. 왜냐하면 매체로의 재현의 성공 여

---

35) 김광욱은 스토리텔링(storytelling)이 스토리(story)와 텔링(telling)의 합성어로 텍스트의 스토리(story)를 연구대상으로 삼았던 관점에서 탈피하여 이야기가 연행되는 현상으로 연구 관점이 이동하는 나온 개념으로 보았다. 스토리(story)는 텍스트와 같은 정태성에 주목하고 스토리텔링(storytelling)은 상호성과 같은 동태성에 주목한다. 여기서의 텔링(telling)은 말하기뿐만 아니라 서사시에서의 노래하기(singing), 영화 혹은 연극에서의 보여주기(showing), 소설의 쓰기(writing)를 포함한다. 어원이나 개념의 등장을 검토할 때 다양한 매체에서 하나로 귀결되는 서사적 원질을 스토리(story)로, 이야기하기의 다양한 방식을 스토리텔링(storytelling)으로 구별하는 것이 올바르다고 하였다. 김광욱, 「스토리텔링의 개념」, 『겨레어문학』 41, 겨레어문학회, 2008, 262~264면 참조. 여기서는 이 견해를 수용하되 텔링(telling)을 판소리, 현대소설, 영화, 뮤지컬, 웹툰 등의 각 장르의 변별적 자질까지도 포함하여 사용하였다.

부가 향유자가 작품을 통해 현재적 삶을 재인식하고 작품을 비평하고 창작하는 단계보다 선행하여 인식되기 때문이다. 예를 들어 〈그녀의 심청〉은 원전과의 관련성을 직접적으로 드러내고 있지만 향유자들이 우선적으로 착목하는 것은 만화체나 만화의 완성도이다. 맛보기 체험 후 결제로 이어지는 웹툰 수용 시스템에서는 더욱 그러하다. 한상정은 왜 독자들은 강풀의 웹 만화를 좋아하고, 그의 출판만화에는 흥미를 느끼지 못하며 연극으로의 각색은 성공하고 영화는 실패하는지에 의문을 제기한다. 이를 이야기 전환의 실패가 아니라 강풀의 인기에 대한 과도한 의존의 문제로 각색 능력의 부재를 실패의 원인으로 보았다.[36] 이는 고전 서사에 대한 직접적인 언급은 아니지만 고전 콘텐츠의 변용에도 시사하는 바가 있다. 고전 서사의 스토리(story)를 넘어 매체 특성에 맞게 이야기를 재구성하는 텔링(telling)에 대한 관심으로 확대되어야 한다. 특히 이는 재현되는 매체에 대한 것과 더불어 원작의 매체에 대한 연구를 포함한 것이어야 한다.

이러한 점에서 판소리를 기반으로 한 고전 콘텐츠들을 주목할 수 있다.[37] 판소리는 여전히 진행형의 장르이며 이를 가능하게 하는 것에는 판소리의 매체적 속성이 기여하는 바가 크다. 판소리는 매체의 변화와 매체로 인한 콘텐츠의 변용을 관통할 수 있는 핵심적인 매개가 될 수 있기에 판소리를 콘텐츠로 하여 여러 매체들이 어떻게 자기의 매체적 가능성 속에서

---

36) 한상정, 「강풀 만화책이 재미없는 이유」, 『실천문학』, 실천문학사, 2009, 301~302면.
37) 이러한 관점과 관련하여 판소리 서사를 활용한 웹툰에 주목한 김선현의 연구를 찾아볼 수 있다. 이 연구는 2010년 이후 판소리 서사를 활용한 웹툰인 〈제비전〉, 〈흥부와놀부〉, 〈흥부놀부전〉, 〈흥부놀부〉(이상 〈흥부전〉), 〈야귀록〉, 〈광한루로맨스〉(이상 〈춘향전〉), 〈심 봉사전〉, 〈바람소리〉, 〈그녀의 심청〉(이상 〈심청전〉), 〈삼작미인가〉(이상 〈심청전〉, 〈춘향전〉, 〈배뱅이굿〉)의 10편을 대상으로 판소리 기반 웹툰의 현황을 진단하고 방향을 모색한 바 있다. 김선현, 「판소리 서사 기반 웹툰의 스토리텔링 양상과 특징」, 『문화와융합』 40-2, 한국문화융합학회, 2018. 77~110면. 다만 웹툰의 매체적 특징을 바탕으로 논의를 진행하고 있으나 판소리의 경우 서사적 측면에만 국한하고 있어 아쉬움이 남는다.

판소리를 어떤 방식으로 실현시켰으며 그로 인해 어떻게 향유자와의 새로운 관계를 형성하였는지 비교 검토할 필요가 있다.38) 더하여 판소리는 웹툰을 어떻게 변용할 수 있는가, 웹툰은 판소리를 어떻게 변용할 수 있는가라는 상호적 관점의 전환이 여전히 진행형으로서의 판소리를 통해서도, 부상하고 있는 웹툰을 통해서도 비로소 가치로운 '고전' 콘텐츠의 향유 가능성을 높일 수 있다.39)

3) 향유자의 문화적 자산에 대한 고려

〈그녀의 심청〉은 세리(seri)와 비완이라는 두 사람의 공동작이다. 그 중 작화(作話)를 담당하고 있는 세리는 현직 국어교사로 대학원에서 고전소설을 전공하였다.

> Q. 〈심청전〉을 모티브로 한 작품을 구상하게 되신 계기가 궁금합니다.
>
> seri : 국어교육과 대학원에서 고전소설을 전공하면서 〈심청전〉을 다시 읽다 보니 심청이와 장 승상 부인의 관계가 눈에 들어오더라고요. 하지만 아직 구체적인 스토리로 발전시키지는 못하고 있었는데, 〈매지컬 고삼즈〉 완결 후 저스툰 담당자님께서 고전문학을 재해석한 작품을 연재해 보면 어떻겠냐는 제안을 주셨어요. 그래서 좋은 기회가 왔다 싶어 본격적인 구상에 들어갔습니다.40)

〈그녀의 심청〉 독자들이 특히 감동하는 지점은 〈심청전〉의 작화41)인데

---

38) 황혜진, 앞의 논문, 2007, 377면.
39) 물론 이는 판소리에서만 가능한 이야기는 아니다. 웹툰에 소설 평점(評點) 형식을 결합하고자 하는 장예준의 제안은 고전 서사의 향유 맥락을 활용한 것으로 좋은 예가 된다. 장예준, 앞의 논문, 2017, 419면.
40) 임하빈, "인터뷰: [그녀의 심청] Seri, 비완 작가 인터뷰", 『웹툰가이드』, 2019. 10. 9. https://www.webtoonguide.com/ko/board/rds01_interview/10776, 2020. 12. 31. 검색.
41) 만화는 이야기와 그림으로 이루어진다. 좋은 이야기가 나쁜 그림으로 그려지거나 나쁜 이야기가 좋은 그림으로 그려지기도 한다. 물론 우리가 알고 있는 많은 명작들은 좋은

이 작품의 서사가 탄생하게 된 것은 고전소설을 전공한 작가가 〈심청전〉을 읽는 과정에서 가져왔던 관심이었다. 그런 까닭으로 〈그녀의 심청〉은 〈심청전〉을 주제적으로 변주하지만 〈심청전〉의 서사 구조와 등장인물에 관한 연구사에 대한 이해는 물론 다양한 고전 서사와 고전소설, 한시 등에 대한 작가의 관심이 드러나 있다. 그 결과 이 작품은 고전의 재해석에 익숙한 사정을 밝히는 방식으로 페미니즘의 대중화와 여성 서사에 대한 독자들의 욕망을 충족시키는 텍스트, 여성이 쓰고, 여성이 주인공이고, 여성이 젠더 규범으로부터 탈주하는 텍스트[42])에 도달한다.

콘텐츠의 창작이 개인의 타고난 재능으로 치부되지 않기 위해서는 향유자들이 가진 문화적 자산에 대해 고려해야 한다. 고전소설 〈심청전〉의 향유자들이 심청 이야기를 접하는 기회는 한번이 아니며 그 방식과 매체 또한 다양하다. 향유자들은 자신의 가진 독서 경험 속에서 심청 이야기를 이해하고 해석하며 창작한다. 향유자에 따라서 표면적으로는 고전소설과 아무런 상관관계가 없어 보이는 콘텐츠에서 고전소설의 흔적을 발견하기도 한다.[43]) 이러한 방식은 '고전 서사의 전통'이나 '문화 원형'으로서의 고전소설의 자질로 칭해진다. 그러나 실상을 따져 보면 그것은 고전 서사 텍스트에서 발현되는 것이 아니다. 고전 콘텐츠 향유자가 자신의 고전에 대한 문식을 통해 이룩한 개인적 자산인 동시에 동시대 항유자들의 문화적 자산인 것

그림과 좋은 이야기의 결합을 통해 만들어진다. 전작인 매지컬고삼즈에서 일취월장한 그림과 너무나 잘 직조된 이야기...(언젠가 웹소설 쪽에서도 이런 수준의 이야기를 볼 수 있는 날이 올까?) 정말 좋은 만화다. 불평불만 가득한 블로그 https://blog.naver.com/vikiniking/221999001554, 2020. 12. 31. 검색

42) 허윤, 앞의 논문, 2020, 206면.

43) 인용하는 두 연구자는 각각 드라마 〈적도의 남자〉에서 고전소설 〈적성의전〉을 영화 〈시실리 2km〉에서 고전소설 〈토끼전〉의 서사를 확인하고 있다. 황혜진, 「한국 드라마로 이어지는 고전 서사의 전통—드라마 〈적도의 남자〉(2012)를 중심으로—」, 『겨레어문학』 49, 겨레어문학회, 2012. 서유경, 「문화원형으로서의 고전소설 탐색—〈시실리 2Km〉를 중심으로」, 『문학교육학』 64, 문학교육학회, 2019.

이다. 그런 점에서 고전 콘텐츠의 활성화를 위해서는 향유자 개개인의 고전 콘텐츠 향유 정도와 향유자들의 고전 서사와 고전 콘텐츠 해석에 관한 실증적인 연구가 보완되어야 할 것이다.

4. 결론

이 연구는 웹툰 〈그녀의 심청〉이 고전소설 〈심청전〉을 변용한 양상을 살펴보고 〈그녀의 심청〉을 통하여 고전 콘텐츠의 방향을 찾아보고자 하였다. 주지하다시피 고전소설 〈심청전〉은 창극과 현대소설, 영화, 드라마, 뮤지컬, 광고, 애니메이션 등의 다양한 장르를 통해 전승사를 구축해 왔으며 웹툰으로의 변용 역시 〈심 봉사전(2013)〉, 〈바람소리(2015)〉 등이 〈그녀의 심청〉에 앞서 대중화에 성공을 거둔 바 있다. 이러한 상황에서 〈그녀의 심청〉이라는 단일 작품에 주목하고 고전소설 〈심청전〉과의 관련성을 찾고자 시도한 것은 고전 서사의 콘텐츠로서의 변용 가능성에 주목한 까닭이다.

고전 서사의 대중화라는 대의 아래 고전 서사의 문화콘텐츠로의 변용에 대한 연구는 여러 면에서 시도되고 있다. 모든 시도가 성공적인 것은 아니며 때에 따라 득보다 실이 많을 수도 있다. 고전 콘텐츠는 늘 모본과 이본의 전승사에 위치하기에 단순히 고전소설을 다른 매체로 변용하는 것만으로는 부족하며 고전의 정신을 염두에 둔다면 더욱 난해한 작업이 되기 때문이다. 그럼에도 불구하고 고전소설은 여전히 향유되는 현재형의 이야기로 이는 정전으로서의 고전소설이 갖는 위상만큼이나 고려될 필요가 있다. 과거로부터 전해 오는 공동의 자산으로서의 고전소설이라는 실체와 별개로 고전소설의 향유는 지속되는 현상이며 고전소설의 다양한 향유가 고전소설의 가치나 역사성을 폄하하거나 훼손시키는 것은 아니다. 고전소설의 향유 주체는 현대인이기에 그들이 즐기는 고전소설의 속성과 그들이 고전소설을 향유하는 방식을 탐색하는 일이 필요하다. 그리고 현대인들의 고전소설 향유가 고전소설의 작독자들이 전승해 온 전통과 맞닿을 때 이는 실로 고전 콘텐츠의 범주에 포함시킬 수 있을 것이다.

이러한 관점에서 볼 때 〈그녀의 심청〉은 고전소설 〈심청전〉의 한 계열을 이룰 정도로 향유자들의 관심을 받아 온 장 승상 부인에 주목한 점, 판소리를 웹툰이라는 매체에 적용하고 있는 점, 익숙한 고전 서사에 상상력을 가미하여 친숙하면서도 참신한 에피소드를 창작했다는 점에서 주목할 수 있다. 그러나 한편으로 희생을 강요당하는 여성과 여성을 위협하는 남성들의 설정으로 인해 고전소설 〈심청전〉의 인물들이 보여주는 인간적인 면모가 사라진 점, 여성 간 로맨스를 다룬 GL 서사로 알려지며 페미니즘의 관점만이 강조된 점44), 웹툰이기에 서사에 못지않게 그림이 주요하게 작용하고 있다는 점은 아쉬운 부분으로 생각된다. 그럼에도 불구하고 〈그녀의 심청〉은 고전소설을 공부한 작가가 고전소설 〈심청전〉을 향유하는 과정에서 고전에 대한 의문을 제기하고 고전이 제기한 문제에 대해 새로운 답변을 마련하였다. 나아가 이를 스스로에게 가장 적합한 방식으로 표현하고 있다는 점에서 읽고 쓰는 작독자의 존재와 향유자의 문화적 자산이 고전 콘텐츠에 미치는 영향을 직접적으로 보여 준다. 이런 까닭으로 이는 하나의 사례에 불과하지만 고전 콘텐츠의 방향에 시사하는 바는 결코 가볍지 않다.

---

44) 〈그녀의 심청〉의 공간적 배경은 유리국이다. 유리국의 유리는 일본어로 백합, 즉 여성 간 로맨스를 지칭하는 표현과 연결된다고 해석된다. 그러나 김종철 18장본 〈심청전〉의 첫 부분은 '화셜 송쳔ㅈ 시졀의 유리국 심봉ᄉ라 하난 ᄉ람이 잇시되'로 공간적 배경은 유리국이다.

문화콘텐츠로서 신재효 서사의 양상과 스토리텔링의 방향

1. 서론

  신재효에 대한 학술적인 연구의 결과 판소리사에서 신재효의 위상과 가치에 대해서는 많은 부분 동의가 이루어졌다. 그에 따라 신재효를 대중적으로 알리려는 노력도 지속되어 왔고 책과 영화, 드라마 등 신재효와 관련된 문화콘텐츠들도 적지 않다. 신재효를 제재 혹은 중심인물로 삼아 서사적으로 의미하는 작업과 그 결과물을 '신재효 서사'라 할 때 영화 〈도리화가 (2015)〉는 대표적인 신재효 서사 중 하나이다. 수지의 출현으로 회자되었던 〈도리화가〉는 상업적 흥행에는 실패했지만 신재효의 인지도와 판소리의 저변 확대에 있어서는 일정 부분 기여하였다.[1] 이를 통해 볼 때 작품의 성공이나 평가와 무관하게 서사가 갖는 파급력이 적지 않기에 성공적인 신재효 서사는 지역 인사인 신재효의 위상을 확장하는 데 기여할 수 있을 것임을 추측해 볼 수 있다. 셰익스피어와 비견되어 거론되는[2] 그의 사회적·문

---

[1] 영화 〈도리화가〉는 영화의 완성도나 흥행의 측면에서 좋은 평가를 받지 못했다. 그러나 인기 배우이자 아이돌인 수지가 여자 주인공으로 출연한다는 점에서 개봉 전부터 화제를 모으며 단가인 도리화가(桃李花歌)와 작품의 작자인 신재효, 그리고 명창 진채선을 알리는 데 기여했다. 이는 영화 개봉 전의 인터넷 기사와 블로그의 글들을 통해 확인할 수 있다. 박종화, "수지 주연의 영화 도리화가 … 그 의미는?", 『시선뉴스』, 2015. 11. 25. https://www.sisunnews.co.kr/news/articleView.html?idxno=29684, 2021.9.10. 검색.

화적 가치를 고려할 때 그간의 학술적 연구 결과를 바탕으로 신재효를 전국적으로 알리려는 노력은 강화되어야 한다. 신재효 서사는 역사적 실존 인물로서의 신재효에 대한 연구와 더불어 신재효에 대한 인물 형상을 정립하고 판소리에 대한 담론을 형성하는 데 주요하게 역할하기 때문이다.

문화콘텐츠에서 활용되는 문화적 소재는 '삶의 방식으로서 총체'라는 문화의 정의처럼 매우 광범위하고 다양하다. 그런데 우리 삶에 존재하는 수많은 문화적 소재는 역사적·사회적으로 가치가 매우 높음에도 대중에게 인식되지 못하여 명맥을 유지하지 못하는 경우가 많다. 이러한 상황 속에서 문화적 소재들의 활용을 통해 그 가치를 고양시키는 효과적인 방법의 하나로 문화콘텐츠에 주목할 수 있다.[3] 그 중에서도 특별히 서사[4]에 주목하는 이유는 그것이 해당 인물을 기억하고 의미화하는 데 주요한 역할을 하기 때문이다. 대중은 과거를 단일하고 특별한 지식이나 학술적 차원에서 제기되는 역사적 문제로만 접근하는 것이 아니라 스스로 그것을 이해하고 해석의 관점을 정하며[5] 한편의 이야기로 수용한다. 따라서 신재효에 대한 대중

---

2) 신재효를 셰익스피어에 비교하는 논자들을 흔히 찾아볼 수 있다. 안병철, "고창의 발견, 한국의 셰익스피어 동리 신재효 선생의 정사 재현", 『새전북신문』, 2021. 3. 1. http://sjbnews.com/news/news.php?number=706848, 2021.9.10. 검색

3) 송희영, 「지역의 역사문화자원을 활용한 문화콘텐츠기획연구」, 『예술경영연구』24, 2012, 74면.

4) 여기서의 서사는 내러티브(narrative)의 번역어로 우리말로 서사(물), 서술(물), 이야기(하기), 이야기체의 문학, 담화 등으로 번역된다. 내러티브는 일반적으로 인간이 지어낸 이야기, 좀 더 구체적으로는 사건의 서술 정도로 인식, 사용되고 있으며 사실적 혹은 허구적 사건을 시간과 인과 구조에 따라 이야기 형식으로 구성 서술한 담화 양식으로 정리할 수 있다. 류은영, 「내러티브와 스토리텔링 : 문학에서 문화콘텐츠로」, 『인문콘텐츠』14, 인문콘텐츠학회, 2009, 16면 참고. 문화콘텐츠 연구에서는 재현적 구술성이 중심이 되는 스토리텔링이라는 용어가 흔히 사용되지만 이 연구에서 다루고 있는 대상이 주로 어린이책, 소설, 영화 정도이고 생산자와 수용자의 상호작용성보다 내용물로서 콘텐츠에 주목하고 있기에 서사라는 용어와 스토리텔링이란 용어를 함께 사용하였다.

5) 태지호·권지혁, 「지역 역사 인물의 문화콘텐츠 기획에 관한 연구—고헌 박상진 의사를 중심으로」, 『문화정책논총』30(1), 한국문화관광연구원, 2016, 251면.

들의 인식을 살펴보는 차원에서도 그와 관련된 서사에 주목하는 것은 중요하다.

다음에서는 교육콘텐츠, 문학콘텐츠, 미디어콘텐츠의 세 영역으로 나누고 2000년 이후 작품들에 국한하여 문화콘텐츠로서 신재효 서사의 양상을 살펴보았다. 각 영역은 문화콘텐츠로서의 지향과 향유층에 차이가 있기에 두루 살피는 것이 신재효 서사를 전체적으로 조망할 수 있는 까닭이다. 이러한 양상을 모색함으로써 신재효 스토리텔링의 방향을 탐색하고자 하는 것이 최종적으로 목표하는 바이다. 결과적으로 그간 신재효 서사의 흐름을 가늠하여 신재효 관련 문화콘텐츠의 활성화에 기여할 수 있을 것이다.

2. 신재효 연구를 통해 본 신재효의 위상과 콘텐츠로서의 가치

신재효는 판소리 연구자들이 넘지 않으면 안 될 산인 동시에 쉽게 정복되지 않는 산이다. 신재효라는 산이 높고 험하기도 하지만, 매우 특이한 성격을 지니고 있기 때문이다.[6] 신재효에 관한 선행 연구는 여러 논자들에 의해 이루어져 왔는데 본 논의와 관련하여 두 가지를 살펴 볼 수 있다. 하나는 작품을 통해 신재효에 관해 살펴보는 것[7]이고 다른 하나는 신재효의 역할이나 위상 그 자체에 주목한 것이다. 전자가 주류이지만 여기서는 후자를 중심으로 논의하였다.

신재효의 존재를 식민지 조선의 지식인들에게로 소환한 인물은 시조 시

---

6) 최동현, 「신재효의 풍류인으로서의 면모와 판소리 활동」, 『판소리연구』 36, 판소리학회, 2013, 586면.

7) 정충권, 「〈박타령〉에 나타난 재화의 문제와 신재효」, 『고전문학과 교육』 35, 한국고전문학교육학회, 2017. 이해진, 「〈박타령〉과 〈치산가〉에 나타나는 신재효의 현실인식」, 『판소리연구』 38, 판소리학회, 2014 등과 같이 신재효가 개작한 작품을 통해 신재효의 생각과 면모를 확인하려는 연구들이다.

인 조운(曹雲)이다. 1922년 그는 「近代歌謠 大方家 申五衛將」에서 신재효를
세상에 널리 알려진 인물은 아니나 광대들 중에는 그를 모르는 이가 없다고
평가하였다. 이후 신재효는 김재철, 조윤제, 김태준 등의 초기 국문학자들
에 의해 판소리 개작가로 소개된다. 1940년에 간행된 『조선창극사』에서 정
노식(鄭魯湜)은 신재효의 성품을 조선의 고아한 선비로 설명하고 있는데 여
기에는 정노식의 주관적인 이미지가 나타난다는 점에서 주목할 수 있다.

한편 신재효라는 인물에 특별히 관심을 가졌던 사람은 가람 이병기이다.
그는 신재효를 판소리를 집대성한 인물이자 우리말에 주목하여 판소리를
고침으로써 우리 민족성을 드러내 보인 인물로 평가하고 신재효의 위상을
확립하고자 노력하였다.8) 가람의 신재효 연구를 기반으로 신재효 연구에
대한 관심은 증폭되는데 그에 대한 평가는 긍정과 부정의 극단을 오가기도
한다. 김대행은 판소리사에서 신재효가 담당하는 역할과 성과를 보는 시각
에 따라 신재효에 대한 평가가 달라지는 지점을 ① 판소리의 단순한 후원
자인가, 판소리의 지도까지 담당했는가, ② 판소리 이론을 정립한 이론가
인가, 논평가인가, ③ 판소리 사설의 개작자인가, 집성자인가, 창작자인가
로 정리하였다.9) 종합하면 판소리 후원자, 지도자, 이론가, 논평가, 사설
개작자, 집성자, 창작자의 범주 안에서 신재효의 역할과 위상이 논의되고
있다.

서종문은 판소리에 대한 인식과 실천을 통합하여 판소리사에 지대한 영
향을 끼친 판소리 운동가로 신재효를 평가하였다. 판소리 운동가로서 신재
효는 판소리에 대한 깊이 있는 통찰력으로서 아래에서부터 위로 올라가는
역사적 운동의 한 흐름에 올바른 방향성을 파악하고자 했고 이와 함께 판소
리 장르를 활성화시키는 일에 지속적으로 열의와 관심을 보였다. 판소리

---

8) 조은별, 「가람 이병기의 신재효 연구와 신재효 위상의 확립」, 『한민족문화연구』 60, 한
   민족문화학회, 2017, 196~201면.
9) 김대행, 「신재효에 대한 평가」, 서종문·정병헌 편, 『신재효 연구』, 태학사, 1997, 448면.

후원에서 나아가 종합적이고 체계적인 교육을 실시한 점, 공연예술의 주변적 상황 변화에 발맞추어 판소리를 개작하고 창작하였으며 그 과정에서 실험적 변용을 시도한 점[10]등에서 신재효에 대한 긍정적인 평가를 두루 수용하였다.

이와 달리 한두 가지 특성에 초점을 두어 신재효를 탐색할 수 있다. 김수미는 특히 교육자로서 신재효에 주목하여 그를 판소리사에서 전무후무한 지도자였으며 그의 판소리 교육이 선구적이었다고 평가하였다. 판소리 유희에 머물지 않고 광대들의 적극적인 후원자와 지도자가 되어 준 점, 판소리에 대한 전체적인 안목으로 그에 맞는 논평과 지도를 하였으며 지도력과 안목으로 여류 명창을 등장시킨 점을 이유로 꼽았다.[11] 유영대 역시 판소리 명창은 아니지만 판소리와 국악에 대한 탄탄한 이론적 기반을 갖추었으면서 판소리와 국악 사랑으로 판소리의 세계에 투신하여 판소리 명창과 국악인을 후원하고 성장을 지켜온 대표적인 인물로 신재효를 들고 있다.[12] 신재효를 판소리의 후원자이면서 유능한 교육자로 파악한다는 점에서 위의 두 논의는 궤를 함께 한다.

한편 판소리의 직접적인 관련성이 아니라 신재효의 생애나 삶에 대해 주목하는 연구들도 찾아볼 수 있다. 그 결과 신재효의 생애가 많은 부분 복구되었으며 그가 교류하였던 인물들도 많은 부분 밝혀졌다. 강한영은 생장, 수학, 치산, 광대후원, 작품으로 나누어 인간 신재효의 면면을 살피고 있다.[13] 이 연구는 신재효에 대한 연구가 많지 않던 시절 그에 관한 관심을 증

---

10) 서종문, 「신재효의 판소리사적 위상」, 『판소리연구』 20, 판소리학회, 2005, 72~73면.
11) 김수미, 「한류시대에 본 신재효 판소리 교육의 선구성」, 『판소리연구』 35, 판소리학회, 2013, 49면.
12) 유영대, 「판소리 후원자 신재효와 박헌봉에 대하여」, 『인문언어』 9, 국제언어인문학회, 2007, 73면.
13) 강한영, 「인간 신재효의 재조명」, 서종문·정병헌 편, 『신재효 연구』, 태학사, 1997, 37~57면.

폭하고 신재효를 이해하는 데 도움을 주었다. 이후 이훈상은 신재효와 직접 관련된 신뢰성 높은 전승 고문서들의 발굴을 통해 신재효와 그의 가족, 그리고 1812년에 태어난 그가 1884년 73세의 나이로 사망하기까지의 삶과 활동을 재구14)하여 연구의 사실성을 높였다. 또한 신재효가 판소리 교육을 실현할 수 있었던 기반인 재부(財富) 축적 과정과 사회적 지위에 대해 밝힌 바 있다.15) 최동현은 신재효의 풍류가로서의 면모에 주목하고 있어 눈길을 끈다.16) 이 연구는 신재효와 그가 개작한 판소리 사설을 통해 그의 역할이 아니라 특질에 접근하고자 했다는 점에서 기존 연구와 차이가 있다. 또한 기존 신재효에 대한 평가의 틀이 아닌 새로운 모습을 발견하고자 한 시도라는 점도 이색적이다.

이상을 통해 볼 때 문화콘텐츠로서 신재효에 대한 접근은 그의 다면적인 성격이 조명되어야 한다. 또한 여기서는 신재효라는 하나의 인물에 접근하고 있지만 문화콘텐츠로서 신재효는 하나의 대상이 아니라 여러 역사·문화적 맥락이 얽혀 있는 복합체임이 고려되어야 할 것이다. 마지막으로 신재효와 판소리는 불가분의 관계로 그가 종사한 장르인 판소리의 본질에 대한 고려가 선행되어야 한다. 그리고 가장 중요한 것은 대상에 대한 애정과 그에 기반한 관점의 전환이다.

---

14) 이훈상, 「19세기 전라도 고창의 향리 신재효와 그의 가족, 그리고 생애 주기」, 『판소리연구』 39, 판소리학회, 2015, 300면.
15) 이훈상, 「전라도 고창의 향리 신재효의 재부 축적과 그 운영—판소리 창자의 양성과 관련하여」, 『고문서연구』 46, 한국고문서학회, 2015, 46면.
16) 최동현, 앞의 논문, 586면.

3. 문화콘텐츠로서 신재효 서사의 양상

1) 교육콘텐츠로서의 어린이책

교육콘텐츠로서의 어린이책은 유아에서부터 초 · 중 · 고등학생을 대상으로 하는 서사물로 아래 제시된 것 이외에도 몇 권 더 찾아 볼 수 있지만[17] 이는 내용의 일부로 포함되어 있거나 정보 전달을 목적으로 하고 있어 분석 대상으로 적합하지 않았다.

	책이름	저자	출판사	출판연도	기타
1	신재효	박민호 글, 송향란 그림	한국퍼킨스	2004	
2	신재효	전다연 글	대교	2005	
3	신재효	양혜정 지음, 원혜진 그림	기탄동화	2006	절판
4	신재효	장철문 글, 황요섭 그림, 정출헌 감수	한국몬테소리	2006	
5	신재효	성나미 글, 도면회 감수	파랑새	2007	
6	신재효	송혜진 글	씽크하우스	2007	
7	신재효	푸른물고기주니어 동화책연구회 글, 수디자인 그림, 윤해중 감수,	푸른물고기 주니어	2012	
8	신재효	윤중강 글, 김대남 그림	교원	2012	
9	신재효	김평 글, 심수근 그림, 정병헌 감수	대교 소빅스	2012	

---

17) 이이화 글,『겨레의 역사를 빛낸 사람들』3, 소년한길, 2008. 김한종, 이성호 외 4명,『한국사 사전(통합본, 내 책상 위의 역사 선생님)』, 책과함께어린이, 2016. 강로사 글, 서선미 그림,『알려줘 전라북도 위인(우리 고장 위인 찾기 6)』, 아르볼, 2017. 오홍선이 저, 임덕란 그림,『역사 속 위인들은 무슨 일을 했을까』, M&Kids, 2017. 이경재 글, 이경화 그림,『판소리 명창들의 숨겨진 이야기』, 아주좋은날, 2017. 돋음자리 엮음,『초등학생을 위한 인물사전』, 시공주니어, 2000 등이다.

| 10 | 귀명창과 사라진 소리꾼 | 한정영 글, 이희은 그림 | 토트북 | 2015 | |

[표1] 초 · 중 · 고등학생 대상 신재효 서사물

어린이책에서 신재효가 등장하는 가장 대표적인 장르는 위인전[18]이며 공통적으로 위인전 전집의 일부로 포함되어 있다.[19] 자주 언급되는 위인에는 해당되지 않는 것으로 보아[20] 위인 목록에 늘 포함되는 인물이라기보다 출판사에 따라 취사선택되는 인물로 판단된다. 위인전이라는 특성상 초등학생 대상이 다수를 이루었고 정도의 차이는 있지만 글과 더불어 그림이나 사진이 함께 제시되었다. 신재효를 표제로 내세우면서도 부제를 달고 있는 것도 대체의 경향이라 할 수 있다. 다만, 감수자나 참고 문헌이 제시되어 있는 경우도 있고 그렇지 않은 경우도 존재한다는 점은 차이라 하겠다. 대표적인 몇 가지를 선별하여 논의를 진행하겠다.

4의 『신재효』는 '다중 지능 이론과 논술로 읽는 세상을 바꾼 위인들 전집' 중 45권으로 신재효를 판소리 교육의 아버지로 규정하고 있다. 신재효를 음악 지능이 뛰어난 인물[21]로 우리 민족의 정신과 혼이 담긴 판소리를 아

---

18) 여기서는 통칭하여 위인전이라는 용어를 사용하였으나 출판사에 따라 '위인'전이 아니라 '인물' 이야기라는 용어가 사용되기도 하였다. 이러한 관점의 차이가 집필의 방향에 영향을 미칠 것으로 추측되지만 이러한 부분까지는 고려하지 않았다.

19) 1, 5, 7, 8, 9의 경우 출판사나 작가 혹은 표지가 바뀌어 몇 차례 출판된 것으로 확인되며 현재 시중에서 유통되는 것을 기준으로 정리하였다.

20) 현재 한국에서 출판되고 있는 위인전의 최근 동향을 분석한 이 연구는 3개 국내 온라인 서점에서 2014년부터 2016년 발간된 50권 이상의 아동위인전집 중 판매량 상위그룹에서 중복 서적을 제외한 11개사의 852권을 검토하여 최종적으로 233명의 위인을 분석하였다. 정민자 · 윤경원, 「아동 청소년을 대상으로 한 위인의 최근 동향 분석」, 『학습자중심교과교육연구』 16, 학습자중심교과교육학회, 2016, 1314~1316면 참고. 233명 중 신재효는 포함되어 있지 않다.

21) 논리수학 지능, 시공간 지능, 음악 지능, 신체운동 지능, 자기이해 지능, 대인관계 지능으로 나누고 있으며 음악 지능에 속한 인물로는 암스트롱, 베토벤, 토스카니니, 마리아 칼라스, 베르디, 파바로티. 정 트리오, 신재효, 윤이상이 속해 있다.

름다운 예술로 발전시킨 판소리 지킴이라 하였다. '자랑스러운 우리 문화 유산, 판소리 — 관악방의 총명한 아이 — 중인 신분을 물려받다 — 검소한 생활로 부자가 되다 — 판소리로 슬픔을 이겨 내다 — 판소리로 슬픔과 울분을 달래다 — 판소리를 비교하여 연구하다 — 판소리 가사를 새롭게 쓰다 — 진채선에게 노래를 가르치다 — 뛰어난 소리꾼의 네 가지 덕목 — 궁궐에서 판소리를 공연하다 — 제자를 그리워하며 노래를 짓다 — 굶주린 백성을 위하여 — 우리 민족 예술의 디딤돌이 되다'로 구성되었고 부록으로 판소리와 신재효에 대한 정보와 신재효 연보가 세계 연보와 비교하여 제시되어 있다. 한문학과 교수인 정출헌이 감수하였으며 기존의 연구 결과들을 참고하여 비교적 사실에 입각하여 쓴 책이다. 대상 연령층은 초등학교 6학년 어린이이며 6학년 사회 교과와 음악 교과를 연계하고 있다.[22] 음악과 관련된 신재효의 이야기를 중심으로 서사를 구성하였다.

5의 『신재효』는 2002년에 초판이 발간되었으며 '역사학자 33인이 선정한 인물로 보는 한국사 시리즈' 57권 중의 하나이다. 그 중 신재효는 34권으로 조선시대 인물[23]로 분류되어 있다. 한국문화사학 교수인 도면회가 감수하였다. "조선 후기의 판소리 이론가이자 작곡가. 어릴 때부터 아버지의 영향을 받아 예능인들을 자주 접하였고 성장한 후에는 자신의 생애를 판소리 부흥에 바친다. 구전으로만 전해지던 판소리를 정돈하여 대본을 작성하고 새로운 판소리를 작곡 작사하였으며 최초의 여성 판소리꾼을 비롯, 많은 명창들을 양성하였다" 라고 신재효를 소개하고 있다. '한 아이의 탄생 — 효성이 지극한 아이 — 재기가 출중했던 소년 — 아버지로부터 학문을 익히다 — 시대의 아픔을 같이하며 — 판소리계에 투신을 결심하다 — 고종의 등극과 대원군과 등장 — 신재효의 뛰어난 인품 — 두 번의 변란 — 내가 남

---

22) 한국몬테소리 https://www.montessori.co.kr/toybook/toybook6_1.asp, 2021.9.10. 검색.
23) 삼국 · 통일신라시대, 고려시대, 조선시대, 근대로 나누고 있으며 신재효와 함께 읽으면 좋을 역사 인물로 김홍도, 김정호, 이제마를 추천하고 있다.

으로 와서 선생을 뵈었소 — 예술혼을 불태우며 뜨겁게 살다 — 판소리 세계의 완성을 향한 길 — 채선, 경복궁에서 소리하다 — 불안한 삶, 판소리에 바치다'로 구성되어 있다. 신분의 한계로 인한 신재효의 울분을 중심으로 신재효가 살았던 시대상에 대한 서술이 추가되어 있다. 대상 연령은 초등학교 고학년부터 중학생을 대상으로 하고 있어 비교적 글밥이 많고 읽기가 쉽지 않다.

6의 『신재효』는 '생각쟁이 인물 세트'의 50권 중 38권이다. 신재효를 조선의 한과 조선의 삶을 노래한 인물로 소개하고 있다. 파리에 울려 퍼진 〈심청가〉 — 쿠페 기자의 판소리 명창 인터뷰 — 쿠페 기자, 신재효를 만나다 — 신재효, 판소리에 대한 사랑을 키우다 — 판소리의 전당, 동리정사를 세우다 — 여성도 훌륭한 광대가 될 수 있다 — 판소리를 어떻게 가르치면 좋을까 — 판소리 광대의 모든 것, 〈광대가〉의 탄생 — 인간적 고통을 예술 창작으로 이겨 내다 — 쿠페 기자의 판소리 여행으로 구성되어 있다. 도입부가 안숙선 명창과 쿠페 기자와의 만남으로 시작되고 영화 춘향뎐에 대한 이야기도 추가되어 있다. 본문의 중간중간마다 생각쟁이 열린 마당24)이라고 하여 판소리나 신재효와 관련된 사실 정보를 추가하고 있다. 부록으로 신재효 연보를 부가하였다. 쿠페 기자라는 서양 기자가 판소리에 대해 알아가는 과정으로 구성되어 있다는 점이 차별점이다. 저자는 전통문화예술대학원 교수이다. 초등학교 교과서에 등장하는 위인을 모은 것으로 초등 전학년을 대상으로 하고 있다.

7의 『신재효』는 푸른물고기주니어의 전집으로 '꿈을 키우는 어린이를 위한 음악가 위인 전집 시리즈' 30권 중 30번째이다. 대부분 서양 음악가이

---

24) 판소리와 오페라는 무엇이 같고 다를까? / 판소리에서 고수와 청중의 추임새가 없다면? / 판소리에 담긴 사회 풍자 / 여성 판소리 등장의 의의 / 19세기 판소리계의 변화와 명창의 조건 / 판소리 사설의 특징 / 신재효의 광대 후원과 현대의 메세나 활동 / 판소리의 '이면 그리기'

고 한국인으로는 홍난파, 윤이상, 안익태와 더불어 신재효가 포함되어 있다. 신재효를 판소리 여섯 마당을 정리한 인물로 소개하고 있다. 목차는 없고 신재효의 재부 축적과 도둑과의 이야기가 주 내용을 이룬다. 뒷부분에 신재효의 생애와 판소리에 대한 설명이 간단히 부가되어 있다. 음악가들로만 전집을 구성한 것이 두드러지는 특징이며 근대 이전 한국의 음악가로는 신재효가 유일하다. 음악가 전집임에도 불구하고 음악가로서의 일화가 거의 없고 초등학교 저학년을 대상으로 한 까닭인지 내용도 빈약한 편이다. 음대 교수 윤해중이 감수하였다.

8의『신재효』는 교원에서 발간한 전집으로 '눈으로 보는 한국 인물' 45권 중 12권으로 신재효는 문화 인물25)로 분류되어 있다. "신재효는 체계 없이 불리던 판소리를 처음으로 판소리 여섯 마당으로 정리했어요. 판소리 명창들을 직접 키우고 가르쳐 판소리의 내용을 다양하고 풍부하게 만들었지요. 또 판소리 사설을 집대성하여 판소리를 더욱 깊이 있는 예술로 발전시켰어요." 라고 소개하고 있다. '판소리, 백성들의 노래 ― 답답한 세상에 위로가 되는 판소리 ― 산신령께 빌어 얻은 아들 ― 나누어 주는 향리 ― 절을 하는 양반들 ― 도둑의 마음을 바꿔 놓은 돈 ― 판소리 이론의 필요성 ― 소리와 몸짓이 함께 어울려야 ― 소리꾼에 따라 다른 이야기 ― 소리꾼이 갖추어야 할 것 ― 사랑하는 제자 진채선 ― 사회의 모순을 판소리에 담아 ― 외로움을 벗 삼아 ― 오늘날까지 이어진 판소리 다섯 마당'으로 구성되어 있다. 신재효의 탄생에 관한 일화가 포함되어 있는 것이 특징이다. 지식 더하기, 나의 멘토 신재효, 신재효와 사람들, 신재효 연표가 부가되어 있다. 2016년에 작가가 이은재로 바뀌고 '호시탐탐 한국인물' 32권으로 바뀌는데 여기서는 협업26) 능력이 뛰어난 인물로 분류된다.27) 사회탐구 교과와 연계되어

---

25) 과학자, 문화 인물, 애국자, 사회 인물, 개척자, 별책으로 분류되어 있다. 그 중 문화 인물로는 세종대왕, 신사임당, 김홍도, 신재효, 한용운, 이중섭, 윤이상, 윤동주, 김수근, 백남준이 선정되어 있다.

있으며 대상 독자는 초등학교 전학년이다.

9의 『신재효』는 대교 소빅스의 'MI인물이야기 시리즈'로 전체 60권 중 35권이다.[28] 신재효를 음악 지능 영역[29]에 속한 인물로 우리 소리를 지킨 판소리 전문가로 소개하고 있다. 따로 목차는 없이 신재효가 태어난 고창에 대한 소개, 탄생, 신분, 판소리에 대한 흥미, 부의 축척, 판소리 여섯 마당 정리, 〈자서가〉, 〈치산가〉 등의 업적을 설명하고 이러한 업적을 동리국악당과 연결시키고 있다. 인물 알기, 질문하기, 지능 키우기를 덧붙였다. 판소리 따라하기를 음악 지능과 연결한 점이 특징이다. 국문학자 정병헌이 감수하였으며 초등학교 저학년이 그 대상이다.

이상을 통해 볼 때 신재효가 위인전에서 등장하는 양상은 세 가지 정도로 정리된다. 가장 주된 것은 음악가로서의 형상과 재능이다. 4와 9의 경우와 같이 음악적 재능을 가진 인물로 제시되거나 7과 같이 한국의 음악가로 선정된 것이 대표적이다. 다음으로는 6과 8과 같이 문화인 혹은 문화 인물에 포함되었다. 앞의 경우와 비교할 때 문학, 음악, 한국학 등으로 범위가 확장된다. 마지막으로 5처럼 역사 인물로 접근하였는데 이는 흔치 않다. 이 경우 신재효가 살았던 시대 상황이나 그의 중인 신분이 함께 강조된다.

인물의 형상 측면에서는 음악가 신재효가 가장 선명하다고 할 수 있지만 정작 내용의 측면에서는 음악가로서 신재효의 재능이나 모습이 부각되지

---

26) 창의성, 의사소통, 비판적 사고, 협업이며 협업에 속하는 인물로는 신재효를 포함하여 최무선, 문익점, 김만덕, 김구, 방정환, 전형필, 강영우가 포함되어 있다.

27) 교원 빨간펜
https://www.kyowonedu.com/KEP/PRD/KEPPrdInfo.jsp?prdtCd=REDCOL032&cate=REDCOL, 2021.9.10. 검색.

28) 대교 소빅스
https://www.sobics.com:4430/sobics/SobProductCollectionDetail.do?productId=15#none, 2021.9.10. 검색.

29) 언어 지능, 논리 수학 지능, 공간 지능, 신체 운동 지능, 음악 지능, 인간 친화 지능, 자기 성찰 지능, 자연 친화 지능이다. 음악지능에 속하는 인물은 모차르트, 베토벤, 신재효, 차이콥스키, 토스카니니, 루이 암스트롱, 칼라스, 황병기이다.

못하고 있다. 전문적 예술인에 대해 일찍부터 사회적 경제적 대우를 해 온 서양과 달리, 우리나라에서는 천민에 속하는 예술인을 전문가로 대우해 주지 않았고 전쟁이나 국가 노역이 필요할 때 동원되듯이 공연이 필요할 때에만 동원하였기 때문이다. 경중우인이나 외방재인들 중에서 임금이나 지방 감사들의 눈에 들어 벼슬을 얻는 경우라 해도 마땅히 궁정음악가라고 칭할 만한 경우를 찾기 힘들고 설사 있다고 해도 벼슬 후 작품 활동이나 지속적으로 예술 활동을 하는 기록은 거의 찾기가 힘이 든다.[30] 서양 고전 음악과 음악가들에게 익숙한 어린이 독자에게 잘 알지 못하는 판소리와 신재효의 서사는 매력적이지 않다. 더구나 신재효가 본래부터 판소리를 비롯한 음악에 재능을 갖고 있었다거나 남다른 재능이 있었다는 증거도 없기 때문이다.

이러한 사정을 고려할 때 문화 인물로서 신재효는 어느 정도 사실에 부합하면서도 신재효의 다양한 면모를 드러낼 수 있는 장점이 있다. 우리 문학사에서 판소리는 아주 독특한 과정을 거친다. 원래 민중적인 기반을 갖고 있던 판소리가 패트론(patron)인 양반 좌상객을 만나게 되면서 패트론의 영향을 입고 그 예술의 내용에 간섭을 받게 된 것이다. 신재효는 바로 이 패트론의 역할을 잘 수행한 대표적인 인물이다.[31] 신재효는 여러 가지 면에서 풍류를 즐긴 풍류인이지만 특히 음악적인 활동을 통해서 풍류인이 될 수 있었다고 할 수 있으며 스스로도 이런 면에서 풍류인으로 생각했을 가능성이 매우 높다.[32] 그러나 문화 인물은 문화가 갖는 범주가 넓기 때문에 의미의 파악이 쉽지 않고 분류 기준이 모호해지는 단점이 있다. 따라서 어린이 전집을 구성하기에는 적절하지 않고 인물의 선정 과정에서 탈락될 가능성

---

30) 조홍기, 「한국과 서양의 음악 후원제도 비교 연구」, 『모드니 예술』 2, 한국문화예술교육학회, 2009, 308면.
31) 유영대, 앞의 논문, 81면.
32) 최동현, 앞의 논문, 579면.

이 커지게 된다.

역사 인물로서의 신재효는 음악가 혹은 문화 인물과 겹치는 부분이 존재한다. 역사 인물이라는 범주는 인물의 역할이나 위상이라기보다 그 인물을 바라보는 관점에 근접하기 때문이다. 신재효를 하나의 개인이 아니라 구체적인 사회문화적 시대 상황 속에서 되짚어 보는 것은 중인이라는 신재효의 사회적 지위를 이해하고 그가 살았던 변화의 시기를 파악함으로써 판소리의 특수성과 신재효의 가치를 깨닫게 하는 데 도움이 된다. 그러나 이는 역사적 이해를 전제해야 한다는 점에서 어린이들에게 쉽지 않고 그들의 흥미를 끌기 어렵다.

한편 10의 『귀명창과 사라진 소리꾼』은 앞의 위인전들과 약간의 차이가 있다. 이 책은 '역사속의 만남'이라는 주제로 우리나라 역사를 수놓은 두 인물의 아름다운 만남을 담은 시리즈로 소개되고 있다. 벗으로, 멘토로 서로에게 든든한 버팀목이 된 그들의 이야기를 통해 감동과 용기를 주겠다는 것이 취지이다. 전체 10권의 시리즈[33] 중 2권으로 신재효와 진채선의 판소리 이야기라는 부제를 달고 있다. '뜻밖의 손님 ― 스승을 찾아서 ― 귀명창 ― 들쭉나무를 심은 뜻은 ― 뜻을 알고 하는 소리와 모르고 하는 소리 ― 여자 소리 광대 ― 혼자 서는 길 ― 돌아오지 않는 소리꾼 ― 도리화가 ― 눈꽃 너머 마지막 소리'로 구성되어 있다. 깊이 보는 역사로 판소리 이야기가 부가되어 있다. 전국초등사회교과모임에서 감수하였고 서울대 뿌리 깊은 역사나무가 추천하는 책이다. 신재효와 진채선을 비롯한 명창들을 시대의 한계를 극복하고 판소리사를 이루어 간 동반자로 보는 관점과 신재효와 명창들, 판소리 작품을 서사적으로 엮어 내는 방식이 돋보인다. 기존의 학술적

---

33) 김정호와 최한기의 지도 이야기, 허균과 벗들의 홍길동전 이야기, 김정희와 허련의 그림 이야기, 장영실과 이천의 과학 이야기, 장보고와 정년의 해상 무역 이야기, 주시경과 호머 헐버트의 한글 이야기, 이순신과 류성룡의 임진왜란 이야기, 정약용과 정약전의 실학 이야기, 김구와 윤봉길의 독립운동 이야기가 2020년 기준으로 발행된 상태이다.

연구 결과를 그대로 나열하지 않고 창작적인 지향을 보이는 점도 위의 위인전들과 비교할 때 차별화된다.

2) 문학콘텐츠로서의 현대소설

여기서는 문학콘텐츠 중에서도 소설을 중심으로[34] 신재효 서사의 양상을 살펴보았다. 진채선을 표제로 하는 작품들의 경우 신재효가 직접적으로 드러나지 않지만 진채선과 신재효가 주인공으로 등장하기에 대상으로 선정하였다.

	책이름	저자	출판사	출판연도	기타
1	도리화가	문순태	햇살	1993	오래, 2014
2	진채선	이정규	밝은세상	2010	
3	진채선, 사랑의 향기 1			2014	
4	진채선, 사랑의 향기 2	박태상	월인	2015	
5	진채선, 사랑의 향기 3			2015	
6	도리화가	김철영	종려가지	2014	
7	도리화가	임이슬 소설, 이종필 · 김아영 각본	고즈넉	2015	
8	소릿고	최혜인	북인	2020	

[표 2] 신재효 관련 소설

1의 『도리화가』는 1991년 『음악동아』에 2년간 연재되었고 1993년 도서 출판 햇살에서 출판했던 것을 보완하여 21년 만에 오래 출판사에서 복간하였다. "비록 아전이었으나 음률, 가곡, 창악, 속요 등에 정통하여, 풍류로 일대를 울린 사람"으로 신재효를 소개하고 있다. 차례는 '방랑의 시작 — 봉선

---

34) 신재효와 관련된 현대시로는 2016년 발표된 김혜승의 「도리화가」를 찾을 수 있었다.

을 만나다 ― 퉁소장이 국 노인 ― 방랑 또 방랑 ― 소리 기생 금선이 ― 꽃은 꽃이요 사람은 사람 ― 명창 송흥록을 만나다 ― 집으로 돌아오다 ― 고창 기생 계향이 ― 귀명창이 되다 ― 아, 진채선 ― 천년을 기다려도…'이다. 『도리화가』란 제목을 달고 있는 다른 소설들과는 달리 신재효의 이야기가 주를 이루고 진채선과의 인연이 부가되어 있다. 신재효의 방랑 과정을 중심으로 그가 만났던 인물들이 대거 등장한다.

2의 『진채선』은 '대원군이 사랑한 여인! 조선 최초의 여성 명창 진채선 이야기!'라는 부제가 붙어 있는 장편소설이다. 그런 까닭으로 이 책의 초점은 진채선에 놓여 있다. 남성들의 세계였던 판소리 판에서 최초의 여류 명창이 된 진채선의 이야기와 스승 신재효를 비롯한 진채선을 향한 사랑을 다룬 이야기이다. 신재효는 진채선의 스승이자 정인이며 그녀의 잠재력을 알아보고 제자로 받아들인다. 제자에 대한 연모의 마음을 숨긴 채 진채선을 명창으로 만드는 일에 몰두하는 것으로 묘사된다. 이외에도 진채선에게 대한 집착으로 인해 진채선을 궁 안에서 안주하도록 하는 흥선대원군, 사랑하는 여인인 진채선을 위해 명창의 꿈을 포기하고 고수로서 살아가는 김광현이란 인물이 등장한다. 작가의 말에 따르면 "절대 권력자 대원군과 스승 신재효 사이에서 이루어질 수 없는 사랑에 번민하는 여인 진채선의 아름답고 숭고했던 사랑에 대한 모든 기록"에 초점을 두었다고 한다. 총 6장으로 '운현궁의 밤 ― 꽃과 나비 ― 명창의 길 ― 득음 ― 대원군의 첫사랑 ― 건청궁의 음모 ― 영원의 길'로 구성되어 있다.

3, 4, 5의 『진채선, 사랑의 향기』 시리즈는 장편대하소설로 '신재효·진채선·대원군의 론도 로만티카'란 부제를 달고 있다. 작가 박태상은 박헌봉[35]의 손자이다. '사랑의 불씨 ― 장시는 열렸는데 ― 격랑의 시대 : 농민

---

35) 유영대는 판소리의 후원자로 신재효와 더불어 박헌봉을 들었다. 박헌봉은 일생동안 판소리 다섯바탕을 정리하였고 자신의 국악이론을 명쾌하게 펼쳐보였다. 새롭게 자신이 가사를 창작하여 노래로 만들어 부를 수 있게 하였으며 〈창악대강〉을 편찬하였다. 유영

봉기 ― 재인·장인의 요람 ― 이 풍진 세상 : 대원군 시대'로 5부로 이루어져 있다.

6의『도리화가』는 역사소설, 경회루 진채선의 아가(雅歌)라는 부제를 달고 있다. 진채선을 기독교인으로 묘사하고 있으며 기독교적 세계관에 입각한 태몽도 나타나고 있다. 진채선의 이야기가 주를 이루고 진채선이 입궁하는 과정에서 신재효가 등장한다. '문을 두드리라! 열릴 것이니 ― 주막 팽나무집 ― 검당포 마을 ― 동리정사 신재효 ― 경복궁 타령 ― 고창에서 한양으로 가는 길 ― 경회루 낙성연 ― 고창읍성 한마당 ― 도리화가(桃李花歌) ― 내 너를 위하여 ― 디아스포라(diaspora) ― 제중원(濟衆院) ― 길리시단, 진채선 ― 한 알의 밀알이 썩으면 ― 진리가 자유케 하리라'의 15장으로 구성되어 있다. 책 뒷면에 각종 참고 자료가 부가되어 있으며 그 외 프롤로그나 에필로그가 존재하지 않는다.

7의『도리화가』는 '1867년, 조선 최초 여류 소리꾼 이야기'라는 부제가 붙어 있다. 2015년 개봉된 영화 〈도리화가〉와 원소스멀티유즈로 영화 개봉일과 같은 날 발간되었다. '프롤로그 ― 동리정사 ― 불의 만남 ― 변화의 시작 ― 남장 채선 ― 원대한 꿈 ― 춘향 등대 ― 소리의 길 ― 눈을 뜨다 ― 우중지화(雨中之花) ― 봄 춘 향기 향 ― 진연청 예심 ― 내기 ― 심청 등대 ― 낙성연 ― 파과(破果) ― 쑥대머리 ― 채선의 서안 ― 도리화가 ― 에필로그'로 구성되어 있다.

8의『소릿고』는 '판소리를 집대성한 신재효와 진채선'이라는 부제를 달고 있다. '무녀의 길 ― 광대의 길 ― 서러움의 길 ― 시련의 길 ― 득음의 길 ― 운명의 길'로 구성되어 있다. 무당의 딸로 태어난 진채선이 내림굿을 거부하다 기억을 잃고 우연한 기회에 상처(喪妻)의 아픔을 겪은 신재효의 생명을 구한 인연으로 만나 판소리 소리꾼이 되고 대원군으로 인해 이별하게

_____

대, 앞의 논문, 84면.

된다는 내용이다. 2와 흡사하게 신재효와 진채선의 애정 서사이지만 대원군의 비중이 적다는 점에서 차이가 있다.

신재효 서사의 존재 양상은 둘로 나눌 수 있다. 6과 같이 역사소설임을 표 나게 표방하는 경우와 그렇지 않은 경우이다. 그러나 역사소설이라 칭하지 않아도 1이나 7, 8과 같이 실존 인물이라거나 실화라는 점을 표면에 내세워 강조하고 있다. 그런데 정도의 차이는 있지만 문학콘텐츠로서의 현대소설에서 공통적으로 주목하는 것은 역사적 진실이라기보다 진채선과 신재효의 애절한 사랑 이야기이다. 엄밀히 말하면 문학콘텐츠에서 신재효 서사는 작가에 의해 추론된 가능성의 역사를 전경화함으로써 역사서술의 공백을 서사화한다는 점에서 근대적 장르로서의 역사소설과는 구별되는 팩션(faction)[36]의 유행을 따르고 있다. 이는 문학콘텐츠에서 신재효 서사가 신재효가 아닌 진채선을 전면에 내세우는 것에서도 확인되는 바이다. 신재효와 비교할 때 진채선은 판소리사에 그 이름을 처음 알린 최초의 여성 명창이라는 의의가 있는 인물이지만 그녀의 삶과 관련된 기록은 그다지 풍부하지 못하다. 그런 까닭으로 진채선의 삶과 예술에 대해서는 다양한 여백이 존재하고 그녀는 상상력을 통해 재구되어야 하는 인물이기 때문이다. 이러한 점이 창작자들에게 매력적으로 작용하고 있는 것이다.[37]

그러나 독자들은 일반적으로 소설에 등장하는 역사적 인물에 대한 정보량에 따라 다른 독법으로 역사소설을 읽게 된다. 인물에 대한 사전 정보가 거의 없는 경우에는 독서 과정을 통해 역사와 관련된 지식을 습득하는 데 집중하게 되는데[38] 신재효나 진채선의 경우 대중에게 널리 알려진 인물이

---

36) 김영성, 「역사적 공백을 서사화하는 소설의 방식—세종 시대를 배경으로 한 팩션을 중심으로—」, 『인문학연구』 41(3), 충남대학교 인문과학연구소, 2012, 6면.
37) 조연경, "도리화가 이종필 감독 실존인물 기록 희박해 더 끌렸다", 『뉴스엔』, 2015. 11. 18. https://www.newsen.com/news_view.php?uid=201511181612051110, 2021. 9. 10. 검색.
38) 김영성, 위의 논문, 10~11면.

아니기에 독자가 알고 있던 인물의 특성과 소설 속에 형상화된 인물의 자질을 비교할 수 있는 여지가 줄어든다. 그런 까닭으로 대체로 독자의 호응은 증폭되기가 어렵다. 독자가 역사소설 읽기를 통해 취하고자 하는 것은 실존 인물이 허구적으로 형상화되고 특정 사건이 추론적으로 담론화되는 방식이기 때문이다.

한편, 현대소설에서 신재효와 진채선의 서사에 주목하는 이유는 인물들의 상징성 때문이다. '변화의 시대를 살았기에 번뇌했던 판소리의 대가와 그가 키워 낸 조선 최초의 여류 명창'과 '애절한 연가(戀歌)'는 충분히 흥미로운 스토리이다. 그러나 신재효에게 여자 제자가 진채선만 있었던 것이 아니고 여자 제자들을 위한 그의 배려 역시 진채선에게만 국한된 것은 아님에도[39] 특히 신재효 서사의 초점이 진채선에 집중되는 것은 '금기의 벽을 깬 최초의 여성 판소리 명창'이라는 상징성이 시대적 함의를 갖기 때문이다. 한계를 넘어서려는 한 인간이면서 독립적인 여성의 모습이 인물 형상이나 사건 구성에 반영되지 못한 채, 혹은 지속적으로 의미화 되지 못한 채 신재효과 진채선의 사랑 이야기, 혹은 신재효와 진채선, 대원군의 사랑 이야기로만 집중되는 것은 안타까운 지점이다.

---

39) 신재효는 진채선 외에도 여자 제자인 채란을 관기안(官妓案)에 포함되지 않는데 도움을 주었고 또 다른 여자 제자인 계향이 홀로서기 할 수 있도록 경제적으로 배려하였다. 신재효의 이러한 행동은 여자 제자들을 가기(歌妓)에서 가녀(歌女)로 변모시켰으며 판소리 연행의 모습을 변화하게 한 의미가 있다. 이훈상, 「19세기 후반 신재효와 여성 제자들, 그리고 판소리 연행의 변화」, 『역사학보』 218, 역사학회, 2013, 221~226면.

4. 미디어콘텐츠로서의 드라마와 영화

미디어콘텐츠로서 영화와 드라마는 많지 않다. 물론 판소리와 관련된 신재효 관련 내용으로 확대하면 대상은 확대될 수 있지만 여기서는 논의의 흐름을 고려하여 신재효에 집중하였다.[40]

1	라디오 드라마 〈나무는 오동잎을 떨구고〉 (2012)[41]
	− 방송일시 : 2012년 11월 6일 − 나레이션 : 이금희 − 출연 : 김대중, 사성웅, 이장원, 이지환, 윤세웅, 임주현, 임채헌, 전숙경, 홍진욱 − 연출 : 고효상 − 구성 : 유찬숙
2	다큐멘터리 드라마 〈조선 최초 여성 명창 진채선〉 (2014)[42]
	− 방송일시 : 2014년 10월 26일 − 출연 : 김나니, 왕기석, 조용균, 왕기철, 박영순, 박근령 − 기획 : 김현찬 − 연출 : 김현찬, 한승우
3	영화 〈도리화가〉 (2015)
	− 개봉일 : 2015년 11월 25일 − 감독 : 이종필 − 주연 : 류승룡, 수지, 송새벽

[표 3] 신재효 관련 영화 및 드라마

---

40) 제시된 자료 외에 채널A에서 2018년 10월 8일 『천일야화』 94회에 방영된 〈조선 최초의 여류 명창 진채선의 가슴 아픈 사랑 이야기〉가 있는 것을 확인했지만 완결된 하나의 작품으로 보기 어려워 포함하지 않았다.
41) 국악방송 다시듣기
https://www.igbf.kr/gugak_web/?sub_num=788&sty=&ste=&pageNo=21, 2021. 9. 10. 검색.
42) 이 프로그램은 진채선의 생애를 시간 순에 따라 극으로 구현하는 다큐멘터리 드라마를 표방하고 있기에 분석 대상에 포함하였다. 전주 MBC 다시보기

1의 라디오 드라마 〈나무는 오동잎을 떨구고〉(2012)는 신재효 탄생 200주년 특집 드라마로 국악방송에서 90분 간 편성되었다. 아나운서 이금희의 해설과 더불어 1812년 11월 6일, 동리정사의 주인인 신재효의 장례식에 참여한 김세종, 박만순, 이날치, 진채선 등 조선의 소리꾼들이 모여 들어 신재효를 추모하고 그의 업적을 기리는 역순행적 형식으로 이루어져 있다. 신재효의 탄생 전 그의 부친이 벽오동을 심은 일, 산신령이 점지한 탄생과 신동으로 소문난 성장 과정, 중인 신분의 한계로 인한 방황기, 어린 김세종과의 만남, 고창 관아 향리 시절, 동리정사와 판소리 교육 모습, 신재효의 재부 과정과 가난한 도둑과의 일화, 신재효와 진채선의 인연과 경회루 낙성연, 신재효의 아내를 잃은 슬픔, 정현석과의 서간 수수(授受), 판소리 개작 작업 등으로 구성되어 있다. 드라마에 해설을 덧붙여 판소리 용어와 역사적 상황 등을 설명하고 〈광대가〉, 〈치산가〉, 〈도리화가〉를 비롯한 소리도 추가하고 있는 점이 특징적이다. 진채선이 아니라 신재효라는 인물에 중점을 두어 만들어진 유일한 미디어콘텐츠로 김세종, 이날치, 진채선, 대원군, 정현석 등과의 교류를 포함하여 신재효 일생의 이야기를 대부분 다루고 있다.

2의 다큐멘터리 드라마 〈조선 최초 여성 명창 진채선〉(2014)은 지역 MBC 9사가 공동으로 기획한 특집다큐멘터리 5부작 〈시대의 벽을 넘은 여성〉의 한 편으로 제작되었다. 대중적으로 알려진 소리꾼 김나니가 진채선 역할을 맡았으며 국문학자 김기형 교수와의 인터뷰를 부가하여 진채선에 관한 부족한 기록을 채우고 있다. 전주 MBC에서 제작하였지만 진채선을 단순히 전북 고창 출신의 지역 인물에 한정한 것이 아니라 '금녀(禁女)의 영역이었던 판소리에 처음 이름을 알린 조선 최초 명창'으로 소환한 것, 진채선과 신재효가 일군 역사를 단순히 '그때 그곳'의 과거에 고정하지 않고 오늘날의

---

https://www.jmbc.co.kr/program/vod_view/tv_000008/44/2861, 2021. 9. 10. 검색.

현대 판소리 문화로 연결한 부분도 주목할 만하다.[43]

3의 영화 〈도리화가〉(2015)는 2015년 11월 25일 개봉된 영화로 신재효 역으로 류승룡이 신재효를, 수지가 진채선을, 송새벽이 김세종을 연기하였다. 앞서 밝혔듯이 임이슬이 쓴 소설 〈도리화가〉와 짝을 이룬다. 화제성과 달리 흥행에는 실패하였다. 판소리의 역사 가운데 가장 주요한 인물이라 할 수 있는 신재효와 진채선을 대상으로 흥미로운 이야기를 구현하였지만 스토리텔링의 측면에서도[44] 판소리 영화라는 측면에서도[45] 콘텐츠의 측면에서도[46] 여러 논자들에 의해 혹평을 받았다. 그러나 판소리에 대한 대중의 관점도 많은 부분 변화하였고 특히 이 영화가 판소리의 역사를 활용하여 흥미롭고 새로운 이야기를 창조하는 데 영화의 중심이 있다는 점을 고려할 때[47] 〈서편제〉로 대표되는 그간의 판소리 영화들과 동일 선상에서 비교되는 것은 무리가 있다. 신재효 서사라는 점에서 이 영화는 조선 '최초'의 판소리 학당인 동리정사를 세운 사람이자 조선 '최초'의 여류 소리꾼 진채선을 가능하게 한 인물로서 신재효를 의미하화고 있다.

사례가 많지 않지만 이상을 살펴볼 때 몇 가지 양상을 발견할 수 있다. 미디어콘텐츠에서 신재효 서사는 첫째, 정도의 차이가 있지만 허구의 이야기와 사실의 정보, 양자를 포함한다는 사실이다. 즉, 그것을 드라마, 다큐멘터리, 영화 그 무엇으로 정의하든지 장르 혼종이 나타난다. 1의 〈나무는 오동

---

43) 송미경, 「다큐멘터리 〈조선 최초 여성 명창 진채선〉(2014)의 스토리텔링 전략과 그 의미」, 『문화와융합』 41(4), 한국문화융합학회, 2019, 580~581면.

44) 송미경, 「영화 〈도리화가〉(2015)에 나타난 영웅 스토리텔링의 전략과 한계」, 『인문학논총』 45, 경성대학교 인문학연구소, 2017.

45) 윤중강, 「영화 〈도리화가〉는 있어도 소리 도리화가는 없구나」, 『플랫폼』 55, 인천문화재단, 2016.

46) 이규호, "영화 도리화가 기획 좋으나 융복합적 콘텐츠 부족했다", 『쿠키뉴스』, 2015. 12.17.
http://www.kukinews.com/newsView/kuk201512070264, 2021. 9. 11. 검색.

47) 송소라, 「판소리의 영화적 해석과 변모의 과정」, 『공연문화연구』 43, 한국공연문화학회, 2021, 67면.

잎을 떨구고〉는 드라마를 표방하고 있기에 배우들의 연기가 많은 부분을 차지하고 있지만 아나운서의 내레이션과 소리꾼의 소리도 적지 않게 포함되어 있으며 서사 전개에서 필수적인 역할을 한다. 2의 〈조선 최초 여성 명창 진채선〉은 다큐멘터리적 형식과 드라마적 형식을 혼합한 다큐멘터리 드라마(documentary drama)라는 혼성적 장르를 표방하면서 배우의 내레이션, 전문가 인터뷰, 배우들의 연기, 배우이자 소리꾼의 소리, 이야기의 배경이 되는 장소의 제시 등을 포함하고 있다. 3의 〈도리화가〉는 판소리 영화이며 동시에 실화 영화이다. 시작 부분에 "이 영화는 동리 신재효와 그의 제자 진채선의 실화를 바탕으로 만들어졌다."라고 시작되며 역사적 인물로서 진채선을 표면에 내세우지만 그 세부적인 내용과 연출에 있어서는 창작자의 상상력에 기대어 있다. 특히 경복궁 낙성연 장면은 이 영화에서 매우 중요한 부분이라 할 수 있는데 진채선을 돋보이게 하려는 허구적 스토리텔링의 전략이 두드러지게 나타난다.

둘째, 영상(이미지)과 소리(사운드) 중 소리가 중시된다는 것이다. 라디오 드라마는 전파의 변조를 통해 소리 기호를 전달하고 이를 수용하는 매체인 라디오를 기반으로 이루어진 드라마를 말한다. 기본적으로 청각 예술인 라디오 드라마는 소리만 전달하는 라디오의 매체적 특성 때문에 시각적인 요소 없이 대화, 음악, 음향 효과만을 이용해 사건의 양상을 전개하여 청취자가 내용을 이해할 수 있도록 한다. 무대를 필요로 하는 일반 연극과 달리 라디오 방송을 통해 예술 행위를 구현한다.[48] 1의 〈나무는 오동잎을 떨구고〉의 경우와 같이 신재효를 중심으로 하는 신재효 서사가 라디오 드라마로 만들어진 것은 이를 증명한다. 한편 신재효 서사가 영상으로 구현된 경우에도 소리가 중요로운 것은 2의 〈조선 최초 여성 명창 진채선〉과 3의 〈도리화

---

48) 이영석, 「매체의 연극성과 혼종성의 미학―사무엘 베케트의 라디오 드라마와 텔레비전 드라마 고찰―」, 『세계문학비교연구』 71, 세계문학비교학회, 2020, 244면.

가〉와의 비교를 통해서도 확인할 수 있다. 드라마와 영화라는 차이가 있지만 전자가 판소리 연행이 가능한 인물들을 기용하여 주연으로 하였다면 후자는 현직 배우들이 직접 소리를 하는 방식을 택했다. 3의 〈도리화가〉의 네티즌 평점에 따르면 이 영화의 다른 장점을 인정하면서도 공통적으로 소리의 완성도가 떨어짐을 지적하고 있다.49) 반면 2의 〈조선 최초 여성 명창 진채선〉에서 소리꾼의 연기는 서사극의 배우와 비교할 때 한계가 있을 수밖에 없고50) 극의 중심은 소리에 놓이게 된다.

셋째, 신재효 콘텐츠에 대한 접근에서 대중성보다는 예술성이나 교양성이 중심이 되고 있다. 판소리를 소개하고 신재효, 혹은 진채선이라는 인물에 대한 정보를 제공하는 부분이 반드시 포함된다. 실제로 3의 영화 〈도리화가〉는 동명의 소설로 출간되었으나 영화의 소설적 재현에 비해 소설의 영화적 재현은 상대적으로 성공적이지 못했다. 소설은 화자 혹은 서술자가 텍스트와 수용자를 연결하는 중개자가 존재하지만 영화는 그렇지 못하기 때문이다. '도리화가'라는 제목부터, 동리정사라는 공간을 포함하여 대중에게 익숙지 않은 신재효와 진채선은 설명이 필요한 서사이며 형상화만으로 관객에게 설명하기에 영화는 매우 까다로운 매체라 할 수 있다.

또한 이는 신재효란 인물이 판소리와 불가분의 관계이기 때문으로 판소리를 바라보는 관점과 관련되어 있는 것으로 판단된다. 판소리 앞에 붙은 거창한 칭호들이나 화려했던 과거의 명성에 의지하는 소박한 판단으로는 판소리의 미래를 논하기 어려운 것51)처럼 신재효에 대한 접근 역시 다변화

---

49) 다음 영화 〈도리화가〉 https://movie.daum.net/moviedb/grade?movieId=86233, 2021. 9. 10. 검색.

50) 판소리의 창부분이 광대의 공력을 극도로 많이 필요로 하는 부분을 고려할 때 광대가 중요시 하는 것은 아니리보다 창이 될 수밖에 없다. 김대현, 「서사배우로서의 판소리 광대의 지향점에 관한 연구」, 『드라마논총』 10, 한국드라마학회, 1998, 192면.

51) 이태화, 「판소리에 대한 엇갈린 인식과 대중화의 향방」, 『판소리연구』 35, 판소리학회, 2013, 156면.

될 필요가 있다. 이는 비단 미디어콘텐츠에서만 나타나는 양상은 아니지만 다매체로 이루어진 미디어콘텐츠의 창작에서 신재효 서사에 접근할 때 더욱 관심을 가져야 할 부분이다.

5. 신재효 스토리텔링의 방향

신재효 서사는 초등학생을 중심으로 한 위인전, 팩션을 중심으로 한 장편소설, 드라마나 영화를 통한 미디어콘텐츠로 존재하는 양상을 보였다. 위인전을 비롯한 어린이책에서 비교적 활발한 양상을 보였고 현대소설에서는 조선 최초의 여류 명창을 있게 한 스승이자 이루지 못한 사랑의 주인공으로 공통적으로 등장한다. 미디어콘텐츠로 구현된 신재효 서사는 편수는 많지 않지만 매체나 내용의 측면에서 다기한 양상을 보인다. 첫 번째는 신재효의 판소리에서의 역할과 기여에 주목하는 것, 두 번째는 역사 인물로서의 신재효의 의미를 찾는 것, 세 번째는 신재효와 그를 둘러싼 주변 인물들과의 관계를 중심으로 접근하는 것이다. 많은 콘텐츠가 서적으로 존재하고 있으며 미디어콘텐츠에서의 구현은 관심도가 낮고 대중의 관심을 거의 받지 못하고 있다. 양적·질적으로 활성화되지 못한 상태이기에 방향을 논구하는 것이 쉽지 않지만 여기서는 교육콘텐츠, 문학콘텐츠, 미디어콘텐츠 각각의 측면에서 보완되어야 할 점과 관련하여 방향을 제안하였다.

우선, 현재의 관점에서 신재효의 형상을 구현해야 한다. 신재효 서사가 신재효가 판소리에 미친 지대한 영향과 그의 역할에 대해서는 그간의 연구를 통해 어느 정도 합의가 이루어졌다. 신재효 연구에서 그는 판소리의 교육자, 후원자, 이론가, 논평가, 개작자, 집성자, 창작자의 범주 안에서 논의된다. 그러나 그런 그를 서사적으로 어떻게 형상화할 것인가는 여전히 진행형이다. 그간의 문화콘텐츠에서 신재효는 판소리의 교육의 아버지, 판소리 전문가, 판소리의 창시자, 예술가(음악가), 조선의 한과 삶을 노래한 인불, 여류 명창 진채선의 멘토이자 연인으로 나타난다. 이는 물론 학술적 연구와 달리 해당 콘텐츠가 만들어지는 목적이나 맥락의 영향을 받는 결과라는 점을 감안해야 한다.

교육콘텐츠에서 신재효 서사는 매우 중요한 의미가 있다. 신재효라는 인물의 어떤 점을 미래 세대에게 기억하게 할 것인가 하는 문제와 맞닿아 있기 때문이다. 최근 들어 위인이나 영웅 내러티브를 대신하는 용어로 인물 이야기가 자리를 잡아가는 추세이다. 위인전이나 영웅전이라는 표현은 매우 고전적인 의미로 취급받는다. 집단 지성이 회자되는 시대에 위인이나 영웅이라는 표현에 대해 나름의 날선 비판이 있어왔기에 그 대안으로 인물 내러티브가 정착되어가는 것으로 보인다.52) 요즘의 위인이란 단순히 과거에 업적을 이루어 박물관에 박제된 인물이 아니라 현재에 살아 있는 인물도 포함하는, 오늘날의 관점에서 가치가 있는 인물이다. 이를 고려할 때 스토리텔링의 방향은 현대적 관점에서 얼마나 인물을 잘 설명해 내느냐, 현재적 가치를 담은 인물로 구현하느냐에 있다. 따라서 신재효 스토리텔링에서 중시되어야 할 것은 신재효를 적확하게 설명하지 못하는 상징적인 명명이 아니라 인물이 가진 현재적 가치를 탐색하는 일이다. 예를 들어 향유자로서의 신재효의 판소리에 대한 열정은 오늘날의 덕후(오타쿠)나 마니아(mania)와 같은 팬덤(fandom) 문화에 비견할 만하고 그의 판소리 정리 작업은 자신이 좋아하는 여러 물건이나 재료를 전문적으로 찾아 모으는 콜렉터(collector) 현상에 비견할 수 있다. 이외에도 귀천이나 성별을 가리지 않고 명창들과 교류했던 그의 인간관계, 판소리 후원자로서의 교육관과 교육철학, 문화예술에 대한 기획력과 심미안 등의 다양한 요소가 오늘날의 관점

---

52) 임윤서, 「아동용 자기 계발서로서 리더십 인물이야기의 변화양상 연구」, 『동화와 번역』 28, 건국대학교 글로컬 캠퍼스 동화와 번역연구소, 2014, 277면.

에서 설명될 수 있다.

다음으로 신재효의 역사 인물로서의 효용에 대한 재고가 필요하다. 특히 현대소설을 비롯한 허구 서사에서 이는 더욱 그러하다. 어린이책에서는 스승과 제자라는 관계에 입각하여 본래의 의미를 더 잘 살리고 있다면 현대소설에서는 두 사람의 애절한 사랑이야기라는 관점만이 부각되고 있다. 그러면서도 역사 소설, 실화 소설, 애정 소설, 전기 소설적 요소들이 작가에 따라 달리 나타난다. 또한 역사적 사실에 입각한 신재효의 삶보다 상상의 여지가 많은 진채선의 존재가 더 강조되는 경향을 보인다. 신재효를 실존 인물이나 역사 인물로 보는 관점은 역사적 사실을 강조함으로써 문학적 상상력의 여지를 사라지게 한다. 이는 판소리를 과거의 문화재로 보존하려는 것과 같다. 판소리의 현재적 향유가 판소리의 존재와 역사를 파괴하는 것이 아니듯이 신재효에 대한 허구적 형상화가 신재효에 대한 역사적 사실을 훼손하는 것은 아니다. 문학콘텐츠에서 성공적인 스토리텔링을 위해서는 멜로드라마적이고 코미디적인 요소를 통한 재미와 교훈이라는 측면이 강화될 필요가 있다. 신재효를 중심으로 여러 허구 인물을 창조함으로써 신재효의 인물 형상을 강화하고 그의 삶을 바탕으로 서브플롯을 다양하게 배치하여 주제 의식을 부각하기에 신재효 서사는 잠재력이 높은 콘텐츠이다. 그는 개인적으로는 신분적 한계로 인해 갈등했으며 여러 명의 처자와의 이별을 겪었다. 판소리사에는 갖은 사연을 가진 인물들이 등장하고 신재효 역시 그들 중 한 사람이기 때문이다.[53] 때론 역사적 사실보다 허구적 진실이 인물을 형상화하기에 효과적일 수 있다. 한편, 문학콘텐츠는 다양한 매체로 구현될 가능성을 가진 원천소스가 된다는 점에서 더욱 관심이 요구된다.

---

53) 관련하여 판소리 대중화의 일환으로 판소리 명창 콘텐츠 시나리오를 개발한 연구를 참고해 볼 수 있다. 안숙현, 「전통문화 콘텐츠의 영화 스토리텔링 창작 교육 방안」, 『한국문예창작』 26, 한국문예창작, 2012, 335~379면.

마지막으로 미디어콘텐츠에서 신재효 스토리텔링은 기존 콘텐츠와 연계하고 확장되어야 한다. 수용자의 측면에서 신재효 서사는 다른 콘텐츠와의 연계성이 좋은 콘텐츠이다. 판소리를 이야기하지 않고 신재효를 논구하는 것은 어려울 정도로 신재효라는 인물은 판소리와 불가분의 관계이다. 문화콘텐츠의 소재로서 판소리에 관한 관심은 상당히 높고 대중적인 판소리 콘텐츠 개발에 대한 요구도 높아지고 있다.54) 판소리는 다매체적 성격으로 인해 연극, 영화, 음악, 뮤지컬은 물론 웹툰에 이르기까지 변용이 용이하다. 그런 점에서 판소리 콘텐츠와 연계할 수 있는 방안을 탐색할 필요가 있다. 예를 들면 신재효 서사를 판소리 영화나 드라마의 쿠키 영상으로 활용하거나 학습 만화로 추가하는 방식도 가능하다.

　또한 신재효는 고창을 대표하는 인물이기도 하다. 전라북도 서남쪽 끝에 위치한 소도시인 고창이 동리국악당이나 판소리 박물관을 관리할 수 있었던 것은 신재효 덕분이었던 것처럼 신재효가 판소리 연창자를 육성하고 다양한 실험을 할 수 있었던 것은 그곳이 바로 고창이었기 때문이기도 하다.55) 그러한 까닭으로 판소리 문화 혹은 지역 문화의 하나로 고창은 풍부한 콘텐츠를 갖춘 곳이다. 김성식은 고창의 소리문화 관련 콘텐츠 강화 방안으로 판소리 박물관의 리뉴얼과 동리 신재효 특별관과 진채선 창작물 공모전을 제안하였다.56) 고창의 판소리 박물관과 동리정사는 신재효를 상징하는 공간이 되어야 한다. 다만 그것은 신재효에 대한 많은 정보를 나열하는 곳이 아니라 신재효 서사가 살아 있는 장소여야 한다. 한편, 신재효는 그 자체로 지역의 역사 인물로도 활용할 수 있다. 역사 인물은 지역의 중요한

---

54) 김예진, 「대중적인 판소리 콘텐츠 개발 필요성에 대한 인식조사」, 『한국콘텐츠학회 논문지』 7, 한국콘텐츠학회, 2017, 608면.

55) 정병헌, 「고창과 판소리 문화 : 고창의 판소리 문화적 기반」, 『판소리연구』 20, 판소리학회, 2005, 49면.

56) 김성식, 「고창 소리문화의 발전방안—고창 현지를 중심으로」, 『판소리연구』 47, 판소리학회, 2019, 49~58면.

향토문화 자원이 된다. 인물을 통해 지역의 역사와 문화를 보여줄 수 있기 때문이다.[57] 신재효의 '지역 사회에서의 위상과 기여'를 중심으로 신재효를 스토리텔링함으로써 지역 역사 인물을 대중화하려는 시도가 필요하다. 이는 신재효 서사가 고창의 기존 콘텐츠들과 상호관계를 형성하여 발전적인 방향으로 나아가는 길이 될 것이다.

6. 결론

이 연구는 판소리사에 지대한 공헌을 한 역사 인물이며 고창을 대표하는 지역 인물인 신재효에 주목하여 그를 서사적으로 의미화한 양상을 살피고 이를 통해 신재효 스토리텔링의 방향을 가늠하고자 하였다. 학술적인 연구와 비교하여, 혹은 판소리 콘텐츠에 대한 관심과 비교하여 신재효라는 인물에 대한 문화콘텐츠는 양적으로 소략하고 질적으로 만족스럽지 못하다. 신재효의 사회 문화적 가치를 고려할 때 신재효 서사를 대중화하고 문화콘텐츠로 활성화하는 것은 꼭 필요한 일이다.

그간의 연구에서 신재효는 판소리와 관련하여 교육자, 후원가, 이론가, 논평가, 개작자, 집성자, 창작자, 풍류인의 관점에서 조명되어 왔다. 또한 역사적 측면에서 개인적 삶이나 생애, 그의 제자들과 재부의 형성 과정에 관한 연구도 있어 왔다. 신재효가 갖는 다양한 스펙트럼을 고려할 때 문화콘텐츠로서 신재효는 여러 맥락이 얽혀 있는 복합체라는 점이 고려되어야 한다. 이에 교육콘텐츠, 문학콘텐츠, 미디어콘텐츠의 세 영역으로 나누되 2000년대 이후 작품에 국한하여 문화콘텐츠로서 신재효 서사를 살펴보았다.

---

57) 윤유석, 「스토리텔링을 통한 지역 역사인물의 대중화」, 『인문콘텐츠』 19, 인문콘텐츠학회, 2010, 302면.

교육콘텐츠로서 신재효 서사는 위인전이 주류였으며 예외적으로 진채선과의 만남에 주목한 것을 찾아볼 수 있었다. 음악가, 문화 인물, 역사 인물로 선정되었으며 사실의 나열이 중심이 됨으로써 어느 것이든 형상이나 역할이 충분히 설명되지 않아 독자인 어린이들에게 매력적인 인물로 다가가기 어려운 한계를 보였다. 그러나 위인전에서 인물 이야기로의 변화와 더불어 차별화되는 접근도 나타나고 있어 기대가 되는 영역이다. 교육콘텐츠는 미래 세대에게 신재효를 기억하게 하는 방식이란 점에서 중요한 의미가 있다. 이를 위해 현재의 관점에서 인물을 설명하고, 현재적 가치를 담은 인물로 형상화하는 일이 필요하다.

문학콘텐츠로서 신재효 서사는 소설이 중심이 되었고 역사소설이나 실존 인물의 이야기를 강조하면서도 신재효와 진채선의 사랑 이야기가 주를 이루었다. 상상의 여지가 많은 진채선이 중심이 되는 경우가 많았고 경우에 따라서는 대원군과의 삼자구도를 형성하기도 하였다. 신재효나 진채선의 역사적 상징성이나 의미와 비교할 때 허구 서사로서의 의미를 충분히 살리지 못하고 남녀 간의 전근대적인 사랑이야기에만 집중되는 것은 안타까운 지점이다. 문학콘텐츠에서 신재효는 실제 인물이라는 제약으로부터 자유로워질 필요가 있다. 혹은 역사 인물로 그를 조명하는 경우라 해도 허구적 인물과 서브플롯을 강화하는 것이 요구된다.

미디어콘텐츠로 구현된 신재효 서사는 편수는 많지 않지만 매체나 내용의 측면에서 다기한 양상을 보인다. 소리 매체가 강조되는 양상을 보인다는 점, 다큐멘터리나 드라마의 혼성적 성격이 드러난다는 점, 대중성보다는 교양성이 중심이 된다는 점 등을 공통적으로 찾아볼 수 있었다. 미디어콘텐츠의 측면에서 신재효 서사는 활용도가 높은 서사이다. 하나는 판소리 콘텐츠와의 밀접한 관련성에서, 다른 하나는 고창을 대표하는 인물이란 점에서 그러하다. 기존 콘텐츠 자원과 연계하고 신재효를 중심으로 기존 콘텐츠를 확장하는 작업이 필요하다.

제한된 시간 안에 연구를 진행하다 보니 신재효 서사의 총체적인 양상을 살피지 못하고 2000년대 이후 서사로 제한한 것은 아쉬운 점이다. 그러나 거듭 말했듯이 문화콘텐츠로서 신재효는 여러 측면에서 잠재력이 큰 대상이며 충분한 연구 가치가 있는 인물이다. 구체적이고 심도 있는 스토리텔링의 방법과 방안에 관한 논의는 후속 연구를 기약하고자 한다.

참고 문헌

〈춘향전〉 이본 파생에서 옥중 꿈의 양상과 역할

기본 자료

김진영 외, 『춘향전 전집』 1, 박이정, 1997.

_____, 『춘향전 전집』 2, 박이정, 1997.

_____, 『춘향전 전집』 3, 박이정, 1997.

_____, 『춘향전 전집』 4, 박이정, 1997.

_____, 『춘향전 전집』 13, 박이정, 2004.

_____, 『춘향전 전집』 14, 박이정, 2004.

유진한 지음 · 김석배 역주, 「만화본 춘향가」, 『판소리 연구』 3, 판소리학회, 1992.

성현경 · 조융희 · 허용호, 『광한루기 역주 연구』, 박이정, 1997.

허호구 · 강재철 공역, 『춘향신설, 현토한문춘향전』, 이회문화사, 1998.

논문 및 단행본

김석배, 「춘향전의 옥중가 연구」, 『문학과 언어』 13, 문학과언어연구회, 1992.

김종철, 「〈춘향신설〉고」, 『다곡이수봉박사정년기념 고소설연구논총』, 경인문화
사, 1994.

_____, 『판소리사 연구』, 역사비평사, 1996.

_____, 「완서신간본 〈별춘향전〉에 대하여」, 『판소리 연구』 7, 판소리학회, 1996.

류준경, 「〈만화본 춘향가〉 연구」, 『관악어문 연구』 27, 서울대 국어국문학과, 2002.

_____, 「한문본 〈춘향전〉의 작품 세계와 문학사적 위상」, 서울대학교 박사학위 논문, 2003.

배연형, 『판소리 소리책 연구』, 동국대학교 출판부, 2008.

서유경, 「〈춘향가〉 중 '몽중가'의 소통적 특성과 기능」, 『판소리 연구』 9, 판소리학회, 1998.

설성경, 『춘향전의 통시적 연구』, 서광학술자료사, 1994.

성기련, 「홍윤표 소장 154장본 〈춘향가〉와 19세기 중엽 중고제 판소리와의 관련성 연구」, 『판소리 연구』 36, 판소리학회, 2013.

안병국, 「춘향전에 나타난 태몽 연구」, 『월산 임동권 박사 송수기념논문집』, 집문당, 1986.

_____, 「춘향전의 꿈 모티프 연구」, 『평사 민제 선생 화갑기념논문집』, 동간행위원회, 1990.

우쾌제, 「이비전설의 소설적 수용 고찰」, 『고소설 연구』 1, 한국고소설학회, 1995.

유문영 저 · 하영삼 · 김창경 역, 『꿈의 철학 : 꿈의 미신, 꿈의 탐색』, 동문선, 1993.

이보형, 「박봉술 창본 춘향가 해제」, 『판소리 연구』 4, 판소리학회, 1993.

이부영, 『자기와 자기실현』, 한길사, 2002.

이월영, 『꿈과 고전문학』, 태학사, 2011.

이재선, 「꿈, 그 삶의 대수학」, 『한국문학 주제론』, 서강대출판부, 1989.

이창헌, 『경판방각소설 춘향전과 필사본 남원고사 독자층에 대한 연구』, 보고사, 2004.

전상욱, 「방각본 춘향전의 성립과 변모에 대한 연구」, 연세대학교 박사학위 논문, 2006.

전신재, 「〈춘향가〉의 죽음의 미학」, 『구비문학 연구』 17, 한국구비문학회, 2003.

정노식, 『조선창극사』, 조선일보사, 1940.

정선희, 「〈광한루악부〉 연구」, 『이화어문논집』 16, 이화어문학회, 1998.

정충권, 「옥중 춘향의 내면」, 『판소리 연구』 27, 판소리학회, 2009.

천이두, 「〈춘향가〉의 '몽중가' 소고―〈심청가〉의 소상팔경 지나갈 제와 관련하여」, 『판소리 연구』 8, 판소리학회, 1997.

고전소설 〈숙향전〉에서 보조 인물의 양상과 서사적 효과

기본 자료

김진영 · 차충환 편저, 『숙향전 전집 1』, 박이정, 1999.

이상구 주석, 『원본 숙향전 · 숙영낭자전』, 문학동네, 2010.

논문 및 단행본

S. 채트먼 지음, 한용환 옮김, 『이야기와 담론』, 푸른사상, 2008.

경일남, 「고전소설에 수용된 숙향의 형상과 문학사적 의미」, 『어문연구』 82, 어문연구학회, 2014.

_____, 「숙향전의 고난양상과 결연의미」, 『논문집』 24-2, 충남대학교 인문과학연구소, 1997.

곽정식, 「작중 인물을 통해 본 배비장전의 우면성―방자와 사또의 역할을 중심으로」, 『어문학교육』 7, 한국어문교육학회, 1984.

권두환 · 서종문, 「방자형 인물고―판소리계 소설을 중심으로」, 『한국소설문학의 탐구』, 한국고전문학회, 1978.

김수연, 「소통과 치유를 꿈꾸는 상상력 〈숙향전〉」, 『한국고전연구』 23, 한국고전연구학회, 2011.

김영혜, 「연명담을 수용한 고소설의 조력자 연구」, 한국교원대학교 석사학위논문, 2007.

김지혜, 「기억의 서사로 읽은 〈숙향전〉의 의미」, 『민족문화논총』 63, 영남대학교

민족문화연구소, 2016.

김태영, 「〈숙향전〉에 나타난 마고할미의 역할과 그 의미—〈이대봉전〉의 마고할미와의 대조를 중심으로」, 『고전과 해석』 23, 고전문학한문학연구학회, 2017.

김흥규, 「방자와 말뚝이 : 두 전형의 비교」, 『한국학논집』 5, 계명대학교 한국학연구소, 1978.

박은미, 「영웅소설에 나타난 조력자의 유형과 역할—〈홍길동전〉, 〈유충렬전〉, 〈용문전〉을 중심으로」, 성신여자대학교 석사학위논문, 2013.

서보영, 「춘향전 전승에서 방자 삽화의 변이 양상과 의미」, 『고전문학과교육』 38, 한국고전문학교육학회, 2018.

서신애 「고전소설 속 노비의 행위와 처벌—〈숙향전〉, 〈숙영낭자전〉, 〈운영전〉을 대상으로」, 『돈암어문학』 32, 돈암어문학회, 2017.

성연아, 「월매에 대한 소고」, 『어문논집』 20, 중앙어문학회, 1987.

심치열, 「숙향전 연구」, 『한국언어문학』, 38, 한국언어문학회, 1997.

윤보윤, 「〈쌍주기연〉의 보조 인물 고찰」, 『어문연구』 93, 어문연구학회, 2017.

_____, 「재생서사에 나타난 초월적 조력자의 비교 연구 : 불교서사와 고전소설을 중심으로」, 충남대학교 석사학위논문, 2007.

이상구, 「숙향전에 나타난 선계의 형상과 작가의식」, 『남도문화연구』 31, 순천대학교 남도문화연구소, 2016.

이지하, 「숙향전의 차별적 서사와 소설사적 의미」, 『고전문학연구』 51, 한국고전문학회, 2017.

임성래, 「한국문학에 나타난 모험의 의미」, 『대중서사연구』 23, 대중서사학회, 2010.

장홍재, 「숙향전에 나타난 거북의 보은사상」, 『국어국문학』 55・56・57, 국어국문학회, 1972.

정선희, 「조씨삼대록의 보조 인물의 양상과 서사적 효과」, 『국어국문학』 158, 국어국문학회, 2011.

정하영, 「월매의 성격과 기능」, 『고전소설 연구의 방향』, 한국고전문학회, 1985.

조용호, 「숙향전의 구조와 의미」, 『고전문학연구』 7, 한국고전문학회, 1992.

조재현, 「고전소설에 나타나는 저승계—염라대왕의 지옥과 후토부인의 명사계를 중심으로」, 『어문연구』 35-2, 한국어문교육연구회, 2007.

조혜란, 「숙향전의 숙향 : 청순가련형 여성주인공의 등장」, 『고소설연구』 34, 한국고소설학회, 2012.

지연숙, 「〈숙향전〉의 세계 형상과 작동 원리 연구」, 『고소설연구』 24, 한국고소설학회, 2007.

차충환, 「〈淑香傳〉의 報恩譚 構造와 世界觀」, 『인문학연구』 2, 경희대학교 인문학연구소, 1998.

_____, 「숙향전의 구조와 세계관」, 『고전문학연구』 15, 한국고전문학회, 1999.

최기숙, 「17세기 고소설에 나타난 여성 인물의 유랑과 축출, 그리고 귀환의 서사」, 『고전문학연구』 38, 한국고전문학회, 2012.

최수현, 「유선쌍학록 보조 인물의 특징과 그 의미」, 『이화어문논집』 35, 이화어문학회, 2015.

한길연, 「도앵행의 재치있는 시비군 연구」, 『한국고전여성문학연구』 13, 한국고전여성문학회, 2006.

영화 〈춘향뎐〉의 〈춘향전〉 수용 양상과 이본으로서의 특징

기본 자료

김진영 · 김현주 · 김희찬 편저, 『춘향전 전집』 1, 박이정, 1997.

_____, 『춘향전 전집』 2, 박이정, 1997.

김진영 · 김현주 · 손길원 · 진은진 · 김희찬 편저, 『춘향전 전집』 4, 박이정, 1997.

김진영 · 김현주 · 차충환 · 김동건 · 진은진 · 정인혁 · 김희찬 편저, 『춘향전 전집』 15, 박이정, 2004.

태흥영화사 편, 『춘향뎐』, 서지원, 2000.

임권택(감독), 『춘향뎐』, 태흥영화사, 2000, DVD.

논문 및 단행본

권순긍, 「고전소설의 영화화」, 『고소설연구』 23, 고소설학회, 2007.

김석배, 『춘향전의 지평과 미학』, 박이정, 2010.

김외곤, 「판소리의 영화화 과정에 나타난 문제점」, 『고전문학과 교육』 26, 한국고 전문학교육학회, 2013.

김종철, 「19세기~20세기 초 판소리 수용양상 연구」, 『한국문화』 14, 서울대 한국 문화연구소, 1993.

_____, 「정전으로서의 춘향전의 성격」, 『선청어문』, 33, 서울대학교 국어교육연구 소, 2005.

_____, 「춘향신설고」, 『다곡이수봉박사정년기념논총』, 경인문화사, 1994.

_____, 「한문본 춘향전 연구」, 『인문논총』 6, 아주대학교 인문과학연구소, 1995.

이수진, 「표현 형식의 조화를 통한 판소리의 시각화」, 『기호학 연구』 29, 한국기호 학회, 2011.

정성일 대담, 이지은 자료정리, 『임권택이 임권택을 말하다』 2, 현문서가, 2003.

정하영, 「춘향전 개작에 있어서 신분 문제」, 『춘향전의 탐구』, 집문당, 2003.

조동일, 「춘향전 주제의 새로운 고찰」, 김병국 외, 『춘향전 어떻게 읽을 것인가』, 박 이정, 1993.

최예정, 「영화 〈춘향뎐〉의 판소리적 서사구조」, 『영상이론』 1, 한국예술종합학교 영상원 영상이론과, 2002.

허문영 정리, 「〈춘향뎐〉과 임권택」, 『씨네21』, 2000. 2. 1, 한겨레신문사.
http://www.cine21.com/news/view/mag_id/32358

황혜진, 「드라마 춘향전과 영화 춘향뎐의 비교 연구」, 『선청어문』 32, 서울대학교 국어교육과, 2004.

_____, 「춘향전 개작 텍스트의 서사 변용」, 『춘향전의 수용문화』, 월인, 2007.

Chatman, Seymour Benjamin., 「소설적 서술과 영화적 서술」, 석경징 외 편역, 『현대 서술 이론의 흐름, Story and Discourse』, 솔출판사, 1997.

학습독자의 문학 감상에서 상호텍스트적 맥락화 양상 연구
─고전소설 〈구운몽〉을 중심으로

논문 및 단행본

경규진, 「반응 중심 문학교육의 방법 연구」, 서울대학교 박사학위 논문, 1993.

고정희, 「영변가와 진달래꽃의 상호텍스트적 양상과 의미」, 『한국고전시가연구』 30, 한국시가학회, 2011.

권순긍, 「문제제기를 통한 고소설 교육의 방향과 시각」, 『고소설연구』 12, 한국고소설학회, 2001.

김경욱, 「영화와 문학교육」, 『국어교육학연구』 17, 국어교육학회, 2003.

김도남, 「상호텍스트성을 바탕으로 한 읽기 지도 방법 연구」, 한국교원대학교 박사학위논문, 2002.

_____, 『상호텍스트성과 텍스트 이해 교육』, 박이정, 2014.

김미혜, 『비평을 통한 시 읽기 교육』, 태학사, 2009.

김욱동, 『바흐친과 대화주의』, 나남, 1990.

남지현, 「상호텍스트성에 기반한 시교육의 구체화─텍스트 선정을 중심으로」, 『문학교육학』 54, 2017.

류수열, 「〈사미인곡〉의 콘텍스트와 상호텍스트적 읽기」, 『독서연구』 21, 한국독서학회, 2009.

박노현, 「텔레비전 드라마와 상호텍스트성—'텍스트 소환 기법'의 개념과 유형을 중심으로—」, 『한국문학연구』 40, 2011.

박정진·이형래, 「읽기 교육에서의 콘텍스트 : 의미와 적용」, 『독서연구』 21, 한국독서학회, 2009.

박지윤, 「시 텍스트 이해를 위한 소설 상호텍스트 활용의 실제 : 시 '사평역'에서와 소설 '사평역'을 중심으로」, 『학습자중심교과교육연구』 17–19, 학습자중심교과교육학회, 2017.

박지윤, 「텍스트 이해를 위한 상호텍스트 활용의 실제—문학 텍스트와 미디어 텍스트의 징표와 변형을 중심으로」, 『한민족어문학』 64, 한민족어문학회, 2013.

선주원, 「상호텍스트성의 관점에 의한 소설교육」, 『청람어문교육』 24, 청람어문학회, 2002.

양선규, 「서술적 정체성, 놀이, 독서(이야기) 교육」, 『초등교육연구논총』 17–3, 대구교육대학교 초등교육연구소, 2001.

양원석, 「일본의 라이트노벨 연구」, 건국대학교 박사학위논문, 2018.

유광수, 「〈구운몽〉 : 두 욕망의 순환과 진정한 깨달음의 서사」, 『열상고전연구』 26, 열상고전연구회, 2007

장정순, 「상호텍스트성을 활용한 문학 수업이 학습자의 태도에 미치는 영향 연구」, 한국외국어대학교 석사학위논문, 2001.

조고은, 「동일작가 작품군의 상호텍스트적 시 읽기 교육 연구」, 서울대학교 석사학위논문, 2010.

조하연, 「문학 감상 교육 연구」, 서울대학교 박사학위논문, 2010.

조희정, 「고전시가 비평 교육 연구—탈연대기적 관점의 상호텍스트성을 활용하여」, 『국어교육』 143, 한국어교육학회, 2013.

최인자, 「디지털 시대의 고전 읽기 : 디지털 시대, 문학 고전 읽기 방식—고전 변용 텍스트의 상호매체적, 상호문화적 읽기를 중심으로」, 『독서연구』 19, 2008.

_____, 「청소년 문학 경험의 질적 이해를 위한 독서 맥락의 탐구」, 『독서연구』16, 한국독서학회, 2008.

황혜진, 「구운몽의 정서 형성 방식에 대한 교육적 고찰」, 『고전문학과 교육』 20, 한국고전문학교육학회, 2010.

Barthes, R., 김희영 역, 『텍스트의 즐거움』, 동문선, 2002.

Chatman, S,. 김경수 역, 『영화와 소설의 서사구조』, 민음사, 1990.

보조 인물 중심의 고전소설 감상 양상 고찰
—고전소설 〈숙향전〉을 중심으로

논문 및 단행본

김귀석, 「고소설에 등장한 보조 인물 연구」, 『인문과학연구』 19, 조선대학교 인문과학연구소, 1997.

김나영, 「고전 서사에 형상화된 노비의 존재성 탐구」, 『돈암어문학』 31, 돈암어문학회, 2017.

김종철, 「한국어 교육에서 문학 제재 활용의 전통」, 『국어교육연구』 14, 서울대학교 국어교육연구소, 2004.

김태영, 「〈숙향전〉에 나타난 마고할미의 역할과 그 의미 : 〈이대봉전〉의 마고할미와의 대조를 중심으로」, 『고전과해석』 23, 고전문학한문학연구학회, 2017.

남명희, 「스핀오프, 컨텐츠 시대에 어울리는 속편 제작 형태 제안: 이야기의 확대와 연장 개념에서 바라보는 크로스오버와 스핀오프」, 『영화연구』 29, 한국영화학회, 2006.

박상석, 「고소설 선악이야기의 서사규범 연구」, 연세대학교 박사학위 논문, 2012.

박영희, 「17세기 소설에 나타난 시집간 딸의 친정 살리기와 출가외인 담론」, 『한국고전여성문학연구』 40, 한국고전여성문학회, 2006.

서대석 엮음,『우리 고전 캐릭터의 모든 것』1, 휴머니스트, 2008.

서보영,「고전소설 〈숙향전〉의 보조 인물의 양상과 서사적 효과」,『겨레어문학』64, 겨레어문학회, 2020.

손정민,「〈숙향전〉의 흥미성 연구」, 울산대학교 석사학위 논문, 2010.

신재홍,「고전소설의 재미 찾기」,『고전문학과교육』26, 한국고전문학교육학회, 2013,.

신태수,「고소설 작중인물의 화법」,『국어국문학』118, 국어국문학회, 1997.

유태영,『현대소설론』, 국학자료원, 2001.

이상구,「후대소설에 미친 〈숙향전〉의 영향과 소설사적 의의」,『고전과해석』24, 고전문학한문학연구학회, 2018.

이상일,「고전소설의 인물 비평 교육 연구 서설—인물 비평의 개념, 위상, 방법」,『국어교육학연구』44, 국어교육학회, 2012.

이선형,「용서함과 용서됨: 용서에 관한 히에로니미와 노비츠의 논의를 중심으로」,『철학』138, 한국철학회, 2019.

이지윤,「작중인물에 대한 초등 학습독자의 의미 구성 양상 연구」, 한국교원대학교 석사학위 논문, 2014.

정선희,「장편고전소설에서 여성 보조 인물의 추이와 그 의미: 여성 독자층, 서사 전략과 관련하여」,『고소설연구』40, 한국고소설학회, 2015.

정운채,「문학치료학의 서사 및 서사의 주체」,『영화와문학치료』3, 서사와문학치료연구소, 2010.

지연숙,「숙향전의 세계 형상과 작동 원리 연구」,『고소설연구』24, 한국고소설학회, 2007.

차충환,「〈숙향전〉의 보은담 구조와 세계관」,『인문학연구』2, 경희대학교 인문학연구소, 1998.

최기숙,「17세기 고소설에 나타난 여성 인물의 유랑과 축출, 그리고 귀환의 서사」,『고전문학연구』38, 한국고전문학회, 2010.

최시한,『소설의 해석과 교육』, 문학과지성사, 2005.

최인자,「문학독서의 사회문화적 모델과 '맥락' 중심 문학교육의 원리」,『문학교육학』25, 한국문학교육학회, 2008.

최재우,「보조 인물의 성격으로 본 춘향전 이본 간의 특성 차이」,『열상고전연구』33, 열상고전연구회, 2011.

정서 중심의 고전소설 교육 연구
─고전소설 〈운영전〉을 중심으로

논문 및 단행본

고정희,「정서 교육을 위한 예비적 고찰」,『고전문학과교육』20, 한국고전문학교육학회, 2010.

고현범,「마사 누스바움의 연민론: 독서 토론에서 감정의 역할」,『인간, 환경, 미래』15, 인제대학교 인간환경미래연구원, 2015.

김경미,「15세기 문인들의 기이에 대한 인식: 태평광기상절, 태평통재의 편찬, 간행과 관련하여」,『한국고전연구』5, 한국고전연구학회, 1999.

김기동,『이조시대소설론』, 선명문화사, 1975

김선희,「시조 정서와 교육적 접근 방향 연구」,『한국초등국어교육』35, 한국초등국어교육학회, 2007.

김용기,「시조의 정서 표출과 문학교육」,『시조학론집』39, 한국시조학회, 2013.

김일렬,「운영전 고(Ⅱ): 주로 심리학적 입장에서」,『어문논총』7(1), 경북어문학회, 1972.

_____,「고전소설에 나타난 기이성 연구」,『어문학』63, 한국어문학회, 1998.

김종철,「민족 정서와 문학교육」,『문학교육학』6, 한국문학교육학회, 2000.

노대원,「서사의 작중인물과 마음의 이론」,『현대문학이론연구』61, 현대문학이론학회, 2015.

박일용, 「운영전과 상사동기의 비극적 성격과 그 사회적 의미」, 『국어국문학』 98, 국어국문학회, 1987.

방은수, 「정서 조정을 위한 극적 체험 연구」, 『새국어교육』 117, 한국국어교육학회, 2018.

서유경, 「〈사씨남정기〉의 정서 읽기 교육 연구」, 『고전문학과교육』 20, 한국고전문학교육학회, 2010.

_____, 「〈숙향전〉의 정서 연구」, 『고전문학과교육』 22, 한국고전문학교육학회, 2011.

서종남, 「〈운영전〉 등장인물에 대한 교육심리학적 접근」, 『동방학』 11, 한서대학교 동양고전연구소, 2005.

성현경, 「운영전의 성격: 그 문학적 가치와 문학사적 의의」, 『국어국문학』 76, 국어국문학회, 1977.

소재영, 「〈운영전〉 연구: 운영의 비극을 중심으로」, 『아세아연구』 14(1), 고려대학교 아세아문제연구소, 1971.

신재홍, 「〈유충렬전〉의 감성과 가족주의」, 『고전문학과교육』 20, 한국고전문학교육학회, 2010.

엄기영, 「〈운영전〉과 갈등 상황의 조정자로서의 자란」, 『한국문학이론과 비평』 49, 한국문학이론과비평학회, 2010.

_____, 「수성궁의 공간적 성격과 그 의미」, 『Journal of Korean culture』 18, 한국어문학국제학술포럼, 2011.

엄태식, 「〈운영전〉의 양식적 특징과 소설사적 의미」, 『한국고전연구』 28, 한국고전연구학회, 2013.

윤해옥, 「운영전의 구조적 고찰」, 『국어국문학』 84, 국어국문학회, 1980.

이상구 역주, 『17세기 애정전기소설』, 월인, 1999.

_____, 「운영전의 갈등 양상과 작가 의식」, 『고소설연구』 5(1), 한국고소설학회,

1998.

이정원, 「전기소설에서 전기성의 변천과 의미: 기이의 정체와 현실의식을 중심으로」, 『한국고전여성문학연구』 6, 한국고전여성문학회, 2003.

전성운, 「〈운영전〉의 인물 형상과 비회의 정조」, 『어문논집』 56, 민족어문학회, 2007.

정주동, 『고대소설론』, 형설출판사, 1996.

정출헌, 『고전소설사의 구도와 시각』, 소명출판, 1999.

정충권, 「판소리 문학에 나타난 분노와 설움」, 『고전문학과교육』 23, 한국고전문학교육학회, 2012.

조희정, 「고전시가 교육에서 학습자의 정서와 비평」, 『고전문학과교육』 24, 한국고전문학교육학회, 2012.

_____, 「고전시가 학습자의 정서 체험 양상 연구: 정서 비평을 활용하여」, 『문학교육학』 42, 한국문학교육학회, 2013.

최홍원, 「자기 조정과 위안으로서 〈탄궁가〉의 정서 읽기」, 『고전문학과교육』 23, 한국고전문학교육학회, 2012.

한명숙, 「문학교육의 정서 탐구」, 『청람어문교육』 24, 청람어문교육학회, 2002.

황혜진, 「가치경험을 위한 소설교육내용 연구」, 서울대학교 대학원 박사학위 논문, 2006.

_____, 「고전소설 소재 인물의 역사적 삶에 대한 연구: 〈운영전〉의 안평대군에 대한 실록의 기록을 대상으로」, 『고소설연구』 29, 한국고소설학회, 2010.

Sutherland, M., *Education and Empathy*, British Journal of Educational Studies. 34(2), 1986.

Rimmon-Kenan, S., 최상규 역, 『소설의 현대 시학』, 예림기획, 2003.

고전소설 변용을 통한 문화적 문식성 교육 연구
―학습자의 〈춘향전〉 변용 양상을 중심으로

논문 및 단행본

김병국, 「춘향전의 문학성에 대한 비평적 접근 시론」, 『춘향전 어떻게 읽을 것인가』, 박이정, 1993.

김종철, 「정전(正典)으로서의 『춘향전』의 성격」, 『선청어문』 33호, 서울대학교 국어교육과, 2005.

_____, 「춘향전 교육의 시각(1)」, 『고전문학과 교육』 제1집, 한국고전문학교육학회, 1999.

박인기. 「문화적 문식성의 국어교육적 재개념화」, 『국어교육학연구』 15, 국어교육학회, 2002.

박일용, 『조선시대 애정소설』, 집문당, 1993.

박희병, 「춘향전의 역사적 성격분석」, 『전환기의 동아시아 문학』, 창작과 비평사, 1985.

서유경, 「디지털 시대의 고전 서사 읽기」, 『고전문학과 교육』 16, 한국고전문학교육학회, 2008.

_____, 「판소리를 통한 문화적 문식성 교육 연구」, 『판소리 연구』 28, 판소리학회, 2009.

윤여탁 외, 「시 텍스트의 변화와 교육」, 『매체언어와 국어교육』, 서울대학교출판부, 2008.

윤종선, 「〈심청전〉의 현대적 수용 양상 연구」, 고려대학교 박사학위논문. 2011.

이상택, 「고전소설의 사회와 인간」, 『한국고전소설의 탐구』, 중앙출판, 1981.

이재기, 「문학교육과 문식성 신장」, 『독서연구』 22, 한국독서학회, 2009.

차봉희, 『수용미학』, 문학과지성사, 1985.

최인자, 「문식성 교육의 사회, 문화적 접근」, 『국어교육연구』 8, 국어교육연구소,

2001.

_____, 「디지털 시대, 문학 고전 읽기 방식」, 『독서연구』 제19호, 한국독서학회, 2008.

황혜진, 「춘향전과 순정만화를 통해 본 '낭만적 사랑'의 형성과 변화」, 『국어교육학 연구』 17, 국어교육학회, 2003.

_____, 「문화적 문식성 교육을 위한 고전소설과 영상변용물의 비교 연구」, 『국어 교육』 116, 국어교육학회, 2005.

Dowling, Colette, *The Cinderella complex : women's hidden fear of independence*, Summit Books, 1981. 이호민 역, 『신데렐라 콤플렉스』, 나라원, 2002.

H. Porter Abbott, *The Cambridge Introduction to Narrative*, Cambridge University Press, 2002. 우찬제 외 역, 『서사학 강의』, 문학과지성사, 2010.

Harold Bloom, T*he Anxiety of Influence : A Theory of Poetry*, Oxford University Press, 1997. 양석원 역, 『영향에 대한 불안』, 문학과지성사, 2012.

Kristeva, Julia, *(La)Révolution du langage poétique*, 1974. 김인환 역, 『시적 언어의 혁명』, 동문선, 2000.

L. Hutcheon, *A Theory of Adaptation*, Routledge, 1947.

Wellek, René & Warren, Austin, *Theory of literature*, 1987. 이경수 역, 『문학의 이 론』, 문예출판사, 1995.

고전소설 다시쓰기에서 '저자적 독자'의 양상과 국어교육적 의미
―유튜브의 〈완판 84장본 열녀춘향수절가〉 관련 콘텐츠를 중심으로

기본 자료

김진영 · 김현주 · 손길원 · 진은진 · 김희찬 편저, 『춘향전 전집』 4, 박이정, 1997.
[민음사 TV] 학교에서 안 알려 주는 〈춘향전〉의 진짜 이야기, 민음사가 알려드림 해

외문학팀 편집자 박혜진(11분 23초)(2020. 11. 10. 조회수 13,769회).
    https://www.youtube.com/watch?v=upinjYSHNNE&t=610s

[10분의 문학] 문학캐스터 레몬 제2화 춘향전(열녀춘향수절가)(2018. 11. 26. 조회
    수 8652회). https://www.youtube.com/watch?v=OBe4C39fRTY&t=254s

논문 및 단행본

고운기, 「문화콘텐츠의 창작 소재와 국문학」, 『열상고전연구』 49, 열상고전연구회,
    2016.

권대광, 「게임 시나리오 쓰기를 통한 고전 서사 교육 방안 제안」, 『인문사회과학연
    구』 18 - 2, 부경대학교 인문사회과학연구소, 2017.

김선현, 「〈심청전〉의 재구와 고전 콘텐츠—〈심청전을 짓다 : 심청이 제삿날 밤에〉
    를 대상으로」, 『공연문화연구』 36, 한국공연문화학회, 2018.

김용범, 「문화컨텐츠 산업의 창작 소재로서 고전소설의 활용 가능성에 대한 연구」,
    『민족학연구』 4, 한국민족학회, 2000.

김종철, 「정전(正典)으로서의 〈춘향전(春香傳)〉의 성격」, 『선청어문』 33, 서울대학
    교 사범대학 국어국문학과, 2005.

김진영, 「고소설 작가의 익명성과 향유층의 문예적 대응」, 『한국언어문학』 100, 한
    국언어문학회, 2017.

김탁환, 「디지털 콘텐츠와 고전—원 소스 만들기를 중심으로」, 『한국문예창작』 4
    - 2, 2005.

박영우, 「창작소재의 콘텐츠 활성화 방안—〈구미호〉 설화를 중심으로」, 『서강인문
    논총』 30, 서강대학교 인문과학연구소, 2011.

박재인, 「드라마 〈도깨비〉와 고전 서사의 관련성 및 그 스토리텔링의 의미」, 『인문
    과학』 65, 성균관대학교 인문과학연구원, 2017.

변현지, 「생산자-조직가의 매개체로서 유튜브 플랫폼 분석」, 『문화연구』 7 - 2, 한
    국문화연구학회, 2019.

사재동, 「고전소설 판본의 형성, 유통」, 『인문학연구』 20 - 1, 충남대학교 인문과학
　　　연구소, 1993.

서보영, 「고전소설 다시쓰기의 전통과 국어교육적 의미―〈춘향전〉을 중심으로」,
　　　『국어교육연구』 44, 서울대학교 국어교육연구소, 2019.

_____, 「웹툰 〈그녀의 심청〉의 고전소설 〈심청전〉 변용 양상과 고전 콘텐츠의 방
　　　향」, 『어문론총』 88, 한국문학언어학회, 2021.

유재희, 「일상적 공간에서 주부들의 TV 아침드라마 읽기」, 이화여자대학교 석사학
　　　위논문, 2008.

이명현, 「고전 서사의 서사 방식을 수용한 다문화 애니메이션 창작 사례 연구」, 『다
　　　문화콘텐츠연구』 22, 중앙대학교 문화콘텐츠기술연구원, 2016.

_____, 「문화콘텐츠 스토리텔링 소재로서 고전 서사의 가치」, 『우리문학연구』 25,
　　　우리문학회, 2008.

이문성, 고전문학 기반 문화콘텐츠 수업방안―판소리계소설을 중심으로」, 『국제
　　　언어문학』 48, 국제언어문학회, 2021.

임형택, 「고전 서사 방탈출게임 : 에튜테인먼트 · 문화 콘텐츠의 지향―〈심청전〉을
　　　예시 텍스트와 모델로 하는 일반론」, 『반교어문연구』 57, 반교어문학회,
　　　2021.

장순희, 「춘향전의 인물과 독자의 욕망 구조―완판 〈열녀춘향수절가〉를 중심으로」,
　　　『한국문학논총』 55, 한국문학회, 2010.

정선희, 「고전소설 문화 콘텐츠화를 위한 수업방안 연구, 『한국고전연구』 37, 한국
　　　고전연구학회, 2017.

정진석, 「소설 해석에서 독자 역할의 중층 구도와 소통 방식 연구」, 『문학교육학』
　　　43, 한국문학교육학회, 2014.

정현선, 「디지털 리터러시의 국어교육적 의미」, 『국어교육학연구』 21, 국어교육학
　　　회, 2004.

최기숙, 「Daum웹툰 〈바리공주〉를 통해 본 고전 기반 웹툰 콘텐츠의 다층적 대화

양상—서사구조와 댓글 분석을 중심으로」, 『대중서사연구』 25 - 3, 대중서
사학회, 2019.

최혜진, 「고전문학 교육과 문화콘텐츠 창작 교육」, 『인문학연구』 24, 경희대학교
인문학연구소, 2013.

함복희, 「고전문학의 효율적인 내면화를 위한 리딩액티비티 콘텐츠 방안」, 『중앙
어문』 65, 중앙어문학회, 2016.

E. Freund., The Return of the Reader, Routledge, 2002. 신명아 옮김, 『독자로 돌아
가기』, 인간사랑, 2005.

Peter J. Rabinowitz & Michael W. Smith, *Authorizing Readers*, Teachers College
Press, 1998.

웹툰 〈그녀의 심청〉의 고전소설 〈심청전〉 변용 양상과 고전 콘텐츠의 방향

논문 및 단행본

김광욱, 「스토리텔링의 개념」, 『겨레어문학』 41, 겨레어문학회, 2008.

김동호, 「말칸(말풍선)의 소리 이미지에 대한 연구—발화되지 않는 말칸」, 『만화애
니메이션 연구』, 한국만화애니메이션학회, 2019.

김선현, 「판소리 서사 기반 웹툰의 스토리텔링 양상과 특징」, 『문화와 융합』 40 - 2,
한국문화융합학회, 2018.

김승환, 「내포독자의 개념과 존재 양상」, 『어문논총』 78호, 한국문학언어학회,
2018.

김종철, 「〈심청가〉와 〈심청전〉의 장 승상 부인 대목의 첨가 양상과 그 역할」, 『고소
설연구』 35, 한국고소설학회, 2013.

김진영 외 편저, 『심청전 전집』 1 · 3 · 4 · 5 · 6 · 7 · 8 · 9 · 10 · 11 · 12, 박이정,

1997~2004.

류철균·이지영, 「형성기 한국 웹툰의 장르적 특질 연구」, 『우리문학연구』 44, 우리문학회, 2014.

박상천, 「문화 콘텐츠 개념 정립을 위한 시론」, 『한국언어문화』 33, 한국언어문화학회, 2007.

박인혜, 「전승 〈심청가〉 '장 승상 부인 대목' 비교―박동실 바디, 정응민 바디, 김연수 바디를 중심으로―」, 『판소리연구』 45, 판소리학회, 2018.

서유경, 「문화원형으로서의 고전소설 탐색―〈시실리 2km〉를 중심으로」, 『문학교육학』 64, 문학교육학회, 2019.

서인석, 「조선 후기 향촌 사회의 악인 형상 : 놀부와 옹고집의 경우」, 『인문연구』 20-2, 영남대 인문과학연구소, 1999.

신호림, 「〈심청전〉의 계열과 주제적 변주」, 고려대학교 박사학위논문, 2016.

유영대, 「장 승상 부인 대목의 첨가에 대하여」, 『판소리 연구』 5, 판소리학회, 1994.

윤종선, 「고전문학과 문화 콘텐츠 교육방법론 연구」, 『비평문학』 35, 한국비평문학회, 2010.

이명현, 「웹툰의 고전 서사 수용과 변주」, 『동아시아고대학』 52, 동아시아고대학회, 2018.

이상민, 「웹 만화의 매체적 특성과 스토리텔링에 대한 고찰」, 『한국학연구』 30, 고려대학교 한국학연구소, 2009.

장예준, 「웹툰에서의 고전 서사 활용 방안」, 『국제어문』 75, 국제어문학회, 2017.

정규하·윤기헌, 「웹툰에 나타난 특징적 말칸 연출에 대한 분석」, 『한국만화애니메이션연구』 36, 한국만화애니메이션학회, 2014.

정선희, 「고전소설의 문화 콘텐츠를 위한 수업방안 연구」, 『한국고전연구』 37, 한국고전연구학회, 2017.

정하영, 「심청전에 나타난 악인상 : 뺑덕어미론」, 『국어국문학』 97, 1987.

조윤형, 「고소설의 讀者 연구」, 『독서연구』 17, 한국독서학회, 2007.

조현설, 「고소설의 영화화작업을 통해 본 고소설 연구의 과제—고소설 〈장화홍련전〉과 영화 〈장화, 홍련〉의 사례를 중심으로」, 『고소설연구』 17, 한국고소설학회, 2004.

지연숙, 「고전소설 공간의 상호텍스트성—황릉묘를 중심으로」, 『한국학연구』 36, 고려대학교 한국학연구소, 2011.

최수현, 「신 박씨전 어화둥둥 내 보르미의 〈박씨전〉 수용과 의미」, 『어문논총』 85, 한국문학언어학회, 2020.

최혜진, 「고전문학 교육과 문화 콘텐츠 창작 교육」, 『인문학연구』 24, 경희대학교 인문학연구원, 2013.

한상정, 「강풀 만화책이 재미없는 이유」, 『실천문학』 93, 실천문학사, 2009.

허 윤, 「'페미니즘 리부트' 시대의 여성 간 로맨스—비완·seri, 〈그녀의 심청〉(저스툰, 2017~2019)」, 『대중서사연구』 26-4, 대중서사연구, 2020.

황혜진, 「판소리의 매체교육적 의의」, 『판소리연구』 24, 판소리학회, 2007.

_____, 「한국 드라마로 이어지는 고전 서사의 전통—드라마 〈적도의 남자〉(2012)를 중심으로—」, 『겨레어문학』 49, 겨레어문학회, 2012.

인터넷 기사

불평불만 가득한 블로그 https://blog.naver.com/vikiniking/221999001554, 2020. 12. 31. 검색.

오디오드라마 〈그녀의 심청〉 https://audiocomics.kr/player/episode/1809, 2020. 12. 31. 검색.

웹툰 〈그녀의 심청〉 https://series.naver.com/comic/detail.nhn?productNo=4257108, 2020. 12. 31. 검색.

임하빈, "[그녀의 심청] Seri, 비완 작가 인터뷰", 『웹툰가이드』, 2019. 10. 9. https://www.webtoonguide.com/ko/board/rds01_interview/10776, 2020. 12. 31. 검색.

이재민, "2018 오늘의 우리만화 "그녀의 심청", 미국, 중국, 프랑스 등 전 세계 6개국 수출", 『웹툰 News』, 2019. 4. 11.

    https://www.webtooninsight.co.kr/Forum/Content/5864, 2020. 12. 31. 검색.

임소라, "단행본 매출1위 위즈덤하우스 미디어그룹, 올 상반기 5작품 영상화 계약 체결", 『아시아경제』, 2019. 6. 26.

    https://cm.asiae.co.kr/article/2019062509150896025, 2020. 12. 31. 검색.

문화콘텐츠로서 신재효 서사의 양상과 스토리텔링의 방향

기본 자료

강로사, 『알려줘 전라북도 위인(우리 고장 위인 찾기 6)』, 아르볼, 2017.

김철영, 『도리화가』, 종려가지, 2014.

김평, 『신재효』, 대교 소빅스, 2012.

김한종 외 5명, 『한국사 사전(통합본, 내 책상 위의 역사 선생님)』, 책과함께어린이, 2016.

다큐멘터리 드라마 『조선 최초 여성 명창 진채선』

돋음자리 엮음, 『초등학생을 위한 인물사전』, 시공주니어, 2000.

라디오 드라마 『나무는 오동잎을 떨구고(2012)』

문순태, 『도리화가』, 오래, 2014.

박민호, 『신재효』, 한국퍼킨스, 2004.

박태상, 『진채선, 사랑의 향기』 1, 월인, 2014.

_____, 『진채선, 사랑의 향기』 2, 월인, 2015.

_____, 『진채선, 사랑의 향기』 3, 월인, 2015.

성나미, 『신재효』, 파랑새, 2007.

송혜진, 『신재효』, 씽크하우스, 2007.

양혜정,『신재효』, 기탄동화, 2006.

영화『도리화가(2015)』

오흥선이,『역사 속 위인들은 무슨 일을 했을까』, M&Kids, 2017.

윤중강,『신재효』, 교원, 2012.

이경재,『판소리 명창들의 숨겨진 이야기』, 아주좋은날, 2017.

이이화,『겨레의 역사를 빛낸 사람들』 3, 소년한길, 2008.

이정규,『진채선』, 밝은세상, 2010

임이슬,『도리화가』, 고즈넉, 2015.

장철문,『신재효』, 한국몬테소리, 2006.

전다연,『신재효』, 대교, 2005.

최혜인,『소릿고』, 북인, 2020.

푸른물고기주니어,『신재효』, 푸른물고기, 2012.

한정영,『귀명창과 사라진 소리꾼』, 토트북, 2015.

논문 및 단행본

김대현,「서사배우로서의 판소리 광대의 지향점에 관한 연구」,『드라마논총』 10, 한국드라마학회, 1998.

김성식,「고창 소리문화의 발전방안—고창 현지를 중심으로」,『판소리연구』 47, 판소리학회, 2019

김수미,「한류시대에 본 신재효 판소리 교육의 선구성」,『판소리연구』 35, 판소리학회, 2013

김영성,「역사적 공백을 서사화하는 소설의 방식—세종 시대를 배경으로 한 팩션을 중심으로—」,『인문학연구』 41(3), 충남대학교 인문과학연구소, 2012.

김예진,「대중적인 판소리 콘텐츠 개발 필요성에 대한 인식조사」,『한국콘텐츠학회 논문지』 7, 한국콘텐츠학회, 2017,

류은영,「내러티브와 스토리텔링 : 문학에서 문화콘텐츠로」,『인문콘텐츠』 14, 인문콘텐츠학회, 2009.

서종문, 「신재효의 판소리사적 위상」, 『판소리연구』 20, 판소리학회, 2005.

서종문·정병헌 편, 『신재효 연구』, 태학사, 1997.

송미경, 「다큐멘터리 〈조선 최초 여성 명창 진채선〉(2014)의 스토리텔링 전략과 그 의미」, 『문화와융합』 41(4), 한국문화융합학회, 2019.

송미경, 「영화 〈도리화가〉(2015)에 나타난 영웅 스토리텔링의 전략과 한계」, 『인문 학논총』 45, 경성대학교 인문학연구소, 2017.

송소라, 「판소리의 영화적 해석과 변모의 과정」, 『공연문화연구』 43, 한국공연문화 학회, 2021.

송희영, 「지역의 역사문화자원을 활용한 문화콘텐츠기획연구」, 『예술경영연구』 24, 2012

안숙현, 「전통문화 콘텐츠의 영화 스토리텔링 창작 교육 방안」, 『한국문예창작』 26, 한국문예창작, 2012.

유영대, 「판소리 후원자 신재효와 박헌봉에 대하여」, 『인문언어』 9, 국제언어인문 학회, 2007.

윤중강, 「영화 〈도리화가〉는 있어도 소리 도리화가는 없구나」, 『플랫폼』 55, 인천 문화재단, 2016.

이영석, 「매체의 연극성과 혼종성의 미학—사무엘 베케트의 라디오 드라마와 텔레 비전 드라마 고찰—」, 『세계문학비교연구』 71, 세계문학비교학회, 2020.

이태화, 「판소리에 대한 엇갈린 인식과 대중화의 향방」, 『판소리연구』 35, 판소리 학회, 2013.

이해진, 「〈박타령〉과 〈치산가〉에 나타나는 신재효의 현실인식」, 『판소리연구』 38, 판소리학회, 2014.

이훈상, 「19세기 전라도 고창의 향리 신재효와 그의 가족, 그리고 생애 주기」, 『판 소리연구』 39, 판소리학회, 2015.

윤유석, 「스토리텔링을 통한 지역 역사인물의 대중화」, 『인문콘텐츠』 19, 인문콘텐츠학회, 2010.

이훈상, 「19세기 후반 신재효와 여성 제자들, 그리고 판소리 연행의 변화」, 『역사학
　　　보』 218, 역사학회, 2013.

＿＿＿＿, 「전라도 고창의 향리 신재효의 재부 축적과 그 운영—판소리 창자의 양성
　　　과 관련하여」, 『고문서연구』 46, 한국고문서학회, 2015.

임윤서, 「아동용 자기 계발서로서 리더십 인물이야기의 변화양상 연구」, 『동화와
　　　번역』 28, 건국대학교 글로컬 캠퍼스 동화와 번역연구소, 2014.

정민자·윤경원, 「아동 청소년을 대상으로 한 위인의 최근 동향 분석」, 『학습자중
　　　심교과교육연구』 16, 학습자중심교과교육학회, 2016.

정병헌, 「고창과 판소리 문화 : 고창의 판소리 문화적 기반」, 『판소리연구』 20, 판소
　　　리학회, 2005.

정충권, 「〈박타령〉에 나타난 재화의 문제와 신재효」, 『고전문학과 교육』 35, 한국
　　　고전문학교육학회, 2017.

조은별, 「가람 이병기의 신재효 연구와 신재효 위상의 확립」, 『한민족문화연구』
　　　60, 한민족문화학회, 2017.

조홍기, 「한국과 서양의 음악 후원제도 비교 연구」, 『모드니 예술』 2, 한국문화예술
　　　교육학회, 2009.

최동현, 「신재효의 풍류인으로서의 면모와 판소리 활동」, 『판소리연구』 36, 판소리
　　　학회, 2013.

태지호·권지혁, 「지역 역사 인물의 문화콘텐츠 기획에 관한 연구—고헌 박상진 의
　　　사를 중심으로」, 『문화정책논총』 30(1), 한국문화관광연구원, 2016.

인터넷 기사

박종화, "수지 주연의 영화 도리화가 … 그 의미는?", 『시선뉴스』, 2015. 11. 25.
　　　https://www.sisunnews.co.kr/news/articleView.html?idxno=29684, 2021.
　　　9. 10. 검색.

이규호, "영화 도리화가 기획 좋으나 융복합적 콘텐츠 부족했다", 『쿠키뉴스』, 2015. 12. 17. http://www.kukinews.com/newsView/kuk201512070264, 2021. 9. 10. 검색.

안병철, "고창의 발견, 한국의 셰익스피어 동리 신재효 선생의 정사 재현", 『새전북신문』, 2021. 3. 1. http://sjbnews.com/news/news.php?number=706848, 2021. 9. 10. 검색.

조연경, "도리화가 이종필 감독 실존인물 기록 희박해 더 끌렸다", 『뉴스엔』, 2015. 11. 18. https://www.newsen.com/news_view.php?uid=201511181612051110, 2021. 9. 10. 검색.

기타

교원 빨간펜 https://www.kyowonedu.com/KEP/PRD/KEPPrdInfo.jsp?prdtCd=REDCOL032&cate=REDCOL

국악방송 다시듣기 https://www.igbf.kr/gugak_web/?sub_num=788&sty=&ste=&pageNo=21

다음 영화 〈도리화가〉 https://movie.daum.net/moviedb/grade?movieId=86233

대교 소빅스 https://www.sobics.com:4430/sobics/SobProductCollectionDetail.do?productId=15#none

전주 MBC 다시보기 https://www.jmbc.co.kr/program/vod_view/tv_000008/44/2861

한국몬테소리 https://www.montessori.co.kr/toybook/toybook6_1.asp